Bibliothek der
phantastischen Abenteuer
Herausgegeben von
V. C. Harksen

Über das Buch Gretchen, eine wackere Herdhexe, deren Spezialität der reibungslose Haushaltsablauf ist, weckt beim Leser sofort Sympathien, vor allem, wenn man bedenkt, wie positiv sich die Familie Grau seit den Zeiten der Urahnin Elsbeth, einer pfefferkuchenbackenden, menschenfressenden Hexe, entwickelt hat. Von ihr ist alle Bosheit auf den üblen Furchtbart übergegangen, von dem noch zu hören sein wird. Das Schöne an Elizabeth Scarboroughs Romanen ist, daß sich die Personen scheinbar so benehmen, wie es sich für Märchengestalten gehört – schaut man aber näher hin, verhält sich die ganze magische Gesellschaft ausgesprochen unkonventionell. ›Zauberlied‹ ist der erste Band der ›Gretchen Grau-Geschichten‹, turbulenter, witziger und aufregender Leseabenteuer in bisher vier Episoden. Es folgen die Bände ›Einhorncodex‹, ›Bronwyns Fluch‹ und ›Die seltsamen Taufgäste‹.

Über die Autorin Mit nur vier Romanen hat sich Elizabeth Scarborough bereits einen Namen gemacht, der für eine ganz spezielle Sorte heiter-ironischer Phantasien steht. Wie keine andere versteht sie es, mit altbekannten Versatzstücken des phantastischen Genres zu jonglieren und daraus höchst originelle, neuartige Geschichten zusammenzusetzen. Sie wurde in Kansas City/USA geboren. Nach der Schule arbeitete sie fünf Jahre als Militärkrankenschwester, darunter auch ein Jahr als Sanitäterin in Vietnam. Neben ihrer schriftstellerischen Tätigkeit pflegt sie häusliche und musische Hobbies – weben, spinnen, Gitarre und Hackbrett spielen. Mit ›Aman Akbars Harem‹ schrieb Elizabeth Scarborough einen rasanten Roman aus dem Orient der Legenden, der als Band 2706 in der Bibliothek der phantastischen Abenteuer (Fischer Taschenbuch Verlag) erschien. Elizabeth Scarborough lebt heute in Fairbanks/Alaska.

Elizabeth Scarborough
Zauberlied

Roman

Aus dem Amerikanischen
von Rose Aichele

Fischer Taschenbuch Verlag

Deutsche Erstausgabe
Veröffentlicht im Fischer Taschenbuch Verlag GmbH,
Frankfurt am Main, Juni 1987

Die englische Originalausgabe erschien 1982
unter dem Titel ›Song of Sorcery‹ bei Bantam Books,
Toronto, New York, London, Sydney

Umschlaggestaltung: Die Titelillustration von Claus-Dietrich Hentschel, Konstanz,
zeigt einen Ausschnitt seines Acrylbildes »Turmstätte« (1981; 53 × 43 cm);
die Typographie besorgte Manfred Walch, Frankfurt am Main
Gesamtherstellung: Clausen & Bosse, Leck
Printed in Germany
1280-ISBN-3-596-22721-6

Betty, Don, Monte und Gladys Scarborough sowie Richard Gridley Kacsar und meinen Tieren gewidmet, die meine eigentliche Familie sind – und vor allem Dr. Martha Kowalski, die ihre Forschungsarbeit im Laboratorium ganz allein machen mußte, als sich ihre medizinische Assistentin auf den Kampf mit Drachen einließ. Die Bücher sind aber auch Jeannie, Jett, Marion Watts, Allen Damron und Dr. Jeff Trilling gewidmet, die nicht nur an Fabeltiere und furchteinflößende Zauberei glauben, sondern darüber hinaus sogar an mich.

Der [illegible] Natur [illegible]
[illegible]
[illegible] aber [illegible]
[illegible]

Die Hauptpersonen

Gretchen Grau	eine mutige junge Hexe aus uralter Zaubersippe, eine vorzügliche Hausfrau und treue Schwester
Herr Wilhelm Sturmhaub	Gutsherr im Lande Argonia, ihr Vater
Bernsteinwein (Goldie)	seine Tochter aus erster Ehe, Gretchens Halbschwester
Maudie Grau	Gretchens Großmutter, eine temperamentvolle Hexe
Sibyl	Gretchens Großtante, eine ehrwürdige Hexe von altem Schrot und Korn
Furchtbart	Gretchens Großonkel, ein böser und unwürdiger Zauberer mit verzweigtem Liebesleben und auch sonst keineswegs einwandfreiem Charakter
Colin Liedschmied	Gretchens Freund und Reisegefährte, ein friedfertiger junger Mann
Herr Brüllo Eberesch	Bernsteinweins junger Gatte und späterer König von Ablemarle
Davie	Bernsteinweins herzloser Entführer
Zorah	seine Geliebte, eine schöne Zigeunerin
Xenobia	Davies Mutter, die Zigeunerkönigin
David Würdigmann	ein Bär, früher Kronprinz von Ablemarle, Xenobias Wunschgemahl und Davies Vater

Prinzessin Pegien	eine von Furchtbarts Liebschaften, Tochter König Finbars des Feuerfesten von Argonia
Griselda	eine Drachendame auf der Suche nach ihrem verlorenen Geliebten
Grimmut	eben dieser (wiedergefundene) Geliebte
Mondschein	ein ungemein tugendhaftes Einhorn

I

Wenn Gretchens Zauberkraft nicht gewesen wäre, dann wären die Eier aus dem Korb gefallen und zerbrochen, als das keuchende und nach Atem ringende Schankmädchen mit ihr zusammenstieß. Gretchens Spezialzauber, mit dem etwas von selbst eingesammelt wurde, hatte kaum Zeit zu wirken und die Eier in den Korb zurückzubefördern, als sie auch schon wieder herauspurzelten, weil die verwirrte junge Frau nun begann, Gretchen ungestüm am Ärmel zu zupfen.

»Komm schnell! Deine Großmutter ist wieder mal vollständig durchgedreht!«

»Paß doch auf!« sagte Gretchen und griff hastig nach den Eiern, damit sie nicht zerbrachen. Gleichzeitig versuchte sie, dem Mädchen ihren Ärmel zu entreißen. »Sag mal, was meinst du eigentlich?«

»So ein armer junger Spielmann hat ihr ein Lied vorgesungen, als sie ganz plötzlich anfing, herumzutoben und zu schimpfen und ihn in ein hilfloses, kleines Vögelchen verwandelte, hinter dem sie herjagte. Dann hat sie nach ihrem großen Kater gerufen, damit er den Vogel auffrißt. O weh, o weh, ich hör den Kater miauen, mach schnell!«

Das Mädchen kam nicht mehr dazu, Gretchen beim Ärmel zu erwischen, vielmehr rutschte es auf den zermatschten Eiern aus, die Gretchens Weg markierten, als sie nun über den Hof rannte und durch den Hintereingang der Wirtschaft verschwand.

Man hörte die Geräusche von Holz auf Stein und von Faustschlägen, als sich die Gäste mit roher Gewalt um den Vordereingang rauften, um nach draußen zu kommen. Sie hatten es so eilig, daß sie über umgestürzte Stühle stolperten und auf die Tischtücher traten. Nur drei Stammgäste blieben am Tisch sitzen und schlürften ungerührt ihr Bier, wobei sie dem Tumult um sie herum sehr viel weniger Aufmerksamkeit schenkten als ihren Bierkrügen.

Beim Laufen schwang Großmutters Zopf schneller hin und her als ein Kuhschwanz, der Fliegen abwehrt. Für eine Frau ihres Alters legte sie eine erstaunliche Behendigkeit an den Tag und war trotz ihres Gehüpfes nie zu sehr außer Atem, um nicht noch eine Kanonade einfallsreicher, wenn auch derber Flüche zu veranstalten. Mit der Anmut eines jungen Mädchens schwang sie sich über eine Bank auf den Tisch und schlug mit ihrem Besen wütend auf den über ihr liegenden Balken.

»Komm sofort dort runter, du entsetzlicher Schreihals«, befahl Gretchens Großmutter, »du kannst dich auf was gefaßt machen!«

Ihre dunklen Augen blitzten wütend und ihr Körper bewegte sich im Rhythmus ihrer cholerischen Anfälle. »Ching!« schrie sie über die Schulter hinweg, »komm her, Miez, dein Frühstück...«

Zum guten Glück bemerkte Gretchen die Spottdrossel, die vor dem Besen unter den Tisch flüchtete, ehe der Kater sie entdeckte. Gerade in dem Augenblick, als der Kater zum Sprung auf den tieffliegenden Vogel ansetzte, machte auch Gretchen einen Satz durch die Luft. Sie erwischte den Kater im Sprung und ließ ihn auch dann noch nicht los, als sie beide mit einem dumpfen Geräusch neben dem Tisch aufschlugen.

Gretchen rang verzweifelt nach Luft, die es ihr bei der gewaltsamen Landung verschlagen hatte, dabei mußte sie den Kater festhalten, der sich nun zu winden begann, um ihrem Griff zu entkommen. »Jetzt hör doch endlich auf damit, Großmutter!« keuchte sie und versuchte dabei, so respekteinflößend zu erscheinen, wie es ihre mißliche Lage zuließ.

»Kommt gar nicht in Frage«, schnautze die alte Dame und holte dabei zu einem weiteren Schlag gegen den Vogel aus, der wieder sicher auf dem Balken über dem Tisch gelandet war. »Das wäre ja noch schöner, wenn jeder hergelaufene kleine Gauner mit seinem jämmerlichen Geplärr in *meinem* Wirtshaus *meine* Verwandtschaft mit Schmutz bewerfen könnte und dabei auch noch ungeschoren davonkäme.« Sie sprang vom Tisch herunter, um sich nach einem anderen Ausgangspunkt für ihre Attacken umzusehen.

»Wer es auch sein mag, Großmutter, verwandle ihn wieder zurück in seine ursprüngliche Gestalt«, sagte Gretchen unbeirrt und ließ den Kater los, da der Vogel nun außer Reichweite war. Zitternd vor Angst beobachtete er von seinem Platz auf dem Balken die schlitzäugigen Blicke, die ihm die ältliche, besenschwingende Matrone und ihr nicht minder schlitzäugiger, schwarzweißgefleckter Kater zuwarfen.

Die alte Dame blitzte ihre Enkeltochter wütend an, brachte sorgfältig ihr Gewand wieder in Ordnung, steckte ihren Zopf zu einem Knoten auf und sagte dann: »Das werde ich ganz bestimmt nicht tun!«

»Doch, das wirst du«, sagte Gretchen bestimmt, obwohl der zum Äußersten entschlossene Unterkiefer ihrer Großmutter und das gefährliche Glitzern in ihren Augen sie etwas verwirrten. »Was auch immer er getan haben mag, es steht nur Papa zu, Recht zu sprechen – heutzutage ist es nun einmal nicht mehr üblich, die Leute kurzerhand in eine Katzenmahlzeit zu verwandeln, nur weil sie einem mißfallen. Was sollen die Nachbarn von uns denken? Das ist kein anständiges Benehmen.«

Die alte Dame fuhr sie an: »Die Nachbarn kümmern mich einen Dreck! Warte nur, bis du erfährst, was er verbrochen hat und vor allem, bis dein Vater es erfährt! Wenn Herr Wilhelm erst mit diesem erbärmlichen Spatzenhirn abrechnet, wäre es ihm wahrscheinlich lieber, wenn Ching ihn schon vorher aufgefressen hätte!«

»Aber ich habe das Lied ja gar nicht selbst geschrieben!« sagte der Mann, in den sich die Spottdrossel nun verwandelte, als Gretchens Großmutter durch ihr Fingerschnippen das Befreiungsritual einleitete. Mit Händen und Füßen hielt er sich am Balken fest, weil er um sein Leben fürchtete. »Könnte mir nicht jemand eine Leiter bringen?« fragte er zaghaft.

»So hoch ist es ja nun auch wieder nicht!« schnaubte die Großmutter verächtlich, »wo doch sogar Ching von diesem Tisch aus dort raufspringt.«

»Kann mir mal einer von euch Männern mit diesem Ding hier helfen?« fragte Gretchen und packte das Ende einer der langen

Bänke. Einer der Getreuen, der während des Tumults ganz ruhig und in sein Bier vertieft am Stammtisch sitzen geblieben war, kam daraufhin zu ihr herüber und packte die Bank am anderen Ende, dann stellten sie sie auf den Tisch, so daß die ehemalige Spottdrossel herunterklettern konnte.

»Nun, Herr«, sagte Gretchen, die beide Hände in die Hüften stemmte und ihn dabei herausfordernd ansah. »Ihr habt meine Großmutter fürchterlich verärgert, und ich möchte nun wissen, wie das passieren konnte. Was haben Sie eigentlich zu ihr gesagt?«

»Ich soll sie verstimmt haben?« stammelte der junge Mann und dabei wurden seine ohnehin schon roten Wangen noch röter.

»Also, was hat er zu dir gesagt?« Gretchen drehte sich rasch zu ihrer Großmutter herum, die mit übereinandergeschlagenen Beinen auf dem Boden saß und ihren Kater zu beruhigen versuchte. Offensichtlich versuchte der Kater, seine wirklich bedrohliche Fauchhaltung beizubehalten, als die alte Dame ihn mit angelegten Ohren und wütend peitschendem Schwanz zu sich auf den Schoß zog.

»Ach, nichts von Bedeutung, Liebes«, antwortete Gretchens Großmutter und warf ihrer Enkelin dabei einen äußerst scheinheiligen Blick zu. »Er kann's ja dann deinem Vater erklären. Chingachgook ist ein bißchen durcheinander. Ich bin in meinem Haus, falls du mich brauchst.« Dem Fremden zu Ehren zeigte sie noch die Grübchen in ihren Wangen, die zwei runzligen Äpfeln glichen. »Junger Mann, vergessen Sie ja nicht, das hübsche Lied wieder zu singen, wenn Sie bei Herrn Wilhelm sind! Wiedersehen, Gretchen!« Sie winkte zum Abschied mit der Hand, der Kater, den sie sich unter den Arm geklemmt hatte, peitschte noch einmal wütend mit dem Schwanz – und dann waren die beiden verschwunden.

Als sich Gretchen nach dem Fremden umdrehte, sah sie ihn mit seiner Geige vor dem Kamin sitzen. Um herauszufinden, ob das Instrument beschädigt worden war, klemmte er es unter das Kinn und strich mit dem Bogen ganz leicht über die Saiten. Über die Schulter hing ihm eine Gitarre.

»Sie sind also ein Spielmann?«

Er mußte unbedingt noch einige Noten spielen, ehe er geruhte, ihre Frage zu beantworten. »Wenn ich Maurer wäre, würde ich mich mit meiner Musik wohl kaum so beliebt machen, oder?«

Seine Ausdrucksweise war so gröblich, daß Gretchen sich überlegte, ob er damit vielleicht nur das Zittern seiner Hände übertünchen wollte, doch ehe sie sich's versah, verstaute er seine Fiedel und den Bogen in einer Tasche aus weichem Leder – offensichtlich zufrieden, seine Instrumente unbeschädigt zu wissen. »Wer sind Sie eigentlich? Schließlich weiß ich von Ihnen ja nur, daß Sie eine Verwandte dieser alten Hexe sind.«

»Sie würden gut daran tun, etwas sanftere Töne anzuschlagen, denn die, die Sie bis jetzt gesungen haben, sind ja nicht gerade auf Gegenliebe gestoßen. Ist das klar, Spielmann? Übrigens bin auch ich eine Verwandte Herrn Wilhelms, er ist nämlich mein Vater.«

Der Spielmann blinzelte angestrengt, als erwarte er, daß sich dieses mittelgroße, dunkelhäutige Mädchen dadurch in seine Vorstellung von einer liebreizenden, zartgliedrigen Blaublütigen verwandele. Gretchen sah ihn immer noch unverhohlen und nicht gerade begeistert an; barfüßig, in grobgewebtem Hemd und Rock und mit einer schmutzigen weißen Schürze, verkörperte sie für ihn bestenfalls angenehme Mittelmäßigkeit, die jedoch noch durch eine momentane Mißstimmung getrübt war. Dennoch besann sich der Spielmann seiner guten Manieren, verbeugte sich und sagte kurz: »Colin Liedschmied, fahrender Spielmann, zu Ihren Diensten, mein Fräulein.«

Gretchen war seinen prüfenden Blicken gefolgt und dabei bis zu ihren schmutzigen Füßen gelangt. Nun sah sie auf, begegnete seinem Blick mit listigen braunen Augen und sagte: »Sie sehen ja auch nicht gerade umwerfend aus. Moment mal.«

Als Colin sie durch die Hintertür verschwinden sah, sank er auf einer Bank nieder, die merkwürdigerweise nicht umgefallen war und rieb sich mit den langen, müden Fingern die Augen. Während seiner Lehrzeit hatte man ihn nicht darauf vorbereitet, daß er einmal in eine andere Gestalt verwandelt, von Hexen und Katzen verfolgt und dann wieder in seine ursprüngliche Erscheinungsform zurückverwandelt werden würde. Er konnte ganz gut Instrumente bauen, ergreifende epische Balladen schreiben und auch die ebenso ergreifende Begleitmusik dazu komponieren, er konnte recht ordentlich Laute, Zither, Harfe, Zimbal und Flöte spielen und war ein geschickter Trommler. Seine Darbietungen auf der Geige und sein Gitarrespiel aber waren ganz vorzüglich, zumindest war er selbst dieser Meinung. Er war darauf vorbereitet, bei Festen für Unterhaltung zu sorgen und sich damit seinen Unterhalt zu verdienen, er war auch darauf gefaßt, durch seinen Gesang die Abenteuer der Helden unsterblich zu machen und deswegen selbst als Abenteurer betrachtet zu werden, ferner hatte er damit gerechnet, aus der Geschichte zu erzählen und dafür von all den Damen umworben zu werden, deren besonderen Liebreiz er in seinen Liedern festhielt...

Aber er hatte ganz gewiß nicht damit gerechnet, daß er vor einem undankbaren Publikum die neueste südländische Ballade singen und kurz darauf seine Geige aus der Vogelperspektive betrachten würde. Auch hatte er nicht gedacht, daß die Matrone, die ihn noch kurz zuvor verköstigt hatte, ihn gleich darauf verdreschen und die Katze rufen würde, damit sie ihn aufffräße.

Colin hatte nicht gelernt, in einer Situation Gelassenheit zu bewahren, in der er sich an einem Balken festklammern mußte, Splitter in Finger und Knie bekam und mit ansehen mußte, wie sich eine braunhaarige junge Frau mit ihrer graumelierten Großmutter herumstritt, weil sie es nicht anständig fand, daß er der Katze zum Fraß vorgeworfen würde, während das in Frage stehende Tier keinen Hehl aus seiner mörderischen Absicht machte.

In seiner Grübelei wurde er durch die Rückkehr der jungen Dame, der man ihr edles Geblüt nicht gerade ansah, unterbrochen. Sie hatte sich mit einem Besen bewaffnet. Colin warf die Bank um, auf der er gesessen hatte, weil er es plötzlich sehr eilig hatte, zu entkommen.

»Sei bloß nicht albern«, sagte sie. »Ich will dich ja nur ein bißchen säubern, weil du voller Federn und Staub bist. Wenn du meinen Vater besuchst, mußt du ein bißchen anständiger aussehen. Er ist nämlich krank und bettlägerig, und du stinkst förmlich nach ansteckenden Krankheiten.« Colin brachte es sogar fertig, stillzustehen, als sie ihre robuste Energie darauf verwandte, ihn tüchtig abzubürsten.

Nachdem Herr Wilhelm durch seine schwere Krankheit bereits fünf Monate ans Bett gefesselt war, konnte er durch kein Drehen und Wenden seines Körpers und kein Umbetten mehr zufriedengestellt werden. Es lag nicht nur an seinen Beinen, die zerquetscht worden waren, als sein Pferd bei der Jagd unerklärlicherweise von einem Pfeil durchbohrt wurde. Das bedauernswerte Geschöpf hatte sich in seinem Schmerz aufgebäumt und Herrn Wilhelm unter sich begraben. Großmutter Grau behauptete, das Wundfieber habe seine Genesung weit über die übliche Zeit hinausgezögert, seine Beine seien durch das lange Siechtum geschwächt und die Wunden brandig geworden, ein Zustand, den sie immer noch mit ihrem gesamten Arsenal von Heilkräutern bekämpfte.

Währenddessen sehnte sich Herr Wilhelm danach, daß Bernsteinwein wieder nach Hause käme – und wäre es auch nur für einen kurzen Besuch –, auch wenn sie über keinerlei Heilkraft verfügte und frohgelaunt zugab, daß sie schon bei den grundlegendsten häuslichen und herrschaftlichen Verrichtungen passen müsse, brachte sie es doch fertig, mit ihrer feenhaften, unbeschwerten Fröhlichkeit und ihrer einsichtigen, ruhigen Intelligenz selbst auf den Wangen der Großmutter die Grübchen hervorzuzaubern, die unter der traditionellen mürrischen Hexenmiene verborgen waren, und Gretchens ungestümes Temperament so zu zügeln, daß Sanftmut darunter zum Vorschein kam.

Er seufzte vor sich hin und brachte sein Bett in Ordnung, um die Besucher würdig empfangen zu können, deren Schritte er jetzt auf der langen Wendeltreppe hörte, die zu seinem Turmzimmer

hinaufführte. Er hatte wirklich sein Bestes getan und sie mit diesem Fürsten aus dem Süden verheiratet – wie es hieß, hatte der Kerl sogar gute Aussichten, König zu werden, und obendrein liebte sie ihn auch noch. Wie er allerdings einen so guten Ehemann für das kratzbürstige Gretchen finden sollte –, das überstieg die Kräfte eines kranken Mannes. Es war eben schwierig, ledige Töchter unter die Haube zu bringen, die man erst später anerkannt hatte. Die Tochter der Dorfhexe, die im Alter von zwei Jahren zur Tochter des hochherrschaftlich-fürstlichen Haushofmeisters, Ritters und Statthalters der nördlichen Territorien (einschließlich der dazugehörigen Dorfgemeinden) seiner Majestät ernannt wird, neigt dennoch dazu, die Tochter der Dorfhexe zu bleiben. Keine noch so vornehme Erziehung und kein Vorteil irgendwelcher Art konnten aus dem Hexenkind eine feine Dame machen, nach dem Vorbild ihrer Halbschwester, der Fee. Auch Bernsteinweins zusätzliche Ermutigungen und Erziehungsversuche halfen nichts – Gretchen blieb ein Zwitter: die Vorfahren ihrer Mutter waren zu niedrig für die Adligen und das Geschlecht ihres Vaters zu vornehm für die Leute niedrigen Standes. Schade, daß sie nicht ein Sohn war, dann hätte er ihr nur seine Ländereien zu vermachen brauchen, die sie schon jetzt mit großem Geschick verwaltete, und ihr nur noch eine Frau zu suchen brauchen, was nach Herrn Wilhelms Ansicht einfach gewesen wäre, da ehrbare Ehefrauen leichter zu haben waren als achtbare Ehemänner.
Als er das Klopfen an seiner Tür vernahm, gab er die Erlaubnis einzutreten. Durch die Tür kam ein völlig zerzaustes Gretchen, gefolgt von einem jungen Mann, der kaum weniger zerzaust aussah.
»Hallo, Paps«, sagte Gretchen und gab ihm einen Kuß auf die Stirn.
»Hallo, Gretchen. Wer ist denn das?« Er machte den krampfhaften Versuch, dem jungen Mann gegenüber besonders fröhlich zu erscheinen.
»Ich habe Großmutter dabei erwischt, wie sie ihn Ching verfüttern wollte. Sie hatte eine fürchterliche Wut.«

Herrn Wilhelms Augen wurden schmal. »Was haben Sie getan, um in meiner Schwiegermutter den Wunsch zu wecken, Katzenfutter aus Ihnen zu machen, junger Mann?«

»Mit Verlaub, Herr«, sagte der Angesprochene und machte eine tiefe Verbeugung«, Colin Liedschmied, fahrender Spielmann, zu Ihren Diensten, Herr. Ich weiß nicht, warum sich die Dame über mich geärgert hat. Ich habe ihr nur das neueste südländische Lied vorgesungen, das ich noch üben wollte, um es dann Ihnen darbieten zu können.«

»Was, ausgerechnet mir? Verdammt – laßt uns endlich auf den Grund der Sache kommen. Komm, Gretchen, Liebe, kratz mir den Buckel – ja, da – braves Mädchen!«

Da Colin im Anschluß an seinen Liedvortrag, den er auf der Geige begleitet hatte, in einen Vogel verwandelt wurde, nahm er dieses Mal die Gitarre von der Schulter und stimmte sie. Das gab ihm Zeit, sich zu sammeln. Schließlich trommelte er mit den Fingern auf die Gitarre und erzählte seinen Zuhörern, was ihm durch den Kopf ging: »Ich bin weder von hier, noch stamme ich aus der Gegend, wo das Lied entstanden ist. Ich habe es von Spielmann Giles gelernt, der mir sagte, daß er immer um diese Jahreszeit nach Norden käme, um die Blüte ganz bestimmter südlicher Pflanzen zu vermeiden, weil er dann Allergien bekommt, die Nase und Rachen beeinträchtigen. Wie Sie sich wahrscheinlich denken können, ist dies das schlimmste Mißgeschick, das einem fahrenden Sänger widerfahren kann.« Er machte eine Pause, um die Information auf seine Zuhörer wirken zu lassen. Gretchen nickte nur kurz, um anzudeuten, daß sie dieses Berufsrisiko wohl einschätzen konnte, und der alte Mann winkte Colin ungeduldig zu, fortzufahren. »Hmm – ja, also, wie gesagt, zumindest finden die Leute im Süden das Lied unterhaltsam. Wie mir Giles sagte, soll es dort sogar sehr in Mode sein.« Colin legte noch eine Pause ein, um seinen Worten Nachdruck zu verleihen, bevor er sein Spiel mit einem Moll-Akkord begann. Die Gitarre schickte Wellen von Seufzern in den Raum, einmal, zweimal und noch ein drittes Mal.

Der Gesichtsausdruck des Spielmanns wurde hart und seine

Stimme tiefer. Die Gitarre war nun eine Steinmauer, an die er sich lehnte, um einem anderen Bauern eine deftige Klatschgeschichte zu erzählen. Die Musik galoppierte dahin, hielt den Takt mit seiner Stimme:

ZIGEUNERBALLADE

Ritt ein Zigeuner wohl über Land,
sang so laut und so munter,
er sang so süß und so elegant...
Herrin Fee stieg vom Schloß herunter...
junge Fee stieg vom Schloß herunter.

Tripp und trapp ging's treppab vors Tor,
mit den Mägden so hübsch und so sauber,
so schön war sie, daß sein Herz er verlor,
und er warf über sie einen Zauber.

Bei diesen Worten öffnete Herr Wilhelm die Augen, weil auch in seinem Dorf ein Zigeuner während der vorletzten Festzeit ziemlich viel Unheil angerichtet hatte, und zwar war dieser gleich mit zwei Mädchen auf einmal verschwunden. Es hatte sich um zwei Schwestern aus der Molkerei gehandelt, die zur Grafschaft gehörte. Damals hatte Herr Wilhelm helfen müssen, den Ruf der beiden Mädchen wiederherzustellen. Damals hatte er einen ansehnlichen Zuschuß zu ihrer Mitgift beigesteuert, damit die beiden verheiratet werden konnten, ehe sie Nachwuchs bekamen. Aber wenn der Kerl sogar eine Fee bezirzt hatte, mußte er wirklich unwiderstehlich sein, denn Feen durchschauten doch meistens die billigen Zaubertricks anderer.

Der Spielmann schlüpfte nun aus der Rolle des Bauern und spielte den Zigeuner, der in die romantische Phantasiewelt der Herrin eindringt. Gretchen sah er in der Rolle der Dame. Durch seine leidenschaftlichen Blicke brachte Colin Gretchens abwartend höfliche Haltung, die sie bis jetzt an den Tag gelegt hatte, ins Wanken.

Sie versuchte, auf Colin, den falschen Zigeuner, ebenso verächtlich herabzusehen wie auf die Katze ihrer Großmutter und ärgerte sich, als sie bemerkte, daß ihre Blicke ihrem Willen nicht mehr gehorchten.

»Willst du vergessen Gemahl und Land
und den Reichtum, den weiten und breiten?
Willst du verlassen dein Haus und Land
und mit dem Zigeuner reiten...
mit Zigeuner-Davie reiten?«

Gretchen stieg die Röte ins Gesicht, ihr von Natur aus dunkler Teint wurde purpurn vor Verlegenheit, als der Spielmann endlich wieder ihren Blick losließ, um in die Rolle des Erzählers zurückzuschlüpfen.

Sie zog ihren hellgrünen Mantel an
und die Stiefel von feinstem Leder,
und ihr schönstes Rößlein bestieg sie dann,
folgt ihm nach, wie dem Wind die Feder.

Heim von der Jagd kam Herr Eberesch spät,
und er fragte nach seiner Fraue,
und die eine Magd weint und die andere kräht:
»Sie ist fort wohl über die Aue...
mit Davie über die Aue.«

Das Hauptthema wurde von komplizierten Nebenthemen untermalt, die das Pferdegetrappel simulierten, das allmählich jenseits des Moors, das sich hinter dem Wohnsitz der Dame ausdehnte, verhallte. Der Spielmann sah erst wieder von seinem Instrument auf, als das Summen seiner Laute in der Stille verklungen war. Herrn Wilhelms Gesicht hatte eine ziemlich ungesunde violette Färbung angenommen, und bei Gretchen wurde plötzlich auf unangenehme Weise die Ähnlichkeit mit ihrer Großmutter sichtbar.

»Nun, Vater, was meinst du – sollen wir ihn in kochendes Öl werfen oder ihm die Haut bei lebendigem Leib abziehen?« fragte sie grinsend und bleckte dabei ihre scharfen weißen Zähne.
Was hatten ihm seine Lehrmeister beigebracht? überlegte sich Colin. Wenn du es mit Aristokraten zu tun hast, mußt du im Zweifel vor ihnen auf dem Boden kriechen. Er fiel mit lautem Knall auf die Knie, weil er es gar so eilig hatte. »Ich bitte vielmals um Verzeihung, Fräulein, und auch Sie, Herr Wilhelm. Ich habe nur getan, worum Sie mich gebeten hatten und wollte Sie nicht verletzen. Auch kann ich mir wirklich nicht vorstellen, warum mein Lied Sie gekränkt haben soll. Ich werde es nie wieder spielen – das verspreche ich Ihnen – nie!« Wenigstens nicht in Ihrer Nähe, fügte er in Gedanken hinzu, wobei er verzweifelt nach einer Fluchtmöglichkeit Ausschau hielt. Herrn Wilhelms Gesicht gewann seine ursprüngliche Blässe zurück.
»Vielleicht solltest du dir in Zukunft nicht gar so exotische Themen für deine Gesangsdarbietungen aussuchen, mein Junge«, meinte der alte Ritter trocken, »oder zumindest keine Namen nennen. Derselbe Herr Brüllo Eberesch, dem in deinem Lied die Hörner aufgesetzt werden, ist, wenn es nicht noch einen anderen Mann dieses Namens gibt, kein geringerer als mein Schwiegersohn, der Mann, der mit Bernsteinwein, meiner zweitjüngsten Tochter, verheiratet ist.«
Colin verschlug es die Stimme, und er ließ verstohlen seine Blicke zwischen dem bleigefaßten Fenster und der hohen Treppe, über die sie die Turmstube erreicht hatten, hin und her schweifen.
»Wie heißt doch gleich der Mann, von dem du das Lied angeblich hast?« fragte Gretchen scheinheilig.
»Meinen Sie vielleicht Spielmann Giles, schönes Fräulein?«
»Ich bin mir nicht sicher, ob es ihm großen Spaß machen würde, wenn man seine Nase entfernte, sagte Gretchen.
»Aber Gretchen!« schimpfte Herr Wilhelm, »du jagst dem jungen Mann einen Mordsschreck ein, du kleine Barbarin. Er hat dir doch versichert, daß das Lied nicht von ihm stammt.« Und etwas sanfter sagte er zum Spielmann, der nun vor Angst in Schweiß gebadet

war: »Tut mir leid, mein Junge.« Mit dem Daumen deutete er auf seine finster dreinschauende Tochter. »Im Grunde genommen ist sie ein tolles Mädchen, nur mag sie, wie wir alle hier, ihre Schwester so gern.« Er schüttelte den Kopf. »Ich versteh das überhaupt nicht. Goldie – ich meine Bernsteinwein – ist überhaupt nicht der Typ von Mädchen, das mit dem Erstbesten durchbrennt. Dazu ist sie viel zu rücksichtsvoll. Ohne Erklärung abhauen! Ohne uns einen Brief zu schicken! Auch wenn sie ihren Mann nicht gemocht hätte, was nicht der Fall war – das kann ich beschwören – hätte sie kaum ohne Vorwarnung ihre Familie in eine so peinliche Lage versetzt –«

»In der Tat, schönes Fräulein, ehrwürdiger Herr«, pflichtete ihm der Spielmann nachdrücklich bei, »ich bin überzeugt, daß Frau Bernsteinwein über jeden Zweifel erhaben ist.«

»Sie sagen es, gewiß ist sie das.« Nervös bearbeitete Herr Wilhelm mit den Händen die Bettdecke, bevor er sein verblüfftes und unglückliches Gesicht Gretchen zuwandte.

Sie beugte sich zu ihm herab und schloß ihn in die Arme. »Ach Vater, natürlich ist sie das. Sie würde sich doch nicht einfach mit dem erstbesten Zigeuner herumtreiben, der ihr über den Weg läuft – du weißt doch so gut wie ich, daß sie sich kaum entschließen kann, welches Kleid sie zum Frühstück tragen soll, ohne vorher die ganze Dienerschaft und darüber hinaus Großmutter und mich zu befragen. Sie würde gewiß nicht einfach durchbrennen, weil sie mindestens eine Woche lang packen müßte!« Sie blitzte wieder den am Boden kauernden Colin an. »Wahrscheinlich hat einer von den Feinden meines Vaters diesen Giles dafür bezahlt, daß er sich so ein abscheuliches Lied ausdenkt!«

Colin schluckte und erhob zögernd den Zeigefinger, um die Aufmerksamkeit auf sich zu lenken. »Mit Verlaub, schönes Fräulein«, begann er schüchtern. Wenn er auch die Aufmerksamkeit seiner Zuhörer nicht noch mehr auf seine Person lenken wollte, widerstrebte es ihm doch, daß Giles die Konsequenzen seines Schweigens tragen sollte. »Giles verbesserte nur noch ein wenig die Melodie, aber eigentlich war es eine volkstümliche Schöpfung.«

»Volkstümliche Klatschmusik, wie?« Herr Wilhelm erschien Colin nun noch wesentlich älter und kränker als beim Betreten des Zimmers, und bereits da hatte er schon zwanzig sorgenschwere Jahre älter ausgesehen als Gretchens Großmutter. »Gretchen, was ist bloß los mit Bernsteinwein?« fragte er schließlich.

Gretchen senkte den Blick und vergrub ihre Fäuste noch tiefer in den Taschen ihrer Schürze. »Keine Ahnung, Vater.«

»Erinnerst du dich an diesen fiesen Kerl, der mit Mullalys Töchtern durchgebrannt ist, und für den ich so tief in die Tasche greifen mußte, um den Ruf der Mädchen zu retten?«

»Ja, Vater, aber Betsy und Beatrice Mullaly sind genauso dumm wie ihre Eltern. Das weiß jeder hier. Unsere Goldie hat mehr Grips.«

»Das hoffe ich, aber ich weiß nicht so recht. – Ich wünschte, meine Beine würden wieder mittun, dann könnte ich Brüllo Eberesch aufsuchen und mit ihm sprechen.« Ungeduldig versuchte er, aufzustehen, aber Gretchen hielt ihn sanft zurück.

»Wie du selber weißt, hat das doch keinen Zweck. Ich werde zu Brüllo gehen und mit ihm sprechen.«

Der alte Mann sah sie lange an, dann schloß er die Augen und sank in seine Kissen zurück. »Natürlich wirst du das tun, Mädel. Ich glaube, du bist wirklich die einzige, die das kann.« Dann riß er wieder ein Auge auf, um sie kritisch zu mustern und sagte: »Aber du hast doch hoffentlich nicht vor, allein zu reisen?«

Sie zuckte mit den Schultern. »Warum auch nicht? Wir wollen doch nicht, daß sich das Gerücht wie ein Lauffeuer verbreitet, wenn nichts dahintersteckt. Schließlich habe ich ja meine Zauberei, die mich beschützt.«

Herr Wilhelm schnaubte verächtlich. »Hausbackene Hexerei, was? Gerade recht, um Schloß und Kneipe in Schuß zu halten, aber was würdest du tun, wenn dir ein Bär in die Quere kommt?«

»Nun gut«, räumte sie ein, weil sie ihren Vater nicht länger mit Meinungsverschiedenheiten strapazieren wollte. »Dann nehme ich eben diese Spottdrossel mit.«

Colin war von Gretchens Erklärung vollkommen überrascht.

Herr Wilhelm sah ihn scharf an. »Natürlich, und wenn ein Bär angetrottet kommt, wird er das Tier mit einem seiner blutrünstigen Wiegenlieder in den Schlaf singen, und du wirst es dann in einen Bettvorleger verwandeln, stimmt's?« Nachdenklich strich er sich mit der Hand durch sein schütteres Haar, das seit dem Unfall noch grauer geworden war. »Na ja, er ist seiner Zunft für sein Benehmen verantwortlich, und wenn er bei dir ist, kann ich wenigstens sicher sein, daß er dieses unselige Lied nicht weiter verbreitet. Wahrscheinlich wäre es nicht besonders vernünftig, dir von hier einen Beschützer mitzugeben. Ich glaube zwar nicht, daß einer von ihnen deine Schwester vorsätzlich verleumden würde, aber dennoch scheinen die Leute nicht darauf verzichten zu können, alles weiterzutratschen, was sie wissen.« Er seufzte noch einmal und gab dann auf. »Ich glaube, die Spottdrossel muß uns genügen.«

»Gut.« Gretchen küßte ihren Vater zum Abschied auf die Wange und erhob sich. »Ich mach mich jetzt auf den Weg, um mit einem Zauber die Putzarbeiten, die ich bereits hinter mich gebracht habe, auf die nächste Zeit auszudehnen und die Speisekammer ein wenig zu vergrößern, bevor ich Großmutter sage, was sie tun muß, damit alles in Schuß bleibt, solange ich weg bin.«

»Das kann ja heiter werden«, murmelte Herr Wilhelm hinter Gretchen her, die mit Colin im Schlepptau durch die Tür rauschte.

II

Gretchen ließ sich nicht aus der Ruhe bringen, als sie beim Betreten der großmütterlichen Hütte die Territorialtruppen in geschlossener Formation aufmarschieren hörte, die von berufsmäßigen Klageweibern begleitet wurden, um die Toten und Verwundeten zu beweinen, denn sie erkannte, daß das Stampfen der Marschierenden der Zweiertakt war, den die Großmutter mit ihren kräftigen Händen beim Weben schlug, und der immer wie ein vorrückendes Heer klang, das aber erst durch die Pfeifen, Trommeln und Klagelaute, die in dem altertümlichen Lied der alten Dame durchklangen, vollkommen wurde. Sie hatte es gesungen, weil es ihr bei der Arbeit langweilig war.

»Gretchen, mein Schatz!« rief sie und zog dabei die Beine hoch, drehte sich auf ihrem Hocker um die eigene Achse, um ihrer Enkeltochter ins Gesicht zu sehen: »Ich bin ja so froh, daß du wieder hier bist! Nun kannst du dich ja um diese lästige Arbeit kümmern, während ich das Zeug für Betsy Bäcker zubereite.«

»Seltsam, ich habe gerade von ihr gesprochen.« Gretchen nahm ein neues Schiffchen, veränderte den Kettbaum mit einem Tritt auf das Fußpedal und schnalzte vorwurfsvoll mit der Zunge. »Also wirklich, Großmutter, jetzt sieh dir mal all die abgebrochenen Kettfäden an, die du einfach hängenlassen hast. So wird das Gewebe nie halten!«

Großmutter Grau sah sie durch den Meßbecher an, den sie in Augenhöhe hielt und in den sie nun langsam eine dampfende gelbe Flüssigkeit goß. »Du, meine Liebe, bist die Heimwerkerin und ich bin nur die Alchimistin – aber ich bekenne mich zu meinem Beruf... Diese vertrackten kleinen Fädchen – Igitt!«

»Also bis jetzt habe ich dich allerdings noch kein Blech in Gold verwandeln sehen«, antwortete Gretchen, die mit Daumen und Zeigefinger die gerissenen Fäden wieder zusammenfügte. Mit Hilfe des Flickzaubers, den sie während des Gesprächs ausübte, würden die Fäden sehr viel fester werden als ursprünglich.

Gretchens Großmutter mischte der gelben Flüssigkeit ein leuchtend blaues Pulver bei, so daß grüner Rauch mit gelbem Dampf vermischt zu den Kräuterbündeln an der Decke aufstieg, die so dicht hingen, daß Gretchen manchmal meinte, auf dem Kopf über eine Wiese zu gehen. »Ich habe das schon immer als ein törichtes Unterfangen betrachtet, Magdalena, denn Blech ist schließlich wesentlich nützlicher als Gold«, antwortete ihre Großmutter schließlich. Immer, wenn die Großmutter ihre Zauberkraft ausübte, setzte sie eine besonders würdevolle Miene auf, eingehüllt von übelriechenden, mit Partikeln von *Materia Medica* durchsetzten Dampfschwaden. Bei diesen Gelegenheiten hatte Gretchen so manche nützliche Lektion erhalten. Ihre Großmutter hatte sie während dieser Predigten immer mit »Magdalena« angeredet, ihrem richtigen Namen, den sie besonders haßte.

Gretchen drehte sich auf der Bank herum, um ihrer Großmutter ins Gesicht zu sehen; mit dem Rücken lehnte sie am vorderen Balken des Webstuhls, mit dem rechten Bein, das sie hin und her pendeln ließ, zerknautschte sie den Teppich, den sie für ihre Großmutter gewebt hatte. Dabei bemerkte sie, daß sie wieder eine Stelle ausbessern mußte, an der das Gewebe abgenutzt war. Ihre Großmutter verschüttete immer wieder säurehaltige Flüssigkeiten auf den Teppich, die sich hineinfraßen; vielleicht hatte ihn aber auch der Kater mit seinen Krallen blankgewetzt. Schließlich sagte sie zu ihrer Großmutter: »Ich reise nach Süden, Großmutter.«

»Das hat mir Ching schon gesagt.« Die Großmutter stellte den Becher mit der Flüssigkeit ab und sah ihre Enkelin scharf an: »Findest du nicht, daß es Bernsteinweins ureigenste Angelegenheit ist, mit wem sie davonläuft?«

»Doch, ja.« Gretchen sah mit sorgenvoll gerunzelter Stirn auf ihre Fingernägel und versuchte, sich das Unbehagen zu erklären, das sie vom ersten Augenblick an empfunden hatte, als sie das Lied des Spielmanns gehört hatte. Dann sagte sie: »Aber sie ist eben anders als wir, Großmutter. Weißt du, schließlich war sie diejenige, die mich sonst immer ermahnte, mir zu überlegen, wie sich das, was ich gerade tat, auf andere auswirkt – von sich aus tut sie nichts Unüberlegtes.«

»Du meinst, man hat sie dazu gezwungen?«

Gretchen nickte. »Oder etwas in dieser Richtung. Vielleicht hat Eberesch sie schlecht behandelt, aber wenn dem so wäre, dann wäre sie wahrscheinlich schon längst wieder nach Hause zurückgekehrt. Wie dem auch sei und abgesehen davon, wie sie sich verhält, wird sie gegen einen Besuch ja kaum etwas einzuwenden haben, und ich komme endlich mal aus diesem dämlichen Kaff heraus. Weißt du eigentlich, daß mir einer von Ebereschs Leibwächtern bei der Trauung erzählt hat, daß die Bäume dort unten zu dieser Jahreszeit bereits blühen?«

»Nicht nur die Bäume, mein Schatz.« Die Großmutter betrachtete sie mit strengem Blick. »Unser Klima mag den größten Teil des Jahres über zwar unwirtlich sein, aber glücklicherweise bewahrt es unsere Bewohner auch vor dem Unsinn, der im Süden an der Tagesordnung ist. Vor ungefähr einem Monat hat mir deine Tante Sibyl geschrieben, daß sie Banditen gesehen hat, die über die brazorianische Grenze gekommen sind, um in unmittelbarer Nähe von Ebereschs Reich ein Bergdorf zu zerstören. Aber das ist noch nicht alles. Offenbar gibt es dort auch noch Drachen, Werwölfe, Menschenfresser und Piraten.« Sie mußte sich setzen, weil Länge und Wichtigkeit ihrer Liste sie ermüdeten. »Und Löwen und Tiger«, fügte sie hinzu.

»Vergiß die Bären nicht«, sagte Gretchen ganz trocken.

»Ja natürlich – auch Bären, und du brauchst mich gar nicht auszulachen, mein Kind, sogar Einhörner können gefährlich werden, wenn sie durcheinander sind. Am gefährlichsten sind natürlich die Menschen. Weil Hexen und Zauberer manchmal ein ausgeprägtes Territorialverhalten haben, solltest du mit fremden Zauberern vielleicht etwas höflicher umgehen als mit deiner alten Großmutter. Und was schließlich die Männer anbetrifft, die ein großes Problem darstellen, so finde ich es von deinem Vater nicht gerade sehr klug, dich mit diesem intriganten, singenden Ganoven von dannen ziehen zu lassen.«

»Sei doch nicht so albern, Großmutter. Er ist ja nur ein Musiker – er kann nicht mal zaubern.«
»Jetzt bist du aber albern, du weißt ja überhaupt nicht, ob er zaubern kann oder nicht. Und schließlich ist er ein Mann. Wie erklärst du dir, daß die Männer uns zahlenmäßig überlegen sind und wir von Generation zu Generation schwächer werden?«
»Es darf doch wohl nicht wahr sein, daß *meine* Großmutter mir eine Moralpredigt hält?« Gretchen fing an zu grinsen.
Die Großmutter machte einen verlegenen Eindruck. »Natürlich nicht, du freches Biest. Aber du solltest dir erst einen Partner suchen, wenn deine Kräfte voll entwickelt sind und du Gelegenheit hattest, sie zu erproben. Deine arme Mutter hat es als Hexe nicht weit gebracht, weil sie sich schon so früh mit einem Mann eingelassen hat und alles...«
»Jetzt schieb bloß nicht die ganze Schuld auf Papa...«
»Tu ich ja nicht. Ich bin nicht so bigott wie so mancher andere, aber...«
Sie wurden von einem munteren Klopfen an der Tür unterbrochen. Gretchens Großmutter hatte keine Zeit mehr, »Herein« zu rufen, als auch schon die Tür aufging und ein rundes Gesicht mit einem Schopf weißer Haare hereingrinste. Eine zum Gesicht passende Hand mit rosafarbenen Fingern winkte ihnen zu. »Guten Tag, Hexe Grau und Jungfer Gretchen. Darf ich hereinkommen?«
»Sieht so aus, als wärst du bereits drinnen, Hugo«, sagte die Großmutter. »Was kann ich für dich tun?«
Da es sonst keine Sitzgelegenheit mehr gab, nahm der Mann im Schaukelstuhl Platz. Er grinste und zeigte dabei eine Reihe von Zähnen, in der die bekanntesten Metalle vertreten waren. »Da ich gerade auf dem Weg in den Norden bin, hab ich gedacht, ich könnte auch mal bei dir vorbeischauen und etwas vom Üblichen mitnehmen.« Seine wässrigen blauen Augen wanderten zu Gretchen hinüber und verweilten dort sehr viel länger, als es sich für eine Begrüßung schickte.
»Natürlich«, sagte Gretchens Großmutter und kletterte auf ihr

schmales Bett, um das Bord mit den handgemachten Krügen zu erreichen, das darüber an der Wand hing. Sie roch an mehreren, ehe sie schließlich einen auswählte.

Einen Augenblick lang folgte Hugo ihren Bewegungen, während er sich genüßlich die Lippen leckte. Dann wandte er sich an Gretchen:

»Nun, Jungfer Gretchen, wie ich erfahren habe, wollen Sie eine kleine Reise machen?«

»Wie schnell sich doch Neuigkeiten herumsprechen!«

»Ich nehme an, daß sie in den Süden reisen, um ihre liebliche Schwester zu besuchen?«

»Verdammt! Weiß es denn schon das ganze Dorf?« Gretchen war wütend; nicht nur hatte sie gehofft, daß ihre Mission geheim bleiben würde, auch hatte sie eine ganz besondere Abneigung dagegen, daß ein so übler alter Schwätzer wie Hugo, der Handlungsreisende, über ihre Pläne Bescheid wußte.

»Aber nein, teures Fräulein, Sie haben doch von mir nichts zu befürchten, ich werde es keinem Menschen weitererzählen. Sie wissen doch, daß ich schweigen kann wie ein Grab, wenn es um die delikaten Geheimnisse einer Dame geht. Aber ich habe dem Schmied einen neuen Hammer gebracht, und er hat mir erzählt, daß Sie morgen abreisen werden, woraufhin ich natürlich angenommen habe...«

»Hier, Hugo!« Gretchens Großmutter schüttete etwas Pulver aus dem irdenen Krug auf ein Stück Papier, das sie dann feierlich faltete und dem Hausierer überreichte. »Macht sechs Kupfermünzen.«

»Sechs! entrüstete sich Hugo und schnallte widerstrebend den schmucken Geldbeutel ab, den er am Gürtel trug. »Du hast also aufgeschlagen. Ich weiß noch ganz genau, daß es ursprünglich nur zwei Kupfermünzen kostete.«

»Das sind die Folgen der Geldentwertung«, sagte Großmutter Grau frohgemut und verstaute das Geld in ihrer Rocktasche. »Das ist eben heutzutage der Preis für Hexerei. Ich kann dir gar nicht sagen, wie sich die Dürre im letzten Jahre auf meinen Gewinn ausgewirkt hat. Einige meiner kostbarsten Pflanzen sind ausgetrocknet und werden dieses Jahr wahrscheinlich überhaupt nicht mehr treiben...«

Hugo ging rückwärts zur Tür hinaus, beim Weggehen tippte er mit der Hand an eine nichtvorhandene Mütze: »Ja, nun denn, meine Damen, leben Sie wohl!«

Gretchen lachte laut. »Ach, Großmutter, wie *konntest* du nur sechs Kupfermünzen für einen solchen Unsinn verlangen!«

»Das gehört doch mit zum Zauber, mein Schatz. Gute Magie wird immer für wirksamer gehalten, wenn sie etwas mehr kostet, als sich der Kunde bequem leisten kann.«

»Wofür ist das Mittel eigentlich?«

»Gegen Impotenz. Du kannst nun hereinkommen, mein Schatz.«

Gretchens Großmutter lockte ihren Liebling mit einer so sanften Stimme herbei, wie die Leute im Dorf und auch Gretchen sie überhaupt nicht an ihr kannten. Chingachgook, der schwarz-weiß-gefleckte Kater, sprang vom Fensterbrett und nahm auf dem Schoß der alten Dame Platz.

»Nun, vielleicht brauche ich selber auch ein paar von deinen Pülverchen.«

»Weil ich auch schon daran gedacht habe, habe ich meine uralte Weisheit zu Hilfe genommen und ein paar Dinge für dich vorbereitet.«

»Die woraus bestehen?« fragte Gretchen mißtrauisch und ließ sich auf der Bank am Webstuhl nieder, weil ihr der Kater auf die Schulter gesprungen war. Großmutter Grau nahm ihren Zopf nach vorn, zupfte sich sieben lange Haare aus und sagte zu Gretchen: »Hier, du bist die Weberin, flechte diese Haare zu einer Kette zusammen und trage sie als Halskette.«

»Wozu eigentlich?« fragte Gretchen, als sie mit flinken Fingern die Haarschlaufen zu einer Kette zusammenflocht, die sie dann mit einem komplizierten Knoten unter ihrem otterfarbenen Haarschopf verschloß.

»Natürlich, um dich verständlicher zu machen«, schnurrte ihr Ching ins Ohr, wobei er seinen Kopf an ihrer Wange rieb.

Gretchen wollte gerade aufbegehren, doch als sie das zufriedene Gesicht ihrer Großmutter sah, gab sie es auf: »Gut, ich glaube, Chings Anwesenheit wird mir helfen, mich mit den größeren nichtmenschlichen Arten zu verständigen. Aber ich hoffe, daß ich mir nicht das Gejammer des Pferdes anhören muß, das sich über wehe Füße und schlechtes Futter beklagt!«

»Nur, wenn du Ching darum bittest, mein Schatz. Aber ich habe mir gedacht, wenn du nur diesen rührseligen Spielmann mitnehmen willst, wirst du froh sein über jede Art intelligenter Gesellschaft.«

»Ja, Großmutter.«

»Was die intelligente Gesellschaft anbetrifft, so rate ich dir auch, unterwegs bei Sibyl vorbeizuschauen, sonst gibt es wieder einen Familienkrach.«

Gretchen zappelte vor Ungeduld, so daß Ching von ihrer Schulter herunterspringen mußte. Zu ihrer Großmutter gewandt sagte sie: »Aber Großmutter, vielleicht ist es wichtig, daß ich Goldie möglichst schnell erreiche!«

»Ein Grund mehr, bei Sibyl vorbeizuschauen!« sagte Großmutter Grau und warf Gretchen eine Ledertasche mit Riemen zu. »Da ist dein Medizinbeutel, und nun geh. Ich bin ziemlich sicher, daß hier alles von selbst weiterlaufen wird.«

»Das muß es ja wohl auch«, murmelte Ching, legte den Kopf auf die Vorderpfoten und wand den Schwanz um seine Schnauze.

III

Gretchen wollte so schnell aus dem Dorf heraus, daß sie Colin und das Packpferd in der ersten halben Stunde weit hinter sich ließ. Nach dem langen, frostigen Winter auf der Eisdrachenfeste war es eine reine Freude, über die aufgeweichten, matschigen Wege zu reiten und durch die Schmelzwasserpfützen zu platschen, die der Sturm im vergangenen Monat übriggelassen hatte. Sie nahm kaum die Kälte an ihren Ohren wahr, die durch den Luftzug beim Galoppieren entstand, und das Zerren ihres wollenen Umhangs, der sich hinter ihr aufbauschte. Sie hätte laut singen mögen vor Freude! Der Geruch des frischen, zarten Grases und überhaupt alle Gerüche nach einem Winter mit niedrigen Temperaturen und toter Natur, einem Winter, in dem einem die Nase zugefroren war, waren Gretchen sehr viel angenehmer als alle Parfums der vornehmen Damen bei Goldies Hochzeitsfeier. Sogar unter einem bleiernen, grauen Himmel leuchteten nach den dunklen Farbtönen und endlosen Weißflächen des Winters endlich die Farben des Frühlings. Natürlich belebte vor allem das Grün die Natur, aber auch Kardinalvögel und Blaumeisen, die in der Luft herumschwirrten, und eine vereinzelte gelbe oder lila Blütenknospe, die sich aus dem Boden hervorgewagt hatte.

Ihre Nachbarn, die im Straßengraben Zuflucht suchen mußten, als sie vorüberraste, streifte Gretchen mit einem kurzen Seitenblick. Auch sie waren bunt angezogen. Nach den neun Monaten, in denen sie nur schwarze, dunkelblaue oder dunkelbraune Gewänder getragen hatten, die die Kälte abhielten, hatten die Frauen nun die dunklen Mäntel gegen die kleidsamen Trachten mit den goldenen und roten Röcken, den blauen oder gelben Blusen und den gestickten weißen Schürzen und Tüchern ausgetauscht. Die Mehrzahl der Männer trug nun sogar noch praktischere Kleidung als im Winter, weil erfahrungsgemäß der Pflug einer weißen Schürze weit abträglicher sein kann als ein Butterfaß, aber Gretchen wußte, daß auch die Männer an den Markttagen, die nun nicht mehr allzu fern waren, Samtwesten über ihre gesmokten Hemden aus handgesponnenem Leinen ziehen würden, die mit den ausgefallensten Szenen und Farben bestickt waren, die sich ihre Frauen ausdenken konnten. Je einfallsreicher die Stickerei, um so einfallsreicher der Mann, sagt ein altes Sprichwort. Welche Frau würde sich auch die Augen verderben, um sich für einen Trottel solch eine Arbeit zu machen?

Erst als Gretchen anhalten mußte, weil vor ihr in aller Seelenruhe eine Schafherde den Weg überquerte, holte der Spielmann sie schnaufend und mit gerötetem Gesicht auf seinem graugelb gefleckten Pferd ein. Ching, der in seinem Korb auf dem Rücken des Packpferds unbarmherzig durcheinandergerüttelt wurde, warf mit unanständigen Katzenflüchen um sich.

Colin konnte nur mühsam seinen Zorn unterdrücken, als er die Hexe auf ihrer schwitzenden braunen Stute einholte. »Mit Verlaub, schönes Fräulein, aber wenn Ihr in diesem Tempo weiterreitet, werdet Ihr Euer Tier umbringen, bevor wir das nächste Dorf erreichen.«

Als Gretchen die Schimpfreden, mit denen Großmutter Graus Kater sie überhäufte, richtig verstand, verbiß sie sich die wütende Antwort, die sie dem Spielmann geben wollte, nickte statt dessen nur demütig und trieb ihr Pferd sanft an, als die letzten Schafe den Weg überquert hatten.

Ermutigt durch diesen offensichtlichen Autoritätsgewinn, fügte Colin in der hochtrabenden Sprache, die er für den Umgang mit der Aristokratie gelernt hatte, hinzu: »Wir Troubadoure sind sehr beschlagen in den Gesetzen der Straße. Erlauben Sie mir, Ihr Führer zu sein, schönes Fräulein!«

»Ich bitte Sie, tauchen Sie doch mal Ihren Kopf in kaltes Wasser«, fuhr ihn Gretchen an, die ihre Wut nun nicht mehr unterdrücken konnte. »Von hier nach Süden zum Forellenfluß gibt es nach Vaters Landkarte eben nur diesen einen, verfluchten Weg. Und überhaupt – was braucht man da zu wissen? Sehn Sie nur«, und dabei deutete sie auf einen roten Beutel, der von einer Astgabel herunterhing, »der Weg ist sogar mit Erste-Hilfe-Bündeln geschützt.

Die Reise wird wahrscheinlich genauso harmlos wie ein Gang um den Hof.«
Colin verschlug es die Sprache. Wie hätte er diesem penetranten Weibsbild, das weder in irgendeiner Weise seiner Vorstellung von einem sanften, unschuldigen Wesen nahekam und außerdem ziemlich naiv zu sein schien, auch klarmachen können, welche Gefahren auf der Straße auf sie lauerten? Um die Wahrheit zu sagen, da er dieses Frühjahr frisch von der Akademie gekommen war, hatte er selbst noch nicht allzu viele Gefahren zu bestehen gehabt. Aber er war überzeugt davon, daß es sie gab, seine Mitschüler aus Argonien, einem exotischeren und kultivierteren Gebiet als Oberkopfingen, von wo er stammte, hatten ihm wirklich haarsträubende Geschichten erzählt. Und die Geschichten, die ihn seine Lehrmeister in den lyrischen Interpretationskursen gelehrt hatten, basierten nicht auf einem magischen oder nicht magischen Konflikt, der durch ein armseliges Erste-Hilfe-Paket, das von einer Astgabel herabhing, gelöst werden konnte. Aber das mußte man dieser Jungfer Allwissend erst mal klarmachen!
So trotteten sie also eine Zeitlang schweigend weiter, die dumpfen Hufschläge der Pferde und das gelegentliche Erklingen der Saiten von Colins Instrumenten, wenn er das Gewicht verlagerte, waren die einzigen Geräusche, die die Eintönigkeit unterbrachen. Sie hatten nun nahezu alle Bauernhöfe im weiteren Umkreis der Eisdrachenburg hinter sich gelassen und mußten sich auf dem holprigen Weg, der die Hauptverbindung nach Süden darstellte, abmühen. Gretchen, die Colin schon mehrmals einen heimlichen, schuldbewußten Seitenblick zugeworfen hatte, räusperte sich schließlich und sagte zu ihrem Begleiter, der mit verbissenem Gesicht neben ihr herritt:
»Schöner Tag heute, nicht wahr?«
Colins Gesichtsausdruck wurde kaum merklich milder, und er sagte: »Das würde ich nicht gerade behaupten.«
»Nein, von deiner Warte aus wahrscheinlich ziemlich mies.« Obgleich sie den ersten Schritt zu einem Gespräch gemacht hatte, wußte sie nicht so recht, wie sie es fortführen sollte. Von ihrem

Hausgeist, der es ja wissen mußte, war Gretchen schon mehrmals darauf aufmerksam gemacht worden, daß Diplomatie nicht zu ihren Stärken gehörte. »Also weißt du, Spielmann, du darfst mir nicht jede klitzekleine Bemerkung so furchtbar krumm nehmen. Schon wenn jemand nur eine ganz einfache topographische Beobachtung macht, gehst du gleich hoch.« Gretchen wurde immer verzweifelter, als sie merkte, daß ihre Entschuldigung nicht sofort ein positives Echo hervorrief, aber trotzdem quasselte sie weiter: »Ich habe damit doch nur sagen wollen, daß jeder Trottel ans Ziel kommt, wenn es nur einen einzigen Weg gibt... meinst du nicht auch?« Gretchens Stimme wurde immer verzagter.
Wütend stieß Colin zwischen den Zähnen hervor: »Und ich wollte damit nur sagen, Fräulein, daß ich vielleicht Gelegenheit hatte, das eine oder andere über das Reisen zu erfahren, was sich als lehrreich für ein Mädchen erweisen sollte, das noch nie über die Besitzungen ihres Vaters hinausgekommen ist, vorausgesetzt, sie hörte zu, statt ihrem Gesprächspartner gleich den Kopf abreißen zu wollen.«
»Hör auf, so laut zu kauen, Hexe«, gähnte Ching, als er in seinem Körbchen zu einer bequemeren Schlafstellung überwechselte. »Deine lieblichen Töne tun mir an den Bartspitzen weh!«
Gretchen ließ die Schultern hängen und nickte schließlich zustimmend. »Also gut, vielleicht bin ich ein bißchen zu bissig. Aber du hattest ja Gelegenheit, meine Großmutter und meinen Vater kennenzulernen, wenn dieser auch ein etwas seltsamer Kerl sein mag für jemanden, der der herrschenden Klasse angehört – und sich mehr um die Jagd kümmert als um die Verwaltung seiner Güter, außerdem hat er manchmal einen Dickschädel, der den Trophäen an unserer Wirtsstubenwand alle Ehre macht. Als Goldie noch zu Hause war, versuchte sie immer, die Wogen zu glätten und alle friedfertig zu stimmen. Ich bin die Letzte, die nicht zugeben würde, daß diese Taktik sehr wirkungsvoll sein kann. Weißt du, Spielmann«, sagte Gretchen und schaute Colin dabei direkt in die Augen, mit einem Blick, der um Verständnis warb, »nur mit Milde und unendlicher Güte kann man eben noch kein Herdfeuer anzün-

den oder die Schafe scheren. Jemand muß sich darum kümmern, daß die Dinge auch wirklich getan werden. Man kann doch nicht immer sagen: ›Bitte, mein Herr, verzeihen Sie, mein Herr, würden Sie so gut sein und das Schmutzwasser ausgießen, falls es Ihnen nichts ausmacht und Sie gerade nichts Besseres zu tun haben?‹«

Da Colin immer noch schwieg, sagte Gretchen schließlich: »Weißt du, mir macht es nichts aus, wenn du wieder nach Norden willst. Ich weiß einen kleinen Pfad, auf dem du das Dorf umgehen kannst, so daß keiner es erfahren würde. Ich komme schon allein zurecht.«

»Sollte Ihnen dann aber doch etwas zustoßen, würde ich mich sehr unbehaglich fühlen, wenn ich Ihnen nicht, wie verabredet, zur Seite stünde, und ihr Vater mich irgendwo anders aufstöbern würde. Ich begleite Sie also, junge Dame, wie wir es ausgemacht haben.«

»Dann hör wenigstens auf, mich junge Dame zu nennen. Meine Schwester Bernsteinwein (oder auch Goldie genannt) ist die Dame in unserer Familie, auch wenn du in deinen Liedern das Gegenteil behauptest. Meine Mutter hat mich ledig geboren, und ich wurde von meinem Vater nicht anerkannt. Vater hat Mutter erst geheiratet, als ich zwei Jahre alt war. Ich bin Gretchen Grau, Hexenschülerin. Ein einfaches ›Gretchen‹ genügt.«

Colin grinste Gretchen plötzlich an. Vielleicht würde es doch keine so weite Reise werden. Er fing leise an zu pfeifen und hatte schon vier Strophen hinter sich, als er Gretchens bösen Blick gewahrte. Er ertappte sich dabei, daß er dasselbe Lied gepfiffen hatte, weswegen es schon einmal Ärger gegeben hatte. Er versuchte, seine Ungeschicklichkeit durch ein etwas dümmliches Grinsen wiedergutzumachen: »Ich weiß, daß du den Text nicht magst, aber die Melodie ist doch ziemlich eingängig. Meinst du nicht auch?«

»Ganz bestimmt nicht.« Aber es war doch der Fall. »Nun denn, meine Dame, ich werde mir Ihre Wünsche zu Herzen nehmen.«

Gretchen konnte es sich gerade noch verkneifen, ihn aufzufordern, doch den Mund zu halten und fragte ihn: »Wißt Ihr vielleicht eine Stelle auf unserem Weg, wo wir rasten und etwas zu uns nehmen könnten?«

»Nein, aber ich summe noch ein paar Takte und werde ein wenig improvisieren.« Er fiel beinahe vom Pferd, weil er über seinen geistreichen Einfall lachen mußte.
»Zu spät«, stöhnte Gretchen, »mir ist soeben der Appetit vergangen.«
Obwohl Colins Gelächter den Kater kaum aufgeweckt haben konnte, da dieser es fertigbrachte, selbst bei den zahlreichen Explosionen, die aus Großmutter Graus obskuren Experimenten resultierten, einfach weiterzuschlafen, öffnete Ching ein Auge und streckte eine schwarze Pfote an der Korbwand empor. »Mir ist der Appetit aber nicht vergangen«, ließ er Gretchen wissen und unterbrach abrupt seine Streckübung, weil er sich sofort wieder daran erinnerte, wo er lag. »Wenn man mit einer Küchenfee reist, rechnet man kaum damit, daß man vom Fleisch fällt.«
»Ganz recht, Kater«, entschuldigte sich Gretchen, reagierte dabei aber auch ziemlich gereizt, weil sie das Gefühl hatte, das Entschuldigen würde bei ihr allmählich zu einer schlechten Angewohnheit. »Tut mir leid, ich war unaufmerksam.«
»Ist ja schon in Ordnung«, antwortete Colin, der glaubte, sie habe mit ihm gesprochen. »Spaß muß sein. Dort drüben ist ein kleiner Hügel, der ziemlich trocken und nicht zu schmutzig sein dürfte.«
Sie erreichten den Hügel und banden die Pferde an einen Baum. Gretchen holte eine leichte Mahlzeit aus den Satteltaschen, Käse, frisches Brot und getrocknete Äpfel, die sie in frische verwandelte und zwischen sich und Colin aufteilte. Dann nahm sie ein Paket mit getrocknetem Fisch heraus und meinte, Ching würde ihr auf den Fersen folgen, weil er sein Futter wollte. Statt dessen mußte sie überall auf dem Hügel nach ihm suchen, bis sie ihn dann auch schließlich in Lauerstellung mit aufgeregt zuckendem Schwanz an der Stelle am Fuße des Hügels fand, die am weitesten vom Weg entfernt war. »Chingachgook, hier ist dein Mittagessen!« sagte Gretchen.
»Verdammt, doch nicht jetzt!« fauchte der Kater. »Ich versuche gerade zu verstehen, was er sagt.«

»Wer sagt etwas?«
»Natürlich der, der dort drinnen ist!«
Gretchen begann, den Hügel hinabzusteigen und sagte dabei: »Es gehört sich aber nicht, zu lauschen!«
»Er scheint wegen irgendeiner Sache ziemlich aufgebracht zu sein, und ich wollte nur wissen, worum es sich handelt«, sagte Ching, indem er sich aufrichtete und mit weit aufgerissenen Augen versuchte, unschuldig wie ein Katzenbaby auszusehen. Die Zeichnung seines Fells vereitelte diese Anstrengungen allerdings ein wenig: Obwohl Kinn und Nase weiß waren, trug Ching über Augen und Ohren eine pechschwarze, pelzige Verbrechermaske.
»Was ist los, Gretchen?« rief Colin mit einem Stück Apfel im Mund und kam den Hügel heruntergelaufen, um ihnen Gesellschaft zu leisten.
»Ching hört etwas da drinnen. Sieh nur, da ist auch eine kleine Tür!« Ein halbkreisförmiges Stück Rasen fing an zu beben und trennte sich durch Risse vom restlichen Hügel.
»Ja, und sie öffnet sich sogar«, zischte Ching, duckte sich erwartungsvoll, und seine Schnurrhaare zuckten.
Der rotäugige Gnom mit dem nassen Gesicht, der herauskam, sagte entrüstet: »Jetzt kann unsereins nicht einmal mehr das Schicksal des besten Freundes beweinen, ohne daß ihr ihm aufs Dach steigt!«
»Ich frage mich, wie so einer wohl schmeckt?« sinnierte Ching.
Gretchen stieß ihn entrüstet zurück: »Benimm dich, Kater!«
»Es tut mir leid, daß wir Sie in Ihrem Kummer gestört haben, mein Herr!« sagte Colin höflich, nahm seine Mütze ab und beugte sich etwas nach vorn, damit sich die winzige Person nicht allzusehr abmühen mußte, wenn sie zu ihm aufschaute. »Offensichtlich befinden Sie sich in Schwierigkeiten. Wir wollen Ihnen hiermit unser aufrichtiges Beileid übermitteln und würden alles tun, um Ihren Schmerz zu lindern und unsere Rücksichtslosigkeit wiedergutzumachen.«
Es war schon immer sehr unvernünftig, wenn man sich gegenüber den Kleinen Leuten, also Kobolden, Gnomen, Heinzelmännchen

und dergleichen als unfreundlich erwies. Jede Bemerkung, die Colin darüber gehört hatte, ließ Vorsicht und Höflichkeit geraten sein, die sogar das Maß überschritten, mit dem man gewöhnlich den Adligen gegenübertrat, denn die Kleinen Leute waren seltsam, empfindlich und vor allem fremdartig. Weil sie so winzig waren, hatten sie sich nie wie Nixen, Hexen, Feen und Ungeheuer mit größeren Arten vermischt, sondern waren vielmehr scheu geblieben und hatten ein zurückgezogenes Dasein geführt. Obgleich dieser Gnom der erste war, den Colin wirklich aus nächster Nähe zu Gesicht bekam, hatte er einen Jungen aus Ost-Oberkopfingen gekannt, ein beklagenswertes Waisenkind, dessen Eltern in ihrer grenzenlosen Dummheit die unterirdische Behausung einer Gnomenfamilie zerstört hatten.

»Ach Waly, Waly, Waly«, jammerte der kleine Mann, als er sich auf einem Pilz niederließ, dessen roten, spitzen Hut er mit den Händen bearbeitete. »Ach, mein armes Kaninchen!«

Nach seinem Benehmen zu urteilen, schien es, als habe er beschlossen, Gretchen, Colin und Ching ins Vertrauen zu ziehen.

Colin wagte eine Frage: »Also heißt dein Freund ›Kaninchen‹?«

»Kaninchen wird er genannt, weil er ein Kaninchen ist«, nickte der Gnom. Schniefend suchte er mit den Händen in den Taschen seiner grünen Hose. »Pünktlich jeden Viertelmonat kommt er zu mir zum Kegeln. Als er dieses Mal nicht wie immer kam, bin ich ihn suchen gegangen.«

»Und hast ihn nicht gefunden?« fragte Gretchen mitfühlend.

Der Gnom zog ein münzengroßes Schnupftuch aus der Tasche, schneuzte sich geräuschvoll die Nase und sah sie wütend an, als er sagte: »Doch, ich habe ihn gefunden, in einer eurer entsetzlichen Eisenfallen, seine Pfote war beinahe abgetrennt, und er selbst war halbtot vor Schreck und Schmerz.«

Bei diesen Worten erschrak sogar Ching und schaute so teilnehmend drein wie es ihm irgend möglich war.

»Ich habe alles versucht, ihn zu befreien«, fuhr der Gnom fort, aber die Gewalt über Eisen liegt außerhalb meiner Fähigkeiten, ich verfüge nicht über die rohe Kraft, es zu sprengen.«

»Du solltest uns lieber zeigen, wo es passiert ist«, sagte Colin, »bevor derjenige, der die Falle aufgestellt hat, kommt, um nachzusehen.«
Wäre nicht Chings Spürsinn gewesen, hätten sie den Gnom, der ihnen nun durch die frische grüne Wiese vorausrannte und im Wald dahinter verschwand, sehr bald aus den Augen verloren. In der Nähe eines Wildpfads, der sich kaum sichtbar durchs Unterholz zog, lag das Kaninchen und keuchte erschöpft, sein weiches, weißes Fell war rot gefleckt, wo die Falle, die aussah wie das Gebiß eines grausamen, seelenlosen Ungeheuers, in seine Pfote biß.
Als Colin die Falle geöffnet hatte, wollte er das Kaninchen hochheben, aber Gretchen hinderte ihn daran und sagte: »Das Leben des Kaninchens ist im Augenblick zu zerbrechlich, wir dürfen das Tierchen deshalb nicht bewegen. Ich habe meiner Großmutter schon in einigen solchen Fällen geholfen; zwar nicht bei Kaninchen, aber ich kenne diesen glasigen Blick. Am besten, wir schienen die Pfote, geben ihm vorher etwas gegen die Schmerzen und lassen es ein bißchen ruhn.« Sie nahm ihr Kopftuch ab und gab es dem Gnom: »Decke deinen Freund damit zu, so wird er warmgehalten. Ich will mal sehen, ob ich Eismohn finde, um seine Schmerzen zu lindern, obwohl es schwierig sein wird, die Pflanze ohne die Blüten ausfindig zu machen.«
»Wenn das versagt«, sagte Colin, der sich diebisch freute, daß er auch neben den Verordnungen der Hexe eine Möglichkeit sah, »sollte ich vielleicht meine Arznei holen.«
»*Deine* Arznei?« fragte Gretchen.
Es erfüllte Colin mit Genugtuung, sie so erstaunt zu sehen. »Ihr Hexen seid nicht die einzigen, die auf so etwas vorbereitet sind. Alle Spielleute, die reisen, werden angewiesen, mindestens ein Achtel Liter starken Apfelschnaps mitzunehmen, falls etwas passiert.«
»Die Schnapspulle hat unser Sangesbruder allerdings nicht mehr zu Hilfe nehmen können, als er zwischen den Balken herumhüpfte«, lästerte Ching und leckte sich genüßlich die Pfote.
»Waly, Waly, Waly, Waly«, schluchzte der Gnom, der das Tuch

fest um das Kaninchen gewickelt hatte. Den Kopf seines Freundes, den er behutsam hin und her wiegte, hatte er in seinem Schoß liegen und streichelte dabei zärtlich die langen, weichen Ohren.
»Waly, Waly – natürlich!« sagte Colin und rannte zum Wildpfad zurück. »Bin gleich wieder da!«
Gretchen wandte sich wieder an den Gnom. Wie Colin ging sie in die Hocke, um ihm nicht den Eindruck zu vermitteln, von oben herab mit ihm zu sprechen. »Gibt es denn in der Nähe einen Bach, Meister Gnom? Eismohn gedeiht nämlich an Bachufern, und wir brauchen auch Wasser, um die Wunde zu reinigen.«
»Dort, durch die Bäume. Aber beeil dich, Mägdlein, seine Lebenskraft schwindet...«
Mit der einen Hand raffte Gretchen Rock und Umhang, die andere benutzte sie dazu, die nassen Weidenzweige abzuwehren, die ihr ins Gesicht und gegen die Kleider schlugen. Weiden in dieser Menge waren beklemmend für sie wegen ihrer scharfzüngigen Blätter und ihrer Eigenart, den Weg und alles, was hinter ihnen lag, unübersichtlich zu machen. Sie war froh, daß es noch nicht spät am Tage war, weil sie von ihrer Großmutter wußte, daß es Weiden gab, die sich von selbst entwurzelten, um den Wanderern zu folgen, die nach Einfall der Dämmerung noch auf der Straße waren. Allerdings hatte Großmutter auch nie behauptet, daß sie etwas anderes taten, als den Wanderern nachzufolgen, aber trotzdem...
Sie fröstelte. »Das Reisen scheint mir nicht gut zu bekommen, Ching. Ich bin furchtbar nervös und habe das unangenehme Gefühl, daß wir beobachtet werden.« Als der gewohnte Spott des Katers ausblieb, sah sie sich nach ihm um. Er hatte sich zu ihren Füßen niedergekauert, sein Fell glänzte vom Tau und war stachelig geworden. Er drehte den Kopf nach links, wobei sich seine Ohren schier unmerklich bewegten, und seine Schnurrhaare zuckten.
»Du bist wirklich eine große Hilfe, Kater«, sagte Gretchen.
»Du bist doch diejenige, die Bescheid weiß, Hexlein«, murrte der Kater schuldbewußt. »Hoffentlich findest du bald den Tümpel und diese verdammten Blümchen und kurierst das Häschen, damit wir endlich hier rauskommen!« Seine Haare hatten sich immer mehr

gesträubt, während er sprach, und er schien nun doppelt so groß. »Da war mir schon so manche Hundehütte lieber, in die ich geraten bin!«

»Ich weiß, wie dir zumute ist, ich habe nämlich das unangenehme Gefühl, daß uns dort hinten außer dem Kaninchen und dem Gnom noch etwas anderes erwartet.«

»Dann lauf doch«, sagte Ching.

»Ist ja schon gut, nur ist alles so grau, daß ich kaum etwas erkennen kann. Sie hielt die Zweige zweier Weiden auseinander, die vorher links und rechts am Weg gestanden hatten, und diesen mit ihren Ästen nun vollkommen verdeckten. Als sie das Ufer des Bachs erreichten, waren sie beide vollkommen durchnäßt und froren erbärmlich.

Unten am Bach hatte Gretchen ein völlig anderes Gefühl. Es war, als hätte sich ein unidentifizierbares Etwas über sie ergossen, so daß Gretchen, als sie auf das grasbewachsene Ufer hinaustrat, vorsichtig einen Schritt vor den anderen setzte, und schließlich am plätschernden Bach regungslos stehenblieb. Der Bach hatte dasselbe Blau wie die mörderischen Spalten des großen Gletschers, dem er entsprang. Andererseits fand Gretchen das Wasser aber auch schön. Um sie herum war die Luft vom Dunst gedämpft und still, obwohl das Rieseln des Bachs zu hören war und hin und wieder der klare, vollkommene Gesang eines Vogels an ihr Ohr drang. Hier hatte der Himmel nicht die düstere graue Färbung wie unter den Weiden, sondern leuchtete silberrosa wie Perlmutt. Die lautlos sich bewegenden Blätter schimmerten blaßgrün, dunkel und wieder blaßgrün wie ein juwelenbesetztes Gewand, das im Licht aufleuchtet, wenn seine Trägerin einen Knicks macht.

»Ein verzauberter Ort«, sagte Ching leise, obwohl ihn die meisten Zauber unberührt ließen. Seine Haare hatten sich wieder gelegt und er hatte sich aus seiner kauernden Haltung aufgerichtet. Er stand neben Gretchen, spitzte die Ohren und bewegte den Schwanz in einem sanften Bogen.

»Ja«, sagte Gretchen.

»Es verbirgt sich in den Bäumen über dem Bach.«

Gretchen ließ ihren Blick zu der Stelle schweifen, die der Kater bezeichnete. Sein Sehvermögen war zwar nicht so gut wie ihr eigenes, aber dafür war sein sechster Sinn sehr viel besser ausgeprägt. Wäre es ein strahlenderer Tag gewesen, hätte Gretchen das Einhorn sofort gesehen. Wie der Zufall es wollte, ging sein nebelgraues Fell so nahtlos in den Dunst über, daß sie es zuerst mit einem Stück des Nachmittagshimmels verwechselt hatte, der durch die Äste und Zweige schien. Nur die amethystfarbenen Augen, die sie neugierig von jenseits des Bachs beobachteten, verrieten seine Anwesenheit.
»Es will wissen, ob du noch Jungfrau bist«, teilte ihr Ching mit.
»Allerdings eine sehr persönliche Frage in Anbetracht der Tatsache, daß wir noch nicht einmal ordentlich vorgestellt sind«, murmelte Gretchen erstaunt. Dann erwiderte sie den funkelnden Blick des Einhorns und nickte: »Allerdings nicht groß, blond, lilienhaft oder mit einem großen Kummer behaftet, aber ich glaube, daß ich sonst alle notwendigen Voraussetzungen erfülle.«
Offensichtlich waren diese Voraussetzungen der einzige Maßstab des Einhorns für die Bekanntschaft von weiblichen Wesen, denn es durchquerte graziös den Bach, blieb vor Gretchen stehen und senkte den Kopf, sorgfältig darauf bedacht, daß das Horn von ihr abgewendet war. Offensichtlich erwartete das Einhorn von Gretchen, daß sie seine Stirnlocke kraulte.
»Also ehrlich, Freund«, sagte Gretchen zärtlich und tat, was von ihr erwartet wurde. »Du solltest wirklich ein wenig vorsichtiger sein. Ich kenne eine ganze Reihe von Mädchen, die nur in bezug auf ihre Jungfräulichkeit übergewissenhaft sind und dich ohne mit der Wimper zu zucken der Polizei ausliefern würden, weil sie auf den Preis aus sind, den dein Horn ihnen bringt.«
»Würdest du wohl aufhören, dieses gehörnte Geschöpf zu belehren und dich erkundigen, ob es hier Eismohn gibt, ehe das Kaninchen stirbt und sein Freund uns mit einem Fluch belegt, der nicht mehr aufzuheben ist?« fragte Ching, der ungeduldig wurde, da er nicht mehr im Banne des Einhorns stand; Einhörner haben nämlich kein Interesse an Katzen.
»Ja, natürlich«, antwortete Gretchen verträumt; ein glückliches

Lächeln brachte ihr Gesicht zum Glühen, als sie die Mähne des Einhorns streichelte und es mit dem Rest ihres Apfels fütterte, den sie in die Rocktasche gesteckt hatte, als Ching die Behausung des Gnoms ausfindig machte. »Nur daß wir mit Mondschein dem Einhorn gar keinen Eismohn mehr brauchen. Wenn wir etwas Wasser von hier mitnehmen und du dein Horn hineintauchst«, sagte sie zu dem Tier gewandt, »dann wird das Kaninchen wie neugeboren sein.« Sie schmiegte ihre Wange an den blassen, geschmeidigen Hals des Zaubertiers, den Gretchen mit ihren Armen umschlungen hielt. »Ich bin noch nie zuvor einem Einhorn begegnet, und es mag mich wirklich.«

»Würdest du es gefälligst dazu bringen, daß es seine Zauberkraft einsetzt, damit wir endlich zu unserem Kaninchen zurückkommen?« fragte der Kater, der ungeduldig mit seinem Schwanz peitschte. »Ich dachte, wir wären auf Schwesternsuche und nicht beim Pferdestehlen!«

Zögernd ließ Gretchen Mondschein los, das noch einmal seine Schnauze in ihrer Hand vergrub, ehe es die erforderlichen Zauberdienste verrichtete. Sie mußte das Einhorn nicht laut darum bitten, denn da sie in seiner Gunst stand, konnte sie sich wortlos mit ihm verständigen, ohne daß der Kater dolmetschen mußte. Mondschein ließ sie wissen, daß ihre früheren Ermahnungen vollkommen nutzlos waren, weil sich ein Einhorn stets in das erste jungfräuliche Mädchen verlieben mußte, das ihm über den Weg lief, ungeachtet ihres Charakters, ihrer Rasse, ihres Glaubens, ihrer Hautfarbe und nationaler Herkunft, und sie war dann seine große Liebe. Es konnte nur froh sein, daß *seine* Jungfrau, nämlich Gretchen, so sanft, so verständnisvoll, so intelligent, so schön und in jeder Beziehung vorzüglich war, was die Vorstellungen eines einfachen Pferdes natürlich bei weitem übertraf.

»Ich bin gleich wieder zurück«, versprach Gretchen und stolperte auf ihrem Weg zurück durch die Weiden prompt über einen umgestürzten Baum, den sie übersehen hatte, weil sie gleichzeitig versuchte, ihrem Einhorn über die Schulter schmachtende Blicke zuzuwerfen.

»Paß doch auf«, fauchte Ching, »du wärst mir beinahe auf den Schwanz getreten!«
Gretchen hielt es nicht einmal für nötig, sich zu entschuldigen und stolperte noch mehrmals und verschüttete dabei beinahe das kostbare Naß in dem Behälter aus Eichenrinde, den sie speziell dafür erfunden hatte.
Als sie zu dem Gnom und dem Hasen zurückkehrten, war Colin wieder da und hielt Wache. Als er sie erblickte, kniete er neben Gretchen nieder, die die Pfote des Kaninchens im Heilwasser badete.
»Wir haben ein Problem«, sagte er, als sie auch die andere Seite der verletzten Pfote mit Wasser benetzte, auf der sich bereits Anzeichen der Besserung bemerkbar machten. Der Gnom rang zwar immer noch verzweifelt die Hände, hatte es jedoch aufgegeben, ständig »Waly, Waly« zu rufen. Colin fuhr fort: »Unsere Pferde und unser Proviant sind verschwunden!«
»Was?« fragte Gretchen und hörte auf, die Wunde zu baden. Unbeholfen nahm ihr der Gnom mit beiden Armen den Rindenbehälter aus der Hand, stellte ihn neben sich auf den Boden und fuhr fort, Wasser auf die rasch heilende Pfote zu tröpfeln.
»Die Pferde, unser Proviant und meine Musikinstrumente – alles ist weg«, sagte Colin.
»Wie war das bloß möglich? Die Zügel hatten wir doch ganz fest um den Baum gebunden«, warf Gretchen nachdenklich ein.
»Was weiß ich«, erwiderte Colin und senkte den Kopf, »sie sind eben weg...«
Mit Hilfe des Gnoms konnte der Hase bald wieder aufrecht sitzen. Zuerst betrachtete er Ching mit größter Zurückhaltung und auch die Menschen ziemlich argwöhnisch; aber als der Gnom, der sich nun mit dem Namen »Pop« vorstellte, ihm ihre Rolle bei seiner Rettung erklärt hatte, sagte der Hase, er sei ihnen zu unendlicher Dankbarkeit verpflichtet und stünde tief in ihrer Schuld.
»Natürlich gilt das auch für ihren Freund, das Einhorn, gnädige Frau«, fügte er zu Gretchen gewandt hinzu. Weil er mit Pop, der Argonisch sprach, schon seit langem geselligen Umgang pflegte,

konnte sich der Hase auch ausgezeichnet und ohne Dolmetscher mit Gretchen und Colin unterhalten, obwohl seine Ausdrucksweise manchmal ein wenig altmodisch war. In Wirklichkeit war es Ching, der einen Dolmetscher benötigte, wenn er sich mit dem Hasen unterhalten wollte, weil er sich nicht mit Tieren unterhalten konnte, die normalerweise eine Mahlzeit für ihn darstellten. Obgleich er sich mit jedem gleich großen und größeren nichtmenschlichen Wesen verständigen konnte, meist, indem er ihre Gedanken erriet und seine eigenen Wünsche ohne den Vorteil der Sprache oder Gestik klarmachte, trug seine ganz spezielle magische Veranlagung als Hausgeist viel zu sehr seiner Empfindsamkeit Rechnung, die ihn von angeregten Tischgesprächen mit Tieren abhielt, die normalerweise seine Beute waren.

Als sie sich von der vollständigen Genesung des Hasen überzeugt hatten, begannen sie allmählich darüber nachzudenken, was sie nun ohne Pferde tun sollten. Colin patroullierte wieder auf dem Wildpfad, Gretchen nagte ratlos an ihren Fingernägeln und Ching spielte aus Langeweile Jagen mit einigen Blättern und Zweigen.

»Zu schade, daß sich Einhörner nur für Jungfrauen interessieren«, sagte Gretchen, »sonst könnte Mondschein uns zu Herrn Ebereschs Besitzungen bringen oder wenigstens zu Tante Sibyls Hütte.«

»Auch wenn er damit einverstanden wäre, könnten wir eine so lange Reise kaum ohne Proviant und mit nur einem Reittier machen«, gab Colin zu bedenken. »Außerdem möchte ich gerne denjenigen am Schlafittchen packen, der sich mit meiner Geige und meiner Gitarre aus dem Staub gemacht hat!« Wütend schlug er sich mit geballter Faust in die hohle Hand und sah sehr grimmig aus.

»Vielleicht«, warf der Hase ein, »war's der Fallensteller.«

»Hase, du weißt also, wer die Falle aufgestellt hat?« fragte Pop.

Der Hase spielte schüchtern mit seinen Vorderpfoten, ehe er antwortete: »Nun, ich glaube, es war derselbe Bogenschütze, der nach dem ersten Schneefall das Pferd des Großen Ritters erschossen hat. Seitdem lauert er hier in der Gegend herum; meine Vettern, die in der Nähe des Schlosses wohnen, hat er schon ganz nervös gemacht.«

»Der Große Ritter?« fragte Colin, »meinst du vielleicht Fräulein Gretchens Vater, Herrn Wilhelm? Er wurde aus irgendwelchen unerfindlichen Gründen zum Krüppel gemacht...«

»Vielen Dank, Colin«, sagte Gretchen, die sich bei dem Gedanken wand, was ein Hase wohl für eine Meinung von ihrem Vater haben mußte, für den das Jagen eine Beschäftigung war, die er mit größerer Regelmäßigkeit ausübte als das Atmen. »Aber ich hatte eigentlich nicht vor, unsere verwandtschaftlichen Beziehungen ausgerechnet hier zu erwähnen.«

»Ich finde, du solltest dir darüber keine Gedanken machen, Mädchen«, sagte Pop, »er weiß sehr wohl, daß sich die Sünden der Väter auf die Söhne und nicht auf die Töchter vererben.«

»Mit ein bißchen Mühe könnte man daraus einen Reim machen«, sagte Colin.

Vorsichtig klopfte der Hase mit seiner verletzten Pfote auf den Boden. Sie war nun wieder weich, glänzend und wie neu. »Der Große Ritter ist kein Schlächter wie dieser Bogenschütze. Meine Vettern haben mich vor den Fallen gewarnt, aber ich hätte nicht gedacht, daß ich nach solch einer brutalen Mordmaschine Ausschau halten müßte.« In seinen Augen war nur noch das weiße zu sehen, als er an der Falle schnupperte und unwillkürlich ein Stück zurückwich.

»Es kommt bei uns selten vor, daß wir Eisen für diesen Zweck verwenden«, gab Gretchen zu. »Es ist schwer zu beschaffen und teuer. Sogar Wölfe werden mit Baumfallen, Pfeilen oder der Lanze erlegt. Abgesehen von Hufeisen, Kesseln oder Schürhaken, die Handlungsreisende vorbeibringen, sieht man so weit im Norden nur selten Geräte aus Eisen.«

Colin schnaubte verächtlich und sagte mit Bitterkeit in der Stimme, weil ihn der Verlust seiner Instrumente so schwer traf: »Wie ich annehme, empfinden wir wahrscheinlich eine gewisse Genugtuung darüber, daß uns allen von derselben Person geschadet wurde.«

Pop unterbrach ihn, als er aufsprang und mit seinem dicken Zeigefinger zum Himmel deutete.
»Was ist denn das?« fragte Colin.
»Klingt wie Trompeterschwäne«, antwortete Gretchen und erhob sich ebenfalls, um den Himmel abzusuchen. »Aber sie sind viel lauter – oh, sieh nur! Sie sind riesig!«
»Und schwarz«, sagte Pop. Die mißtönenden Schreie verklangen erst lange, nachdem die ebenholzfarbenen Riesen hinter dem von Baumwipfeln gesäumten Horizont verschwunden waren. Fasziniert schaute Gretchen zum Himmel empor, bis der letzte Ton verklungen war, dann wandte sie sich wieder zurück an ihre Kameraden. Ching hatte sich wieder einmal auf das Zweifache seiner eigentlichen Größe aufgeplustert.
Gretchen kicherte, kniete sich auf den Boden und streichelte den gesträubten Rücken ihres Hausgeistes. »Ich glaube nicht, daß du jene Vögel jagen wirst, wie, alter Junge?«
Statt einer Antwort, setzte sich der Kater beleidigt hin und begann mit großer Sorgfalt, sein Fell zu lecken.
»Ich glaube, wir gehen jetzt besser wieder zu deinem Vater zurück«, sagte Colin, »so ein Pech, daß wir dadurch einen ganzen Tag verlieren, ganz zu schweigen von meinen Lieblingsinstrumenten!«
»Warte mal«, sagte Gretchen, erhob sich langsam und ging hinüber zu den Bäumen. Erst als sie die Hand ausstreckte und es streichelte, konnte Colin das Einhorn erkennen. Da er aus den Liedern und Legenden wußte, daß sich diese Zauberwesen nur für jungfräuliche Mädchen interessierten, unterließ der vorsichtige Spielmann jedes Geräusch und jede Geste, die Gretchens neue Bekanntschaft hätte in die Flucht jagen können.
Nach einem kurzen Wortwechsel und der einen oder anderen Liebkosung verschmolz das Einhorn wieder mit den Trauerweiden, und Gretchen kehrte zu den anderen zurück. »Mondschein hat gesagt, daß es für uns an einer seiner Lieblingswasserstellen nachsehen wird. Wenn die Pferde nicht gestohlen, sondern nur weggeführt wurden oder fortgelaufen sind, haben wir gute Aus-

sichten, sie dort zu finden. Ich könnte natürlich jederzeit mit Mondschein allein weiterreiten.« Am Ton ihrer Stimme merkte Colin, daß letzteres kein nachträglicher Gedanke war, sondern ein geheimer Wunsch, und der Diebstahl der Pferde diente ihr als Vorwand, ihn zu äußern. Colin mußte sich also nur verabschieden und von der Suche nach Gretchens Schwester Abstand nehmen, dann konnte er sich wieder um seine eigenen Belange kümmern und neue Instrumente bauen, und sie könnte mit ihrem neuen Freund auf dem Zauberpfad durch den Wald reiten bis ans Ende der Welt.

Pop, der Gnom, fand diesen Gedanken offensichtlich recht unsinnig und machte aus seiner Mißbilligung kein Hehl.

»Was ist denn los?« fragte Gretchen, trotz ihres entrückten Zustandes war sie für die Mißbilligung eines Gnoms nicht unempfänglich.

»Wie viele Sterbliche, glaubst du wohl, würdest du noch zu Gesicht bekommen, wenn du gezwungen wärst, Mondschein auf die offene Straße mitzunehmen, bevor sie den Entschluß faßten, euch alle, das Einhorn, den Kater und die Jungfrau, zu töten, nur um in den Besitz des zauberkräftigen Horns zu gelangen?« Er mußte offensichtlich mit sich kämpfen, um die Frage höflich zu stellen, doch seine Stimme klang hart und unerbittlich. Gretchen machte den Mund auf, um ihm zu widersprechen, aber als sie Pop, Colin, den Hasen und den Kater ansah, schloß sie ihn wieder und nickte. Ihre Augen hatten einen merkwürdigen Glanz, als sie nun ihren Blick senkte.

»Na, na, Hexlein«, tröstete Ching sie und umschmeichelte dabei ihre Fußknöchel, »jetzt fang bloß nicht an zu weinen. Du hast neunzehn Jahre lang in der Nähe dieses Waldes gelebt und bis heute nicht gewußt, daß es im Umkreis von zweihundert Meilen ein Einhorn gibt und einen Gnom.«

Gretchen zog ein Gesicht, sagte aber nichts, denn der Zufall wollte es, daß die Pferde gerade in diesem Augenblick auf sie zutrotteten, die Taschen mit dem Proviant und die Musikinstrumente immer noch an den Sätteln festgebunden.

Mondschein machte kein Geheimnis daraus, daß es sich genauso ungern von Gretchen trennte wie sie sich von ihm; ja, er erlaubte sich sogar, in voller Größe vor Colin zu erscheinen, als er ihnen bis zum Rand des Waldes, dort, wo dieser an die Straße grenzte, das Geleit gab. Das Einhorn versuchte nicht, sie wieder mit einem Zauber festzuhalten, sondern verabschiedete sich dort, wo der Bach Wald und Straße trennte, mit einem letzten, schwungvollen Schnörkel seines Schwanzes und verschwand wieder im Wald.

Als sie an diesem Abend in ziemlicher Entfernung von jener Stelle in den Nördlichen Wäldern ihr Lager aufschlugen, mußte Colin sich mit seiner Musik beschäftigen, und Ching begann seine Katzenwäsche; danach gab es nur ein kaltes Abendessen, weil die junge Hexe, die nun doch noch Heimweh verspürte, zu nichts mehr fähig war und kein Wort mehr sagte.

Als Gretchen schließlich unter der Decke aus Gänsedaunen lag, kam Ching zu ihr und schmiegte sich in ihre Armbeuge. Schnurrend flüsterte der Kater ihr ins Ohr: »Armes Gretchen. Warum kannst du dich denn nicht einfach mit einem Besen zufriedengeben wie deine Vorfahrinnen?«

IV

Als Colin erwachte, stieg ihm der Geruch frisch aufgebrühten Kräutertees und von Obsttörtchen in die Nase. Wieder war ein gedämpfter, nebelverhangener Tag angebrochen. Gretchen saß auf einem Stein vor dem Feuer und hielt in der einen Hand einen wärmenden Tonbecher mit Tee, mit der anderen drehte und wendete sie die Eisenfalle, die dem Hasen beinahe das Leben gekostet hätte. Als Colin sich umdrehte, sah Gretchen auf und schenkte ihm einen Becher mit Tee ein.

»Was hast du eigentlich damit vor?« fragte er, als sie ihm den Tee brachte, und deutete auf die Falle.

»Meine Tante, bei der wir unterwegs vorbeischauen sollen, arbeitet auch mit Metallen, und ich dachte, ich sollte mir vielleicht einmal ihre Meinung dazu anhören. Willst du auch ein Törtchen?«

»Ja, bitte.«

Sie schüttete etwas weißes Pulver in seinen Tee, der daraufhin eine feine gelbbraune Tönung annahm. Colin kostete ihn und sagte: »Das schmeckt ja fabelhaft!«

»Freut mich, daß du ihn magst.«

Dieser und der darauffolgende Tag verliefen friedlich, am dritten Tag erreichten sie um die Mittagszeit wieder ein Dorf, dessen Häuser weit verstreut waren. Colin kramte alles aus, was er über Einhörner wußte und unterhielt Gretchen mit sämtlichen Geschichten und Liedern, die ihm zu diesen sagenumwobenen Geschöpfen einfielen. Er dachte sich sogar ein neues Lied aus, über das sich Gretchen so sehr freute, daß sie es fertigbrachte, irgendwoher eine ganz vorzügliche Fleischpastete und frische Pfirsiche zum Mittagessen zu beschaffen. Seit er aus Ost-Oberkopfingen weggegangen war, hatte Colin nicht mehr so gut gegessen. Er fügte dann auch noch eine Vorlesung über die Schwierigkeiten hinzu, die dramatische Spannung in einem Lied durchzuhalten, wenn man gleichzeitig die ästhetisch richtige Anzahl von Synkopen in der Musik einhalten muß; dazwischen gab er genüßliche Schlürf-

und Schmatzgeräusche von sich, für die die Pfirsiche besonders geeignet waren. Darüber vergaß er ganz, zu fragen, wo Gretchen die Pfirsiche her hatte, sechs Monate, bevor sie blühten, und neun Monate, nachdem sie zu Humus hätten werden sollen, oder wie sie es geschafft hatte, sie mit dem Kern zu trocknen.
»An diesem Lied, das du nicht magst, ist irgend etwas, was mich stört«, sagte Colin.
Gretchen, die Fachsimpeleien bei anderen nicht ausstehen konnte, spuckte den Pfirsichkern, den sie gerade im Mund hatte, in eine Wasserpfütze und sagte: »An diesem Lied stört mich allerdings einiges, Spielmann!«
Ching konzentrierte sich voll und ganz auf seine Mahlzeit aus Forellenköpfen und würdigte die beiden keines Blickes. Da seine Katzenmusik aus einem angenehmen, langgedehnten Summen bestand, sah er nicht ein, warum es überhaupt eine andere Art von Musik geben sollte.
»Nun gut, das weiß ich natürlich, aber was ich sagen will, ist, daß das Lied keinen richtigen Schluß hat, es enttäuscht etwas. Was meinst du dazu?«
»Das hoffe ich auch«, antwortete sie, denn sie haßte die Vorstellung, daß alles auf diese Weise enden würde: Bernsteinwein, die mit einem Zigeuner davonritt, während ihr Mann nach Hause kam, nicht wissend, was geschehen war. Sie begann zu verstehen, was Colin meinte.
»Genau das. Nun, eigentlich bin ich sehr froh, daß du mich auf diese Reise mitgenommen hast, um dich zu beschützen. Vielleicht werden wir durch unsere Nachforschungen zu einem poetischeren Schluß des Lieds gelangen.«
Gretchen stöhnte: »Aber bitte nicht einen, wo ›er‹ ihrem Liebhaber das Herz herausschneidet und es ihr in einem goldenen Pokal überreicht, und sie deswegen vor Kummer stirbt, oder wo er sie zerstückelt und sich dann vor Verzweiflung und Reue in sein Schwert stürzt. Von solchen Moritaten habe ich genug, obwohl Großmutter sie ganz großartig findet.
»Das wundert mich allerdings überhaupt nicht«, murmelte Colin,

löschte das Feuer mit einem Becher Wasser aus der Pfütze und begann, ihre Habseligkeiten wieder auf das Pferd zu packen. »Deine Großmutter ist schwierig, nicht wahr?« sagte er.
Gretchen grinste boshaft: »Wenn du meinst, nur *sie* sei schwierig, dann solltest du mal hören, wenn sie und Tante Sibyl sich über den *Rest* der Familie auslassen! Ich glaube, Tante Sibyl hat ihre Hütte von einer uralten Großmutter geerbt, die gern Kinder anlockte, damit diese von ihrem Dach naschten. Dann war da noch Urgroßmutter Oonaugh. Das muß eine Hexe gewesen sein!«
Gretchen sagte dies allerdings mit dem gleichen Stolz in der Stimme wie jemand, der über seine königlichen Vorfahren sprach, dachte Colin.
»Von richtig bösartigen Hexen hört man eigentlich gar nichts mehr«, sagte Colin, »seit Amtsantritt König Finbars werden kriminelle Vergehen, ob sie nun durch Magie verursacht sind oder nicht, strafrechtlich gleich behandelt, und den Verurteilten wird der Prozeß gemacht. Ich glaube nicht, daß der Prozentsatz an wirklich schweren Verbrechen noch sehr hoch ist. Deine Vorfahren mögen ja ziemlich schlimm gewesen sein, aber du bist wirklich ganz nett, seit ich dich besser kennengelernt habe.«
Gretchen sah ihn scharf von der Seite an, so als ob sie ihm seine letzte Bemerkung übelnähme und er beeilte sich, die Sache klarzustellen. »Ich wollte damit natürlich sagen, daß sogar *Einhörner* einen Narren an dir gefressen haben, und ich könnte mir denken, daß es dazu schon ein sehr reines Herz braucht...«
»Mit dem Herzen hat das offensichtlich sehr wenig zu tun«, erwiderte Gretchen mit größerer Sachlichkeit, als ihr Verhalten, das sie seit der Einhorn-Liebeserklärung zeigte, erwarten ließ.
»Und dann hast du deinen Kater gefangen und ihn daran gehindert, daß – du weißt schon –«
»Ach so, das. Ich glaube, Großmutter hat recht, unser Geschlecht ist von Generation zu Generation ziemlich degeneriert. Versteh mich recht, sie mag Vater ziemlich gern und findet auch, daß er ein Mordskerl ist...« Gretchen schwang sich in den Sattel, nachdem sie den Korb mit Ching auf dem Packpferd festgeschnallt hatte,

und fuhr dann fort: »Wahrscheinlich, weil er während seiner Jugend, die von allen anderen allerdings als ›vergeudet‹ bezeichnet wird, so ein verwegener Kerl war.« Sie mußte lächeln und fügte hinzu: »Aber eben doch nicht verwegen genug, als daß ich nicht doch noch ein ehrbares Kind geworden wäre!«

»Verzeih mir die Frage, aber was für eine Hexe bist du eigentlich?« fragte Colin.

»Hast du das denn noch gar nicht bemerkt?« fragte Gretchen und warf ihm einen merkwürdigen Seitenblick zu, schnalzte und stieß ihr Pferd mit den weichbesohlten Stiefeln in die Flanken, als sie wieder auf dem schlammbedeckten Weg entlangritten.

»Nein«, sagte Colin, der das Packpferd mitführte und hinter Gretchen herritt.

»Ich bin die Hexe für Haus und Herd. Woher, glaubst du denn, kommen das wärmende Feuer und unsere täglichen Mahlzeiten?«

»Habe ich mich auch schon gefragt«, gab er zu und verdaute schweigend diese neue Information, als sie bergab ritten. Der schmutzige Weg, der durch sumpfige, aufgeweichte Weiden und an mit saftigem Frühlingsgrün bedeckten, sanften Hügeln vorbeiführte, war kaum mehr als ein Fußpfad, neben dem der eine oder andere Baum wuchs, auf dem bereits frische, grüne Blätter sprießten. Schließlich sagte Colin: »Es ist sehr nützlich für dich, das alles zu können!«

»Ja, das stimmt allerdings«, sagte Gretchen und schnitt eine Grimasse, »das meint Großmutter auch, aber mit der Nützlichkeit allein ist es nicht getan. Man braucht Leidenschaft und Macht, um nach Großmutters Worten eine erstklassige Hexe zu sein, obwohl ich manchmal glaube, daß sie dies nur sagt, um ihre entsetzliche Launenhaftigkeit zu rechtfertigen. Noch niemand hat von mir behauptet, daß es mir an dieser Art von Leidenschaft mangele – aber Tante Sibyl verfügt über eine sehr viel stärkere Zauberkraft als ich – und sie ist dabei sehr viel ruhiger als Großmutter oder ich... Ich glaube, es kommt daher, daß sie weiß, womit sie rechnen muß. Du wirst sie wahrscheinlich mögen.« Gretchen schaute auf den gewundenen Weg, der vor ihnen lag. »Es ist immer noch ein ziemlich weiter Weg bis dorthin, glaube ich. Kennst du eigentlich das Lied über den dummen Adligen, der an einer Magenverstimmung gestorben ist, weil er Aale gegessen hatte?«

Colin kannte das Lied vom vornehmen Herrn Randall, und auch das Lied von der Geige und dem Wind, das zu seinen Lieblingsliedern zählte, und natürlich auch das Lied vom kleinen Jungen, der in der Blüte seiner Jahre sterben mußte. Gretchen begleitete Colin mit einer Stimme, die für eine Frau ziemlich laut und rauh war, aber sehr viel Kraft und Lebendigkeit besaß, und meistens sang sie sogar richtig. Sie ließ eine ausgesprochene Vorliebe für Moritaten und Volkslieder erkennen, die von den Frauen am Webstuhl oder den Landarbeitern auf den Feldern gesungen wurden. Jedesmal, wenn Colin versuchte, ein liebliches Lied anzustimmen, unterbrach ihn Gretchen mit dem Wunsch nach Liedern, wie die Räuber sie sangen, wenn sie ein Dorf überfielen. Wenn er versuchte, Gretchen wenigstens so lange zu ignorieren, bis er den Refrain seiner Liebesballaden zu Ende gesungen hatte, stimmte der unmögliche, schwarzweißgefleckte Kater ausgerechnet dann ein entsetzliches Jaulkonzert an. Es hatte den Anschein, als verschwende diese Dame alle ihre zarten Gefühle nur an Einhörner und ließ andere Ausdrucksmöglichkeiten überhaupt nicht mehr gelten.

Als man an diesem Abend das Lager aufschlug, hatte Colin Liedschmied sein Moritaten-Repertoire erschöpft und überlegte, ob er sich nicht doch um einen Lehrauftrag an der Stimmschule bemühen sollte, wo er dann einen Kurs über die musikalischen Vorlieben der nördlichen Hexen abhalten könnte, ein Thema, über das er nun mehr wußte als ihm lieb war.

Die Abendmahlzeit, die aus einem überaus schwer herzustellenden Königinnenkuchen, Artischocken in Mandelsauce und einer Schokoladen-Fondant-Torte bestand, und zu der ein Wein serviert wurde, der zu Fleisch und Fisch gleich gut schmeckte, half Colins gekränktes Künstlerbewußtsein wieder zu versöhnen und war vor allem eine Wohltat für seinen leeren Magen und seine trockene Kehle. Da er vom Singen heiser war, beschränkte er seine musikalischen Bemühungen an diesem Abend auf eine sanfte Geigen-Klage. Gretchen, die Arme um ihre Knie geschlungen, wiegte sich zu seiner Musik und starrte sinnend ins Feuer. Ching hatte sich zu ihren Füßen niedergelassen, als liege er auf seinem Lieblingsteppich unter dem Webstuhl seiner Herrin in der Eisdrachenburg.

Am Morgen schien es wieder, als wollte es nicht mehr aufhören zu regnen; der Himmel ähnelte in Farbe und Beschaffenheit ungesponnener Wolle. Die Sonne war nur als von Wolkenbergen gedämpfter Lichtfleck erkennbar. Durchnäßt und niedergeschlagen, fühlten sich weder Colin noch Gretchen in der Stimmung, zu singen oder zu sprechen. Sie hatten das Wetter satt und saßen vornübergebeugt in ihren Sätteln. Gleichgültig nahmen sie das Schaukeln und die schmatzenden Geräusche hin, als sie sich den unebenen und schlammbedeckten Weg entlangmühten. Colin brauchte eine gewisse Zeit, ehe er merkte, daß sein Pferd stehengeblieben war.

»Das gibt's doch nicht!« sagte Gretchen und sank ermattet auf den Hals ihres Pferdes. Vor ihnen dehnte sich eine brodelnde, schäumende, weite Wasserfläche. Schlamm, Trümmer und Teile menschlicher Gebrauchsgegenstände wurden von der Flut mitgerissen, Bäume wurden gnadenlos umgebogen. Wie sie es geschafft hatten, vor sich hinzudösen, ohne das Rauschen des Wassers zu hören, war ihnen ein Rätsel.

»So sah es jedenfalls nicht aus, als ich Richtung Norden zog«, sagte Colin, »alles ist ganz anders!«

»Dann ist dies also der Forellenfluß?« fragte Gretchen.

Colin nickte. »Nach den Landkarten – und bis hierher kann ich mich ebenfalls an den Weg erinnern, aber die Brücke, die hier stand, ist fortgerissen worden.«

»Wie kommen wir dann hinüber?«

Ching knurrte leise und sprang von seinem Hochsitz herab, machte ein paar vorsichtige Schritte und duckte sich. Seine gesammelte Aufmerksamkeit galt der Wasserflut. Mit peitschendem Schwanz streckte er sich und wandte sich an Gretchen: »Das ist doch wirklich der Gipfel! Jetzt sehe ich zum erstenmal einen Drachen, der auf einen Baum geklettert ist.«

»Was sagst du?« fragte Gretchen unwirsch, weil sie gerade am Überlegen war, wie sie den Fluß überqueren könnten. Sie mochte große Wasserflächen nicht, und bei Ching war diese Abneigung sogar noch ausgeprägter. Viel zu viele Bäume trieben in den Fluten, als daß man auch nur im entferntesten an Schwimmen hätte denken können.

»Gretchen, schau mal da!« rief Colin, »auf dem Baum dort sitzt ein Drache!«

»So eine dumme Kreatur«, sagte Ching und schnupperte neugierig und stellte seine Ohren auf. »Der dumme Drache ruft nach Hilfe, weil er nicht weiterkann. Es ist mir schleierhaft, daß sich ein Drache bei so einem Wetter aus der Höhle wagt!« Er schüttelte sich bei dem Gedanken. »Und dann auch noch auf einen Baum klettert – selbst schuld!«

»Kann er denn nicht wegfliegen?« fragte Gretchen und beschattete ihre Augen mit den Händen, um sie vor den Lichtpunkten zu schützen, die zu tausenden auf dem Wasser tanzten und ihr die Sicht erschwerten.

Ching war einen Augenblick still und horchte; es schien, als müsse er seine schwarzen Ohren sogar dann aufstellen, wenn er seinen Verstand bemühte. »Der Drache jammert, weil sich seine Flügel im Geäst verfangen haben.«

»Mir leuchtet aber trotzdem nicht ein, warum er nicht einfach davonfliegt – wenn man so groß ist!« sagte Gretchen und ritt dabei ein paar Schritte vor und wieder zurück, um besser sehen zu können.

»Nun, wenigstens werden wir uns weder um den Drachen noch um die Flut zu kümmern haben«, sagte Colin fröstelnd und stieg ab. »Vielleicht weiß deine Schwester Bernsteinwein es ohnehin mehr zu schätzen, wenn du sie später besuchen kommst, dann hat sie sich schon besser an das Nomadenleben gewöhnt.« Colin nahm von Gretchen wahrhaftig nicht an, daß sie darauf bestehen würde, zu warten, bis das Wasser gefallen war. Das konnte noch Tage oder

sogar Wochen dauern. Aber jetzt den Fluß zu überqueren, kam schon gar nicht in Frage, es würde einen schmutzigen Tod, schlimmstenfalls, und günstigenfalls eine brutale Behandlung seiner Instrumente bedeuten. »Wir könnten es später im Jahr noch mal versuchen, vielleicht im Hochsommer?« machte er einen Vorschlag zur Güte.
Gretchen bedachte ihn nur mit einem bösen Blick und stieg ab, weil sie das gestrandete Geschöpf genau betrachten wollte, ehe sie sich auf einem umgestürzten Baumstamm niederließ. Die eine Hand aufs Kinn gestützt, starrte sie verdrossen in die Fluten, mit der anderen begann sie plötzlich, voller Wut Grasbüschel ringsum auszureißen.
Ching, der Kater, kam zu ihr und schmiegte genüßlich seinen weißen Bauch an den weichen Moosüberzug des Baumstamms. »Wie soll es nun weitergehen, Hexlein?«
»Was weiß ich – so was habe ich noch nie erlebt, und schließlich ist es das erste Mal, daß ich mehr als eine Tagesreise von zu Hause weg bin. Ich kann ja nicht auf alles vorbereitet sein!« Gretchen kaute an ihrem Daumennagel, der schon ziemlich abgeknabbert war, und sagte: »Ich wünschte, ich hätte ein wenig von Großmutters Verwandlungszauberkraft in mir, statt nur Heimzauberkräfte, dann könnte ich unsere Pferde in Wale oder etwas ähnliches verwandeln. So wie die Dinge im Moment liegen, sitzen wir hier ebenso fest wie der Drache.«
»Ich schlage vor, wir geben auf«, meinte Ching, schloß die Augen und drehte gelangweilt den Kopf zur Seite.
»Also wirklich, Ching, was bleibt einer Heimhexe da noch übrig? Ich könnte ja ein Seil drehen, aber damit würden wir es niemals bis ans andere Ufer schaffen.« Sie streckte die Hand aus und brach ein Schilfrohr am Rande des reißenden Stroms ab.
»Sei nicht albern«, sagte der Kater, »was soll ich mit einem Seil, soll ich es auf Pfotenspitzen überqueren oder mich mit dem Schwanz daran aufhängen?«
»Was weiß ich?« sagte Gretchen schnippisch, weil sie sich über den sarkastischen Ton des Katers, ihre Unfähigkeit, zu einer Lösung zu

gelangen, und die negative Haltung ihrer Reisebegleiter ärgerte. »Eines steht jedenfalls fest: Ich werde dich nicht hinübertragen.« Sie sah aufs Wasser hinaus und schürzte verächtlich die Lippen: »Ich bin nämlich selbst nicht sehr begeistert. Wenn meine Magie nicht den ausgiebigen Kontakt mit Putzwasser vorsähe, dann wäre ich wie Urgroßmutter Oonaugh wahrscheinlich schon längst dahingeschmolzen.« Gretchen wand ein zweites Schilfgras um das erste und machte daraus einen festen Zopf.

Der Kater nagte spielerisch an dem Grashalm, der über ihre Hand hinausragte. »Machst du dir vielleicht einen Badeanzug aus Schilf, Hexe?« fragte er frech.

»Schwimmen, Ching«, sagte sie versonnen, »ja, vielleicht werde ich das tun«, erwiderte sie, wobei sie allerdings den Einfall meinte, aus Binsen Badeanzüge zu machen, und nicht das Schwimmen als solches. »Spielmann?« fragte sie zuletzt.

Colin hoffte, daß sie sich endlich zur Rückkehr entschlossen hätte, da er ihr genügend Zeit gelassen hatte, sich die Aussichtslosigkeit ihrer Situation durch den Kopf gehen zu lassen. Er hoffte, sie würde wie jede andere vernünftige Person die richtigen Konsequenzen ziehen. »Ja, Gretchen«, sagte er erleichtert.

»Hilf mir doch bitte, noch mehr Schilfgräser zu pflücken!« »Was?« Colin zögerte, bevor er die ersten Schilfgräser auszureißen begann.

»Hmm – ist nur so ein Einfall von mir«, antwortete Gretchen, als sie kurz entschlossen jedes Schilfgras in Sichtweite ausriß.

Colins Bedenken wuchsen, als er einen Armvoll Gräser auf das Riedgras häufte, das Gretchen zusammengetragen hatte. Schließlich hörte sie sogar zu pflücken auf, bedeutete ihm aber, fortzufahren. Dann setzte sie sich nieder und webte aus den Gräsern ein flaches, rundes Gebilde.

»Merkwürdige Zeit, einen Teppich zu weben«, meinte Colin, als er weiteres Schilf auf den Haufen warf, und freute sich über seinen geistreichen Witz.

»Ich versuche eben das beste aus meinem Talent zu machen«, erwiderte Gretchen mit einem verdächtigen Ausdruck falscher Bescheidenheit.

Colins Verdacht bestätigte sich, und seine Bedenken wurden von Furcht abgelöst, als aus dem Teppich ein Korb wurde, der groß genug war für einen Mann oder eine Frau. Colin hatte das unangenehme Gefühl, der Korb sei dazu bestimmt, einen Mann aufzunehmen.

»Das ist ein Boot!« rief Gretchen stolz. Als sie versuchte, das zerbrechlich wirkende Ding am Rand der Flut flottzumachen, war sie dabei so selbstzufrieden wie eine Mutter, die gerade das Geschlecht ihres ersten Kindes in alle Welt hinausposaunte.

»O je«, sagte der Spielmann gefaßt.

»Also, wirklich! Es ist ziemlich stabil. Ich bin ganz sicher, daß es dich trägt.« Sie sah ihn mit einem Gesichtsausdruck an, der nur Sorge um seine Sicherheit und sein Wohlergehen ausdrückte.

»Das mich trägt, während ich was tue?« fragte Colin und wartete auf eine Antwort, ohne sich vom Fleck zu rühren.

»Während du das arme, gestrandete Geschöpf befreist«, erwiderte Gretchen.

»Den DRACHEN?« Colins ursprüngliche Ruhe wich nun plötzlich einem verzweifelten Auf- und Abgehen, einer wilden Gestik und abenteuerlichen Oktavsprüngen seiner Stimme. »Jetzt hör mir mal gut zu, Gretchen. Ich mag Tiere genausogern wie du, aber warum in aller Welt sollte ich den Drachen dort befreien wollen? Ich mag ihn genau dort, wo er jetzt ist!«

»Wir müssen ihn befreien, weil er fliegen kann, genau das ist's nämlich. Sie sprach in einem Ton, in dem sie kleinen Kindern erklären würde, daß der Himmel blau ist. Aber sie entfernte sich aus Colins Nähe, um seine Beschimpfungen nicht mitanhören zu müssen, und begann, ihre Habseligkeiten vom Packpferd abzuladen.

»Jetzt überleg doch mal, Gretchen, und laß das sein. Nur weil ich anderer Meinung bin als du, heißt das noch lange nicht, daß ich dich hier deinem Schicksal überlassen will. Leg diese Dinge wieder zurück!« Gemessen an der Wut, mit der sie Bündel um Bündel auf den Boden warf und es liegen ließ, wo es gerade hinfiel, merkte er, daß sie fest dazu entschlossen war, zurückzubleiben, falls er darauf

bestehen sollte, in zivilisiertere Gebiete zurückzukehren. Er betrachtete ihr wütendes Abladen sowohl als Demonstration ihres Hexentemperaments und ihrer Macht als Hexe, über die sie sich schon einmal ausgelassen hatte, als auch als ein Mittel, um auf dem Umweg über die eigene Entschlossenheit Colins Schuldbewußtsein zu wecken und ihn zum Bleiben zu bewegen, damit er doch noch tat, was sie von ihm verlangte.
Gretchen ließ ihn völlig links liegen, als er aufgeregt hin und her rannte, um ihre Habseligkeiten wieder auf den Rücken des Pferdes zu laden. Ohne den Lederriemen, mit dem sie festgebunden waren, rutschten die Gegenstände wieder herunter. Diesen Lederriemen hatte Gretchen an sich genommen und wickelte ihn gerade über Hand und Ellbogen auf wie ein Lasso. Nachdem Colin noch einmal versucht hatte, den Katzenkorb zurückzustellen, und er ihm wieder einmal vor die Füße gerollt war, wobei auch noch Chings behagliche alte Decke herausfiel, mit der der Korb ausgepolstert war, beschloß Colin, dasselbe nicht auch noch mit seiner Geige zu versuchen, legte sie vielmehr behutsam auf den Boden, in sicherer Entfernung von den Pferdehufen, falls der Braune versuchen sollte, auszuschlagen.
Gretchen machte einen zufriedenen Eindruck, als sie das Seil aufwickelte. Glücklicherweise hatten sie mehr Ausrüstungsgegenstände mitgebracht, als sie wirklich brauchten, und deswegen war das Seil ziemlich lang. Sie stöberte in ihren Habseligkeiten herum, nahm ihre zusätzliche Kleidung aus dem dazugehörigen Sack und stopfte sie in den Beutel mit Nahrungsmitteln. Den Sack füllte sie mit dem Uferschlamm des reißenden Forellenflusses, grub große, klebrige Klumpen aus, die sie mit einem Klatschen in den Sack plumpsen ließ.
Colin hatte Gretchens Tun mit wachsender Sorge und beträchtlichem Interesse verfolgt. Vielleicht hatte sie ihre Zauberkraft auch nicht in vollem Umfang zugegeben und war zu sehr viel mehr fähig, als er dachte. Vielleicht bereitete sie gerade jetzt einen ungeheuer großen, magischen, höchst mächtigen und geheimnisvollen Breiumschlag vor. Ob sie damit allerdings flugunfähige Drachen

befreien oder aufsässige Troubadoure züchtigen wollte, darüber war er sich nicht im klaren.

Gretchen band den Schlammsack am Ende des Seils fest und wuchtete ihn hoch, dann drehte sie sich nach Colin um und fragte mit zuckersüßer Stimme: »Ich nehme nicht an, daß du besonders gut mit einem Lasso oder ähnlichem umgehen kannst?«

»Nein, nicht besonders.«

»Gut, dann tritt zurück!« befahl sie ihm und ließ den schmutzigen Sack über ihrem Kopf kreisen, wobei sie sich Haar, Gesicht, Arme, Kleider, ihren Reisebegleiter und alle Gegenstände in der unmittelbaren Umgebung mit Schlamm bespritzte. Colin duckte sich und Ching versuchte, sich hinter einem Baum in Sicherheit zu bringen. Als Gretchen das Gefühl hatte, daß die richtige Antriebskraft erreicht wäre, ließ sie den Beutel los, der dann mit einer hochspritzenden Wasserfontäne nicht weit von dem Baum, entfernt, auf dem der Drache saß, ins Wasser klatschte.

Gretchen zog den durchweichten Sack wieder zu sich heran, überprüfte zuerst das Seil und dann auch den Beutel mit Schlamm. Das Seil war so geflochten, daß dadurch die Schrumpffähigkeit verringert wurde. Es stand fest, daß der Beutel nie wieder zur Aufbewahrung von Kleidungsstücken dienen würde. Als Gretchen ihre Untersuchung beendet hatte, waren ihre Hände so glitschig, daß sie sie zuerst im Fluß abwaschen mußte, ehe sie wieder ihre Schleuderstellung bezog. Als sie den Beutel dieses Mal losließ, traf sie damit richtig den Baum, und da der Sack ziemlich schwer war, wickelte er sich gleich zweimal um einen Ast. Gretchen, die noch immer das Seil in den Händen hielt, lehnte sich zurück, um es mit ihrem ganzen Gewicht zu testen. Sie war mit dem Ergebnis zufrieden und machte das Seilende an einem Baumstamm fest.

Zuletzt wischte sie sich die Hände ab und blitzte den Spielmann, der sich locker an einen Baum gelehnt hatte, an. Colin applaudierte gemessen und gratulierte ihr mit gespielter Galanterie: »Genial, Jungfer Grau, und ganz vortrefflich ausgeführt. In der Tat, ganz vortrefflich. Wie ich die Sache sehe, bleibt für die eine Person oder je nachdem – Personen – nun nur noch das eine Problem (vorausgesetzt, daß du nicht deinen bemerkenswerten Kater dafür einsetzen willst, eine Möglichkeit, die man nicht ganz ausschließen sollte): Das Opfer soll sich ganz der zweifelhaften, kolossalen Macht eines überdimensionalen Geflügelkorbes dort draußen ausliefern, sich an dieser bezaubernden Wäscheleine, die du so klug eingesetzt hast, entlanghangeln und wird – wenn alles gutgeht – den Baum erreichen, wo der Drache es sich ganz demütig gefallen lassen wird, wenn ihm sein Wohltäter bei der Befreiung Extremitäten und Flügel verletzt oder bricht, und in nicht endenwollender, immerwährender Dankbarkeit wird er uns dann durch ganz Argonien folgen. Die Voraussetzungen dafür sind natürlich, daß dieses alberne Boot nicht überlastet wird, das Seil nicht aus seiner Vertäuung reißt oder der Drache einen nicht durchgart, bevor er über unsere guten Absichten unterrichtet wird, wobei aber noch nicht feststeht, daß ihn diese Absichten überhaupt interessieren.«

Dieses Mal war Gretchen an der Reihe, Beifall zu klatschen: »Deinen wohlgesetzten Worten, o Spielmann, entnehme ich, daß du die etwaigen Schwierigkeiten meines Plans richtig einzuschätzen weißt. Gleichzeitig möchte ich jedoch darauf hinweisen, daß dies alles auch *gut* gehen kann. Wie es so schön heißt: Wer wagt, gewinnt!«

»In diesem Fall bestünde mein Gewinn dann allerdings in einem versengten Fell!« erwiderte Colin.

»Wie gesagt, ehe ich mir deine ewigen Ratschläge noch länger anhöre und mir deine unendliche Weisheit zunutze mache, will ich lieber den Fluß überqueren, und ich beabsichtige nicht, den ganzen Weg bis zum anderen Ufer mit Hilfe dieses Seils und in diesem Korb zurückzulegen. Wenn du dich also vor Drachen fürchtest, mein ängstlicher Freund, dann würde ich dir jetzt raten, besser hier zu bleiben.«

»Ich begreife immer noch nicht, wie dieser Drache uns in irgendeiner Weise nützlich sein könnte.«

»Wenn du mir erst einmal geholfen hast, ihn zu befreien, wird er uns natürlich auch ans andere Ufer hinüberfliegen.«

»Und er ist damit einverstanden, wie?« fragte Colin mit hochgezogenen Brauen und sah dabei zu dem Kater hinüber, der, als ob nichts gewesen wäre, aus seinem Versteck hinter dem Baum hervorgekommen war und völlig desinteressiert an den verstreuten Inhalten der Bündel herumschnupperte. Als Ching aufsah und sein Blick dem des Spielmanns begegnete, schlug er nur kurz mit dem Schwanz und stolzierte von dannen. Er hatte wichtigere Dinge zu tun als mit Drachen zu sprechen, die auf Bäume kletterten und im Wasser lebten und im vorliegenden Fall auch noch mit sogenannten Musikern, die sich mit Katzen unterhalten wollten.

»Gretchen, ich weiß, daß du gerne deine Schwester besuchen möchtest«, sagte Colin, »aber so geht das doch nicht. Damit will ich nur sagen, daß der Fluß für uns eine große Gefahr darstellt, ebenso der Drache und alles Drumherum...« Er konnte sich nicht vorstellen, daß sie trotz alledem ihre Reise fortsetzen wollte und erwartete von ihr, daß sie ihm voll und ganz beipflichten und mit ihm zu ihrem Vater zurückkehren würde, wo sie dann auf bessere Voraussetzungen für eine neuerliche Reise warten könnten.

»Hast du sonst noch was vorzuschlagen?« fragte ihn Gretchen eisig. Ihre Stimme verriet ihm, daß er noch lange auf ihre Zustimmung warten könne, und so versuchte er noch einmal, sie zu überreden.

»Vielleicht sollten wir noch ein paar Tage warten und den Fluß dann auf die übliche Weise überqueren.«

»Nein!«

»Warum eigentlich nicht? Ach Gretchen, was machen denn ein paar Tage schon für einen Unterschied?«

»Ich weiß nicht – das kommt eben ganz drauf an – sie können sogar sehr viel ausmachen. Verlassene Edelleute sind schließlich bekannt dafür, daß sie ihren abtrünnigen Ehefrauen allerlei Schreckliches antun, und dieser Zigeuner ist kein mutiger Beschützer, das kannst du mir glauben. Er hat zwei Mädchen aus der Molkerei entführt und sie dann – ihrem Schicksal überlassen. Nicht auszudenken, wenn er Goldie im Wald oder einem ähnlich verlassenen

Ort aussetzen würde. Auch wenn Eberesch sie nicht umbringt, dann würden es Räuber und wilde Tiere und...«

»Vielleicht Drachen?« regte Colin hilfsbereit an.

Gretchen dankte ihm mit einem haßerfüllten Blick für seine Mühe und fuhr fort: »Natürlich auch Drachen. Goldie ist nämlich ziemlich allein, und vielleicht ist sie hungrig und friert. Jedenfalls ist sie aber verwirrt und einsam. Wenn sich der Zigeuner aus dem Staub machte und sie sitzenließe, würde sie es ganz einfach nicht begreifen. Weil noch nie jemand unfreundlich zu ihr war, wüßte sie wahrscheinlich überhaupt nicht, wie sie es verstehen sollte. Sie würde garantiert darüber nachgrübeln, was sie gesagt haben könnte, um ihn zu ärgern, und nicht auf irgendwelche Mörder und Drachen aufpassen...«

»Nun, wenn dies alles stimmt, werden wir ihr wahrscheinlich nicht mehr helfen können, weil wir zu spät dran sind.«

Gretchen durchborte Colin mit Blicken und sagte: »Das wäre ganz bestimmt der Fall, wenn wir hier nur untätig herumsitzen und drauf warten, daß das Hochwasser zurückgeht – oder wenn ich meine kostbare Zeit an nutzlose Diskussionen mit irgendwelchen feigen Musikanten verschwendete.«

Eigensinnig schüttelte Colin den Kopf und sagte: »Dann hör eben auf, darüber zu reden. Ich wollte dich ja nur davon abhalten, dein Leben aufs Spiel zu setzen, aber mein Leben werde ich ganz bestimmt nicht riskieren.« Er lehnte sich mit noch größerer Bestimmtheit an den Baum und sah so aus, als wäre er fest entschlossen, dort noch längere Zeit auszuharren. »Tut mir leid, Mädchen, aber eine ganze Menge Leute haben die Herrschaft über mein Leben, mein Lehrmeister wacht zum Beispiel über meine Musik, dein Vater und andere Aristokraten überwachen mein Kommen und Gehen und deine Großmutter schließlich bestimmt, welche Gestalt ich habe. Du jedoch hast keinerlei Macht über mich, und ich lehne es daher entschieden ab, mich von dir in eine dumme und gefährliche Sache verwickeln zu lassen.«

»Du Feigling!«

»Zu deinen Diensten.«

Nachdem Gretchen ihm einen letzten vernichtenden Blick zugeworfen hatte, nahm sie in ihrem Boot Platz und hielt sich an dem Seil fest, um das Gleichgewicht nicht zu verlieren. Dann mußte sie noch einmal aufstehen, um das Korbboot mit einem Bein vom Ufer abzustoßen.
Die Strömung schleuderte das Boot mit solcher Wucht vom Seil weg und flußabwärts, daß es Gretchen beinahe die Arme aus dem Leib gerissen hätte. Aber sie konnte ihren Platz behaupten und begann nun, indem sie vorsichtig eine Hand vor die andere setzte, sich am Seil entlangzuhangeln, wobei sie trotzig daran dachte, es dem Spielmann schon zu zeigen, daß sie kein Mädchen war, das nur darauf wartete, daß die Männer handelten, denn das war es wohl, was er dachte. Gretchen grübelte allerdings nicht lange darüber nach, weil das Seil glitschig und naß war und ihre Schultern von der Anstrengung, sich gegen die Strömung zu stemmen, entsetzlich weh taten. Der Schmerz ließ auch dann nicht nach, als sie ihre Kräfte zu vergrößern trachtete, als sie versuchte, sich und das Boot möglichst weit an das Seil heranzuziehen. Ihr Körper hing so weit zwischen Boot und Seil, daß er sich durchbog; mit dem Bauch berührte sie fast das Wasser, ihre Knie waren kaum mehr im Korb, ihre Arme und Schultern waren schmerzhaft verzerrt, als sie um einen besseren Halt am Seil kämpfte. Ein vorübertreibender Baumstamm stieß ihr das kleine Binsenboot unter den Füßen weg. Mit einem entsetzlichen Platsch fiel sie in den eisigen Fluß, dessen Wasser ihr bis zur Taille reichte. Obwohl sie in solchen Dingen unerfahren war, erkannte Gretchen doch instinktiv, daß sie das Seil auf keinen Fall loslassen durfte.
Gretchen war nur wenige Meter vom Ufer entfernt, aber ihre kräftigen Hände schafften es nicht, sich an dem glitschigen ledernen Riemen festzuhalten, ihren Körper zu tragen und sich gleichzeitig der reißenden Gewalt des Flusses zu erwehren.
Plötzlich sank sie bis zu den Schultern in den eiskalten Fluß. Etwas Schweres zerrte am Seil, das bedrohlich zu rutschen begann. Ihr vergingen Hören und Sehen, als ihr das Seil aus der einen Hand glitt, aber plötzlich trieb ihr Körper an der Oberfläche, wurde von

dem reißenden Wasser hin und her geworfen, und der Arm, der sie vor dem Ertrinken bewahrte, war nur noch ein schmerzender Pfeil, der sich anfühlte, als wolle er ihr das Genick brechen.
Mit Colins Hilfe, der zuerst ihre Kleider und dann ihre Taille zu fassen bekam, wurde Gretchen hochgezogen. »Halt dich fest!« brüllte Colin. Durch das zusätzliche Gewicht von Gretchens Körper verlor er beinahe seinen Halt am Seil. »Halt dich jetzt fest!« schrie er. Er hatte sich so weit am Seil vorgewagt, bis er sie zu fassen bekam. Als sie seinem Befehl Folge leisten wollte, schlug sie mit dem freien Arm wild um sich, und in ihrer Todesangst klammerte sie sich an Colins Hals und hätte ihn beinahe erdrosselt.
Colin versuchte, sich verständlich zu machen.
Sie schlugen so sehr um sich, daß sie es kaum bemerkten, als das Wasser über ihnen zusammenschlug und das Seil für einen Augenblick versinken ließ. Gretchen klammerte sich an Colins Gürtel und wandte den Kopf ab, damit kein Wasser in Mund und Nase eindrang. Schließlich gelang es Colin, sich mit Gretchen ans Ufer zu ziehen. Dort blieben sie – noch halb im Wasser – liegen, gerade als die Spannung, die während des Kampfes um das Seil entstanden war, wieder nachließ.
Als Gretchen an Colin vorbei aus dem Wasser kroch und sich die Böschung hinaufschleppte, um keuchend und würgend dort oben liegen zu bleiben, hörte sie, wie Ching dem Drachen, der türkisfarben und grün war und sich gerade von der Sonne trocknen ließ, übersetzte: »Aha«, sagte der Kater mit seiner Pseudo-Drachenstimme: »Das Abendessen ist serviert!«

V

Glücklicherweise war der Drache so überrascht, daß Gretchen und Colin nicht sofort Feuer fingen, als er sie anhauchte. Er hatte vollkommen vergessen, daß er ein paar hundert Pfund mehr wog als die beiden, scharfe Krallen und Zähne hatte und Feuer speien konnte.

Für eine Hexe konnte sich Gretchen auf sehr selbstgerechte Weise entrüsten, und als sie das Flußwasser vollends ausgespien hatte, machte sie sich die Verwirrung des Drachen zunutze, um sich ausgiebig in Schmähungen zu ergehen. »Ching«, sagte sie, »würdest du diesem unflätigen, stinkenden, aasfressenden Ungeheuer sagen, daß es die undankbarste, roheste und – und überhaupt – keine nette Kreatur ist!«

»Nein, das tu ich nicht!« sagte der Kater, der sehr aufrecht dasaß und seinen Schwanz seelenruhig um die Vorderpfoten geschlungen hatte. »Da mich diese Kreatur bis jetzt noch nicht als Appetitanreger betrachtet hat, möchte ich unsere Beziehung nicht dadurch gefährden, daß ich irgendwelche schrecklichen Botschaften übersetze.«

»Du bist ein feiner Freund! Weißt du noch, daß du mich eigentlich beschützen solltest?«

»Nur vor – hmmm – einem Schicksal, das schlimmer ist als der Tod. Andere Gefahren, einschließlich der Todesgefahr, gehören nicht dazu, besonders dann nicht, wenn es mir selbst an den Kragen geht.«

Gretchen schlug die Hände über dem Kopf zusammen und rief: »Ich bin von Feiglingen umgeben!«

»Wie bitte?« gurgelte Colin, an dem immer noch das Wasser herunterlief von seinem Versuch, Gretchen das Leben zu retten. »Wer ist hier undankbar? Es werden vermutlich Wochen vergehen, bis meine Hände geheilt sind und ich wieder Gitarre spielen kann!«

Gretchen warf ihm einen gleichzeitig wütenden und zerknirschten Blick zu. Sie wünschte, er würde nicht immer solche unpassenden

Augenblicke wählen, um seine Empfindlichkeit zu zeigen. Wenn sie nicht die Hilfe des Katers gewinnen konnten, brauchte sich Colin erst gar nicht mehr um sein Gitarrenspiel zu sorgen.

»Wie wolltest du doch gleich mit dieser undankbaren Kreatur verhandeln?« stänkerte Colin. Da er Chings Bemerkung über das Abendessen nicht gehört hatte, war er weniger beunruhigt, als er es eigentlich hätte sein sollen.

»Verstehst du, Ching kann sich mit dem Drachen verständigen...«

Colin sah zuerst zu dem Kater hinüber, der gelangweilt gähnte, dann zu dem Drachen, der sich darauf konzentrierte, die ganze Skala der Drachenschnaufer von oben nach unten, von fortissimo bis pianissimo von sich zu geben, und offensichtlich versuchte, sein erloschenes Feuer wieder zu entfachen. »Ich bin mir nicht sicher, ob die Kommunikation der springende Punkt ist«, fuhr Colin fort, »ich kann mich ja schließlich auch mit einem brazorianischen Räuber unterhalten, aber das heißt noch lange nicht, daß er mich deswegen nicht aufspießt...«

»Stimmt genau«, sagte Gretchen und wandte sich schnell dem Kater zu: »Also wirklich, Ching, du solltest dich schämen, ich habe schon für dich gesorgt, als du noch ein ganz kleines Kätzchen warst!«

»Ja, und war ich nicht ganz besonders klug?« fragte Ching und säuberte seine Pfote von einer imaginären Verschmutzung.

»Stimmt. Du warst der Star des ganzen Wurfs – und deine Mutter, Sacajawea, war der hübscheste, treueste und zauberhafteste aller Hausgeister – ich habe euch beide unzählige Male auf dem Schoß gehabt, ihr habt vor Wohlbehagen geschnurrt, und ich habe euch mit Leckerbissen von der Festtafel gefüttert und euch...«

»Also *gut*. Das weiß ich ja alles! Aber ich denke nicht daran, dieses verwöhnte Geschöpf zu beleidigen. Wenn ihr dem Drachen etwas zu essen gebt, was nach einem nahrhaften Hauptgericht aussieht, wird er es vielleicht als angemessene Entschädigung akzeptieren. Die Kreatur hat mich nämlich wissen lassen, daß sie ihre letzte Mahlzeit versäumt hat. Sie hätte wohl auch mich verschlungen, ob ich nun die richtige Größe habe oder nicht, fand dann aber, ein Kater, der die Drachensprache perfekt beherrscht, sei ein kurzweiliges Novum.«

Gretchen wartete das Ende Chings langatmiger Ausführungen nicht ab, sondern wühlte im Proviantbeutel, um für den Drachen eine Mahlzeit zusammenzustellen. Sie brachte ein Stück getrocknetes Wild zum Vorschein, das sich durch ein bißchen Strecken in ein ausgewachsenes Reh verwandelte und mit Rücksicht auf den flammenlosen Drachen bereits gegrillt war. Nachdem sie nicht weniger als vier von diesen Leckereien verschlungen hatte, wischte sich die Kreatur sehr anmutig ihr langes, königsblaues Maul mit einer rubinroten, gespaltenen Zunge und lehnte sich mit einem Seufzer von der Stärke eines Windstoßes, an die Bäume des Hains.

Colin blies den Atem wieder aus, den er während des Hin und Hers zwischen Gretchen und dem Drachen angehalten hatte. Er hatte beobachtet, wie Gretchen auf den Kater eingeredet hatte, der keine Antwort gegeben, sondern nur mit den Barthaaren und gelegentlich mit dem Schwanz gezuckt hatte. Dann war der Kater auf den Drachen zugegangen und hatte sich sehr zärtlich an dessen Schuppen gerieben, woraufhin Gretchen schließlich das wundersame Wildbret hervorholte, das der Drache verschlang, um sich dann zu einem Schläfchen zurückzuziehen. Den Kater ließ er gnädigst die Fleischreste abnagen, die noch an den Knochen hingen und die er in seiner Freßgier übersehen hatte. Der Kater konnte sich offensichtlich mit Gretchen verständigen, und über den Kater konnte Gretchen mit dem Drachen sprechen. Das war ja soweit alles in Ordnung, dennoch fühlte sich Colin von ihrem Treiben ein bißchen ausgeschlossen. Da er selbst dem Drachen aber immerhin nicht zum Fraß vorgeworfen worden war, fiel es ihm ziemlich leicht, mit sich selber wieder ins reine zu kommen.

Während Gretchen und Colin trockene Kleider anzogen, unterhielt sich der Kater zwanglos mit dem Drachen.

»Es ist eigentlich eine bewegende kleine Geschichte«, sagte Ching, als sie aus dem Wald zurückkamen. Sie waren darauf gefaßt, beim

kleinsten Anzeichen von Feindseligkeit oder neuerlichem Hunger seitens des Drachens wieder unter den Bäumen Schutz zu suchen. Wie Ching ihnen versicherte, waren sie im Augenblick nicht gefährdet, da der Drache ihm gegenüber geäußert hatte, daß er im Augenblick satt sei. »Arme Griselda«, miaute Ching mitleidheischend, »sie hat viel durchmachen müssen.«
Die Erzählung der Drachendame war an einigen Punkten etwas entstellt, weil Drachen gewöhnlich mit einer Menge heißen Dampfes angefüllt und deswegen ziemlich langatmig sind, und Ching gerade sein Fabuliertalent entdeckte; außerdem mußte die Geschichte für Colin übersetzt werden, nachdem der Drache sie bereits dem Kater und dieser sie wiederum an Gretchen weitergereicht hatte. Wie dem auch sei, Griseldas Erzählung wurde so interpretiert, wie es in der folgenden Geschichte dargestellt wird, die so eng wie möglich an die Ausdrucksweise eines Drachen angelehnt ist.

DIE GESCHICHTE DER DRACHENDAME

»Ich habe mich eigentlich nie für einen Selbstmörder gehalten, nicht einmal, als ich von den Wellen weggespült wurde, aber wahrscheinlich hatte ich doch versteckte selbstmörderische Absichten, sonst hätte ich nicht so nahe am Fluß eine Höhle aufgesucht, von der ich wußte, daß sie seit Jahren immer zur selben Zeit überflutet wird.
Aber ein gebrochenes Herz kümmert sich nicht mehr um den Ablauf der Jahreszeiten... Ich habe weder den Frühling noch die Überschwemmung beachtet – und hätte mir beinahe gewünscht, ihr hättet nicht so heftig an dem Ast geschüttelt und meine Flügel und Klauen befreit. Obwohl ich nämlich, nachdem ich wieder bei Bewußtsein war, hierher schwimmen konnte, wo ich diesen reizenden, kleinen Freund mit dem weichen Fell antraf, und mir eure Gastfreundschaft zuteil wurde« (bei diesen Worten erinnerte sich die Drachendame an ihr Mahl und leckte sich genüßlich das Maul),

»habt ihr nur meinen Leib befreit, aber nicht die Fesseln gelockert, die meine Seele binden.

Bevor ich mich in diesem Baum verfangen habe, hätte ich natürlich jederzeit ans Ufer schwimmen können, aber ich schlief gerade, als die Wasserfluten meine Höhle füllten, und ich hatte noch nicht wieder meine vollen Kräfte erlangt, als mich ein Felsbrocken am Hinterkopf traf, der sich von einem Berg in der Nähe gelöst haben muß. Wenigstens hatte ich das Gefühl, es müsse etwas derartiges gewesen sein, denn bekanntlich bin ich ja sehr gut gepanzert.

O ja, wir Drachen sind äußerlich nahezu vollkommen geschützt, aber ach, der Schmerz, der in unserem Innern brennen kann! Ich sehe, ihr seid erstaunt, aber es ist wahr, meine Freunde, es ist wirklich wahr, auch wir Drachen können Gefühle haben, vor denen unsere Schuppen uns nicht schützen, und Leidenschaften, die heißer brennen als das Feuer in unserem Innern. Obwohl die Flut die eine Flamme in mir gelöscht hat, lodert die andere in mir wie eine Fackel, die ich für ihn trage. Und ich dachte immer, ich sei ein so besonnenes Wesen!

Aber das war alles, bevor ich ihn kennenlernte. Wenn ihr ihn nur sehen könntet! Natürlich werdet ihr sagen, Drache ist Drache – aber beim Anblick meines Grimmut würdet ihr alle eure Vorurteile aufgeben! Stellt euch vor, leuchtend orangerote Schuppen, die in der Sonne glitzern, eine feuchte, reptilhafte Grazie, wenn er durchs südliche Polarlicht segelt, und schließlich ein sinnliches Gleiten, als er sich umdrehte, um mich mit dem niederschmetternden Blick seiner hypnotischen Granataugen zu durchboren. Ach Grimmut, ach mein Grimmut, Herz meines Herzens, meine Flamme, mein ein und alles!«

(Einen Augenblick sah es so aus, als sei die Drachendame vollkommen überwältigt, aber schließlich fing sie sich wieder, so daß sie ruhiger fortfahren konnte.)

»Eine Zeitlang waren wir sehr glücklich miteinander, und er wich mir kaum von der Seite. Auch wollte er nicht, daß ich selber jagte, vielmehr schleppte er im Maul die schmackhaftesten Bissen herbei. Wir waren so glücklich! Wie konnten wir uns auch nur wegen einer solchen Lapalie streiten und auseinandergehen! Ich kann euch nicht sagen, wie untröstlich ich bin, ganz und gar untröstlich! Ich habe einfach geglaubt, es sei für meinen Liebsten erniedrigend, zuzulassen, daß sich dieser *Mann* ausgerechnet unser Terrain für seine Nahrungssuche auswählte, anstatt die Herden und Dörfer zu plündern, wie es seiner Drachennatur sehr viel besser entsprochen hätte. Er verstand meine Besorgnis falsch und schalt mich einen kleinen Hitzkopf, der sich nicht um die Sicherheit unseres zukünftigen Sprößlings sorge. Und ich – ach du meine Güte – die schrecklichen Dinge, die ich zu ihm sagte – doch ... wißt ihr, ich glaube, diese Angelegenheit unserer Drachenwürde muß ich mit mir selbst ausmachen. Draußen auf dem Fluß wurde mir in der äußersten Not plötzlich alles klar und ich gelobte, nach meiner Befreiung nach Osten zu unserer großen Königin zu fliegen, weil ich der Meinung bin, ihr weiser Rat könnte die harten Worte vielleicht heilen. Wenn unsere Königin mit mir einverstanden ist, kehre ich mit ihr in einem Glorienschein zu meinem Liebsten zurück. Wie könnte er mich dann abweisen! Ist dies aber nicht der Fall, werde ich auf Knien nach Hause rutschen und ihn um Verzeihung bitten.«

(Eine neuerliche Flut kündigte sich an, als der Drachendame riesige Drachentränen vom Maul über die Brust tropften und den durchnäßten Boden noch mehr aufweichten. Sie tat noch einmal einen Riesenseufzer und erzählte dann weiter:)

»Jedenfalls wurde ich, als mich der Fels getroffen hatte, von der Strömung bewußtlos flußabwärts getrieben, bis ich mich in jenem Baum verfing, wo ihr mich zuerst gesehen habt. Obwohl ich die Kraft besessen hätte, mich zu befreien, hatte ich Angst, dabei meine Flügel zu beschädigen, die sehr zerbrechlich sind. Als ihr dann aber an dem Seil zogt, habt ihr meine Flügel von jenem Baum losgerüttelt und mich befreit. Hier bin ich nun – ohne Flamme – und wie ihr selbst sehen könnt: ein ungeliebtes, unglückliches Wesen!«

Colin, dessen poetische Empfindsamkeit von der Erzählung angeregt wurde, hatte stillschweigend seine Geige aus dem Beutel gezogen und stimmte nun, als die Geschichte zu Ende war, eine kurze Klage an für die unglückliche Drachendame.

Gretchen, die sich bei jedem Übermaß an Sentimentalität unwohl fühlte, wand sich zwar ein bißchen, aber auch ihr tat die unglücklich Verliebte leid. Die Drachendame war ja in Wirklichkeit ziemlich attraktiv, wenn man gerecht sein wollte. Vom königsblauen Maul bis zu der spitz zulaufenden, stachligen Schwanzspitze änderte sich ihre Farbe immer wieder, ging von blau in türkis, aquamarin und andere blaugrüne Farbtöne über, dann in meergrün, dunstgrün, waldgrün und smaragd, die Spitzen ihrer hauchzarten Flügel schließlich hatten die Farbe von Chartreuse-Likör, denselben wundersamen Farbton wie ihre großen, klaren Augen, die ihr Elend widerspiegelten und, wie schon erwähnt, vor Tränen beinahe überflossen.

Gretchen machte sich Luft und krempelte ihre Ärmel hoch: »Was das Fehlen der Flamme anbetrifft, kann ich etwas für sie tun, aber nur, wenn sie verspricht, uns zu helfen«, sagte Gretchen zu Ching, »sag ihr, wenn sie uns über den Fluß fliegt, kann ich ihr helfen, das verlorengegangene Feuer wieder zurückzubekommen.«

Der Kater gab die Botschaft weiter, und Griselda erklärte sich bereit, sie alle über den Fluß zu fliegen, wenn auch nicht die Pferde.

Sie ließ sie auch wissen, daß sie diese Fährdienste nur wegen Gretchens großzügigem Angebot leisten werde, und bat Ching zu erklären, daß die Drachen nicht nur mit Hilfe ihrer Flügel fliegen, die im Verhältnis zum übrigen Körper natürlich viel zu schwach wären, sondern auch mit Hilfe des Feuerdampfmechanismus, der im Innern eine mit Heißluft gefüllte Höhle erzeugt, die den Drachen in der Schwebe hält. Gretchen sah dem Drachen in den Rachen und konzentrierte sich auf den Zündelzauber. Es dauerte nicht lange, bis Griselda gemütlich vor sich hin rauchte.

In der Zwischenzeit sattelte Colin die Pferde ab und gab ihnen einen Klaps auf die Hinterhand, damit sie wieder zu ihrem Stall zurückgaloppierten und in Sicherheit waren, ehe Griselda sie verspeiste. Gretchen half ihm, ihre Habseligkeiten in Bündel zu pakken, die sie sich auf den Rücken schnallten. Ching setzte sich ganz oben auf Gretchens Packen. Griselda kniete nieder, damit sie sich auf ihren Hals und ihre Schultern setzten konnten, die über ihre Flügel hinausragten.

Sie spürten, wie der Wind ihnen entgegenschlug, als sie immer schneller und höher flogen. Gretchen mußte ihre Röcke raffen, damit sie nicht in der nach hinten ausschlagenden Flamme des Drachens Feuer fingen. Unter ihnen rauschte gleichmütig der Fluß. Sie segelten in einer schwindelerregenden Höhe weit über den Bäumen und konnten gerade noch die Felder erkennen, die wie eine Patchworkdecke aussahen.

Schließlich streckte die Drachendame zuerst ihre Beine, faltete dann ihre Flügel zusammen und setzte ihre drei Passagiere sicher am Rand einer Waldlichtung ab.

»Lebt wohl!« sagte sie zum Abschied, »ich kann mich bei Tageslicht nicht in die Nähe der Stadt wagen, weil ich sonst um mein Leben fürchten muß. Ihr habt mir Nahrung gegeben, als ich Hunger litt, und ihr habt mich wieder entflammt, als ich dahinwelkte, nun möchte ich euch um einen letzten Gefallen bitten...«

Gretchen und Colin baten den Kater, der Drachendame zu sagen, daß sie ihre Bitte gern erfüllen würden und worin sie bestände.

»Sie besteht darin, falls ihr bei eurem Abenteuer meinen Grimmut noch vor mir treffen solltet, ihm zu sagen, daß seine Griselda immer noch für ihn entbrannt ist und ihre aufwieglerischen Worte bereut und – und daß ich alsbald zu ihm zurückkehren werde.«

Tante Sibyl stapfte achtlos durch eine Sirup-Pfütze und versuchte offensichtlich gerade, ihr Hausdach mit frischen Lebkuchen auszubessern. Gretchen und Colin hatten das Gebäck gleich gerochen, als sie nach dem Dorf in einen kleineren Seitenweg eingebogen waren, den ihnen ein Kind unaufgefordert gezeigt hatte. Das Kind hätte sie auch gern zu Tante Sibyls Haus geführt, aber da es schien, als sei es leicht zu finden, lehnten sie ab.

»Schien so, als wäre der kleine Kerl sehr enttäuscht gewesen«, sagte Colin.

»Ich glaube nicht, daß seine Familie es gern gesehen hätte, wenn er mitgegangen wäre«, gab Gretchen zu bedenken. »Sie erinnern sich sicher an die frühere Bewohnerin von Tantchens Haus. Ur-Ur-Urgroßmutter Elspat hat Kinder zwar auch gemocht, aber nicht im landläufigen Sinn. Es ist wirklich ein Wunder, daß die Graus trotz der Elspat weiterexistieren – ich glaube auch nicht, daß es die Tochter eines Holzfällers war, die Elspat umbrachte, Großmutter hat mir erzählt, es sei ihre eigene Tochter gewesen, die aus Notwehr gehandelt habe. Ich bin ja wirklich gespannt auf das Haus!«

»Aber dein – äh – deine jetzige Tante – sie hat nicht mehr diesen Hang –?«

»Zum Auffressen von kleinen Kindern, meinst du? Nein, ganz bestimmt nicht, aber soviel ich weiß, hat sie die ursprüngliche Architektur beibehalten, damit die Kinder immer noch zu ihr kommen und sie sie bewirten kann. Durch ihr Spezialgebiet wird sie nämlich immer einsamer.«

»Aha?«

»Ja, sie kann die Gegenwart in ihrer Kristallkugel sehen.«

Colin kratzte sich nachdenklich den Kopf, und einen Augenblick lang schien es so, als würde er sich mit dieser Auskunft zufrieden geben, dann überlegte er es sich jedoch anders und sagte: »Wie bitte?«

»Sie kann die Gegenwart in ihrer Kristallkugel sehen«, wiederholte Gretchen.

»Warum braucht sie dazu eine Kristallkugel? Die meisten von uns können die Gegenwart ohne Kristallkugel sehen.«

»Nun ja, aber Tante Sibyl braucht nicht gegenwärtig zu sein, um die Gegenwart sehen zu können, das heißt, sie sieht, was *anderen* Personen zustößt... und nicht nur ihr selbst – hast du verstanden?«

»Ich denke schon.«

»Deswegen hat sie auch keine Nachbarn. Früher wäre sie wahrscheinlich verfolgt worden. Die Leute mögen eine Hexe, die in ihr Privatleben sieht, noch sehr viel weniger als eine, die ihre Kinder verspeist. Großmutter behauptet zwar, daß Sibyl, wenn sie alle die Ratschläge, um die sie aufgrund ihrer Fähigkeiten gebeten wird, auch geben würde, ein Haus aus Gold statt aus Lebkuchen haben könnte.«

Gretchen hatte dies gesagt, als der Weg abbog und sie auf einer Lichtung ein Haus vor sich sahen. Das Haus war überhaupt nicht hübsch, vielmehr sah es so aus, als wäre es einer Naturkatastrophe zum Opfer gefallen, vom Dach fehlte die Hälfte, die Wände neigten sich nach innen und die Tür stand halb offen. Eine ältere Frau, bei der Colin auf den ersten Blick eine erschreckende Ähnlichkeit mit Gretchens Großmutter entdeckte, war mit einer Schüssel und einem Spachtel beschäftigt und hatte neben sich auf dem Boden einen Stapel Lebkuchen, von denen jeder die Größe eines Suppentellers hatte. Im ganzen Wald roch es wie in einer Bäckerei.

Ching sprang von seinem Platz auf Gretchens Rücken herunter und jagte zu Sibyl hinüber, wo er mit heiserer Stimme miaute und sich an ihren Beinen rieb, bevor er sich auf den Boden setzte und sich den Sirup von den Pfoten leckte. Sibyl aber wandte ihnen ein so strahlendes Gesicht zu, daß nun selbst Colin keine Ähnlichkeit mit Gretchens Großmutter mehr entdecken konnte.

»Gretchen, mein Liebling, und Colin! Ich bin ja so froh, daß ihr es ohne weitere Zwischenfälle geschafft habt! Ich hätte beinahe meine Lebkuchen verbrennen lassen, als du in den Fluß gefallen bist und der Drache loskam!« Sie hatte die Schüssel in der Zwischenzeit auf den Boden gestellt, und Colin konnte sehen, daß sie Zuckerguß enthielt. Nachdem Tante Sibyl ihre Hände an der weiten Schütze abgewischt hatte, schloß sie Gretchen und Colin in die Arme.

»Tante, was ist denn mit deinem Haus los?« fragte Gretchen.

»Ach Liebes, ich kann dir sagen, ich war schon fast soweit, bei deiner Großmutter anzufragen, ob sie bis zum Hochsommer einen Gast bei sich unterbringen könnte. Habt ihr schon jemals einen so klebrigen Verhau gesehen?« Beide verneinten. »Weißt du Gretchen, da ich keine eigene Tochter habe, wollte ich dir das Haus vermachen, aber die praktischen Probleme, die einem bei einem Haus aus Naschwerk erwachsen, überwiegen bei weitem die Vorteile einer Hausherrin.«

Als Gretchen sich das unappetitliche, klebrige Häuschen aus der Nähe ansah, verstand sie, was ihre Tante meinte. Einen Augenblick lang biß sie sich auf die Lippe, hob dann aber eine der Schindeln auf, biß hinein und kaute den Lebkuchen gründlich, als sie die Runde um das Haus machte und sah, daß sogar das Fundament aus Pfefferminzstangen absackte, dahinschmolz und in den Boden einsickerte.

»Kann ich deinen Ofen benutzen?« fragte Gretchen schließlich.

»Aber natürlich, Liebes, ihr müßt ja förmlich ausgehungert sein!«

»Stimmt. Wir sind ein bißchen hungrig, aber wenn du nur etwas für Colin und Ching auftreiben könntest, dann würde ich derweil dein Haus reparieren.«

»Würdest du das wirklich für mich tun, Liebes?«

Gretchen zuckte mit den Schultern und sagte: »Natürlich ist es ein wenig komplizierter als nach einer mageren Jagdsaison und einer Dürreperiode ein Bankett für 1500 Personen vorzubereiten, aber wenn du das Rohmaterial hast, werde ich es wahrscheinlich schaffen.«

Sogar das flinke Gretchen brauchte den Nachmittag, solange es noch hell genug war, um die erforderlichen Leckereien herzustellen, die Grundmauern zu befestigen, die Wände mit Schindeln zu decken und das Dach mit frischen Zuckerwaffeln auszubessern. Zum Glück war ihre Begabung als Heimwerkerin durchaus wörtlich zu nehmen und schloß auch leichte Zimmermannsarbeiten mit ein.

Colin und Tante Sibyl saßen auf Baumstümpfen, die vor dem Haus standen, tranken Tee und ließen sich Proben des frischgebackenen Baumaterials für das Dach schmecken. Dabei sahen sie Gretchen zu, wie sie die Sirupmasse auf die bautechnisch wichtigen Stellen verteilte, ehe sie die Schindeln anbrachte.

»Ich habe erst eingegriffen, als ihr beide im Wasser wart, junger

Mann«, sagte Sibyl im Plauderton, »kennen sie meine Nichte schon lange?«
Obwohl Colin in diesen Dingen begrenzte Erfahrungen hatte, waren sie doch nicht so begrenzt, daß er bei liebevoll besorgten weiblichen Verwandten unverheirateter Mädchen noch nie zuvor diesen Ton gehört hätte. »Äh – nicht sehr lange. Wir sind eigentlich geschäftlich unterwegs – auf Anordnung von Herrn Wilhelm.«
»Ach so, ich verstehe. Aus Maudies Botschaft ist hervorgegangen, daß es irgendeine Unstimmigkeit gegeben hat.«
»Botschaft, gnädige Frau?«
»Mein Wellensittich, mein Hausgeist, trägt manchmal Nachrichten zwischen uns hin und her – wissen Sie, damit wir in Fühlung bleiben.«
»Ist das nicht ein bißchen ungeschickt, in Anbetracht...?« Colin machte eine Kopfbewegung in Chings Richtung, der auf Sibyls Schoß eingeschlafen war, seinen Kopf hatte er zwischen den Pfoten vergraben – er fühlte sich vollkommen zu Hause.
»Ach so, Ching weiß, daß er Budgie nichts antun darf, Maudie hat ihm das klargemacht.« Dabei strich sie dem Kater über das schwarzweißgefleckte Fell und fuhr fort: »Natürlich hätte unsere Mutter für ihre Botschaften keinen Wellensittich gebraucht.«
»Nein?«
»O nein! Sie konnte mit Hilfe *ihrer* Visionen kommunizieren. Als Bronwyn geboren wurde, hat sie sich die ganze Zeit mit Maudie unterhalten, obwohl sie zu jener Zeit in Königinstadt sein mußte.«
»Bronwyn« fragte Colin und schlürfte dabei seinen Tee. Gretchen schien ja wirklich eine sehr ausgedehnte Familie zu haben. In Unterhaltungen wie dieser schienen immer mehr Familienmitglieder zum Vorschein zu kommen.
»Bronwyn – das war Gretchens Mutter – ein niedliches Mädchen!«
»Sieht so aus, als hätte Gretchen eine ganze Menge Verwandte, und zwar alles Frauen. Könnten Sie mir nicht mehr über Bronwyn erzählen. Gretchen spricht zwar ziemlich viel über entfernte Ver-

wandte, hat mir aber kaum etwas über ihre nächste Verwandtschaft erzählt, davon abgesehen, daß sie sich natürlich große Sorgen um ihre Schwester macht, die aber nicht ihre richtige Schwester zu sein scheint.« Colin hatte ein schlechtes Gewissen, weil er die Gelegenheit – daß Gretchen nämlich ihrer Tante einen Gefallen tat – dazu nutzte, ihre Tante auszuhorchen, aber schließlich waren bei diesem Abenteuer sein Pferd, seine Musikinstrumente und auch Gretchens Habseligkeiten abhanden gekommen, und er fand, daß er unter diesen Umständen ein Recht darauf hatte, die ganze Geschichte zu hören. Auch konnte ein solches Gespräch ihm zu der Information verhelfen, die er brauchte, um dieses Lied zu verbessern...

Tante Sibyl war zwar eine nette und einsame Person, aber sie war auch nicht dumm. Sie warf Collin einen prüfenden Blick zu und runzelte die Stirn, was die Ähnlichkeit mit ihrer Schwester wieder erhöhte. Gretchen, die mit dem Fundament und den Wänden fertig war und auch die Fenster aus hartem Zuckerwerk mit der einen oder anderen Schindel ausgebessert hatte, war auf die Leiter gestiegen, die ihre Tante brauchte, um in ihr Hochbett zu klettern. Auch hier benutzte Gretchen die Zuckermasse wieder als Bindemittel an den wichtigen Stellen, von wo es sich von selbst über die ganze Fläche ausbreitete, bis sie die Dachschindeln auftragen konnte. »Nun«, fuhr die Tante fort, »ich kann Ihre Wißbegierde ja verstehen, junger Mann, und ich werde Ihnen auch ein bißchen erzählen, aber den Rest hebe ich mir auf, bis Gretchen fertig ist und wir alle zu Abend essen können. Es gibt auch eine ganze Menge, was sie noch nicht weiß und das sie, meine ich...«

»Ich bin Ihnen dankbar für jede Art von Aufklärung, gnädige Frau«, sagte Colin, der seinen Tee ausgetrunken und seine Dachschindel verzehrt hatte und nun die Gitarre aus ihrer Hülle nahm. Er ließ seine Finger leicht über die Saiten gleiten, als er das Instrument stimmte, weil das seine Finger geschmeidig machte.

»Ich nehme an, Gretchen hat Ihnen gesagt, daß sie ein Kind der Liebe ist?«

»Ein...? Ach ja, das hat sie, und ich fand das ein bißchen seltsam, weil sich Herr Wilhelm und alle anderen so verhalten, als sei sie die rechtmäßige Erbin.«

»Das ist sie auch, aber nur, weil Herr Wilhelm sie als seine Tochter anerkannt hat, nachdem er ihre Mutter geheiratet hat.«

»Ich finde, Sie müßten mir das etwas ausführlicher erklären«, sagte Colin.

»Also, warten Sie einmal. Wie der Zufall es wollte, mochten sich Willie Sturmhaube, das heißt Herr Wilhelm und meine Nichte, Bronwyn Grau, schon, als sie noch Kinder waren. Sie könnten es auch als Sandkastenliebe bezeichnen. Aber der alte Tom Sturmhaube, Willies Vater, hatte hochfliegende Pläne mit seinem Sohn. Es hatte ihm schon immer mißfallen, daß Willie zu der Tochter der Dorfhexe so nett war. Ich habe damals mit Maudie zusammengewohnt, aber meine Zauberkräfte waren noch nicht so gut entwikkelt wie jetzt, und die Leute konnten es in meiner Nähe noch aushalten. Unsere Mutter lebte damals hier mit unserem kleinen Bruder, den sie »Furchtbart« nannte. Sie waren beide ziemlich streitsüchtig und unzufrieden, mit beiden war nicht gut auszukommen. Deswegen zog ich zu Maudie und ihrer kleinen Tochter, und dort war ziemlich oft dieser kleine Knabe zum Spielen, besagter Willie Sturmhaube. Laß das, Kätzchen!« rief sie, als Ching von ihrem Schoß sprang und hinter einem Vogel herjagte. Der Kater blieb stehen, warf aber Sibyl einen ziemlich unwirschen Blick zu, bevor er sich niedersetzte und seine Pfote ableckte. Sibyl versuchte, sich daran zu erinnern, wo sie stehengeblieben war. »Ach, du meine Güte, wo war ich denn nur stehengeblieben?«

Sie fand ein Stückchen Metalldraht in ihrer Tasche, das sie beim Weitererzählen mit den Fingern verbog: »Ach ja, bei Willie Sturmhaube. Er kam uns öfter besuchen, aber seine Gnaden, Herr Thomas, mochte es nicht und ordnete die Heirat mit der Tochter einer fremden Feensippschaft an, mit deren ansehnlicher Aussteuer unserem guten Willie alle Titel für die Herrschaftsgebiete im Norden zusammengekauft werden konnten.« Sie formte den Draht zu einem zweigliedrigen Ring. »Ich glaube, wenn Willie ein tapferer Junge gewesen wäre, wäre er einfach mit Bron durchgebrannt – aber die beiden waren damals erst sechzehn und er mochte seinen Vater, obwohl dieser nur ein alter Gauner war. Und Bron wußte natürlich auch nicht so genau, ob sie davonlaufen wollte, um zu heiraten, auch wenn es sich um Willie handelte. Das Problem lag nicht darin, daß sie Willie nicht gemocht hätte, aber sie hoffte damals noch, ihre Zauberbegabung ließe sich eines Tages doch noch in eine anständige Form von Hexerei verwandeln, aber sie hatte ja nur Maudie und mich, die sie unterrichten konnten. Im Gegensatz zu den anderen Mädchen im Dorf, die über keine Zauberkraft verfügten, war es ihr nämlich egal, ob sie heiraten würde. In unserer Familie haben nur wenige geheiratet. Ich glaube zum Beispiel, daß Elspat für kurze Zeit mit einem Ungeheuer verheiratet war, wenn man eine derartige Verbindung überhaupt als Ehe bezeichnen kann, und später war es dann Bron, die geheiratet hat, aber das sind alle Ehen, an die ich mich erinnern kann.«

»Aber das ist doch sicherlich etwas ungewöhnlich?« erkundigte sich Colin, wobei er die Hand auf die Saiten legte, um ihr Vibrieren zu verhindern. »Die meisten Frauen brauchen doch einen Ehemann, der sie beschützt und versorgt.«

Konnte Colin eine Andeutung von Spott im Lächeln dieses sanften Gesichts mit den Grübchen entdecken? »Das ist es, was Sie ohne Zweifel tun werden, wenn Sie einmal heiraten, junger Mann: Ihre Frau beschützen und versorgen!«

»Nun, Spielleute heiraten in der Regel nicht, und wenn überhaupt, dann erst, wenn sie sich vom Wanderleben zurückgezogen und eine Stelle als Lehrer angenommen haben«, erklärte er ihr. »Es ist viel zu schwierig, unterwegs zu sein, wo man sich ganz auf die Musik konzentrieren muß, und gleichzeitig die Beziehung zu einem Mädchen anzufangen – denn Mädchen brauchen nun einmal viel Zuwendung.«

Dieses Mal lachte sie laut auf. »Mein lieber, lieber Junge, du hast mir aus der Seele gesprochen! Auch Jungen brauchen viel Zuwendung, für die eine Hexe vielleicht keine Zeit hat. Bronwyn war ein niedliches, liebes Ding, aber sie konnte ihre Kräfte zu Lebzeiten nicht vollständig entwickeln, sie hat Willie zuviel von sich selber gegeben. Glaubst du etwa, Gretchens Zauberei«, und dabei machte sie eine Kopfbewegung in Richtung auf Gretchen, die immer noch damit beschäftigt war, das Dach auszubessern, »nehme weniger Zeit und Mühe in Anspruch als deine Musik?«

»Äh – wahrscheinlich nicht, aber Gretchen ist...«

»Wir waren in unserer Jugend auch nicht viel anders als Gretchen, auch Bron nicht. Darum hat sie auch, wie schon erwähnt, zu Willie gesagt, es mache ihr nichts aus, wenn er Ellender heiraten würde. Sie ging sogar in hochschwangerem Zustand zur Hochzeit. Ihr Onkel war wütend.«

»Ich kann ihn verstehen«, sagte Colin.

»Ja, das habe ich mir gedacht. Maudie war zwar auch ein bißchen verärgert, aber eigentlich hat sie Willie ja zusammen mit Tom Sturmhaube großgezogen, und dann freute sie sich vor allem auch auf das Enkelkind. Nur unmittelbar nach der Hochzeit sah es so aus, als könnte es Unstimmigkeiten geben, als sich Willie immer mehr zu Ellender, seiner Feengemahlin, hingezogen fühlte und eine ganze Zeitlang von Bron wegblieb. Aber mit Feen ist das so eine Sache – und Ellender war zu einem guten Viertel eine Fee, was man auch unschwer erkennen konnte – sie lächeln und nicken viel und sind so hübsch anzuschauen, wenn man mit ihnen spricht, aber wenn man dann weggeht, kommt es einem wirklich so vor, als habe man mit sich selbst gesprochen. Ist dir das auch schon aufgefallen?«

»Nein, das könnte ich nun nicht behaupten, da ich mit wirklichen Feen noch nie richtig in Berührung gekommen bin.« Da war zwar in Oberkopfingen ein Mädchen gewesen, über das er trotz aller Bemühungen kein anständiges Lied zustande bringen konnte, obwohl sie langes, blondes Haar und große, blaue Augen und alle anderen, wirklich bewunderungswürdigen weiblichen Attribute besaß.

»Ich kann aber sehen, daß du sehr wohl...«

»Was?«

»Um zu sehen, was sich in meiner unmittelbaren Nähe abspielt, brauche ich nicht einmal meine Kristallkugel. Warum glaubst du, Söhnchen, daß ich hier allein lebe?«

Sibyl fuhr in ihrer Erzählung fort: »Sei es, wie es wolle, jedenfalls kehrte Willie bald wieder zu Maudies Hütte zurück, fragte nach Bron und brachte Maudie das eine oder andere Kräuterlein aus dem Schloßgarten für die Ausübung ihres Zauberhandwerks. Bald war es zwischen ihnen wieder so, als hätte die Hochzeit nie stattgefunden.

»Ist sie dann nicht ins Gerede gekommen?« fragte Colin, der wieder an Ost-Oberkopfingen denken mußte.

»Ich glaube ja. Aber wenn die Leute etwas Schlechtes über sie sagten, dann haben sie aufgepaßt, daß es Herr Wilhelm Sturmhaube nicht mitbekam, denn er war nun ›Herr‹ Wilhelm, Herrn Thomas hatte sein – wie er meinte – gelungener Gewaltstreich, die Kinder zu trennen, aufs Krankenlager geworfen. Die Leute vermieden es auch tunlichst, uns Schwestern wissen zu lassen, was sie dachten, aber ich sehe ja auch sehr viel, was nicht für mich bestimmt ist.«

»Das müssen aber sehr hochherzige Bewohner sein, daß sie eine solche Gelegenheit nicht beim Schopfe packten. In Ost-Oberkopfingen hätte es einen fürchterlichen Skandal gegeben.«

»Es ist doch ganz erstaunlich, wie gerecht und großzügig die Leute manchmal sein können, wenn sie mit ihrer eigenen Vergänglichkeit konfrontiert werden. Ich glaube, es ist die Ungewißheit, die dem Leben Würze verleiht, und einen mit den eigenen Problemen in Atem hält statt mit den Problemen anderer Leute. Auch eine Person mit einer lockeren Zunge wird sich sehr viel mehr um ihr eigenes Schicksal kümmern als um das ihrer Nachbarn, wenn sie weiß, sie könnte eines Tages als Krähe erwachen.«

»Aus diesem Blickwinkel habe ich das Problem allerdings noch nicht betrachtet.«

Sie nickte weise: »Neben Bierbrauen und Heilkräuter-Mischen erweist Maudie dem Dorf noch ganz andere Dienste.« Sie steckte den Draht in ihre Tasche zurück. Gretchen ging nun ums Haus herum und beschrieb mit den Armen, die sie nach vorn streckte, bizarre Muster in der Luft. Es hatte den Anschein, als murmelte sie etwas vor sich hin, aber ihre Stimme war zu leise, als daß Colin sie hätte verstehen können. Tante Sibyl fuhr fort: »Was jeden aber am meisten überraschte, war, als Bronwyn Gretchen zur Welt brachte – was meinst du wohl?«

Colin sah zu Gretchen hinüber. Offensichtlich hatte ihre Geburt stattgefunden, und er konnte sich nicht denken, welche andere Pointe die Geschichte noch haben könnte. Er mußte zugeben, daß er es nicht wußte.

»Nun, die gnädige Frau, Frau Ellender, kam höchstpersönlich von ihrem hochherrschaftlichen Schloß in unsere bescheidene Hütte, das war's! Maudie wollte sie zwar hinauswerfen, aber ich wußte von vornherein, daß sie nichts Böses im Schilde führte, und ich brachte Maudie schließlich dazu, sie hereinzulassen. Weißt du eigentlich, daß das wahrscheinlich der Grund ist, warum Gretchen und Goldie so gute Freundinnen wurden?«

Colin, der nicht verstand, was sie meinte, nickte nur mit dem Kopf und hielt den Mund. Er hoffte, sie würde seiner Unwissenheit ein Ende bereiten.

»Ellender war damals schwanger, das arme Ding, und ihre Leute, das fremde Elfenvolk, von dem ich dir, glaube ich, schon erzählt habe, hatten ihr ein besonderes Mittel gegen die Wehen geschickt. Feen, die Sterbliche heirateten, hatten nämlich schwere Geburten, aber dieses Mittel machte daraus ein wahres Vergnügen. Bron hatte eine sehr schwere Geburt, ich glaube, man hörte sie überall schreien und wahrscheinlich sogar im Schloß, was Ellender dazu bewegte, herzukommen.« Ihre Augen füllten sich mit Tränen. »Weißt du – hmmm – trotz der Zauberkräfte, über die Maudie verfügt, hat keines ihrer Mittelchen bei Bron gewirkt, und sie konnte ihr auch keine größere Dosis davon geben, ohne dem Baby zu schaden und – kannst du...« sie mußte für einen Augenblick innehalten, um sich wieder zu fassen, »kannst du verstehen, daß dieses dumme Feenmädchen ihr ganzes Elixier Bronwyn gegeben hat? Zuerst ein bißchen, und als sie sah, daß es half, immer mehr, bis nichts mehr davon übrig war.«

»Das war sehr nett von ihr!« sagte Colin.

»Es war noch viel netter, als du dir vorstellen kannst, denn ihre

Verwandten haben ihr vor Bernsteinweins Geburt kein Elixier mehr geschickt, so daß Ellender bei der Geburt ihres Kindes sterben mußte. Das war der Zeitpunkt, zu dem Bron ins Schloß zog, um neben Gretchen auch für die kleine Goldie zu sorgen, und als eine angemessene Trauerfrist verstrichen war, heiratete Willie meine Nichte und erkannte Gretchen als seine Tochter an.« Die alte Dame schwieg eine Zeitlang. Colin bemerkte, daß Gretchen im Haus verschwunden war, als die letzten rosafarbenen Strahlen der untergehenden Sonne sich auf seinem fugendicht gedeckten Waffeldach fingen. Das Häuschen sah ebenso fest, ordentlich und hübsch aus wie eines, das aus konventionelleren Baumaterialien gebaut war.

»In Ost-Oberkopfingen hätten die Leute das Gerücht in Umlauf gebracht, Bronwyn habe es höchstpersönlich darauf angelegt, daß ihre Herrin im Kindbett starb, um selbst zur Herrschaft zu gelangen und die böse Stiefmutter mimen zu können...«

»Wenn jemand so etwas geäußert hätte, hätte er die ganze Familie gegen sich gehabt, insbesondere aber die junge Goldie, denn Bronwyn war die einzige Mutter, die sie kannte. Weißt du, es ist schon komisch, aber ich selber fände es nicht einmal so schlimm, eine Krähe zu sein, aber...«

»Ich verstehe, was Sie meinen«, sagte Colin etwas kleinlaut.

»Ach Tantchen, das war eine Wucht!« seufzte Gretchen und lehnte sich dabei in ihrem Stuhl zurück.

»Deine Stimme klingt ein bißchen rauh«, sagte Gretchens Tante. »Möchtest du vielleicht ein wenig Honig in deinen Tee?«

»Denk dir nichts dabei!« Gretchen räusperte sich und massierte sich die Arme mit den Händen. »Ich bin so heiser und müde von meinen vielen Zaubertricks, ich könnte jetzt nicht einmal mehr Teewasser kochen!«

»Nun, es sieht wirklich sehr hübsch aus, Liebes! Ich weiß deine Arbeit ja wirklich sehr zu schätzen, wo es doch schon unter normalen Umständen eine Heidenarbeit ist, den alten Kasten in Ordnung zu halten, nun erst nach diesem Regen! Ich war mir schon ziemlich sicher, daß ich umziehen müßte.«

»Laß die Kinder nicht mehr daran knabbern, Tantchen! Du mußt dir ein Glas zulegen, in dem du die Leckereien für deine Lieblinge aufbewahrst, ich habe deine Schindeln nämlich mit einem so starken Konservierungszauber gebunden, daß sie wahrscheinlich ziemlich ungenießbar geworden sind.«

»Zerbrich dir jetzt nicht den Kopf darüber, Liebes. Es war von Anfang an eine böse Idee, die im Lauf der Zeit zu purem Leichtsinn ausartete. Ich bin froh, daß ich nun ein Dach über dem Kopf habe, das nicht mehr Gefahr läuft, sich in einen klebrigen Brei zu verwandeln. Als Mutter und Furchtbart noch hier lebten, konnten sie das Haus auch instand halten, weil Furchtbart als Junge in diesen Dingen sehr geschickt war.«

»Erzähl mir ein bißchen mehr von Onkel Furchtbart, Tantchen. Im Dorf wissen sie kaum etwas über ihn, und Großmutter schweigt sich darüber aus.«

Die alte Dame schwieg einen Augenblick, als sie den Tisch abräumte und Tee einschenkte. Ching hatte sich der Länge nach vor dem Herd ausgestreckt, dessen Glut am Erlöschen war, weil sie nicht mehr zum Kochen gebraucht wurde. Als die drei und Ching ins Häuschen gingen, um ihr Abendessen einzunehmen, hatte sich das Wetter gebessert, und die Temperatur in dieser Nacht war die angenehmste seit Reisebeginn.

»Ich wollte ohnehin von Furchtbart sprechen, Gretchen. Ich habe mich mit Colin unterhalten, während du gearbeitet hast, und, wie schon erwähnt, wollte ich auch das eine oder andere über unsere Familie erzählen – Dinge, die für Maudie sehr schmerzlich sein mögen. Wahrscheinlich denkst du dir nun, daß ich eine alte Frau bin, die sich in alles einmischen muß ...« Sie hielt die Hand hoch, um Gretchens gegenteilige Beteuerungen abzuwehren. »Nein, du hast ja recht damit. Viele sind so. Aber jemand mit meiner Gabe – der soviel sieht, was ihr nicht sehen könnt – kann schon sein, daß ich überheblich bin –, fühlt sich eben verpflichtet, euch Ratschläge zu erteilen, um für euch alles einfacher zu machen, und ich kann dabei ebenfalls sichten, aber das hat Zeit bis später.«

Einen Augenblick lang starrte sie nachdenklich auf ihre Tontasse.

»Weißt du, Liebes, vor etlichen Jahren hat es einmal einen Riesenkrach gegeben, lange bevor ihr Mädchen zur Welt gekommen seid, danach ist Furchtbart einfach weggegangen, und wir haben seither nichts mehr von ihm gehört.«

»Nicht einmal du?« fragte Gretchen.

»Nun, ich habe noch eine Weile von ihm gehört, aber es war kein besonders guter Kontakt, viele statische – na ja – Interferenzen –, bis ich ihn schließlich kaum noch richtig sehen konnte.«

»Hat er dich – irgendwie – glaubst du, daß er dich daran gehindert hat?«

Gretchens Tante nickte traurig mit dem Kopf: »Ich glaube, ja. Er war nämlich ziemlich wütend, als er wegging – es muß sehr schwer für ihn gewesen sein, der erste Junge in unserer langen Ahnenreihe von Frauen zu sein, und dann war Mutter auch kurz davor gestorben.«

»Wovor denn eigentlich?« fragte Colin, als die alte Dame immer verwirrter wurde. Sie sah aus, als hätte sie das Thema nun doch lieber nicht angeschnitten und zögerte nun, fortzufahren.

»Bevor Willie und Ellender...« Gretchen und Colin nickten ihr aufmunternd zu, so daß sie weitererzählte. »Colin, ich habe dir schon gesagt, daß die Leute im Dorf sich wenig Gedanken über die Schwangerschaft von Gretchens Mutter machten und noch weniger darüber sprachen. Das war zwar der Fall, unser Bruder jedoch war weniger zurückhaltend.«

»Natürlich, weil er zur Familie gehörte...«, meinte Colin.

»Das haben wir auch eingesehen, auch daß es für ihn besonders schwer sein mußte, weil er Willie immer so sehr bewundert hatte – er ist uns regelrecht hinterhergelaufen – und ging uns schrecklich auf die Nerven, wenn er uns auf der Eisdrachenfeste besuchte. Aber er hat ein solches Theater aufgeführt, daß Bron und ich alle Hände voll zu tun hatten, Maudie zu besänftigen. Das Schlimmste war, daß Furchtbart Willie ausgerechnet zum Duell herausforderte, um die Entehrung seiner Nichte zu rächen – er war damals ganze dreizehn Jahre alt –, obwohl jeder sah, daß sie ganz und gar nicht zugrunde gerichtet war. Statt weniger zu werden, wurde sie eher ein bißchen mehr.« Tante Sibyl wandte sich Gretchen zu und sagte lächelnd: »Dein Vater hat in seiner Jugend den einen oder anderen Fehler gemacht, aber trotz allem ist er ein guter Mann. Er erklärte Furchtbart vor den Gästen in Maudies Wirtschaft, daß er sich mit ihm nicht duellieren werde. Furchbart nannte ihn einen Feigling und gab ihm in aller Öffentlichkeit eine Ohrfeige, aber Willie nickte nur und ging zu seinem Bier zurück. Die Männer in der Wirtsstube sagen, Furchtbart hätte sich trotzdem gerne noch auf ihn gestürzt und ihn verdroschen, sie hätten ihn jedoch zurückgehalten. Zuletzt mußte sich Furchtbart trollen, was ihn dazu veranlaßte, nun mit dem perfiden Ansinnen an Maudie heranzutreten, Willie in einen Hasen zu verwandeln, mit der Begründung, Willie sei ein Angsthase, weil er sich davor gefürchtet hätte, sich mit Furchtbart zu duellieren. Maudie war auch nicht sehr erfreut darüber, daß Willie Ellender heiratete und Bron so traurig war, weil sie Willie nicht bekommen konnte, aber sie war ja nicht völlig blöd.«

»Meine Großmutter hätte nie etwas getan, was meinem Vater hätte schaden können«, sagte Gretchen tapfer, »und sie hat mir selbst gesagt, daß Mutter gar nicht mit ihm durchbrennen wollte, um ihn an Ellenders Stelle zu heiraten. Ich verstehe also nicht, warum so großes Aufhebens davon gemacht wird.«

»Wie schon gesagt, Liebes, dein Onkel sah die Dinge anders. Er ließ deiner Großmutter einfach keine Ruhe wegen des Zaubers, so daß sie ihm schließlich sagte, wenn er keine Ruhe gäbe, würde sie ihn in eine Elster verwandeln. So kam es, daß er sich schließlich aus dem Staub machte.«

»Das klingt, als wären nach seinem Weggehen alle ziemlich erleichtert gewesen«, sagte Colin.

»Es wurde ruhiger«, gab Sibyl zu, »aber es war natürlich auch ein Jammer, denn Furchtbart war ein enttäuschter, junger Mann, der seine Kräfte noch nicht voll entfaltet hatte, und unsere Mutter war noch nicht lange tot. Er mußte das Gefühl haben, wir bereiteten ihm alle Schande und würden uns gegen ihn wenden. Ich hoffe, daß die Jahre, die inzwischen verstrichen sind, ihn eines besseren belehrt haben.« Sie goß sich noch ein wenig Tee nach und sagte dann zu

Gretchen: »Ich dachte also, wenn du bei deiner Suche nach Goldie zufällig durch Königinstadt oder in diese Gegend kommst, solltest du dich vielleicht nach ihm erkundigen. Dort habe ich ihn nämlich zuletzt gesehen.«
»Natürlich«, sagte Gretchen gähnend und streckte sich. Dabei fiel ihr Blick auf ihr Reisebündel, das an einem Nagel an der Wand hing, und sie sagte: »Ach Tantchen, beinahe hätte ich's vergessen, ich hab dir ja ein Geschenk mitgebracht!« Sie stand auf und holte die Falle heraus, die sie vor ihrer Tante auf den Tisch stellte. Die alte Dame stürzte sich förmlich darauf und rief:
»Eine eiserne Falle!« Dabei zog sie den Atem ein und schnalzte mit der Zunge. »Ach Kindchen, wo hast du denn so etwas Grausames aufgetrieben?«
»Colin hat den Lauf eines Kaninchens daraus befreit. Die arme Kreatur sagte, die Falle sei wahrscheinlich von demselben Mann aufgestellt worden, der im letzten Winter auf meinen Vater geschossen hat.«
Behutsam trug Sibyl die Falle zu einem kleinen Schrank in der Nähe des Herds, in dem die Werkzeuge für die Metallverarbeitung lagen, darunter Amboß, Hammer und Zangen und andere, die Colin nicht erkennen konnte.
»Ich würde den Einbrecher bedauern, der beabsichtigte, Ihnen Ihre Ersparnisse zu rauben, gnädige Frau«, sagte Colin, »wer hätte gedacht, daß Sie Schmied sind!«
Tante Sibyls Grübchen wurden sichtbar, als sie vergnügt lächelnd zum Tisch zurückkehrte und eine Kristallkugel von der Größe eines kleinen Kürbis mitbrachte. »Metallarbeiten sind eigentlich mein Hobby, leider kann ich mein Handwerk nicht so professionell ausüben wie ich gerne möchte – mit einem Talent wie dem meinen muß man gewissenhaft umgehen oder man richtet großen Schaden an.«
Gretchen lachte aus vollem Hals, was Colin ein bißchen unverschämt fand, und rief: »Tantchen, du bist offenbar die erste in unserer Familie, die sich darüber Gedanken macht, ob ihre Magie Schaden anrichtet oder nicht!«

Tante Sibyl sah sie einen Moment lang nachdenklich an und sagte dann: »Nein, weder die erste noch die letzte.« Sie stellte die Kristallkugel auf den Tisch und setzte sich wieder. Dann fuhr sie fort: »Ich glaube, es liegt daran, daß ich das Leben anderer Leute – wenn auch nur aus zweiter Hand – miterleben kann. Es ist nämlich nicht ganz leicht, jemandem wehzutun, den man versteht. Das verfolgt einen im Traum. Meine Metallarbeiten mache ich, wenn ich Metall bekommen kann, und zwar schiebe ich sie dann zur kurzen Entspannung zwischen meine wichtigen Zauberaufträge. Damit und mit dem Instandhalten dieser alten Hütte vertreibe ich mir die Zeit.«

»Kannst du mir zeigen, was im Augenblick mit Goldie los ist?« fragte Gretchen, die sich nach vorn lehnte, um die leere Kugel besser sehen zu können.

»Aber natürlich!« erwiderte ihre Tante, drehte die Kugel in den Händen um und blickte tief hinein. Was zuerst wie eine Reflexion der flackernden Kerze ausgesehen hatte, bewegte sich nun in der Mitte der Kugel, wurde allmählich zu einem hellen Glühen, das plötzlich zerfiel und Partikel farbigen Lichts aussandte, die im Zimmer herumtanzten.

»Ach ja«, sagte Tante Sibyl zufrieden, »ich glaube, das muß es sein.«

Alles, was sie sehen konnten, war das Bild eines Dolches, der bedrohlich zwischen den regenbogenfarbenen Lichtpartikeln leuchtete. Allmählich entfernte sich das Bild wieder, und eine Kehle wurde sichtbar, die zu einem schlanken, blassen Hals gehörte, der von seidenem, weizenfarbenem Haar umrahmt war. Lange, spitz zulaufende Finger mit gebrochenen Nägeln zerrten das Haar zurück und ein Paar schlaftrunkene, erschreckte grüne Augen schauten unter den geteilten Haaren hervor.

»Raus, du Schlampe!« zischte eine Stimme hinter dem Dolch. »Verlaß sofort dieses Lager, wenn dir dein Leben und deine Schönheit lieb sind.«

Bernsteinwein schluckte nur, denn sie war nicht an Drohungen gewöhnt. »Bitte?« sagte sie zaghaft.

»Das tät dir so passen, feine Dame, aber Betteln gehört sich nun einmal nur für ehrliche Zigeunermädchen und nicht für so treulose, falsche Schlampen wie dich! Hinaus mit dir!« Die Stimme verwandelte sich in eine schwarzhaarige Frau, die nun in den unmittelbaren Bereich der Glaskugel kam, um Bernsteinwein, die vor ihr zurückschreckte, leichter bedrohen zu können. Abgesehen von der Haarfarbe und ihrem grünen Gewand, war das Bild der zweiten Frau verschwommen.
Tante Sibyl sah mißbilligend drein und trommelte mit den Fingerspitzen gegen die Stirn: »Mal sehen, ob ich dies besser einstellen kann!«
»Ooooh, Tantchen!« rief Gretchen, die beinahe mit der Nasenspitze das Glas berührte, um mehr zu sehen. »Da hast du sie ja! Arme Goldie, welch häßliche Gesellschaft sie doch in Gestalt dieser alten Schlange hat!«
Colin und Sibyl tippten Gretchen auf die Schulter, sie solle ihnen Platz machen, damit sie besser sehen konnten.
Sibyl pfiff überrscht durch die Zähne. »Nun, ich wette einen Besen, daß es diese Pfuscherin ist, Xenobia. Das hätte ich mir beinahe denken können, daß sie da ihre Finger drin hat!«
»Xenobia?« fragte Gretchen. »Wer ist das?«
»Wie schön sie ist!« seufzte Colin. Es war offensichtlich, daß er nicht Xenobia damit meinte, die ihren Dolch in feuersprühenden Bogen gegen Bernsteinwein schwang, sondern Bernsteinwein, die sich schließlich doch noch ihrer Gefahr bewußt geworden war und die ihre Stiefel noch überziehen wollte, bevor sie sich aus dem Staub machte.
»Nicht so schnell, *edles Fräulein«*, sagte Xenobia, »du kannst die Schuhe ebensogut hierlassen, um für deine Unterkunft zu bezahlen!« Bernsteinwein gehorchte ihr und sagte: »Das ist aber ein ziemlich kostspieliger Heuhaufen: Vier goldene Ringe, ein seidenes Kleid, ein schöner wollener Mantel, den mir meine Schwester gewebt hat, meine Halskette aus Mondsteinen und meine brave graue Stute. Und nun auch noch meine schönen Lederstiefel!« Bernsteinwein hatte nur noch ihr Unterkleid an. Sibyl kochte vor Wut.

»Betrachte dies als deine Aussteuer, Mädel, die du uns schuldest, weil du mit meinem Sohn losgezogen bist!« sagte die andere Frau lachend. »Nur schade, daß du ihn dir nicht halten konntest, wie?«

»Schade, daß mein Mann ihn nicht getötet hat, als er uns beide miteinander im Moor entdeckt hat«, rief ihr Bernsteinwein noch über die Schulter zu, als sie in die Dunkelheit jenseits der Kristallkugel eilte, »und mich ebenfalls«, fügte sie noch hinzu.

Der Dolch blitzte auf, als ihn Xenobia hinter Bernsteinwein herschleuderte, und die Kugel wurde dunkel.

»Hol's *zurück*, Tante Sibyl!« rief Gretchen.

»Ich will's versuchen Kind, aber die Gewalt durchkreuzt meine Konzentration – aha, hier!« Die Regenbogenfarben leuchteten kurz auf und machten Bernsteinwein sichtbar, die einen Pfad hinabeilte. In einem Baum, an dem sie gerade vorbeilief, steckte der Dolch, der noch vom Wurf vibrierte.

»Vielleicht sollten wir noch heute nacht aufbrechen«, sagte Gretchen, »es sieht so aus, als befände sie sich in großer Gefahr!«

»Ja«, sagte Colin, »vielleicht sollten wir dieser wunderschönen Frau, die von dieser alten Hexe so schlimm behandelt wird, möglichst schnell zu Hilfe eilen – Ach, Entschuldigung, was wollten Sie sagen?«

Tante Sibyl grinste ihn vielsagend an: »Der Fehler in deiner Erklärung ist, daß Xenobia überhaupt keine richtige Hexe ist, ja, sie hat nicht mal, wie die meisten ihres Volksstamms, das zweite Gesicht. Sie ist nur eine ganz gewöhnliche Schwindlerin, die sich Königin der Zigeuner nennt.« Sibyl wandte sich an Gretchen und fragte: »Wie lange war deine Schwester eigentlich weg?«

Gretchen schüttelte nur den Kopf und sah zu Colin hinüber, der an ihrer Stelle antwortete: »Als ich mit Giles darüber gesprochen habe, war mindestens ein Monat vergangen, und als ich mit Gretchen diese Reise angetreten habe, vielleicht nochmal halb soviel Zeit.«

Sibyl nickte und sagte: »Das ist gut, dann kann das Kind ja kaum von diesem Zigeuner sein!«

»Kind?« fragte Gretchen.
»Hast du denn deiner Großmutter noch nie bei ihren Hebammendiensten geholfen? Deine Schwester ist mindestens im fünften Monat schwanger!«
»Ach so, und ich dachte schon, sie hätten sie so gut verpflegt – ja, sie sah ein wenig rundlich aus«, sagte Gretchen.
»Das finde ich nun überhaupt nicht«, sagte Colin.
»Daß ihr heute nacht aufbrechen wollt, halte ich für eine Dummheit«, sagte Tante Sibyl, »du, Gretchen, bist totmüde, und außerdem seid ihr beide zu Fuß unterwegs. Ruht euch heute nacht noch einmal gut aus, und ihr werdet sehen, ihr holt die verlorene Zeit umso schneller wieder ein!«
»Ich glaube nicht, daß ich schlafen kann«, sagte Gretchen, »arme Goldie!«
»Zumindest in dieser Hinsicht hat dir Chingachgook etwas voraus«, sagte Sibyl und stieß den Kater mit dem Fuß an, als sie die Kristallkugel wieder an ihren Platz über dem Herd zurückstellte. Ching hatte sich ausgestreckt dem Schlaf des Vergessens hingegeben.
»Seltsamer Name für einen Kater«, bemerkte Colin, der wie immer, wenn er erregt oder verwirrt war, völlig geistesabwesend auf seiner Gitarre herumklimperte.
»Es ist der Name einer Familie«, erwiderte Sibyl, »der uns von einem unserer entfernten Ahnen, einem fremden Seefahrer, vererbt wurde. Nach der Legende soll er ein wilder Krieger aus einem fernen Land jenseits der Meere gewesen sein, der um eine unserer Ahnfrauen warb und ihr Herz gewann – oder war es vielleicht umgekehrt? Wie dem auch sei – jedenfalls hat unsere ältere Verwandtschaft früher noch die seltsamen Namen unserer Ahnherrn getragen, aber seit wir versuchen, uns der argonischen Lebensweise anzupassen, haben wir diese exotischen Namen an unsere Hausgeister weitergegeben. Es ist natürlich umständlich, einen Wellensittich, der Osawatomie heißt, immer bei seinem vollen Namen zu nennen, deshalb rufe ich ihn eben Osawa.«
Gretchen war aufgesprungen und hatte begonnen, im Zimmer un-

ruhig auf und ab zu gehen. Schließlich sagte sie zu ihrer Tante: »Wie kannst du gerade jetzt über so etwas sprechen! Wir müssen Goldie finden. Das arme Ding ist schwanger! Ich muß unverzüglich zu ihr und sie mit nach Hause nehmen. Wenn sie wirklich schon im fünften Monat ist, wie du gemeint hast, kann es sich unter keinen Umständen um das Kind dieses verfluchten Zigeuners handeln. Vielleicht – nein, ich hoffe, daß wir sie finden, ehe etwas Schreckliches passiert.«
»Jetzt beruhige dich doch, Liebes. Höchste Zeit für euch, Kinder, schlafen zu gehen.«
»Setz dich doch wieder, Gretchen«, sagte nun auch Colin, »ich werde uns ein Schlaflied singen.«
Was er dann auch tat, und als er sein Schlaflied, eine lange, monotone musikalische Wiedergabe von König Finbars Kronrede, ungefähr zur Hälfte gesungen hatte, kletterte Gretchen die Leiter zum Heuboden hinauf. Selbst Colin mußte gähnen, ebenso Tante Sibyl, die sich die Augen rieb, ihn anstrahlte und sagte: »Du bist wirklich ein sehr begabter junger Mann, stammst du vielleicht von den Sirenen ab?«
»Ich weiß nicht, da ich eigentlich eine Vollwaise bin, aufgewachsen bin ich bei meinem Onkel Jack und meiner Tante Fiona in Ost-Oberkopfingen. Onkel Jack war aber nicht mein richtiger Onkel – er war der Cousin meines Vaters oder etwas ähnliches. Jedenfalls hat er sich nicht gerne über meine Leute ausgelassen.«
Sibyl stand auf und ging zu dem Wandschrank mit den Metallwerkzeugen. »Ost-Oberkopfingen ist eine zauberhafte Gegend. Letzten Herbst habe ich mir dort die Ernte angesehen. Sie haben das sehr gut gemacht«, sagte sie und lächelte. »Spiel noch was, mein Lieber, ich werde jetzt einen ganz gewöhnlichen Verstärkungszauber auf dich wirken lassen, er soll dir zusammen mit deinem musikalischen Talent dabei helfen, dich selbst in den Schlaf zu singen. Ich muß heute nacht aufbleiben, weil ich für Gretchen ein kleines Abschiedsgeschenk machen will, aber ich bin mir ziemlich sicher, daß dir Das Protokoll zum Siebten Tribunal den ersehnten Schlaf bringen wird.« Nachdem sie ihren Zau-

ber ausgesprochen hatte, verstopfte sie sich die Ohren mit Zellstoff.
Colin tat, was sie ihm vorgeschlagen hatte, und es funktionierte so vorzüglich, daß weder er noch Gretchen von dem Prasseln des Feuers, dem Hämmern und dem Geräusch des Metallpolierens aufwachten, das die ganze Nacht über zu hören war.

VI

»Denk immer daran, Liebes«, sagte Tante Sibyl zu Gretchen, als diese den magischen Metallspiegel in ihre Schürzentasche steckte, »daß ich dir im ganzen nur drei Visionen geben konnte, die dir helfen sollen, deine Schwester ausfindig zu machen. Du solltest sie dir also vernünftig einteilen!«

Gretchen umarmte und küßte ihre Tante noch ein letztes Mal, bevor diese sich ebenfalls durch eine Umarmung von Colin verabschiedete und die jungen Leute mit dem Kater wieder den Weg zur Landstraße einschlugen.

Der Weg zu Herrn Ebereschs Residenz war noch weit, vor allem, da sie zu Fuß waren. Obwohl Gretchen in ihrer Entschlossenheit, ihr Ziel schnell zu erreichen, mehr rannte als ging, mußte Colin mit seinen langen Beinen sein Tempo drosseln, sonst hätte er seine Gefährtin bald hinter sich gelassen. Am ersten Tag waren sie beide vollkommen erschöpft, als es Zeit zum Abendessen war. Verdrießlich saßen sie am Wegesrand und verbanden ihre Blasen. Sie hatten keine Lust mehr, auch nur noch einen Schritt zu tun, um ein abgeschiedeneres Plätzchen für ihr Nachtlager zu suchen.

»Deine Tante ist zwar eine ganz wundervolle Frau, Gretchen«, sagte Colin, »und ich will auch deinen Zauberspiegel nicht abwerten, aber ich hätte mir eine Gabe gewünscht, die uns sofort nützt – zum Beispiel Siebenmeilenstiefel.«

Gretchen biß die Zähne zusammen, sie kämpfte mit den Tränen, die ihr bereits in die Augen getreten waren, und zog die Stiefel aus. »*Ich* wünschte mir, daß wir wenigstens ein bißchen von Mondscheins Heilwasser für unsere Füße hier hätten, damit wir morgen wieder weitergehen könnten. Wir hätten wieder in das Dorf, durch das wir auf dem Weg zu Tante Sibyl gekommen sind, zurückgehen und Pferde kaufen sollen.«

»Das ist genau das, was ich tun wollte – erinnerst du dich noch daran, Jungfer Grau?« schimpfte Colin. »Aber natürlich wolltest du keine Zeit verplempern!«

»Wenn wir morgen durch einen anderen Ort kommen, können wir ja ein Pferd kaufen.«

»*Ein* Pferd?«

»Ja, mein Vater hat mir nicht so viel Geld mitgegeben, um auf dieser Reise eine unbeschränkte Anzahl Pferde zu kaufen, schließlich hat er uns ja auch welche mitgegeben. Hättest du denn genug für ein weiteres Pferd?«

Colin senkte die Augen unter ihrem herausfordernden Blick und mußte zugeben, daß er nichts hatte.

»Tu mir den Gefallen und steh nicht wie ein begossener Pudel herum«, sagte Gretchen ungeduldig, »wir können ja zu zweit daraufsitzen oder uns abwechseln!«

Colin benetzte seine wunden Füße mit dem Wasser aus seiner Feldflasche, gab sie dann an Gretchen weiter und sagte: »Ich hoffe nur, deine Schwester weiß unsere Anstrengungen und unsere Opfer auch zu schätzen!«

»Ganz bestimmt – au, tut das weh! – wird sie das schätzen. Sie würde dasselbe auch für mich tun oder es von dem einen oder anderen Ritter für mich tun lassen.« Gretchen hatte gerade einen Fuß verbunden und wusch nun den anderen, ehe sie ihn ebenfalls verband. »Wenn du meine Schwester kennen würdest, würde dir das nicht so viel ausmachen!«

Als sich Colin wieder an die grünäugige, trotz ihrer Schwangerschaft geschmeidige Erscheinung erinnerte, nickte er zustimmend und erwiderte: »Nein, vermutlich nicht.«

Als Gretchen mit ihrem Fuß fertig war, sagte sie zu Colin: »Jetzt leg deinen Fuß hier hin, damit ich ihn verbinden kann.«

»Mit dem Verband werde ich morgen aber kaum noch in meine Stiefel hineinkommen!«

»Morgen nehmen wir die Bandage wieder ab, heute nacht soll sie nur verhindern, daß die Decken an den Wunden scheuern.« Während sie den Verband anlegte, nahm sie ihr Gespräch von vorhin wieder auf: »Das gewisse Etwas von Goldie beruht nicht so sehr darauf, daß sie wunderhübsch, charmant und was noch alles ist...«

»Aber es hilft!« Colin stöhnte laut auf vor Schmerz.
»Dir vielleicht. Aber – erinnerst du dich noch an das Einhorn?«
Colin erwiderte ihr, daß er sich natürlich noch daran erinnere.
»Nun, Goldie ist eben ein wenig wie Mondschein. Sie tut einem einfach gut – weil sie dir das Gefühl vermittelt, als seist du sehr wichtig für sie. Natürlich *bin ich* das auch – wir sind schon seit unserer frühesten Kindheit Freundinnen gewesen, aber sie macht das bei jedem.« Colin machte den Eindruck, als hege er an Goldies grenzenloser Güte Zweifel, aber Gretchen fuhr fort, damit er es endlich doch noch begreifen würde: »Wie oft wurde ich als Kind von den anderen gehänselt, weil ich als Hexe natürlich ein bißchen anders bin, ein dunkler Typ und all das... Meine Großmutter konnte nicht jedes Kind in irgendein Tier verwandeln – was die kleinen Bälger natürlich wundervoll gefunden hätten – und außerdem verstand Großmutter nie, warum ich wie die anderen sein wollte. Sie findet nämlich, wir seien viel besser, und obwohl ich ihr heute zustimme, daß es langweilig wäre, auszusehen wie alle anderen, habe ich damals anders darüber gedacht.
Alle wollten natürlich mit Goldie spielen, aber sie hat den anderen Kindern sofort den Rücken zugekehrt, wenn sie mich nicht mit einbeziehen wollten. Sie hat mir immer aufmerksam zugehört, auch wenn sie von der Hexerei nicht alles verstand. Sie hat sich nur dafür interessiert, weil ich es tat. Als Vater uns einen Lehrer besorgte, der uns zu feinen Damen machen und uns Manieren und einen vornehmen Stil beibringen sollte, brauchte Goldie gar nicht erst unterrichtet zu werden, aber ich war ein ziemlich hoffnungsloser Fall, so daß sie mir Nachhilfestunden gab, damit ich vor Papa nicht so schlecht dastehen würde, aber sie machte auch Witze darüber, wie lächerlich das Ganze im Grunde genommen sei.«
Colin zog seine frisch bandagierten Füße wieder zurück, so daß Gretchen einen Moment lang auf ihre rauhen, schmutzigen Hände herabsah. »Ich habe sie sehr vermißt, Colin«, sagte sie dann, »und ihrem Entschluß nur zugestimmt, weil sie vom ersten Augenblick an in Eberesch verliebt zu sein schien, er ein wunderschönes großes Schloß hatte und sie dort all diese vornehmen

Leute von Stand kennenlernen würde. Ich wollte sie auch besuchen, aber dann kam Vaters Unfall dazwischen, und zu Hause wurde ich von Großmutter ganz dringend gebraucht.«

Der Spielmann war von ihrer Darstellung nicht vollkommen überzeugt und sagte: »Ich kann mir nicht vorstellen, wie eine so tugendhafte Person, wie du sie mir geschildert hast, es fertigbringt, das zu tun, was sie getan hat.«

»Ich habe damit ja nicht gesagt, daß sie nicht zuweilen recht ungeschickt sein kann«, räumte Gretchen ein. »Wenn sie ihren eigenen Haushalt führen und all die niederen Arbeiten ohne Bedienstete verrichten müßte, dann wäre das gar nicht möglich. Aber sie ist sehr nett zu ihren Bediensteten. Alle mögen sie, und sie versteht es, von ihnen zu bekommen, was sie will. Nur mit Unannehmlichkeiten wird sie nicht fertig. Auch sind die Leute nie unfreundlich zu ihr, und ich glaube, daß Unfreundlichkeit für sie überhaupt nicht wirklich existiert.« Gretchen wand sich, weil sie daran denken mußte, was sie in der Kristallkugel gesehen hatte, und fuhr wesentlich kleinlauter fort: »Wenn sie etwas Unangenehmes erlebt hat, dann würde sie es lieber im Schlaf vergessen, als daß sie es fertigbrächte, jemanden deswegen unglücklich zu machen. Das hat *Mich* sehr unglücklich gemacht. Ich habe nie verstanden, warum sie in ihren Entscheidungen immer so hart gegen sich selbst gewesen ist, aber sie meinte, es genüge ihr, daß ich mich so gut darauf verstünde.« Sie runzelte die Stirn und sagte: »Deswegen fällt es mir auch so schwer, deinem Lied Glauben zu schenken. Wenn sie überhaupt mit jemandem fortgegangen wäre, dann meiner Meinung nach nur für ganz kurze Zeit, und sie hätte dabei die Türme ihres Schlosses im Auge behalten und wissen wollen, alles sei ganz ungefährlich, romantisch und ein Vergnügen. Aber einfach alle Zelte hinter sich abzubrechen – ohne jemanden um Rat zu fragen und ohne zu packen?«

»Die Menschen ändern sich eben«, sagte Colin sanft.

Ching kam aus dem Wald herausgejagt, mit einem Kaninchen im Maul.

»Der Gnom würde dich erwürgen, aber trotzdem vielen Dank«, sagte Gretchen, die die Beute entgegennahm.

»Hervorragend«, sagte Colin, »mir war schon ganz schlecht von den vielen Lebkuchen!«
Am darauffolgenden Tag kamen sie durch ein kleines Dorf und erstanden dort einen nicht mehr ganz jungen Ackergaul, der zufälligerweise noch nicht geschlachtet worden war. Sie ritten zu zweit, bis ihnen Ching die Botschaft überbrachte, daß das Pferd sich niederlegen und nie wieder aufstehen würde, wenn nicht einer von ihnen abstieg. Gretchen, die ohnehin sehr unruhig war, marschierte als erste zu Fuß weiter und wechselte sich dann mit Colin ab, so kamen sie langsam, aber sicher voran.
Ihre Unterhaltung war nicht gerade sehr lebhaft, Gretchen dachte angestrengt über die Situation ihrer Schwester nach, die nun offensichtlich so verzweifelt war, daß man sie als Notlage bezeichnen konnte, und Colin summte in einem schöpferischen Anfall vor sich hin und nickte im Takt dazu.
Schließlich, nachdem sie schon etliche Meilen zurückgelegt hatten, fragte Colin: »Sag mal, Gretchen, was hältst du davon?«
... und begann zu singen:

Als sie zu den Zigeunern gekommen sind,
seine Mutter fing an zu fluchen:
»Mein Sohn, das ist kein Zigeunerkind,
eine andre mußt du dir suchen!«

Gretchen schüttelte den Kopf und sagte: »Nein Colin, ich glaube, so war es nicht!« Er schien beleidigt und fragte: »Und warum nicht?« »Irgendwie stört es den dramatischen Ablauf, daß er eine Mutter hat. Schlimme Verführer haben doch *nie* Mütter, oder?«
»Vom künstlerischen Standpunkt aus ist es gleichgültig, wer wen verführt hat. Nun werde nicht gleich wieder wütend, ich denke doch nur an die Nachwelt.«
Ching, der vor den beiden herstolzierte, grinste katzenhaft-unverfroren und sagte schadenfroh über die Schulter: »Noch einen solchen Witz, und er kann den Gedanken an seine Nachwelt aufgeben, oder?«

»Also gut, wie wär's dann mit diesem Vers, Gretchen?« fragte Colin beharrlich, weil er sich vor einem weiteren Wortschwall schützen wollte. Damit könnten wir beim Publikum wahrscheinlich Mitleid für unsere Seite schinden:

> Ein Bettelmädchen, in Lumpen, verstört,
> um das stolze Herz kreisen die Raben,
> und sie reut der Tag, da sein Lied sie betört,
> das Lied vom Zigeunerknaben.

»Das schon eher«, gab Gretchen zu, »aber ich hoffe immer noch, daß es nicht bei einem so düsteren Schluß bleibt, obwohl Menschen wie Großmutter eine Vorliebe dafür haben.«
»Vielleicht fällt mir noch etwas Besseres ein, wenn wir mit Herrn Eberesch gesprochen haben«, sagte er.
»Das Gespräch wirst zum größten Teil *du* bestreiten müssen«, sagte Gretchen.
»Ich?« fragte er unsicher, denn er wußte nicht, ob er sich geschmeichelt fühlen sollte, weil man ihm eine wichtige Rolle übertragen hatte, oder ob er nicht jede Verantwortung, die über die eines Generalbeschützers hinausging, besser vermeiden sollte.
»Weißt du, ich glaube kaum, daß mein Schwager für die uneheliche Stiefschwester seiner abtrünnigen Frau ein Fest veranstalten wird!« »Du hast recht«, sagte Colin.

Nach dem Besuch bei Sibyl waren die Tage ebenso durchgehend klar und sonnig wie sie zuvor trüb und feucht gewesen waren. Hügel, Wälder und waldbedeckte Hügel stiegen zu beiden Seiten des Wegs sanft an. Feldblumen begannen über Nacht zu blühen und schmückten den scharfriechenden frischen Grasteppich mit blauen, violetten, gelben, rosafarbenen und weißen Tupfern an Straßenrändern und auf den Hügeln. Nun sahen sie auch wieder in zunehmendem Maße Menschen, Häuser und Wege, die von der Landstraße abzweigten. Kurz darauf verließen sie die Hauptstraße und mußten sich nach Herrn Ebereschs Besitz durchfragen.

Der Weg, den man ihnen gewiesen hatte, führte sie durch ein dichtbesiedeltes Tal, das sehr anmutig war mit seiner frischgepflügten Erde und den ordentlichen Steinhäusern. Gretchen konnte sich immer wieder über einen neuen Aspekt des südlichen Frühlings freuen. Um die Eisdrachenfeste war es wahrscheinlich immer noch so düster und feucht wie zur Zeit ihrer Abreise.
Der Weg durch das Tal begann wieder sanft anzusteigen, aber trotzdem schaffte ihn das alte Pferd kaum noch. Da Gretchen und Colin abwechselnd ritten und zu Fuß gingen, hatte es längere Zeit gedauert, bis die Füße verheilt waren, aber nun konnten sie beide wieder die ganze Zeit gehen und das Pferd am Zügel führen, das dann nur noch das Gepäck und den Kater zu tragen brauchte, wenn dieser es vorzog zu reiten.
Im nächsten Tal über den Hügeln lebten die meisten von Herrn Ebereschs wohlhabenden Vasallen auf gutem, für den Ackerbau geeignetem Boden. Der Besitz Herrn Ebereschs bestand aus felszerklüfteten Gebirgen, die sich längs der Grenze von Argonien und Brazoria hinzogen. Unter den schroffen Gipfeln und steil abfallenden Gebirgsschluchten gab es nur noch ein paar vereinzelte Dörfer, aber seit der Gründung Argoniens war es die Pflicht der Herren gewesen, das gebirgige Hinterland zu überwachen, eine Aufgabe, die auch Eberesch viel Zeit und Mühe kostete.
Gretchen, Colin und das müde alte Pferd stapften also durch das felsige Vorgebirge, wobei der Weg zusehends steiler und gewundener wurde.
»Ich hoffe, er wohnt nicht inmitten dieser Berge«, sagte Colin.
»Ich glaube, die Leute, die bei der Hochzeit waren, erwähnten einen Berggipfel«, erwiderte Gretchen.
»Welchen?« fragte Colin. »Wir sind schon an mehreren vorbeigekommen.« Der Spielmann mußte sich immer wieder den Schweiß von der Stirn wischen, damit er ihm nicht in die Augen tropfte. Seine Weste hatte er bereits ausgezogen und die Hemdsärmel hinaufgerollt. Wegen der Sonne, der sie zuvor ausgesetzt gewesen waren, brannte seine helle Haut dunkelrosa. Es war schon einige Jahre her, seit er das letzte Mal in Ost-Oberkopfingen auf den

Feldern gearbeitet hatte. Er war einfach nicht mehr an die harte Arbeit in der sengenden Sonne gewöhnt und fühlte sich nun sehr unwohl. Verstärkt wurde dieses Gefühl noch durch Gretchens Anwesenheit, da Colin sich nicht frei genug fühlte, sich in ihrer Gegenwart müde und elend zu zeigen. Gretchens Schritte waren so gleichmäßig wie die des Pferdes, ihr grobes Wollgewand war zwar schwer, engte sie aber nicht ein, das Haar hatte sie zu Zöpfen geflochten und sich das Taschentuch als Schweißband um die Stirn gebunden.

»Ich glaube, wir könnten hier ruhig einmal haltmachen und etwas trinken«, sagte Gretchen schließlich, als der Weg wieder breiter wurde und Bäume an den steilen Felshängen wuchsen, die auf der einen Seite jäh anstiegen und auf der anderen jäh abfielen.

Sie blieben einige Minuten lang sitzen, schöpften Atem, tranken und füllten die Wasserschläuche wieder in dem kleinen Bach, der von einer Wand an der einen Seite des Berges herabstürzte. Ching kam von einem Ausflug zur nächsten Wegbiegung zurück, sein Fell sträubte sich ein wenig, und er schlug mit dem Schwanz.

»Das Schloß befindet sich auf dem nächsten Berg«, sagte er zu Gretchen, »auf der anderen Seite habe ich auch Reiter gesehen, die sich uns nähern. *Eine ganze Menge* davon!«

Gretchen gab die Auskunft an Colin weiter, der bei der ersten Nachricht dankbar aufseufzte, obwohl er sich nicht richtig vorstellen konnte, wie er noch einen weiteren Berg schaffen sollte, und kam mit Gretchen nach dem zweiten Teil der Nachricht zu dem Schluß, es sei wahrscheinlich am besten, zum höchsten Punkt des Berges hinaufzusteigen und dort zu warten, bis die Reiter an ihnen vorbei wären. »Wer weiß«, sagte Colin, »vielleicht kehren sie gleich wieder um und nehmen uns sogar mit?«

Gretchen erwiderte zwar nichts darauf, aber man konnte ihr ansehen, daß sie daran zweifelte.

Als sie wieder unterwegs waren, patrouillierte Ching noch einige Male aufgeregt hin und her. In der nächsten Kurve erreichte der Weg seinen höchsten Punkt. Auf der anderen Seite fiel der felsige Pfad, auf dem sie gekommen waren, sanft ins Tal ab und trennte

ein weit ausgedehntes Feld von einem Wald, der so weit reichte wie das Auge und auch den Hügel bedeckte, der sich auf der anderen Seite über der Talsohle erhob. Der Wald bedeckte diesen Hügel jedoch nur bis zu einer bestimmten Höhe, darüber thronte ein schloßartiges Gebäude. Für ein Schloß war es ziemlich klein, dachte Colin: eine ringförmige Mauer um einen ringförmigen Graben, den man an der Spitze des Hügels ausgehoben hatte. Der Graben wiederum umschloß einen Rundbau, der von sechs halbrunden Türmen flankiert war – eine einfache, wirkungsvolle und darüber hinaus auch schöne Konstruktion.
»Hatschi!« nieste Gretchen und kratzte sich geistesabwesend an der Nase, rieb sich die Augen und deutete mit dem Zeigefinger. »Dort kommen die Reiter, von denen Ching gesprochen hat, wir gehen ihnen besser aus dem Weg.« Es dauerte eine Weile, bis sie das Pferd überredet hatten, und da waren die Reiter auch schon bei ihnen angelangt.
Wenn auch bei Gretchen keineswegs eindeutig feststand, ob sie nun den Rang einer rechtmäßigen Erbin ihres Vaters oder nur den eines Verwalters seiner Ländereien innehatte, war es vor allem wegen Colins Anwesenheit und ihres schäbigen Aussehens geboten, daß sie sich dem Brauch beugten, und stehenblieben, als die offensichtlich vornehmen Reiter an ihnen vorüberzogen.
Deswegen nahm auch Colin seine Mütze ab und setzte seine untertänigste Miene auf, als das erste Pferd mit einem Mann in einer militärischen Uniform an ihm vorüberritt.
Gretchen mußte noch einmal niesen und musterte die Reiter mit unverhohlener Neugier. Colin stieß sie mit dem Ellbogen in die Seite: »Mensch, Gretchen, du bringst es fertig, daß wir deinetwegen noch ausgepeitscht werden!« flüsterte er ihr zu, »*Versuch* doch, wie ein bescheidenes Mädchen auszusehen!«
»Tut mir leid«, erwiderte sie und versuchte, den Blick auf ihren großen Zeh zu konzentrieren, der aus dem Stiefel hervorsah. Nur ab und zu warf sie noch einen verstohlenen Blick auf die Prozession, konnte allerdings kaum die Nieser unterdrücken, die sie nun immer häufiger schüttelten.

»Ist es denn die Möglichkeit, daß man uns empfängt, ohne die Zimmer gerichtet, die Lampen angezündet oder den Tee vorbereitet zu haben!« Eine wohlgenährte Person, die aussah, als würde es ihr nicht schaden, wenn sie den Tee ausließe, beschwerte sich mit diesen Worten bei einem zierlichen, schlanken Mann. Beide ritten auf schönen Pferden und waren vornehm gekleidet, die Reiterin schwitzte unter dem schlaffen Spitzenkragen ihres lavendelfarbenen Reitkostüms, dessen Nähte wegen ihrer zahlreichen Fettpolster und Wölbungen jeden Moment aufzuplatzen drohten. Ob ihr Gesicht vor Entrüstung oder von der Anstrengung des Ritts gerötet war, war schwer zu sagen.

»Ich habe mit der Dienstmagd gesprochen...«, fing der Mann an.

»Das sieht Ihnen ähnlich!« fuhr ihn die Dame an.

»... und sie hat mir erzählt, daß der Herr die Dienstboten weder von unserer bevorstehenden Ankunft unterrichtet noch irgendwelche Anweisungen für Vorbereitungen im Schloß gegeben hat, sondern daß er sein Pferd hat vorführen lassen und hinter Lady Eberesch hergeritten ist.«

Die Dame rümpfte verächtlich die Nase: »Was würde man von einer Frau aus dem Norden auch anderes erwarten? Wie ich gehört habe, sollen das alles Halbwilde sein.«

»Trotzdem ist es ausgesprochen schade. Armes Ding! Ich habe gehört, Frau Eberesch soll sehr schön sein.« Gretchen mußte wieder niesen. »Gesundheit!« sagte der Mann, der in seiner Geistesabwesenheit nicht auf den Ursprung des Geräusches achtete. Die dicke Frau lehnte sich im Sattel nach vorn und funkelte Gretchen an, die jedoch glücklicherweise zu beschäftigt war mit Niesen, als daß sie die wütenden Blicke hätte zurückgeben können.

»Es ist mir egal, was sie sagt«, rief ein gewöhnlich aussehendes Mädchen, das hinter dem offensichtlich vornehmen Paar herritt. Ihre Worte waren an ein hübscheres Mädchen neben ihr gerichtet. Sie waren für die Reise viel zu vornehm gekleidet, trugen mit Spitzen verbrämte Gewänder aus Samt und Seide, die mit anderen Stoffen geflickt und sehr viel enger gemacht worden waren; offensichtlich handelte es sich dabei um Wegwerfgeschenke ihrer Herrin. »Was versteht die alte Schlampe schon von wahrer Liebe?« fügte das Mädchen hinzu.

»Rein gar nichts, würde ich wetten!« kicherte das andere Mädchen hinter vorgehaltener Hand. »Er ist auch wirklich immer zu sehr beschäftigt, uns beim Bettenmachen zu erwischen.«

»Das wundert einen auch nicht, armer Mann«, sagte das erste Mädchen, »Ludy, eine von Frau Ebereschs Kammerzofen, kommt aus meinem Dorf, und sie war auch wirklich dort, als dieser echte Zigeuner zum erstenmal in das Schloß kam.«

»Nein!«

»Doch, wirklich! Sehr gutaussehend, sagt sie, natürlich dunkelhäutig, aber ich mag dunkle, ausländische Typen, und du?«

»Ach, natürlich – ein gewisses, unergründbares Etwas!«

»Stolzer als jeder Adlige, aber nicht zu stolz, die Mädchen zu kneifen.« Sie fing an zu kichern. »Ludy hat mir die Stelle gezeigt, um es zu beweisen.«

»Nun, sie sind alle gleich.«

»Ja, wirklich.«

»Was ist dann passiert?«

»Ach, es war ja alles SO romantisch! Ludy hat mir erzählt, daß er zuerst um eine Mahlzeit gebettelt hat, und dann ist die Herrin gerade zufällig vorbeigekommen, und er hat ihr angeboten, das Essen mit einem Lied zu bezahlen.«

»Waaas, er hat auch gesungen?«

»Natürlich, das war doch ein wichtiger Teil davon. Es gibt ein hübsches Lied darüber.« Das Mädchen erzählte mit großer Wonne und beträchtlichen Ausschmückungen, wie Frau Bernsteinwein so angetan war von dem Gesang, daß sie Davie in die Eingangshalle führte und bei der leisesten Andeutung des Zigeuners schon ihr Pferd satteln ließ und sich nur noch die Zeit nahm, ihre ledernen Reitstiefel und den warmen wollenen Mantel anzuziehen, um in ihrem seidenen grünen Hauskleid nicht zu frieren, bevor sie ihrem neuen Liebsten übers Moor folgte. »Ich habe hier noch keine Moore gesehen«, sagte die andere mißtrauisch.

»Du Dumme, sie liegen auf der Westseite des Schlosses, und man kann sie wegen der Bäume nicht sehen, die um den Hügel herum wachsen.«

»Moor hin oder her, aber sie hat, weiß Gott, nicht lange gefackelt, oder?«

»Nein, das kann man wohl sagen, sie war noch in derselben Nacht auf und davon!«

Gretchens Niesen unterbrach ihr Gespräch, und das gewöhnlichere Mädchen sah sich über die Schulter hinweg nach Gretchen und Colin um und sagte verächtlich: »Igitt, ein heruntergekommenes Paar!«

»Findest du nicht, daß er ganz lieb aussieht?«

Als sie den Berg hinuntergestiegen waren, das Tal durchquert hatten, den Schloßberg wieder hinaufgestiefelt waren, die Zugbrücke überquert hatten und schließlich in den Schloßhof eingelassen worden waren, liefen Gretchen nicht nur die Tränen übers Gesicht, sie rang auch nach Atem.

Durch das Jucken und Ziehen in ihren Augen wurde Gretchens Blick zusehends verschleiert, je mehr sie sich dem Schloß näherten. Ihr ständiges Niesen hinderte sie, richtig durchzuatmen. Sie mußte gebeugt gehen, geschüttelt von ihren »Hatschis«, und Ching ließ sich nicht mehr von ihr tragen, sondern betrachtete sie mit besorgten, weitgeöffneten Augen aus sicherer Entfernung.

Behutsam geleitete Colin sie über den Hof in die Eingangshalle und hämmerte an die Tür. Eine Dienerin, die durch eine Seitentür hereinkam, sah sie zuerst mißbilligend an, aber als sie sah, in welchem Zustand Gretchen sich befand, wurde sie von Mitleid ergriffen, und sie gab Colin durch ein Zeichen zu verstehen, daß er zu der Tür herüberkommen solle, die in die Küche führte.

»Deine Frau sieht krank aus«, bemerkte die robuste Frau. Colin schloß aus dem Kochlöffel, mit dem sie in der Luft herumfuchtelte, daß es sich um die Köchin handelte.

»Ja, gnädige Frau, es kam ganz plötzlich. Obwohl sie im Moment nicht so aussieht, ist meine Reisegefährtin von vornehmem Ge-

blüt, und ich begleite sie, um Herrn Eberesch eine wichtige Nachricht zu überbringen. Glauben Sie, daß sie es sich bequem machen könnte, bis diese Unpäßlichkeit vorüber ist?«
Ching blieb einen Augenblick lang zögernd an der Türschwelle stehen, und als er sich davon überzeugt hatte, daß seine zweibeinigen Begleiter aufeinander aufpassen würden, sah er sich nach einer Scheune um, wo er vielleicht eine Rauferei mit seinesgleichen oder andere katzenmäßige Zerstreuungen finden würde. Vielleicht würde er mit den einheimischen Katzen so gut bekannt werden, daß sie ihm den Klatsch erzählen würden, der für Gretchens Auftrag wichtig werden konnte und die Wiederauffindung der Stiefenkelin seiner Herrin und Chings eigene Rückkehr auf seinen Lieblingsteppich unter dem Webstuhl beschleunigen würde.
»Das arme Ding kriegt ja kaum noch Luft«, sagte die Köchin, die Gretchen mit ihren fleischigen Armen stützte, »marsch ins Bett mit ihr und heiße Kompressen auf Gesicht und Brust!« Behutsam setzte sie Gretchen in einen Sessel, verließ die Küche und kam wenig später mit einem hübschen, wenn auch etwas langweilig aussehenden jungen Mädchen zurück. »Ludy, bring diese Dame ins Nordzimmer. Sie ist zu krank, um durchs ganze Schloß geschleppt zu werden!«
Da Ludy das ziemlich zerzauste Gretchen mit dem allergrößten Argwohn anschaute, sagte die Köchin, die hier offensichtlich eine einflußreiche Person war, mit übertriebener Geduld: »Dieser Junge behauptet, sie sei vornehm genug für unsere Gästezimmer, und ob es nun stimmt oder nicht – seine Lordschaft wird den Unterschied in seinem derzeitigen Zustand kaum bemerken!«
Das Mädchen nickte und geleitete ein verheultes, niesendes und keuchendes Gretchen aus der Küche.
Als die Köchin sich wieder an Colin wandte, sagte sie mit milder Strenge: »Deine Botschaft für Herrn Eberesch wird warten müssen. Seine Hoheit – äh – durchstreift im Moment das Grenzgebiet.« Der Geruch des Spielmanns, seine schmutzigen Kleider und Haare veranlaßten sie zu einem Naserümpfen. »Es wäre vielleicht

nicht schlecht, wenn du dich vorher ein wenig frischmachen würdest!«

Sie zeigte ihm die Waschgelegenheit für die männliche Dienerschaft und den Brunnen. Er schleppte vier Eimer Wasser zum Trog, um sich darin zu waschen und drei weitere für seine Kleider. Solange zog er blaue Körperhosen und das erdfarbene Hemd an, das, um warmzuhalten, in Falten gelegt war, und das er am ersten Tag im Gasthof auf der Eisdrachenfeste angehabt hatte. Er hängte die Kleider, die von der Reise abgenützt waren, zum Trocknen in die Sonne. Seine Hände waren vom Waschen ganz runzlig und weich, und es dauerte eine ganze Weile, bis sie wieder so trocken waren, daß er zur Gitarre greifen konnte. Auf der Matratze eines Dieners sitzend, die Gitarre auf dem Schoß, klimperte er vor sich hin und dachte nach.

Was sollte er bloß zu seiner Hoheit sagen? Wie konnte er eine so delikate Angelegenheit wie das Durchbrennen der Ehefrau ansprechen, ohne den Unwillen des Herrn zu erregen, der ihn vielleicht nicht gerade zu Katzenfutter verarbeiten würde, aber ihn doch sicherlich hängen lassen oder etwas Ähnliches mit ihm anstellen würde? Er fragte sich auch, was mit Gretchen los war und wünschte sich, sie wäre bei ihm gewesen, damit er sich mit ihr besprechen könnte. Es war ausgesprochen rücksichtslos von ihr, ihn in einer solchen prekären Situation allein zu lassen, die er ja schließlich ihrer Verwandtschaft zu verdanken hatte!

Gretchen erwachte aus einem Alptraum, in dem sie erwürgt wurde. Obwohl sie sich bereits beim Einschlafen mit dem Atmen schwer getan hatte, bekam sie inzwischen so gut wie keine Luft mehr, und nur ihre panische Angst zwang sie dazu, wieder ins Bewußtsein zurückzukehren.

In ihrem Traum war das Gebrüll eines Löwen zu einem drohenden Knurren abgeebbt, als er seine schweren Pranken gegen ihre Schultern preßte und mit seiner Mähne über ihr Gesicht strich. Sie mühte sich ab, ihre bleiernen Augenlider zu öffnen, aber sie blieben geschlossen. Körper und Wille waren wie aus Wachs.

Als sie sich zu bewegen versuchte, wurde dies mit einem Knurren beantwortet, das so echt klang, daß ihr sehr schnell bewußt wurde, daß dies kein Traum mehr war. Sie erstarrte, als ihr der saure Atem des Löwen in die Nase stieg.
Das ist seltsam, dachte sie, sie hätte erwartet, der Atem eines Löwen würde nach abgestandenem Blut und ähnlichem riechen, aber dieser Löwe hatte offenbar Wein getrunken.
Die Neugierde vermochte, was die Angst nicht fertiggebracht hatte. Obgleich Gretchen ihre Augen nicht vollständig öffnen konnte, genügte es, ihr zu zeigen, daß das, was sie aufs Bett niederdrückte, wirklich ein Tier mit einer Mähne war, aber wie sich zeigte, nicht aus dem Geschlecht der Katzen.
Ihr Widersacher, der hellrotes Haar und einen roten Bart hatte, stierte ihr mit glasigem Blick ins Gesicht, als sie sich mit einem Ruck in die Höhe zog, und zwar hoch genug, um ihn ein wenig abzuschütteln. Sie stellte fest, daß seine Augenfarbe zu seinem Haar paßte. In seinem Rausch hatte er sich auf ihr niedergelassen und so laut zu schnarchen angefangen, daß es wirklich wie das Fauchen einer Raubkatze klang.
Da sie gerade an Katzen dachte, fragte sich Gretchen, wo der Kater geblieben war, der ihre jungfräuliche Ehre in solchen Situationen beschützen sollte. Wie sie von ihrer Großmutter erfahren hatte, waren rothaarige Männer, die sich in betrunkenem Zustand auf ein schlafendes Mädchen warfen, eine ernstzunehmende Gefahr für dessen Jungfräulichkeit.
Wenn das kein unmißverständlicher Annäherungsversuch war! Gretchen knurrte nun ihrerseits ein bißchen, ihre heisere Altstimme war durch das Trauma, das sie wegen ihres Niesens erlitten hatte, nur noch rauher geworden. Wenigstens hatte der Niesreiz momentan nachgelassen.
»Au, steh auf, du da!« schrie sie, »du bist ja völlig betrunken!«
Er war wieder eingeschlafen, aber nun richtete er sich etwas auf, brummte vor sich hin und fuchtelte vage mit der Flasche, die er in seiner schlaffen Faust hielt, in der Luft herum. »Ist ja schon 'n Ordnung, Schatz«, lallte er.

Als Gretchen an ihrer Kleidung durchaus nichts Anstößiges feststellen konnte, sie hatte immer noch ihren Rock und ihre Bluse an, und die Tücher mit den Heilkräutern lagen zusammengeknüllt unter ihrem Ellbogen, beschloß sie, sich vollends von ihm zu befreien. Sie hangelte sich, so gut sie konnte, nach oben und rollte ihn ans Fußende des Bettes, zog die Beine unter ihm hervor und drückte die Knie an die Brust. So blieb sie einen Moment lang liegen, weil sie sich immer noch nicht ganz von ihrer Unpäßlichkeit erholt hatte.

Er ließ sich zur Seite fallen und versuchte, sein schlaffes Gesicht zu einem überzeugenden Grinsen zu verziehen. »Aha!« murmelte er, »ein Weibsbild von Geist. Mag sie mit Geist, ganz ehrlich!«

»Mit Verlaub, Euer Ehren, aber ich glaube, Ihr habt heute schon ein Übermaß an flüssigem Geist genossen!«

»Aber nein, mein Schatz«, sagte er und griff mit einer seiner schaufelartigen Hände in die Richtung, wo er ihre Fußknöchel vermutete, mit der anderen führte er die Flasche zum Mund.

Sie kickte mit dem Fuß nach ihm, und er zog seine Hand einen Augenblick lang wieder zurück. Sie hätte gern eines von den Pulvern ihrer Großmutter in seine Flasche geschüttet, um den Inhalt so zu verwandeln, daß es ihn nicht so betrunken machte.

Er streichelte zärtlich seine Hand und schluchzte: »Du hast mir weh getan!«, und dabei füllten sich seine blutunterlaufenen, blauen Augen mit Tränen.

»Tut mir furchtbar leid, aber du solltest eben nicht auf fremden Personen herumliegen und nach ihnen greifen«, sagte sie.

Er sah ein bißchen aufmerksamer und auch gefährlicher aus, als er nun streitlustig sagte: »Du hättest mich ja auch an der Nase herumführen können, Frau. Ich dachte nämlich, du seist nur deswegen hier, weil du von mir gegriffen werden willst.« Als er ihre Empörung sah, ließ er sich mit dem Gesicht nach unten wieder ins Bett plumpsen und sagte: »Dann sei so nett und verschwinde gefälligst aus meinem Schlafzimmer!«

»Was, das soll *dein* Schlafzimmer sein!« sagte Gretchen ungläubig und schaute sich dabei in dem luxuriösen Raum um, dessen gewölbte Wand mit Draperien und Wandteppichen verziert und dessen Fußboden mit üppigen Teppichen ausgelegt war. In der Mitte stand das riesige Bett, auf dem sie gerade saßen und sich stritten.

»Tut mir leid«, sagte sie schließlich und sah ihn dabei neugierig an, denn sie erkannte ihn als ihren Schwager und wußte nun überhaupt nicht mehr, wie sie die Situation noch auf eine einigermaßen anständige Art retten sollte.

»Das ist eine davon«, lallte ihr Schwager, »hab *diese* hier versteckt.« Er nahm einen Schluck aus der Flasche. »Verdammt, ist ja schon wieder leer!« Bevor Gretchen begriff, was passierte, hatte er auch schon seinen muskulösen Arm um ihre Taille geschlungen und zog sie zu sich aufs Bett zurück. Indem er ihr seinen alkoholgeschwängerten Atem ins Gesicht blies, flüsterte er: »Die Köchin versteckt sie vor mir, wenn ich ihr nicht zuvorkomme. Verdammtes Dienergesindel... hat die Stirn, mir vorzuhalten, daß ich zuviel trinke – kennen ihre Grenzen nicht – sollte sie alle der Reihe nach durchprügeln.« Er grinste Gretchen wie ein Verschwörer an und fuhr fort: »Aber ich leg sie schon rein – versteck ihn in diesen Räumen – will eh keine Gäste hier haben, und wenn dies nicht der Fall ist, rührt die faule Bagage ja sowieso nichts an...«

»Das ist aber sehr schlau von Ihnen«, sagte Gretchen und rückte dabei so weit wie möglich von ihm ab. Als sie gerade den Mund aufmachen wollte, um zu schreien, sah er sie durchdringend an und stieß sie von sich, so daß sie zu Boden fiel.

»Dann geh eben, du herzloses, kaltes Geschöpf!« schluchzte er, bedeckte das Gesicht mit seinen großen Händen und begann hemmungslos zu weinen. »Gemeine Weibsbilder. Wollen dieses und jenes von einem, der dann ein ›Gott vergelt's‹ dafür bekommt, und wenn ein anderer Bursche des Wegs kommt, ist es aus. Benutzen einen armen Teufel nur, um ihn danach wegzuwerfen!«

Gretchen blieb an der Tür stehen. Wenn sie ihn in dieser Geistesverfassung zurückließ, würde er wahrscheinlich für immer gestört, was wiederum den Zweck ihres Besuchs vereiteln würde. Sie sah ihn einen Augenblick lang nachdenklich an und versuchte den stattlichen Edelmann wiederzuerkennen, der ihr Schwager bei seiner Hochzeit mit Goldie noch gewesen war und von dem sich die Leute erzählten, er würde möglicherweise der Nachfolger von König Finbar werden. Außerdem war ihre heißgeliebte Schwester von seiner äußeren Erscheinung einfach überwältigt gewesen. Sie nahm den leeren Becher für alle Fälle in die Hand und versteckte sie in einer Rockfalte, dann ging sie zu ihm zurück und legte die andere besänftigend auf seine mächtige Schulter, er aber blickte nicht einmal auf.

»Aber weinen Sie doch nicht, Euer Gnaden. Es ist doch gar nicht so, wie Sie denken«, sagte sie. »In Wirklichkeit sind Sie viel zu gut für meinesgleichen, und ich fühle mich ja wirklich geehrt durch Eure Aufmerksamkeit, nur habe ich diese – hmm – Familienverpflichtungen, die eben vorgehen. Wissen Sie, meine Großmutter würde uns beide in Frösche verwandeln, wenn sie erfahren würde, daß ...«

Er strich sich mit der Hand übers Gesicht. »Was hast du da eben gesagt – ich bin offenbar betrunkener, als ich dachte!«

Gretchen holte den Becher unter ihren Röcken hervor und benetzte ihren Finger mit den restlichen Tropfen. Dann murmelte sie einen kurzen Zauberspruch, bestäubte den Finger mit einem Pulver aus ihrer Tasche und wischte ihn am Flaschenrand ab. »Trinken Sie ein bißchen davon, Hoheit, das wird Ihren Kopf wieder klar machen.«

Bei den ersten Zügen würgte er zwar, aber allmählich schien er wieder an Haltung zu gewinnen, sein Blick wurde klarer und er begann Gretchen mit anderen Augen zu sehen: »Kaum zu glauben, daß ich jemals hinter einem so rotnäsigen und zerzausten Weibsbild mit verschwollenen Augen her gewesen sein soll.« Aber dann grinste er, wenn auch ein wenig traurig: »Sieht so aus, als ob du auch geplärrt hättest!«

»Geniest, Herr.«

»Geniest?«

»Ja, ich habe auf irgend etwas hier allergisch reagiert. Als ich krank wurde, hat man mich in dieses Bett hier gesteckt.«

Einen Moment lang wußte er nicht, was er darauf erwidern sollte und sah aus wie ein Schaf. Dann sagte er: »Ich – hmmm – hab wohl nicht gerade viel zu deiner Genesung beigetragen?«

»Nun, ich bin ziemlich schnell aus dem Schlaf gerissen worden.«

»Tut mir leid«, sagte er, »ich glaube, du mußt wieder niesen.«

»Ja, stimmt.«

»Nun denn, kleines Mädchen, laß uns einen Waffenstillstand schließen. Setz dich zu mir, und ich versprech dir, ich werde dich nicht beißen. Ich werde auch dieses Gebräu austrinken. Willst du auch ein wenig davon? Nein? Ich glaube, du weißt wie alle anderen, warum ich mich laufend so furchtbar schlecht benehme.«

»Ja, ich weiß – aber ich finde...«

»Doch, das stimmt schon. Aber wie kommt es, daß du es weißt? Du bist doch nicht etwa eine unserer Landestöchter?« Da er nun wieder Farben unterscheiden konnte, wurde er sich der Seltenheit ihres dunklen Typs voll bewußt, denn dies war ja eine Gegend, wo es fast nur blonde Frauen gab.

Sie fühlte, wie ihre Wangen unter seinem kritischen Blick zu glühen begannen, was bei seinen direkten Annäherungsversuchen nicht der Fall gewesen war. »Nein, Herr«, sagte sie, »ich bin nicht von hier.«

»Und trotzdem – hast du davon gehört?«

»Ja – das habe ich.«

»Wie denn? Ist es denn schon so weit vorgedrungen?«

»Nein, ich habe es im Gefühl.«

»Hat dir dein Gefühl dann auch gesagt, warum sie's getan hat«, fragte er sanft, »denn wenn dies der Fall wäre, dann wüßte ich's auch gerne. Keiner konnte es mir bis jetzt sagen. Bernsteinwein – nun, sie hat mir nur gesagt, daß sie mit ihm gehen würde, warum, das hat sie mir nicht verraten.« Gretchen wich seinem Blick aus, weil sie nicht wußte, was sie sagen sollte. »Wie heißt du?«

»Gretchen.«

»Freut mich, dich kennenzulernen, Gretchen. Ich bin Herr Brüllo Eberesch und dies ist mein Zuhause, aber da wir uns während unserer kurzen Bekanntschaft schon so nahe gekommen sind, kannst du mich auch Rotkopf nennen.«

Gretchen nickte zustimmend, und er fuhr fort, als hätte er das Thema überhaupt nicht gewechselt: »Sie saß ganz ruhig auf diesem Pferd, das ich ihr gegeben habe, und sah so hübsch aus wie eh und je – ihr langes blondes Haar wehte im Wind –, und da sagt sie dann plötzlich wie aus heiterem Himmel: ›Ich verlaß dich nun, um mit dem Zigeuner Davie davonzureiten.‹ Ich war so wütend, ich hätte sie beide vierteilen können und die Pferde dazu! Wie konnte sie auch nur diesen schmierigen Burschen von niedriger Geburt *mir* vorziehen – nach allem, was ich ihr gegeben habe – und noch geben würde? Ach, ich weiß, ich war viel unterwegs, weil ich die Grenze nach den Räubern abgesucht habe, aber ich frage dich, bei allem, was uns heilig ist – wie konnte es denn nur passieren, daß eine ganz normale Frau ihren Mann, ohne ein Wort zu ihren Gründen, verläßt: eben nur *weggeht*?«

In seiner Erregung hatte Herr Eberesch angefangen zu brüllen, er ballte bedrohlich die Fäuste und ein Zittern durchlief seinen Körper. Einen Augenblick lang bebten seine Schultern. In ihrer linkischen Art klopfte ihn Gretchen tröstend auf die Schulter. Seine Fäuste lösten sich wieder und er zuckte nur noch mit der Achsel: »Ja nun, was hätte es schon genützt, wenn ich sie umgebracht hätte? Ich hätte nur mein ehrenwertes Schwert mit dem schmutzigen Blut dieses Zigeuners besudelt und die Frau getötet, von der ich geglaubt hatte, daß sie einmal die Mutter meiner Kinder werden würde... Nein, ich glaube, den beiden geschieht es recht.« Die Tränen flossen nun wieder reichlich, Gretchen wußte nicht so recht, was sie sagen sollte, und fuhr fort, ihn auf die Schulter zu klopfen. Rotkopf hatte noch einmal eine wenig edle Anwandlung, als er sich fragte, ob sie ihn nicht auf eine deftigere Art trösten könne, als sie draußen Schritte hörten, die sich eilends ihrem Zimmer näherten. Die Tür wurde aufgerissen...

... und Colin und die Köchin, gefolgt von Ching, kamen hereingestürzt. Herr Eberesch sprang mit einem großen Satz auf.

»Herr, nehmen Sie sofort die Finger weg von dieser Dame«, befahl

Colin und schwang dabei mutig den Schürhaken, »oder Sie werden sich wie eine Maus in ein Mauseloch verkriechen müssen, um diesem Kater zu entkommen!«

»Du solltest deine Worte bedächtiger wählen, junger Mann!« schimpfte die Köchin. »Ach mein armer, armer Junge – konntest du's wieder mal nicht lassen, Rotköpfchen?« fragte sie und riß ihm die Flasche aus der Hand, »und hüte dich in Zukunft vor bösen jungen Männern und lüsternen Frauen. Geh jetzt auf dein Zimmer, Lieber, und ich koche dir einen schönen warmen Tee und bringe dir einen Eisbeutel für deinen Kopf.«

Gretchen wollte der Köchin gerade eine grobe Antwort geben, weil sie sie eine lüsterne Frau genannt hatte, aber Eberesch kam ihr zuvor.

»Hab ich denn eigentlich überhaupt kein Privatleben?« brüllte er, um seine Verlegenheit zu kaschieren. Offenbar betrachtete er sein Gebrüll als ein gutes Mittel, einiges zu verbergen, wie zum Beispiel die Tränen, die immer noch auf seinen Wangen und in seinem Bart glitzerten. »Ich brauche weder Tee noch einen Eisbeutel. Was ich brauche, ist Alkohol!«

Herr Eberesch fand heraus, daß er – wenn er mit einem Spielmann zechte – sehr schnell zu seinem Rausch kam, denn die Burschen sangen mehr, als sie tranken.

Beide Männer sangen, was das Zeug hielt. Tränen strömten ihnen über die Wangen, als sie in poetischem Überschwang zuerst Trinklieder grölten, von erwiderter Liebe, von unvollendeter und von unheiliger Liebe, dann Balladen von verlorener Liebe, von verschmähter Liebe, und zwar so lange, bis Colin fürchtete, daß die Saiten seiner Geige lahm würden.

Ching saß derweil auf Gretchens Schoß und schnurrte. Zuerst sang er mit, aber die Auswahl, die die beiden Männer trafen, entsprach nicht so ganz seinem Geschmack. Gretchens Genesungsschlaf war durch Ebereschs inzwischen versiegte Lustgefühle unterbrochen worden und so gähnte sie ununterbrochen, während Colin und ihr Schwager ihre Lieder grölten. Schließlich lehnte sie sich über Ching, stützte die Arme auf dem Tisch auf und legte den Kopf darauf.

Als sie am nächsten Morgen erwachte, war sie im selben verschwenderischen Schlafgemach wie tags zuvor, jedoch allein, wie sie mit großer Erleichterung feststellte. Sie goß Wasser aus einer bemalten Kanne in eine dazu passende Schüssel, wusch sich, zog sich an und machte sich dann auf die Suche nach den anderen. Ching sprang vom Bett herunter und blieb ihr auf den Fersen.

Ihre Tritte auf dem steinernen Fußboden verursachten ein hohles Geräusch und alles wirkte wie ausgestorben, bis sie wieder zur Küche gelangte. Colin war noch nicht zu sehen, aber Herr Eberesch begrüßte sie freundlich, als sie hereinkam. »Hallo, Gretchen! Die Dienerschaft muß dich ja wirklich sehr viel lieber mögen als unsere letzten Gäste! Ritter Bumsis und Frau Limonellas Unterbringung war nicht so großartig.« An diesem Morgen waren Ebereschs Augen von klarer blauer Farbe, und Gretchen fragte sich, ob er die Köchin mit ihren Kräutertees und Umschlägen doch noch vorgelassen hatte, allerdings blieb es Gretchen schleierhaft, wann dies gewesen sein sollte, denn der Tag hatte schon gedämmert, als sie selbst sich schlafen gelegt hatte. »Ich hoffe, du hast gut geschlafen?« erkundigte sich der edle Herr.

»Ausgezeichnet, Euer Wohlgeboren«, antwortete sie geziert, fiel dann aber sehr schnell wieder in ihre gewohnte Rolle zurück und fragte neugierig: »Sind Ritter Dingsbums und die Dame Dingsda etwa die Leute, denen wir auf unserem Weg hierher begegnet sind?«

»In der Tat, das waren sie.« Er lud sie mit einer Handbewegung dazu ein, Platz zu nehmen. Es war der gleiche Stuhl, auf dem sie vor ein paar Stunden eingeschlafen war. Herr Eberesch saß breitbeinig auf seinem Stuhl, die Ellbogen auf die Lehne gestützt. »Natürlich mochte die Köchin sie nicht so gerne wie dich, ob du nun in ihren Augen eine lüsterne Frau bist oder nicht, denn sie sind nur Nachbarn und keine Verwandten.«

»Bin ich aber froh, daß ich mich nicht noch einmal offiziell vorstellen muß«, sagte Gretchen.

»Eine weniger förmliche Wiedereinführung wäre wohl kaum möglich gewesen, stimmt's, kleine Schwägerin?« Er lachte über ihren finsteren Blick, den sie ihm wegen seines unsittlichen Verhaltens zuwarf. »Familiäre Pflichten, also wirklich!« Sein Gelächter verebbte langsam. »Verdammt, hat das gutgetan. Ich habe lange nicht mehr so herzlich gelacht. Du und der Spielmann, ihr habt eine bessere Wirkung als alle Wässerchen, die die Köchin mir einflößt.«

»Wo ist Colin?« fragte Gretchen. Als sie den Spiegel in ihrer Rocktasche berührte, erinnerte sie sich mit einem Anflug von Ungeduld an die Erscheinung ihrer Schwester im Kristall.

»Er ist nicht weit. Ich nehme an, er sucht sich ein Pferd für eure weitere Reise. Zigeuner haben gewöhnlich schnelle Pferde, und du darfst nicht davon ausgehen, daß du sie zu Fuß überholen kannst.«

Sie starrte ihn entgeistert an.

»O ja, Colin hat mir deinen idiotischen Plan geschildert«, sagte Brüllo Eberesch und zuckte mit der Achsel. »Ich habe schon mein Bestes versucht, aber wenn du meinst, daß du deine Schwester wieder zur Vernunft bringen kannst, soll's mir recht sein, und ich hoffe, ihr findet sie.«

»Als wir sie in der Kristallkugel meiner Tante sahen, war sie gerade dabei, die Zigeuner zu verlassen«, sagte Gretchen, »und nach Meinung meiner Tante war sie schwanger, und zwar sehr schwanger!«

»Sehr...?« Zum ersten Mal an diesem Morgen sah er unschlüssig aus. »Zu...?«

Gretchen beantwortete seine verschlüsselte Frage mit einem Kopfnicken. »Mindestens fünf Monate, nach Tante Sibyls Meinung, die eine ganze Menge davon versteht. Also lange bevor der Zigeuner kam. Willst du nicht doch mitkommen? Es ist eine bekannte Tatsache, daß schwangere Frauen manchmal seltsame Dinge tun, und fest steht, daß das Kind von dir ist.«

Eberesch schwieg lange Zeit und sagte dann: »Was sollte ich denn nach deiner Meinung tun, Gretchen? Wie könnte ich sie wieder aufnehmen? Sie hat mich vor meinen eigenen Leuten bloßgestellt, die von mir nun erwarten, daß ich mich räche. Obwohl es mir nicht liegt, Bernsteinwein ein Leid zuzufügen, brauche ich doch die Achtung meines Volkes, um es führen zu können.«

Gretchen nickte wieder mit dem Kopf. Sie wollte ihm sagen, daß sie glaubte, man habe Goldie einen üblen Streich gespielt und daß man die Dame seines Herzens dazu gezwungen hatte, ihn zu verlassen, obwohl eigentlich alles dagegen sprach, einschließlich seiner eigenen schmerzlichen Erfahrung mit ihrer Schwester.

Da sie sich aber seiner Verwirrung in der vergangenen Nacht erinnerte, kam sie zu dem Schluß, daß es unfair wäre, diese Verwirrung noch zu vermehren und Hoffnungen bei ihm zu wecken, da sie für ihre Mutmaßungen keine Beweise hatte. »Aber du wirst uns dabei doch hoffentlich nicht im Weg stehen? Wenn wir sie finden und sie mit uns zur Eisdrachenfeste zurückkehren will, wirst du es ihr hoffentlich nicht übelnehmen – und du hast auch nichts dagegen, wenn sie zu Vater und mir nach Hause zurück will?«

»Nein, mein kleiner Liebling«, sagte Eberesch und streichelte zärtlich ihre Hand, »aber ich habe etwas dagegen, daß du gehst.« Beide vermieden es, sich anzusehen, nachdem er dies gesagt hatte, und versuchten, das Thema zu wechseln.

Beunruhigt stand Gretchen auf und ging zur Tür, um zu sehen, wie weit Colin mit den Pferden war. Kaum hatte sie den ersten Schritt in den von Bäumen umstandenen Hof getan, als sie erneut furchtbar niesen mußte und noch immer niesend wieder in die Küche zurückkehrte.

Die Tür schlug zu, als sie rückwärts wieder hineinging und dabei den Tisch rammte. Sie tastete nach ihrem Stuhl und sank nach Luft schnappend darauf. Als sie in der geschlossenen Küche ihren Kopf in die Hände stützte, ließ das Niesen allmählich nach.

Rotkopf sah besorgt drein. »Anscheinend hast du dir die Erkältung deines Lebens geholt. Spielmann Colin hat übrigens ein Lied über deinen Rettungsversuch an diesem seltsamen ertrinkenden Drachen gemacht.«

»Das – keuch – hat er?«

»Ja.« Er stand auf und durchquerte den Raum mit einem einzigen Schritt. »Jetzt will ich dir einmal zeigen, wie man in diesem Herd ein richtiges Feuer anzündet. Die Köchin hat nicht damit gerechnet, daß wir nach unserem gestrigen Tröstungsversuch heute so früh auf den Beinen sein würden.« Er öffnete eine Tür, die neben der Feuerstelle in die Wand eingelassen war, und begann Holzscheite in den offenen Herdschlund zu werfen. »Sie rechnet auch nicht mit meiner Verfassung. Wußtest du denn nicht, daß meine Familie von den alten Eisriesen abstammt? Verdammt, ich kann die ganze Nacht durchsaufen und trotzdem am nächsten Tag 40 Meilen marschieren!«

Gretchen achtete nicht auf seine Aufschneidereien, denn als er die Kienspäne anzündete, begann sie wieder zu niesen. »Es sind – ahhh – es sind – ahhh – es sind – hatschi! Es sind die Holzscheite!« Obgleich das, was sie sagte, kaum verständlich war, stellte Herr Eberesch, der nicht auf den Kopf gefallen war, schon sehr bald den Zusammenhang her zwischen Gretchens aufgeregten Gebärden und dem erneuten Auftreten des Niesreizes beim Entfachen des Feuers. Er löschte das Feuer mit dem Wasser, in dem die Köchin Weinbecher vorgewaschen hatte. Das Zischen der erlöschenden Glut mischte sich mit dem Klirren der feinen Keramikbecher. Eberesch fluchte, weil er sich in die Finger schnitt und sie sich dabei auch noch verbrannte, als er die Glut zerteilte und nochmals Wasser aus dem Eimer mit dem Spülwasser auf die Glut goß, bis sie erlosch. Als das Feuer endlich aus war, warf er den Kien und die größeren Scheite wieder zurück in den Eimer, aus dem sie kamen, und schlug die Tür zu.

Wieder ließ Gretchens Keuchen und Niesen nach, und sie konnte nun wieder normal durchatmen.

»So was habe ich noch nie erlebt«, sagte Seine Hoheit, setzte sich wieder und starrte sie neugierig an. »Die guten Eberesch-Hölzer sollen dran schuld sein – aus meinem eigenen Wald?« Er schüttelte immer noch den Kopf, als es ihm plötzlich dämmerte. »Einen Augenblick mal – dieser Trick von dir mit dem Weinbecher – und deine alte Großmutter, die die Leute in Frösche und ähnliches ver-

wandelt. Ich habe auch von Bernsteinwein gehört, sie sei eine Hexe – du gehörst auch zum Hexenvolk, Mädchen – stimmt's?«
Gretchen nickte mit dem Kopf, weil ihr das Sprechen immer noch schwerfiel.
»Dann ist es ja ein Wunder, Liebes, daß du immer noch dasitzt und mir zunicken kannst.«
Gretchen sah ihn seltsam an.
»Haben dir deine Großmutter oder deine Tante nicht gesagt, daß Ebereschen für dich und deinesgleichen Gift sind?« fragte er.
Gretchen zuckte die Schultern und sagte mit einer Stimme, die nur noch die Hälfte ihrer gewöhnlichen Lautstärke hatte: »Wahrscheinlich haben sie nie daran gedacht. Bei uns zu Hause gibt es diese Bäume nicht, und ich bin bis jetzt noch nie von zu Hause weggewesen.«
»Ich hoffe, das genügt als Warnung für jemanden deines Schlags«, sagte Eberesch, dessen dröhnende Stimme immer noch hart genug war, daß Gretchen zusammenzuckte. »Ich hätte dir das ebenso sagen sollen, als dir zu raten, dich an regnerischen Abenden fest in deinen Mantel einzuwickeln und zu Hause zu bleiben. Wer weiß, warum dich die Wirkung des Holzes noch nicht umgebracht hat, aber wenn dem so gewesen wäre, hätten meine Feinde bestimmt gesagt, daß ich es getan hätte, aus Groll gegen Bernsteinwein.«
»Das ist doch einfach lächerlich!« erwiderte Gretchen, die ihre Zuversichtlichkeit zum Teil wieder zurückgewonnen hatte.
»Wäre ja auch gar nicht so weit hergeholt gewesen«, sagte die Köchin, die vom Hof hereinkam, »natürlich nicht *Sie*, mein Herr, aber da gibt es noch ganz andere ...!«
Sein finsterer Blick veranlaßte sie, gemäßigter fortzufahren.
»Wie dem auch sei, stellen Sie sich vor, die arme Jungfer Gretchen ist eine Hexe und Ihre Ebereschen machen sie krank!« Sie tat einen tiefen, künstlichen Seufzer: »Ich nehme an, daß es dann nur ein kaltes Frühstück gibt und daß du auf deinen Kräutertee verzichten mußt!«
Gretchen, die ihre Kräfte wiedererlangt hatte, offenbarte nun die positiven Seiten der Hexerei und zauberte Schinken, ein goldgel-

bes Omelette und zwei Brotlaibe hervor, von denen der eine für Herr Eberesch und der andere für sie selbst und Colin war, der gerade hereinkam, als die Vorbereitungen in vollem Gange waren. Ebereschs Omelette bestand aus einem ganzen Schinken und zwei Dritteln der Eier, die die Hennen an diesem Morgen gelegt hatten. Das andere Drittel war mehr als genug für Gretchen und Colin und die gesamte Dienerschaft. Auf diese Weise konnten sie so ausgiebig frühstücken, daß sogar die Köchin zufrieden war, obwohl sie der Meinung war, einer solchen Kost ginge doch der Geschmack einer normal zubereiteten Mahlzeit ab. Sowohl der Spielmann als auch der Gastgeber bestätigten ihr, die Köchin wolle nur um jeden Preis Propaganda für die überlieferten Bräuche machen.

Mit einem Seufzer, der seine Serviette bauschte, riß sich Herr Eberesch von der Tafel los, wischte sich den Mund mit dem Handrücken und sagte: »Nun, Spielmann, alter Junge, hast du die Pferde schon gesattelt?«

»Ja, Herr.« Colin fühlte, daß ein nüchterner Eberesch ein Anrecht auf die förmliche Anrede hatte, auch wenn die Bezeichnung »Rotkopf« für die betrunkene Hoheit gut genug gewesen wäre.

»Und Proviant?«

»Soviel wir brauchen. Dank des – äh – Talents von Jungfer Grau können wir diesbezüglich mit leichtem Gepäck reisen.«

»Sehr gut, und die Waffen?«

»Waffen, Hoheit?«

»Ja, Waffen.« Eberesch warf Colin einen ermutigenden Blick zu, worauf dieser Gretchen fragend ansah. Aber Gretchen zuckte nur mit den Schultern.

»Keine Waffen, Hoheit, da unsere Mission ja nur eine – äh – wie man sagen könnte – Familienangelegenheit betrifft...«

»Mein lieber Junge, es gibt *nichts*«, sagte Eberesch und bohrte seinen wurstförmigen Finger in die Tischplatte, um seinen Worten Nachdruck zu verleihen, »es gibt wirklich nichts Gefährlicheres als eine Störung in der eigenen Familie! Wäre ich in betrunkenem Zustand nicht so umgänglich und hättest du nicht so viele zünftige Trinklieder gekonnt und wäre vor allem meine Schwägerin nicht so nett, dann hättest du von mir wohl erfahren können, *wie* gefährlich! Wahrscheinlich wirst du die Leute im Zigeunerlager nicht so einfach um den Finger wickeln können!«

Als er dies gesagt hatte, sprang er vom Tisch auf, stapfte in den Speisesaal hinüber und kam wieder zurück, bevor Gretchen und Colin Zeit hatten, sich über ein ratloses Achselzucken hinaus zu verständigen. Als Eberesch zurückkehrte, hielt er ein breites Schwert in seiner großen Pranke, dessen Größe nur durch des Lords eigene imposante Erscheinung etwas gemindert wurde. Zur Probe fuhr er zischend mit dem Schwert durch die Luft und teilte imaginäre Hiebe aus, überreichte es dann feierlich Colin, der unter der Last beinahe zusammenbrach.

»Ich sehe keine Möglichkeit, wie er das tragen soll!« sagte Gretchen.

»Gut!« fuhr er sie an und war unversehens wieder davongeeilt, um mit einem Degen zurückzukehren, den er auf den Tisch fallen ließ. Dann setzte er sich wieder und zog den Stuhl näher an den Tisch heran. Er strahlte wie ein aufgeregtes Kind und sagte: »Dies ist das zweitbeste Schwert in meiner Familie. Wenn ihr euch schon aufmacht, meine Frau zu suchen, dann soll euch auch mein Schwert dabei helfen, euch einen Weg durch die Schar ihrer Bewunderer zu bahnen. Wir Ebereschs sind eine kriegerische Sippe, die von einem Haufen Raufbolden abstammt, die sich Eisriesen nennen und irgendwo jenseits des Glassees beheimatet sind. Seit wir uns in Argonien niedergelassen haben, hat es auf beiden Seiten so viele Helden gegeben, daß schwer zu beurteilen ist, welche Sippschaft mutiger ist, aber man ist sich allgemein darüber einig, daß mein Schwert, der alte ›Darmschlitzer‹, das beste ist. Es gehörte einst ›Eberesch, dem Wüterich‹, einem berühmten Berserker. Und das hier –« fuhr er fort und platzte beinahe vor Stolz, als er über den Tisch nach dem Schwert griff, das Colin vor sich hatte, »ist der legendäre ›Enthaupter‹. Sein früherer Besitzer war nicht nur äußerst tapfer, sondern zeichnete sich auch durch mehr Zurückhaltung und Weitsichtigkeit aus als sämtliche Ebereschs vor ihm.«

»Wie hieß er?« fragte Colin.

»›Eberesch, der Rücksichtslose‹.« Seine Hoheit steckte das Schwert in die Scheide und fuhr fort: »Du mußt wissen, daß die meisten Helden unserer Sippe in den Kriegen irgendwelcher Könige als Ein-Mann-Front kämpften. Ich werde zwar von den Familienchronisten als eine Art Schwächling betrachtet, aber ich bin der erste, der für eine Nominierung zum König in Betracht gezogen wird. Bumsi kam hierher, um mich schon vor der Ernennung seiner Treue zu versichern. Wenn ihr wieder weg seid, muß ich zu ihm reiten und die Sache wieder in Ordnung bringen. In der Politik kann man die Treueerklärungen seiner Anhänger nicht so leichtfertig in den Wind schlagen.«

»Ich bin sicher, daß du einen großartigen König abgeben wirst«, sagte Gretchen höflich, stellte jedoch erstaunt fest, daß sie davon auch ziemlich überzeugt war.

»Und ob ich das würde«, pflichtete ihr Eberesch bei, »aber im Moment sieht es in Anbetracht der Tatsache, daß mir ja die zukünftige Königin ihr Vertrauen entzogen hat, nicht sehr gut aus.« Ein paar Minuten lang herrschte tiefes Schweigen, bis seine Hoheit mit der Hand auf den Tisch schlug und sich erhob: »Nun, mein Junge, ich glaube, ich muß dir jetzt aber erst einmal zeigen, wie man mit meinem zweitbesten Schwert umgeht!«

»Danke, Herr, aber wirklich...« sagte Colin, als ihn Brüllo Eberesch mit den Worten unterbrach: »Aber gewiß doch – und Gretchen, mein Schatz, du nimmst am besten das hier mit!« Sprach's und warf ihr einen Dolch im Futteral hin. »Alle Zigeuner tragen mindestens einen davon mit sich herum, deswegen solltest du dich vorsehen.« Den Knauf zierten keine Edelsteine, er war auffallend schlicht, aber aus einem wunderschönen, purpurfarbenen Holz gearbeitet. Das Messer schien so scharf zu sein, daß man damit alles mögliche schneiden konnte. Gretchen hoffte inbrünstig, sie würde es nur dazu brauchen, Wildbret zu tranchieren und Obst aufzuschneiden.

VII

Colin stöhnte vor Schmerz, als er halb von seinem Pferd heruntergleitt, halb fiel und nun auf dem Boden lag wie eine Forelle auf dem Trockenen. Auf eine Nacht mit zuviel Wein und wenig Schlaf war das unfriedliche Säbelgerassel mit ›Darmschlitzer‹ und ›Enthaupter‹ gefolgt, da Brüllo Ebereschih ihm die Grundlagen und einige der Feinheiten des Schwertkampfes beibringen wollte, ehe sie aufbrachen. Nach diesen Ereignissen stand die Abreise unter ungünstigen Vorzeichen. Auch Gretchens Beharren auf einem unverzüglichen Aufbruch, nachdem sie den Zauberspiegel im Schloß nicht benutzen konnte, um Bernsteinwein ausfindig zu machen, war für Colin keine angenehme Entwicklung, um so weniger, als Gretchen und Brüllo Eberesch beschlossen, Gretchen solle auf Ebereschs schnellster Stute so rasch wie möglich vom Westtor aus über das Moor reiten, um der Wirkung der Bäume soweit wie möglich zu entgehen. Colin sollte mit einem Packpferd und einem weiteren Pferd folgen, um das erschöpfte Tier, das das dichtverschleierte Gretchen von ihrem unheilvollen Geschick erlösen sollte, zu ersetzen. Aber Colin fühlte sich im Moment nicht einmal in der Lage, auf Zehenspitzen zu gehen, ohne umzufallen, geschweige denn, auf einem Pferd zu reiten.

Noch wurde die Tatsache, daß er seine eigenen Vorteile um Gretchens willen opferte, von dieser nicht gerade mit der zu erwartenden Anerkennung und Dankbarkeit quittiert: Als er herantritt, drehte sie gerade den Spiegel in den Händen und schaute mißmutig hinein. Sie blieb auch weiterhin in sich gekehrt und einsilbig, und wenn er sie ansprach, nickte sie nur mit dem Kopf oder schüttelte ihn, und wenn sie ihm eine Antwort gab, dann nur eine denkbar kurze.

Nun, da es ihm endlich gestattet war, seinen dröhnenden Schädel und die schmerzenden Glieder auszuruhen, riß ihn Gretchen aus seinen trüben Gedanken, als sie sagte: »Wenn du's nicht willst, gebe ich Ching den Rest.« Er hob den Blick und sah Gretchen, die auf ihrem zusammengerollten Bettzeug saß, ihre Zehen an einem ihrer brennstofflosen Lagerfeuer röstete und einen Flügel des gegrillten Fasanen verzehrte, der sich am Spieß über dem Feuer drehte und dessen Saft, der mit lautem Gezisch ins Feuer tropfte, einem das Wasser im Mund zusammenlaufen ließ.

Nachdem er den Rest des Vogels, zwei Kartoffeln mit frischer Kräuterbutter und einen halben Laib warmen Brots gegessen hatte, hatte Colin wieder das Gefühl, das Ganze doch noch zu überleben.

Mit Erstaunen stellte er fest, daß Gretchen seinen Mantel über ihre Knie gebreitet hatte und gerade eines der zahlreichen Löcher und Risse flickte, die der einzige Schmuck des Kleidungsstücks waren.

»Vielen Dank«, sagte er, »aber du brauchst das nicht zu tun!«

»Ich nähe gern«, erwiderte sie, ohne den Blick zu heben, »es ist so beruhigend.«

»Also, wenn du ruhig werden willst, dann mußt du dir auch unbedingt das mal anhören!« Trotz seiner Leiden waren ihm schon den ganzen Tag neue Strophen zu Bernsteinweins Lied eingefallen. Er holte seine Gitarre und begann zu singen:

»Geht, holt mir mein gutes Grauroß vor,
denn das braune geht schwer mit Fohlen,
und ich werde jagen weit über das Moor,
meine Frau mir zurückzuholen.«

Als er sah den Mann, der ihn so gekränkt,
rote Wut stieg in ihm nach oben,
doch er dachte, daß sie ihm ihr Herz geschenkt,
und er sprach zu ihr sanft, ohne Toben:

»Wie konntest du lassen dein Haus und Land
und den Reichtum, den ich dir gegeben?
Was brachtest du meine Liebe in Schand,
um mit dem Zigeuner zu leben?«

»Was kümmert denn mich dein Haus und Land
und der Reichtum, den du mir gegeben?
Lieber Mann, gib noch einmal mir deine Hand:
denn mit Davie will ich leben.«

Als Colin das Lied zu Ende gesungen hatte, sagte er: »Und dann werde ich die beiden Strophen, die ich dir früher vorgesungen habe, ans Ende setzen. Wie findest du das?« fragte er und sah sie dabei erwartungsvoll an. Gretchen starrte wieder gedankenverloren ins Leere, ihre Handarbeit hatte sie ganz vergessen. Als sie bemerkte, daß er sie beobachtete, fuhr sie sich schnell mit dem Handrücken über das Gesicht und beugte sich vor, um den Faden abzubeißen, mit dem sie genäht hatte.
»Nun?« fragte Colin noch einmal.
»Wie bitte?«
»Wie findest du das?«
»Ach – das Lied – sehr schön, Colin. Du bist wirklich sehr begabt.« Es war der längste Satz, den sie an diesem Tag hervorgebracht hatte. Er wollte sie fragen, ob sie gerne mit ihm sprechen wolle über das, was sie bewege, oder ob sie nur für den Eintritt in einen geistlichen Orden übe, bei dem sie ein Schweigegelübde ablegen müsse, als sie noch eine weitere Bemerkung machte. Er grinste vor Erleichterung, weil ihm bewußt wurde, daß er zur Abwechslung einmal froh darüber war, daß sie etwas sagte. »Aber wie kommt es, daß du weißt, was Goldie bei dem Gespräch gesagt hat?«
»Eine Mischung aus Nachforschungen und dichterischer Freiheit: Das Dienstmädchen Ludy hat an der Tür gehorcht, als Eberesch der Köchin erzählte, was bei seinem Ausritt passiert ist.«
»Ich finde, er hat eine beachtliche Zurückhaltung an den Tag gelegt für jemanden mit seiner Vorgeschichte!« Ganz in Gedanken stopfte Gretchen nun auch noch eine der wenigen unversehrten Stellen an seinem Umhang.
»Ich glaube, er ist auch im Lied ganz gut weggekommen ...«
»Er würde einen stattlichen König abgeben, findest du nicht auch?«

Colin verbarg sein Stirnrunzeln anläßlich dieser Bemerkung, indem er seine Gitarre in ihre Hülle zurücksteckte. Brüllo Eberesch hatte ihn wirklich sehr anständig behandelt, aber Gretchen benahm sich – nun, da er es sich noch einmal durch den Kopf gehen ließ – beinahe wie damals, als sie dem Einhorn begegnet war. Waren Ebereschs Hörner auch von einer ganz anderen Art, so drängten sie ihn offenbar doch dazu, einfältige braunhaarige und dafür empfängliche Mädchen wie seine Schwägerin mit seiner Aufmerksamkeit zu beunruhigen. Colin wäre es lieber gewesen, wenn der leidgeprüfte und verlassene Ehemann weitergetrauert und seine Reisegefährtin aus dem Spiel gelassen hätte.

»Gretchen, warum versuchen wir's eigentlich nicht noch einmal mit dem Zauberspiegel? Wir sollten wenigstens herausfinden, ob die Richtung stimmt, bevor wir weiterziehen.«

»Wahrscheinlich hast du recht. Ich frage mich, warum er heute morgen nicht funktioniert hat. Verflixt, ich dachte, wenn Eberesch Goldie nur *sehen* könnte, er vielleicht – ach, ich weiß auch nicht mehr, was ich mir dabei gedacht habe!«

»Aber er hat es doch dieses eine Mal versucht, sie zurückzugewinnen«, erinnerte sie Colin, und Eberesch wurde ihm dabei noch unsympathischer, weil die Fairneß ihn zwang, den Kerl in Schutz zu nehmen.

»Ich weiß – wo sollen wir anfangen?

»Wo deine Tante aufgehört hat...«

Gretchen hatte den Spiegel aus ihrer Rocktasche gezogen und rieb ihn blank. Vor ihrem geistigen Auge ließ sie das Bild von Bernsteinwein und den Zigeunern erstehen, letzteres entstammte ländlichen Jahrmärkten. Ihre Phantasie war durch Colins Lied von neuem entzündet worden. Als die regenbogenfarbenen Lichter in der Dunkelheit aufblitzten, erschienen zwei verschwommene, übereinandergelagerte Bilder im Spiegel.

»Hmmmmmm, ich will versuchen, das schärfer zu kriegen«, sagte Gretchen und konzentrierte sich ganz auf ihre Schwester, wie sie sie zuletzt gesehen hatte, zerzaust, verängstigt und mit der Bürde ihrer Schwangerschaft. Als die Zigeunerwagen, die wie Phantome über dem Spiegel hingen, langsam verblaßten, hätten Gretchen und Colin sie sich beinahe wieder zurückgewünscht, um die Häßlichkeit des verbleibenden Bildes zu verbergen:

Es zeigte Bernsteinwein, die zusammengekauert an einer Mauer saß. Das verfilzte Haar hing ihr in Strähnen übers Gesicht, so daß es eine ganze Weile dauerte, bis Gretchen sicher war, daß es sich bei dieser Person, die die Fliegen von den wunden Stellen abwehrte, die ihre Arme und die nackten, dünnen Beine bedeckten, auch wirklich um ihre sonst so elegante Schwester handelte. Über ihrem geschwollenen Bauch zeichneten sich die Rippen ab. Als die Geräusche eines Marktplatzes aus dem Spiegel dröhnten, setzte sich Goldie aufrechter hin und strich sich mit einer heftigen, kämmenden Bewegung die Haare aus dem rotverweinten, geschwollenen Gesicht. Der Ruf eines Hausierers übertönte die übrigen Geräusche. Als sie ihn hörte, erhob sich Goldie und bedeckte so gut sie konnte mit den Überresten ihres Unterkleides ihre Blöße. Der Ruf wiederholte sich, und Gretchen hätte vor Überraschung beinahe das Bild im Spiegel verloren. »Das ist Hugos Karren!« sagte sie, als sie den Karren direkt vor Bernsteinwein ins Bild kommen sah.

Zuerst hatte es den Anschein, als ob Goldie um die Hausecke biegen wollte, um dem Blick des Wanderhändlers zu entgehen, aber dann besann sie sich doch eines anderen und richtete sich zu ihrer vollen Größe auf, so daß sie es nach Colins Meinung fertigbrachte, trotz des Schmutzes, des verfilzten Haares und der Schwären königlich und irgendwie ätherisch auszusehen. Für den Spielmann war sie auch jetzt noch auf eine herzzerreißende Art schön.

»He, Frau Bernsteinwein«, rief Hugo, als ob er ihr gerade im Gemüsegarten ihres Vater begegnet wäre, »was in aller Welt tun Sie denn hier in Queenston?«

Im Gegensatz zu Gretchen, die sich mit der feinen Lebensart und der daraus resultierenden vornehmen Haltung zugegebenermaßen etwas schwertat, war sie bei Bernsteinwein angeboren, und sie blieb ihr auch zeit ihres Lebens treu. Auch in dieser Situation zeigte sich ihre Überlegenheit. »Oh, hallo Hugo. Wie nett, dich hier zu sehen. Sag mal, hast du nicht zufällig ein Kleid dabei und

etwas Brot oder was anderes, das du meinem Vater auf die Rechnung setzen könntest?«
Der Tonfall des Wanderhändlers war süßlicher als der Sirup an Tante Sibyls Haus. Er drohte ihr schelmisch mit dem Finger: »Aber Euer Gnaden wissen doch ganz genau, daß ich für euch feine Damen nichts Passendes auf meinem Karren habe!« Er gab Bernsteinwein Gelegenheit, dies als Zurückweisung ihres nur notdürftig verschleierten Hilfegesuchs zu verstehen, und fügte dann aber hinzu: »Man hat mich sogar ausgeschickt, nach Ihnen zu suchen. Ihr Vater ist nämlich hier, und zwar bei einem entfernten Verwandten Ihrer Stiefmutter. Wenn Sie mit meinem bescheidenen Karren vorliebnehmen, dann bringe ich Sie zu ihm.«
Bernsteinwein war zwar beherrscht, aber doch nicht so beherrscht, daß ihr jetzt nicht die Tränen über das Gesicht gelaufen wären... »Ach Hugo, ich weiß gar nicht, wie ich dir danken soll!« Dann fing sie plötzlich an zu stammeln: »Wenn mir nur Vater vergeben würde, vielleicht...«
Sie unterbrach ihre Rede, indem sie förmlich auf den Karren tanzte. »Ist Gretchen auch dabei – werde ich sie sehen?«
»Der gute alte Hugo hat viele Überraschungen für Sie, Verehrteste, wenn Sie jetzt so gütig wären und sich erst mal setzen würden, dann könnten wir uns endlich in Bewegung setzen«, sagte er so, als ob er mit einem Kind sprechen würde.
»Aber natürlich, klar doch, ach du meine Güte, ja«, Bernsteinwein zappelte und bedeutete ihm, daß sie zum Aufbruch bereit sei.
»Dieser schmierige Kerl!« schimpfte Gretchen, als es im Spiegel dunkel wurde. Mit einer unsanften Handbewegung steckte sie den Zauberspiegel wieder zurück in die Rocktasche. »Wie lange brauchen wir bis Queenston?«
»Wenn wir zügig reiten, mindestens eine Woche. Gretchen, was hat er denn mit der Bemerkung gemeint, dein Vater sei dort?«
»Ich weiß es nicht! Das ist natürlich eine ganz infame Lüge – was könnte denn dieser abgefeimte Schuft bloß im Schilde führen?«
»Hat er uns vielleicht überholt, als wir auf dem Schloß waren?« fragte Colin.

»Ja, vielleicht – wenn das nicht am Ende ...«
»Was meinst du?« fragte er und hoffte, sie würde sich nicht darauf versteifen, noch in der Nacht aufzubrechen, um desto früher nach Queenston zu kommen.
»Oder das erklärt am Ende auch die Geschichte mit der Eisenfalle und warum unsere Pferde gestohlen wurden. Aber warum sollte Hugo ausgerechnet der Bösewicht sein, den unser Kaninchen beobachtet hat, als er Vaters Pferd totgeschossen hat? Wie konnte er so schnell vorankommen? Du hast von einer Woche gesprochen. Offenbar braucht er keinen Schlaf.« Sie seufzte und kaute an ihrem Daumennagel, bevor sie die Decken für ihr Nachtlager ausbreitete. »Aber wir brauchen ein bißchen Schlaf, und vor allem die Pferde brauchen Ruhe.«
Die Fragen, die Colin noch zu der Erscheinung im Spiegel gehabt hätte, gingen in einem Gefühl der Erleichterung unter, das er empfand, als er sein eigenes Bettzeug ausbreitete.

VIII

Sie gelangten doch nicht nach Königinstadt.
Colin, der ein so phänomenales Gehör hatte, daß er glaubte, sogar bei einem Erdbeben noch Vogelgezwitscher von einem Gewitter unterscheiden zu können (vorausgesetzt, daß es überhaupt einen Vogel gäbe, der unter diesen Voraussetzungen noch sänge), hörte die Musik schon lange, bevor sie das Zigeunerlager erreichten.
Als Gretchen die Musik ebenfalls hörte, sahen sie auch schon die grellbunten Wagen der Zigeuner, die in ihren Farben mit den Blumen auf der waldumsäumten Wiese wetteiferten.
Als sie am oberen Rand der Wiese angelangt waren, hielten sie die Pferde an und beobachteten das vorabendliche Treiben der Zigeuner. Die Bewohner des nahegelegenen Dorfes hatten sich unter die Zigeuner gemischt, ließen sich, wie Gretchen vermutete, die Karten legen oder glaubten arglos, sie könnten mit den Zigeunern einen guten Handel um die Pferde abschließen, die in der Nähe eines Wohnwagens angepflockt waren. Säuglinge brüllten, und nackte Kinder rannten zwischen den Menschen, den Tieren und den Wohnwagen herum. Manchmal huschten die Lichtreflexe von billigen Stoffen über das Bild oder ein goldener Ohrring oder eine Kette aus Goldmünzen blitzte auf, aber nur für kurze Zeit, bis ihre Trägerin in einem Wohnwagen verschwand oder sich niederkauerte, um mit den Leuten aus dem Dorf besser verhandeln zu können.
Colin schwante nichts Gutes, als er Gretchens zusammengekniffene Lippen und das raublustige Leuchten ihres Blickes sah, mit dem sie die Szene betrachtete. Andererseits galten aber auch die Zigeuner nicht gerade als sehr gefügig, und hier konnten sie, da sie fremd waren, auch nicht darauf zählen, daß die Dorfleute sie aus den Zwangslagen retten würden, in die Gretchens unberechenbares Temperament sie bringen würde.
Ching richtete sich auf seinem Lager auf und beobachtete das La-

ger in derselben lauernden Haltung, die er beim Vogelfang einzunehmen pflegte. Plötzlich lächelte Gretchen. Es war ein träges, gedankenverlorenes Lächeln, dann nickte sie und lehnte sich vornüber, um die Katze hinter den Ohren zu kraulen.
In der Hoffnung, Gretchens Lächeln bedeute die Verbesserung ihrer Laune, sagte Colin freundlich, aber bestimmt: »Gretchen, dies ist nicht der richtige Platz für dich. Du gehst diese Situation viel zu spontan an und wirst diese Leute wahrscheinlich dazu provozieren, uns Schaden zuzufügen, wenn dein Temperament mit dir durchgeht. Dann kannst du auch deiner Schwester nicht mehr viel nützen, oder?« Seine Stimme hatte am Schluß seiner Rede einen etwas zuversichtlicheren Klang als zu Anfang, und obwohl er das Geschehen mit wachsamem, nach vorn gerichtetem Blick betrachtete, warf er einen verstohlenen Seitenblick auf Gretchen, um zu sehen, wie sie das Gesagte aufnahm.
Zu seinem größten Erstaunen waren die Raublust und das möglicherweise noch unheilverheißende Lächeln verschwunden, und ein sanftes Gretchen, mit geneigtem Kopf, den Blick gesenkt und demütig über dem Sattelknauf gefalteten Händen saß neben ihm auf ihrem Pferd. Ching hatte sich auf den Rücken gewälzt, beobachtete die beiden von unten und schnurrte behaglich und voller Inbrunst.
»Ich – äh – finde«, schloß Colin lahm, denn offensichtlich hatte ihm der erwartete, aber ausgebliebene Widerstand den Wind aus den Segeln genommen, »ein Unbeteiligter, wie zum Beispiel ich, sollte das Terrain sondieren. Außerdem sind Zigeuner ziemlich musikalisch und haben deshalb wahrscheinlich wenig gegen einen Spielmann einzuwenden.«
»Natürlich nicht, Colin«, stimmte sie ihm zu, »einen Spielmann kann man ebenso leicht bestehlen wie jemand anderes.« Der etwas schärfere Blick, der diese Feststellung begleitete, wurde sehr schnell durch die gesenkten Wimpern gemildert. Colin ließ sich auch nicht wirklich durch ihre mädchenhafte Fügsamkeit täuschen, sondern war im Grunde genommen nur froh, daß sie keine Szene machte. »Ich glaube«, sagte sie, » du hast recht. Es stimmt

schon, ich werde ziemlich schnell wütend. Vielleicht ist es besser, wenn ich mit Ching hierbleibe.«
»Was hast du vor?« fragte Colin mißtrauisch.
»Oh, ich will nur ein paar Blumen pflücken und ein paar Kräuter, die Großmutter noch fehlen. Und du gehst jetzt schnurstracks zu diesem fürchterlichen Zigeuner – aber nimm dich in acht vor seiner bösen Mutter!«
»Nun gut«, sagte Colin. Er war zwar immer noch reichlich verwirrt, wollte jedoch ihre ungewöhnlich gute Laune ausnützen, um seinem Pferd die Sporen zu geben und fortzureiten.
»Tschüs!« sagte sie und winkte ihm fröhlich zu, obwohl er immer noch neben ihr war. Damit er sich nicht lächerlich vorkam, ritt er schnurstracks in das Lager hinunter.

Ein kleiner, schmuddliger Junge rannte auf ihn zu, als er an einem Wohnwagen am Rand des Lagers anhielt. »Ehrwürdiger Herr!« schrie der Junge heraus, indem er sich tief verbeugte und dabei übers ganze Gesicht grinste: »Ich werde, während Sie die Gastfreundschaft meines Volkes genießen und sich mit meinen Altvorderen unterhalten, auf Ihr herrliches Pferd und Ihre sorgsam gehüteten Besitztümer aufpassen, verstehen Sie, was ich meine?«
Colin hatte verstanden. »Wie könnte ich Ihnen denn einen so fürsorglichen Dienst angemessen vergelten, junger Herr«, sagte Colin und zahlte dem kleinen Bengel seine Unaufrichtigkeit mit derselben Münze heim.
»Indem Sie mir die eine oder andere kleine Münze als Trinkgeld geben, natürlich kann es auch eine größere sein, wenn Ihnen das lieber ist, es ist ja nicht für mich, sondern für meine alte Mutter und meine vierzehn jüngeren Brüder und Schwestern«, erwiderte er. Es mußte wirklich eine ganz bemerkenswerte Familie sein, wenn der kleine Kerl vierzehn jüngere Brüder und Schwestern hatte, dachte Colin, da er selbst nämlich nicht viel mehr als sieben oder acht Jahre zählte.
»Natürlich«, sagte Colin und warf dem Jungen die Münzen hin. Zwei Wohnwagen weiter sah er eine Frau mit rabenschwarzem

Haar und dunklem Teint, die ihren volantbesetzten Rock aufreizend um ihre Beine wirbelte – es war der gleiche Rhythmus, in dem Ching mit dem Schwanz zu zucken pflegte. Die Frau beobachtete die Szene mit einem Interesse, das nicht nur ökonomischer Natur war. Die Blicke, die sie Colin aus ihren pechschwarzen Augen zuwarf, durchdrangen seine Poren mit einer Hitze, daß er zu schwitzen begann.
Colin wurde den Blick dieser Augen nicht los... Er packte seine Geige unter den Arm, weil er herausfinden wollte, wer die Musik machte, aber die Musikanten machten gerade eine Pause. Ob wegen seiner Ankunft, konnte Colin nicht genau sagen.
Die Kinder klammerten sich an seine Hosenbeine und an seinen Hemdzipfel, als er von Wohnwagen zu Wohnwagen ging und nach den Musikanten suchte, jedenfalls waren sie nicht auf der freien, von den Wagen eingerahmten Grasfläche, wie es Colin erwartet hatte. Dort standen nur einige Frauen und stocherten in einem Kochtopf über einem Feuer in der Mitte, und andere sahen nach einem Spieß, an dem über einer Grube ein ganzes Tier briet. Die Frauen waren alt und unattraktiv und sahen überhaupt nicht musikalisch aus, aber er mußte zugeben, daß er sich darin auch täuschen konnte. Im übrigen waren die Kinder nicht die einzigen, die es genossen, mit seltsam aussehenden Fremden zusammenzusein.
Colin hatte in seinem Leben schon viele Lieder über Zigeuner gesungen, aber wie von vielen anderen Dingen, die er in der Gesangsschule besungen hatte, hatte er keine direkte Kenntnis davon gehabt. Auch Ebereschen hatte er schon besungen, aber hatte er deswegen gewußt, was sie waren? Sie mußten zuerst einen seiner Freunde töten, bevor er überhaupt wußte, was sie waren. Auch was das Leben am Hofe anbetraf, war er ziemlich unbedarft (abgesehen von einem kurzen Ausflug zur Sängerhalle in der Residenz hatte er in dieser Beziehung nichts erlebt), oder über die Meere jenseits des Golfes der Kobolde, Krieg, Banditen, wahre Liebe, Ungeheuer, fliegende Teppiche und Prinzessinnen und natürlich noch viele andere Dinge wußte er kaum etwas, aber während dieser Reise hatte er bis dahin wenigstens Einhörner, Drachen,

Gnome und Ritter auf seiner Liste abhaken können. Auch in Ost-Oberkopfingen gab es eine Hexe, die aber für Colin nur von geringem Nutzen war, weil ihre Begabung hauptsächlich darin bestand, mit den Toten Verbindung aufzunehmen. Colin hatte durch sie eine Menge Geister kennengelernt, aber mit einer gewissen Befriedigung stellte er fest, daß Zigeuner wesentlich abwechslungsreicher und aufregender waren. Er hoffte sogar, daß es sich hier um das falsche Zigeunerlager handelte oder daß, wenn es hier wirklich den Zigeuner Davie gab, Bernsteinwein trotz der entgegengesetzten Enthüllungen des Zauberspiegels immer noch bei ihm sein möge. Er stellte sich vor, daß er, während Gretchen und Bernsteinwein wieder zusammenkämen, sich mit den Zigeunern anfreunden könnte, die ihn als einen guten, ehrlichen Mann und großen Künstler achten und ihm mit ihren schönsten Volksmärchen und Liedern aufwarten würden. Diese könnte er dann zur Gesangsschule zurückbringen und großes Lob dafür ernten. Sicherlich würden sie ihm dann eine Professur auf Lebenszeit geben (die er natürlich ablehnen würde, weil er das Leben eines fahrenden Sängers oder Troubadours vorzöge).
Gerade, als er sich vorstellte, wie er vom Meister der Spielleute, Peter, den Spielmanns-Verdienstorden verliehen bekommen würde, stolperte er und fiel der Länge nach hin, mit dem Gesicht nach unten, mit der linken Schulter fing er sich gerade noch, denn er wollte natürlich vermeiden, daß seine Geige beschädigt würde.
»Entschuldigung«, murmelte die Person, die ihn zu Fall gebracht hatte, und zog die Füße mit einer trägen Bewegung näher zu sich heran und bedeckte sie mit ihrem weiten blauen Rock, dessen Farbe ihrer Stimmung zu entsprechen schien. Das Mädchen nahm überhaupt keine Notiz von ihm, als wäre er ein Gespenst. Den Kopf hatte sie an die splittrige Holzwand des Wohnwagens gelehnt, und er hing herab, als sei ihr Hals zu schwach, ihn zu tragen. Obwohl ihr Hals lang und anmutig war, kam er Colin doch in keiner Weise ätherisch vor. Er war mit Perlen und Münzen geschmückt, die einen unangenehmen Mißton von sich gaben, als

das Mädchen schwer aufseufzte. Ihr Kinn war nach oben gerichtet, aber ihre Mundwinkel hingen deutlich nach unten, und Colin sah an der Nasenspitze des Mädchens eine große Träne glitzern, die dann über die Lippen tropfte, das Kinn herunterfloß, um schließlich hinter dem Ohr zu verschwinden.
»Es war meine Schuld, ich hätte aufpassen müssen, wo ich hingehe«, sagte Colin etwas verlegen, weil er sein Schicksal angesichts eines solch offensichtlichen Elends als verhältnismäßig untragisch empfand. Er fragte sie höflich: »Entschuldigen Sie, aber könnten Sie mir nicht vielleicht sagen, wo die Musikanten sind? Ich spiele nämlich auch die Geige«, dabei hielt er als Beweis sein Instrument in die Höhe, »und habe gedacht, es würde den Musikanten vielleicht nichts ausmachen, wenn sich noch einer dazusetzte.«
Das Zigeunermädchen deutete mit dem Kopf nach links, wo die Kinder, die Colin nachgerannt waren, sich unter eine Gruppe aus Leuten und Hunden gemischt hatten, die in zufälliger Anordnung um fünf Männer herum saßen, standen oder lagen, wobei sich das Interesse besonders auf einen Mann konzentrierte.
Da Colin fand, er habe sich in letzter Zeit mit mehr niedergeschlagenen Frauen auseinandersetzen müssen, als er eigentlich verdient hatte, kämpfte er sein Mitgefühl nieder und war in drei Sätzen bei einem Mann vom Umfang eines Bierfasses, der am Boden saß. Der Mann in der Mitte erzählte eine Geschichte, und wie es schien, machte er seine Sache gut. Seine Stimme war so wohlklingend und überzeugend, daß Colin erstaunt war, daß er sie nicht schon früher gehört hatte. Die Haltung des Kerls war eine einzige Parodie auf Gefühle wie Liebe, Trauer, Haß, Leid und Wut, kurz: die Triebfedern, die sein Publikum bewegten. Er hatte die Stimme eines Mannes, der das Leben leicht nahm. Es war eine leise, aber scharfe Stimme, eine, die dem Ohr seiner Zuhörer schmeichelte. Er verstand sich darauf, seine Worte richtig einzusetzen, die Spannung zu erhöhen, und außerdem hatte er eine gute Gabe zur Nachahmung, Fähigkeiten, die ihn neben dem Spielmann Peter zum besten Erzähler machten, den Colin kannte.

Der Zigeuner war dunkelhäutig, weder besonders groß noch besonders gutaussehend und hatte, wie viele Gesichter in der Gruppe, eine Hakennase. Aber seine tiefschwarzen Augen funkelten vor Witz, sein Mund war allzeit bereit zu lachen und seine Hände waren in ständiger Bewegung und begleiteten seine Erzählung mit den passenden Gesten.

Der Zigeuner hatte große Hände mit dünnen Fingern, und Colin beobachtete, wie er bald eine Schlacht darstellte, die ganz schnell und übergangslos zu einer Kanone oder zu Streitrossen wurden, so daß Colin kaum folgen konnte. Die Hände beschrieben mit Gesten, die seiner Stimme entsprachen, die Eroberung der schönsten Frauen in zahllosen Ländern, und Colin glaubte ihm jedes Wort.

Als Colin den Zigeuner beobachtete, wünschte er sich ebenfalls eine so große Nase, die er dramatisch aufblasen könnte, als ob er Parfüm- oder Blutgeruch witterte. Für den Zigeuner war seine Nase ein ausgezeichnetes Ausdrucksmittel. Colin fand auch, die Natur habe ihn, was ein strahlendes Lächeln anbetraf, benachteiligt. Auch wenn sie braune Ränder hatten, blitzten weiße Zähne in einem dunkelhäutigen Gesicht doch wesentlich wirkungsvoller. Der Zigeuner erntete bei den Männern anerkennendes Grinsen und den einen oder anderen Seufzer von den jungen Mädchen und den paar alten Weibern im Publikum.

Physisch stimmten Colin und der Zigeuner eigentlich nur darin überein, daß sie beide schmutzige Fingernägel hatten, aber Colin war sich nicht sicher, ob er seine Hände so flink bewegen könnte, um Busen, Taille und Hüften der Geliebten zu beschreiben und damit das Publikum von seinem vernachlässigten Äußeren abzulenken. Wahrscheinlich nicht.

Es war zum Verzweifeln, denn trotz seiner Begabung und gründlicher Schulung würde es ihm nie gelingen, sein Publikum mit seinem Erzähltalent so geschickt zu lenken wie der Zigeuner, der ganz offensichtlich fertigbrachte, was Colins Kollegen immer als wesentlichen Bestandteil der Spielmannszunft bezeichneten, nämlich sowohl das Publikum in Bann zu ziehen und gleichzeitig die Aufmerksamkeit des schwachen Geschlechtes auf sich zu lenken und erotisch zu wirken. Aber Colin wollte schon noch herausfinden, wie er das machte, vielleicht traf hier auch zu, daß Probieren über Studieren ging, was auch bei seinem Geigen- und Gitarrenspiel galt. Er vermutete zwar nicht, aber er konnte wenigstens hoffen.

Als die Zigeuner wieder zu spielen anfingen, spielten sie keine Zigeunerweisen, sondern eine zotige Ballade, die Colin kannte, so daß er seine Geige schulterte und den Bogen bereithielt. Der andere Fiedler in der Gruppe, ein einäugiger Mann, dessen große Nase so tiefe Poren hatte, daß sie aussah wie ein Stück reifer Käse, hörte auf zu spielen. Colin brauchte eine Weile, bis er merkte, daß er allein spielte.

Der Mann, der in seine Richtung ausspuckte, war so abgemagert wie die Hunde im Lager, aber er hatte weder ihre scharfen Zähne noch überhaupt Zähne im Mund. Er sagte zu Colin: »Wir machen zwar mit Leuten deines Schlages Geschäfte, aber wer hat dich eigentlich gebeten aufzuspielen?«

»Ich bin hier der Violinspieler«, sagte Käsenase.

Die Atmosphäre war ebenso bedrückend schwül und trocknete die Kehle aus wie die Luft in Herrn Wilhelms Gastwirtschaft kurz bevor der gefiederte Colin auf den Balken entwichen war. Er hoffte, die alte Hexe Xenobia sei außer Hörweite, als er sich auf seine Schulung besann, seine Gesellschaftsschicht zu verleugnen. Colin, dessen Übermaß an Aufrichtigkeit ihm eher schädlich war, erkannte, daß jeder tüchtige Unterhalter wenigstens bis zu einem gewissen Grad auch ein Lügner sein mußte, und fragte den Zigeuner, indem er dessen Sprache so gut imitierte wie er konnte: »Was meinst du eigentlich mit ›euch Leuten‹?«

»Außenstehende können heute abend zuhören, wenn sie bezahlen«, sagte der Abgemagerte, »stimmt's, Davie? Jetzt spielen wir nur für Zigeuner!«

Aufbegehrend sagte Colin: »Was heißt hier ›kein Zigeuner‹? Was für Zigeuner seid ihr denn eigentlich, daß ihr noch nichts von den hellhäutigen Zigeunern von Kallanderry gehört habt?« Er steigerte sich in seine Rolle hinein: »Ihr habt mich zutiefst verletzt!

Hört ihr, meine Violine weint schon vor Schmerz – daß ich von meinem eigenen Volk so schändlich verkannt worden bin –« Als er jedoch die Belustigung in Davies Blick wahrnahm, befürchtete er, ein bißchen zu dick aufgetragen zu haben, hörte auf zu lamentieren und verlegte sich wieder aufs Spielen, was ihm ohnehin lieber war. Die Geige spielte auch wirklich eine Klage, eine morbide pulsierende Weise, wenn auch vielleicht »Weise« noch ein zu fröhlicher Ausdruck dafür war. Nach kurzer Zeit schaute die Mehrzahl der Zuhörer und Musikanten drein wie das Mädchen, über das Colin gestolpert war, und ihn selbst machte das Lied so traurig, und er steigerte sich in eine so niedergeschlagene Stimmung hinein, daß er schnell wieder zu einer lebhafteren Melodie überwechselte, die geistreich und feurig genug war, um sie von seiner Zugehörigkeit zu ihrem Volksstamm zu überzeugen.

Trotzdem hatte Colin bis zu dem Zeitpunkt, als Davie angefangen hatte, den Takt zu schlagen und auf seiner Gitarre zu improvisieren, jeden Moment damit gerechnet, daß ihm die Geige in den Leib gerammt würde. Nachdem Davie den Anfang gemacht hatte, stimmten die anderen mit ein, und die Feindseligkeiten waren vergessen. Colin verbarg sein Gefühl der Erleichterung hinter der Konzentration auf seine Musik.

So wie ein köstlich mundendes Glas das andere ergibt, ergab eine muntere Weise, in die alle einstimmten, die andere. Bald lachten, weinten, sangen, schrien und zechten alle miteinander auf eine ganz und gar freundliche Weise. Alle, außer Davie, wie Colin zu seiner Überraschung bemerkte. Als sich alle hemmungslos dem Frohsinn ergeben hatten, zog sich Davie vom festlichen Treiben zurück, nachdem er nicht mehr der Mittelpunkt war. Er sah gelangweilt aus. Ein Krug machte die Runde, aber als Colin ihn an Davie weiterreichte, sprang dieser auf und sagte: »Komm, Vetter, ich führe dich durchs Lager.« Mit der einen Hand hob er sein Bolero vom Boden auf, auf dem er bisher gesessen hatte, und warf es mit einer lässigen Bewegung über die Schulter, über die andere Schulter hängte er seine Gitarre. Als sie die Gruppe hinter sich gelassen hatten, sagte Davie: »Heute abend wollen meine Leute für die Leute aus der Stadt eine kleine Vorstellung geben, während die Kinder in die Stadt gehen, um Vorräte zu holen. Da du einer von uns bist«, durch das Hochziehen seiner Braue gab er Colin zu verstehen, daß er anderer Meinung war, »hoffen wir natürlich, daß du dich an unserer Vorstellung beteiligst. Wir würden uns sehr geehrt fühlen.«

»Ich verstehe, Vetter, und ich werde sehr gerne teilnehmen«, erwiderte Colin. »Es gibt nichts Schöneres als eine Musikdarbietung und auch keine günstigere Zeit, um – Vorräte einzusammeln. Bist du dir sicher, daß die Stadt leer genug ist, um das Einkaufen auch wirklich einträglich zu machen?«

»Aber gewiß doch!« sagte Davie mit einem Wolfslächeln. »Eine Abordnung unserer kleinen, schwarzäugigen Schönen, die von meiner Mutter beschützt werden, sind in die Stadt gegangen, um die Werbetrommel zu rühren. Ein paar Besucher...«, und dabei zeigte er auf die paar Leute, die immer noch versuchten, günstig Zigeunerpferde einzukaufen, »kamen heute nachmittag, als einer unserer Freunde, ein Wanderhändler, die Nachricht verbreitet hat, daß wir hier sind.« Davie deutete auf die herumstehenden Nicht-Zigeuner. »Sie hoffen, günstig Pferde zu erstehen, und handeln mit Waisen.« Er grinste breit, denn offenbar fand er das, was er zuletzt gesagt hatte, recht lustig. Colin, der früh Waise geworden war, fand es weniger lustig, lächelte aber trotzdem sein schönstes Lächeln.

»Auf dem Weg hierher bin ich aber einem Mädchen begegnet, das offensichtlich nicht mitgegangen ist. Ich bin über ihre Beine gestolpert, kurz bevor ich zu eurer Gruppe gestoßen bin – sie sah sehr nett aus, schien aber sehr unglücklich zu sein.«

»Du kannst eigentlich nur Zorah meinen«, schnaubte Davie, »sie meint, mich zu besitzen, und lungert immer in meiner Nähe herum. Sie glaubt, wenn sie nur genug weint, würde ich eines Tages in ihren Tränen ertrinken. Wenn du sie magst, dann nimm sie ruhig mit. Für uns im Lager ist sie nur noch eine Last. Einstmals, als ich noch jung und unerfahren war, war ich ein wenig in sie verliebt, und seither läuft sie mir nach wie ein Hündchen. Ihr Vater war ein mächtiger Mann, der jedes Tier dressieren konnte,

aber dann wurde er getötet. Wenn Zorah keine so gute Kunstreiterin wäre, hätte meine Mutter sie längst rausgeworfen.«
Colin fühlte sich nicht sehr wohl in seiner Haut. Dies war es nicht gewesen, was er über weibliche Bewunderung wissen wollte. Verliebte Mädchen mußten jemandem wie Davie unweigerlich Ärger bereiten, dachte Colin, der sich diese Dinge auch weiterhin in seiner Phantasie zusammenreimen mußte, weil sich nur wenige in ihn verliebten und das Ganze nicht fair zu sein schien. Doch der Zigeuner schien noch eine ganze Reihe enttäuschter Liebschaften zu haben, so daß er sich langsam daran gewöhnt haben sollte. Es schien bei ihm eine Art Sucht zu sein. War er denn selbst nie wirklich verliebt gewesen, auch nicht in Gretchens Schwester, die als so unwiderstehlich galt?
»Ich kann kein Mädchen mitnehmen«, sagte Colin. »Ich glaube, Gretchen würde das überhaupt nicht mögen.«
»Und wer ist dieses Gretchen?« fragte der Zigeuner. Seine Gereiztheit war verschwunden, und seine Stimme hatte die ursprüngliche Glätte wiedergewonnen.
»Nun – eben eins von unseren Mädchen.«
»Hübsch?« In Davies dunklen Augen, die einen ziemlich verdrießlichen Ausdruck angenommen hatten, als die beiden Männer auf die unglückliche Zorah zu sprechen kamen, flackerte wieder Interesse auf. Als Colin den Zigeuner ansah, fühlte er sich an einen Jagdhund erinnert, der eine Fährte wittert, oder doch wenigstens an Lieder über Jagdhunde, die eine Fährte wittern. In Ost-Oberkopfingen jagte nämlich niemand mit Hunden.
»Hmmm – geht so.« Zu spät erinnerte sich Colin daran, daß der Volksstamm der Kallanderry-Zigeuner seiner Beschreibung nach hellhäutig war und Gretchen beinahe ebenso dunkel war wie Davies Leute. »Sie verkörpert eigentlich den ganz normalen Zigeunertypus – wir – äh – haben sie adoptiert.«
»Hast du nicht gerade gesagt, daß sie mit dir herumreist?«
Colin schüttelte bedauernd den Kopf und sagte: »Sie ist wirklich ein sehr schüchternes Mädchen und wollte oben am Waldrand zurückbleiben – sie ist nicht gern unter Leuten.«

»Was – und will unsere sprichwörtliche Gastfreundschaft nicht annehmen?« Davie klopfte Colin auf die Schulter und nahm sich im Vorbeigehen ein Stück von dem gegrillten Lamm. »Nein, mein Freund, pardon – Vetter – wir müssen darauf bestehen, daß du sie in unser Lager herunterbringst. Es darf nicht heißen, eine der Unseren müßte allein kampieren, während wir hier ein gemeinsames Lagerfeuer und Musik und für alle reichlich zu essen haben – das wäre eine unverzeihliche Beleidigung!«
»Wirklich?« erwiderte Colin, der sich auf keinen Fall den örtlichen Gepflogenheiten widersetzen wollte. Er vermutete, Davie wußte das, und verließ sich darauf. »Donnerwetter, das ist wahre Zigeunerart!« erwiderte Colin schließlich, der sich in die Enge getrieben fühlte.
Mit einer überschwenglichen Handbewegung sagte Davie: »Aber gewiß doch!«
Colin wurde plötzlich nach vorne geschubst, als ein kleines, schwarzhaariges Wurfgeschoß seinen Rücken rammte. »Davie«, rief es, »Königin Xenobia will dich sofort sprechen!« Ein vollbusiges Zigeunermädchen befreite sich von Colin und zerrte Davie, der ihr bereits in Richtung des Lagerfeuers folgte, mit sich fort.
»Du mußt mich entschuldigen, Vetter, aber meine Mutter ist zurückgekehrt.«
»Ist ja schon gut, alter Junge. Ich geh nur mal eben zurück und – huh – mache Gretchen Dampf, daß sie sich sofort in Bewegung setzt und mit mir zum Lager zurückkehrt – und – du weißt schon – keinen Unsinn mehr.«
»Gut!« polterte der Zigeuner und grinste noch einmal strahlend, als er von dem Zigeunermädchen fortgezerrt wurde. Colin seufzte, als er sah, daß sich der Zigeuner nicht lange ziehen ließ, sondern schon sehr bald den Spieß umdrehte, indem er das Mädchen mit wenigen Schritten einholte und es um die Taille faßte. Colin schüttelte langsam den Kopf und ging zu der Stelle zurück, wo er sein Pferd zurückgelassen hatte.
»Pst, Blondie!« Als Colin den Tonfall hörte, meinte er zuerst,

Ching wäre ihm gefolgt und habe sich nun endlich dazu durchgerungen, mit ihm zu sprechen.
»Was?« fragte er und fuhr herum.
»Ja, du – komm hierher!« Hinter einem Wagen rief ihn das Mädchen, das geweint hatte und das Davie, der sowenig Schmeichelhaftes über sie gesagt hatte, als Zorah bezeichnet hatte, zu sich heran. Er fragte sich, was sie wohl unter dem Wagen machte. Da er sich einigermaßen dumm vorkam, schaute er zuerst über die Schulter, um sich zu vergewissern, daß ihn auch niemand beobachtete, bevor er sich hinhockte, um mit ihr zu sprechen. Aber niemand sah ihn, und auch wenn dem so gewesen wäre, hätte man wahrscheinlich nur vermutet, Colin würde Geschäfte machen.
Ihr Gesichtsausdruck war vielleicht ein wenig nervös, aber längst nicht mehr so aufgelöst wie beim ersten Mal. »Ja, gnädige Frau?« fragte Colin.
»Du gewinnst schnell Freunde, was, Blondie?« sagte sie.
»Wenn du Davie meinst, wir haben uns natürlich erst kennengelernt, aber...«
»Aber du magst ihn, weil er so ein netter Kerl ist, stimmt's?«
»Nun...«
»Natürlich. Jeder mag ihn und ich besonders.« Das Zigeunermädchen unterstrich ihre Worte mit einem wehmütigen Achselzukken, »aber du bist derjenige, der ihm helfen muß!«
»Ich – ihm helfen? Er macht eigentlich den Eindruck, als ob er ganz gut ohne mich zurecht käme!«
»Du verstehst nicht!«
»Nun, ich könnte kaum das Gegenteil behaupten. Jetzt verrat mir aber, warum mir so ein nettes Mädchen wie du hinter einem Wohnwagen auflauert?«
»Komm hier runter und setz dich neben mich, dann werde ich dir alles erklären, kleiner Geigenspieler.«
»Vielen Dank, aber ich hatte eigentlich Davie versprochen, daß ich...«
»Jetzt komm schon!«
Er kam.

IX

Colin, der bisher nur gesehen hatte, wie Gretchen kulinarische Leckerbissen hervorgezaubert hatte, wäre ein wenig schockiert gewesen, wenn er gesehen hätte, was sich seit seinem Weggehen auf der Wiese über dem Zigeunerlager abgespielt hatte.

Die mühsamste Arbeit war das Sammeln von Flechten zum Färben gewesen, aber mit Hilfe von Rotkopfs Messer und Gretchens Magie beanspruchte auch dies nur ein paar Minuten. Kräutersammeln war auf der Eisdrachenfeste nämlich ein durchaus angemessener Zeitvertreib. Als nächstes mußten die Baumflechten von den Steinflechten gesondert werden, um dann wiederum in verschiedene Gruppen eingeteilt zu werden, die dann verschiedene Farbtöne erzeugten. Zum Färben von Stoffen waren Steinflechten am besten geeignet, aber sie zu sammeln, war auch sehr mühsam.

Dann mußte Gretchen auch einen Topf zum Färben herstellen. Sie knetete ihn aus Lehm vom Ufer des kleinen Baches, der dafür sorgte, daß die Wiese grün blieb, und das Zigeunerlager mit frischem Wasser versorgte.

Nachdem sie den magisch gebrannten Tontopf auf ein magisches Feuer gestellt hatte, um die Pflanzenfarben mit ein bißchen Salz aufzukochen, begab sich Gretchen in den Wald, wo sie ihren weißen Unterrock auszog, den sie unter ihrem braunen Wollrock und Hemd trug. Demnächst müßte sie das Kratzen der Wolle mit einem Anti-Kratz-Zauber bannen, versprach sie sich, als sie wieder zu Pferd und Farbentopf zurückkehrte und ihren Zweitunterrock aus dem Gepäck holte. Sie ersann einen Zauber, bei dem sich das Gewebe wieder in einen Faden zurückverwandelte und auf ordentliche Garnknäuel aufwickelte. Dann war es für sie sehr einfach, mit einem Produktionszauber und einem Zauber für besonders feine Qualität, dem die Handspindel unterworfen wurde, die sie ebenfalls in ihrem Gepäck mit dabeihatte, das Garn, das sie aus ihrer Unterwäsche gewonnen hatte, zu einem viel feineren und natürlich auch wesentlich längeren Faden zu verspinnen.

Mit diesem Faden ging sie wieder zurück in den Wald und richtete sich mit Hilfe der Äste zweier dicht beisammenstehender Bäume einen Webstuhl ein. Dank ihrer Magie fing der Webstuhl von selbst an zu weben und wob aus der ehemaligen Unterwäsche ein spinnwebzartes weißes Tuch.
Gretchen hängte das Tuch über den Arm und trug es zurück zum Färbetopf. Sie schnitt ein Stück davon ab und tauchte die Probe in die Farbe. Das Tuch verfärbte sich saffrangelb, und Gretchen hielt es an sich an, um zu sehen, ob ihr die Farbe auch stand. »Was meinst du, Kater?« fragte sie Ching, der während ihrer Aktivitäten Zeit für ein kurzes Nickerchen gefunden hatte. »Wie steht mir Gelb? Macht es mich vielleicht ein bißchen blaß?«
Ching brummte, als er den etwas strengen Geruch der gekochten Flechten wahrnahm, aber es war nur zum Spaß, denn als Großmutter Graus Hausgeist war er in seinem Leben schon weit lästigeren Gerüchen ausgesetzt gewesen. »Was willst du denn um Gottes willen *damit* anfangen?« fragte er kopfschüttelnd.
Gretchen schnippte nach seinem Schwanz und lachte geheimnisvoll. Dann riß sie noch ein Stück vom Tuch ab und fügte dem Farbbad etwas aus ihrem Medizinbeutel hinzu. Der Stoffetzen, den sie nun herauszog, hatte die Farbe eines hellen Smaragds. »Ich mache mir ein Festkleid, liebes Kätzchen«, sagte sie schließlich. »Die Zigeuner haben offensichtlich was Größeres vor, und ich möchte dabei nicht armselig aussehen.«
»Was soll denn dieses ›liebes Kätzchen‹?« Ching vollführte mit seinem Schwanz eine Bewegung, die tiefste Mißbilligung ausdrückte, und trottete in Richtung Wald davon. »Ich werde wohl ein bißchen im Dreck buddeln müssen!«
Als der Kater wieder zurückkam, nähte Gretchen gerade die letzten Stiche an ihrem Kleid und hatte die Farbtöpfe ausgeleert. Mit Wasser und einer Wurzelseife, die ihre Großmutter unter erheblichen Kosten für Sir William ins Land geschmuggelt hatte, badete Gretchen und wusch sich das Haar.
»Huch, wenn du dir *dieses* Zeugs auf die Haut schmierst, Hexe, kriegst du vielleicht Fieber davon. Du weißt auch überhaupt

nichts! Warum hast du nicht deinen Trockenreinigungs-Zauber angewendet?« Chings Stimme klang beiläufig, aber wenn er nicht schon an die Grillen seiner eigentlichen Herrin gewöhnt gewesen wäre, hätte er sich über den Geisteszustand ihrer Enkeltochter ernsthafte Gedanken gemacht.

»Du kannst es mir glauben oder nicht, Kater, aber manchmal tut es einem eben gut, wenn man sich naß waschen kann – besonders an einem warmen Tag.« Sie zuckte mit der Achsel. »Bis jetzt bin ich allerdings noch nicht vor Hitze geschmolzen! Da fällt mir ein, daß ich nochmal in den Wald muß. Du bleibst aber solange hier und paßt auf das Pferd auf, und mache dich auf eine Überraschung gefaßt!«

»Bei dir wundert mich überhaupt nichts mehr«, brummte der Kater und schickte sich an, seinen makellos weißen Bauch zu säubern.

Ohne die dünne Halskette aus geflochtenem Haar, die auch noch größtenteils von den Haarlocken verdeckt war, hätte der Kater Gretchen nicht wiedererkannt. Selbst bei Bernsteinweins Hochzeit war sie viel zu sehr damit beschäftigt gewesen, hin und her zu flitzen und aufzupassen, daß auch alles richtig vorbereitet wurde, als daß sie sich allzusehr um ihr Äußeres gekümmert hätte. Ihre Haut, die nun vom Schmutz befreit war und sich sehr hübsch von dem weichen, farbenfrohen Tuch ihres neuen Kleides abhob, glänzte im verlöschenden Sonnenlicht wie frisch geprägte Kupfermünzen.

Das smaragdgrüne Oberteil war mit saffranfarbener Stickerei verziert und so weit ausgeschnitten, daß Gretchen der Mut verließ und sie schnell noch ein paar Stiche hinzufügte. Soweit sie in ihrem Zauberspiegel sehen konnte, war es ein sehr schmeichelhafter Schnitt, der ihren Hals länger, ihren Busen voller und ihre Backenknochen höher erscheinen ließ. In ihrem braunen Haar, das ihr im Rücken herabhing, tanzten granatrote Lichter, ihre Augen waren groß, ihr Blick anmutig und geheimnisvoll. Um ihrem Aussehen den letzten Schliff zu geben, steckte sie sich Blumen hinters Ohr, die sie frisch gepflückt hatte. Im Nacken steckte sie sich einen besonders geflochtenen Knoten und steckte zwei kleine Fläschchen aus ihrem Medizinbeutel hinein.

Den Beutel, das Halstuch, die wollenen Kleider, die Stiefel und vor allem das Geld wickelte sie in ihren Mantel und versteckte ihn in einem Loch in der Nähe des Baches. Hätte sie ihr ganzes Gepäck weggeräumt, würden potentielle Diebe merken, daß sie etwas versteckte, und würden dazu verlockt, danach zu suchen. Sie zögerte zuerst, ließ ihr Gepäck dann aber neben dem Pferd stehen.

»Ich muß schon sagen«, sagte der Kater schließlich, der die ganzen Vorbereitungen schweigend mit angesehen hatte, »dieses Mal hast du mich wirklich überrascht. Was willst du eigentlich in dieser Aufmachung anstellen?« Ching haßte es, den Eindruck zu erwecken, als ob er nicht über alles Bescheid wüßte, aber seine katzenhafte Neugier trieb ihn nun doch dazu, nachzufragen, zumal er Gretchen sonst nur in braunem Rock und Hemd oder einer nicht sehr einfallsreichen Variante davon gesehen hatte. Er hatte diesen Aufzug eigentlich immer als Teil von ihr gesehen, so wie sein Pelz Teil von ihm war.

»Ich habe einen Plan, alter Freund«, erwiderte Gretchen, »wir beide bekämpfen das Feuer mit Feuer. Wie ich mir habe sagen lassen, erreicht man mit einem angenehmen Äußeren mehr als mit Kratzbürstigkeit.«

»Es sieht so aus, als könntest du damit Erfolg haben«, sagte der Kater gähnend, leckte dann aber doch seine Pfote, um damit seine Barthaare zu säubern, schließlich wollte er ja nicht hinter Gretchen zurückstehen und ebenfalls adrett auf dem Fest erscheinen.

»Glaubst du nicht, deine Großmutter hätte es gerne, wenn du deinen Ausschnitt mit ein paar Stichen noch etwas verkleinern würdest?«

»Jetzt hör mal gut zu, Kater, wer füttert dich eigentlich auf dieser Reise, meine Großmutter oder ich?«

Ching blieb die Antwort schuldig und fragte statt dessen: »Habe ich dir schon gesagt, wie hübsch du aussiehst und wie gut du riechst...?«

»Vielen Dank«, sagte Gretchen, die sich so sehr über das Kompliment freute, als hätte sie es nicht erzwungen. »Ich habe ein bißchen von dem Parfüm genommen, das meine Großmutter für einige der vornehmen Damen bei Goldies Hochzeit gemacht hat –

ein bißchen davon hinter die Ohren – und das ist schon das ganze Kunststück.«
»Das Zeug funktioniert wirklich prima«, gab der Kater zu, »mich wundert eigentlich nur, daß es sich nicht besser verkauft hat. Vielleicht, wenn sie ihm außer Großmutter Graus Weltschmerz-Balsam noch einen anderen Namen gegeben hätte – ich habe ihr ›Hitze‹ vorgeschlagen, aber sie hat mich daraufhin nur einen Katzen-Chauvinisten geschimpft!«
»Nun, falls jemand, der es nicht riechen soll, mein Parfüm riecht, habe ich vorsichtshalber eine Phiole mit dem Gegenmittel im Haar versteckt und noch ein Fläschchen mit den Liebestropfen, falls das Parfüm verfliegt.«
»Was hast du denn vor?« miaute Ching in den süßesten Tönen. Etwas sagte ihm, daß er in seiner Eigenschaft als moralischer Hüter gefordert würde.
»Du wirst schon sehen«, sagte sie und wandte sich zum Gehen, das weiche, kühle Gras streifte ihre Füße und die bunten Röcke schwangen bei ihren Bewegungen.
Ching sprang auf, dehnte sich und setzte ihr nach. »Und ich dachte immer, ich sei der Undurchsichtige in diesem Team!«

»*Deswegen* mußt du ihm auch helfen«, schloß Zorah und wischte sich die letzte der in der vergangenen halben Stunde reichlich geflossenen Tränen mit Colins bestem Taschentuch ab.
»Aber warum ausgerechnet ich?« fragte Colin. »Ich kenne ihn doch kaum« – und ich habe auch keinen Grund, das, was ich über ihn weiß, gut zu finden, fügte er in Gedanken hinzu.
»Ich weiß, daß du ein freundlicher Mann bist und nicht unter den Einfluß Xenobias geraten wirst.«
»Aber ich habe dir doch schon gesagt, daß ich auch ein Zigeuner bin, verstehst du...«
»Gelt, Kallanderry? Pfff!«
»Ach so, nun, ich werde die Angelegenheit mit meinem Freund besprechen...« Colin verlor vorübergehend den Faden, als ein Vogelschwarm über sie hinwegflog. Wo hatte er diesen ganz be-

stimmten Schrei schon einmal gehört? Ach so, es waren Schwäne... Als die Vögel vorüber waren, konnte er die ersten Akkorde einer Gitarrenmelodie hören, die vom Kreis um das Lagerfeuer herüberdrangen. Zorah raffte eilig ihre Röcke und kroch unter dem Wagen hervor. »Ich muß jetzt gehen«, sagte sie, »die Vorstellung fängt bald an, und ich muß mein Pferd fertigmachen. Hilf uns, bitte, du bist unsere letzte Hoffnung.«

»Das muß ich mir noch durch den Kopf gehen lassen«, sagte er vorsichtig und kroch unter dem Wagen hervor. Weil er dabei weniger vorsichtig vorging, schlug er sich den Kopf und mußte seine Hosen vom Pferdemist reinigen.

Colin wurde nun auf ein Geräusch aufmerksam, das weniger angenehm klang als die Gitarrenmelodie. Es rührte von den vielen Nicht-Zigeunern her, die sich durch Gesichtsfarbe und Art ihrer Kleider von den Zigeunern unterschieden und sich nun in großer Zahl auf dem Lagergelände tummelten. Viele von ihnen hatten sich auf der anderen Seite des Lagerfeuers versammelt.

Aus dieser Gruppe drang Gebrüll, Knurren, höhnisches Johlen und Geschrei herüber. Als Colin der Sache nachging, fand er heraus, daß dort eine Bärenhetze im Gang war. Er konnte sich natürlich auch getäuscht haben und es konnte umgekehrt der Fall sein, aber es schien ihm, als ob Knurren und Gebrüll von jenem Bär herrührten und das Schreien und Gejohle von der Menge aus Zigeunern und Nicht-Zigeunern, die das Tier mit Spott überhäuften. Der Bär war eine der Hauptattraktionen und sollte »tanzen«. Zu diesem Zeitpunkt war er allerdings nur gereizt. Colin fragte sich, warum der Dompteur des Tieres es zuließ, daß es so mißhandelt wurde, denn ein gereizter Bär war kein Tanzpartner, den er sich wünschen würde, und nach allem, was er gehört hatte, gingen die Zigeuner mit ihren Tieren sehr gut um.

Colin dachte, daß man es dem Tier unter diesen Umständen kaum übelnehmen konnte, wenn es im Laufe des Abends den einen oder anderen beißen würde, solange es ihn nicht träfe.

Er ging umher und suchte Davie, denn er mußte sich ja entschuldigen, daß er Gretchen nun doch nicht mitgebracht hatte. Nach

Zorahs Enthüllungen war es eher gefährlich als hilfreich, wenn er selbst sich dort aufhielt.
Das Beste, was sie tun könnten, wäre, sich auf eine möglichst elegante Art aus dem Lager zu entfernen und nach Küniginstadt weiterzuziehen, wo sie vielleicht herausfinden könnten, wohin der Händler Frau Bernsteinwein gebracht hatte. Dann könnten sie ja Gretchens Schwester dort abholen und zur Eisdrachenfeste zurückbringen.
»Wollen Sie, daß ich Ihnen die Zukunft voraussage?« Die Frau in Scharlachrot, die beobachtet hatte, wie der Kleine Colins Pferd wegführte, trat nun aus dem Schatten des Wohnwagens hervor. Colin, der in Gedanken vertieft war, sprang vor Schreck zur Seite. Ohne auf eine Antwort zu warten, kam die Zigeunerin heran und packte ihn beim Handgelenk, jener Hand, die nicht damit beschäftigt war, die Geige zu halten. »Sie haben eine ziemlich ungewöhnliche Hand...«, fing sie an.
»Hmm – wissen Sie, ich habe erst vor kurzem eine Vertreterin Ihrer Zunft befragt...«, sagte Colin und entzog ihr seine Hand.
»Oh?« fragte die Zigeunerin und starrte ihre eigene, mit Henna bemalte Handfläche an. Colin sah nun auch, daß sie unter dem rechten Auge eine winzige Tätowierung hatte. »Hat sie Ihnen auch gesagt, daß Ihr Pferd auf dem besten Weg ist, zum Hauptgang für das Fest heute abend zu werden?«
Verzweifelt sah sich Colin nach seinem Pferd um, vielmehr nach dem Pferd, das ihm Rotkopf geliehen hatte, ganz offensichtlich war es nicht unter den Pferden der anderen Gäste. »Nein, gnädige Frau – wissen Sie vielleicht, wo mein Pferd ist?« erwiderte er.
»Also, wirklich, mein Herr, ich kann meine Dienste nicht so einfach *verschenken*, auch wenn Sie noch so hübsch sind!« sagte sie, ließ ihren roten Rock noch ein wenig schwingen und sah ihn durchdringend an.
Colin suchte in seinem Geldbeutel und gab ihr zu viele Münzen als Trinkgeld, die sie alle in ihrem Kleid verschwinden ließ. »Und dabei kam mir der Junge so verläßlich vor«, klagte Colin.
Die Frau entblößte eine solche Reihe großer weißer Zähne, daß

Colin beinahe befürchtete, sie wolle ihn beißen. »Er ist wirklich verläßlich – aber ich nicht. Sehen Sie, dadurch, daß Sie mich Ihre Zukunft voraussagen ließen, haben Sie Ihr Schicksal abgewendet! Jetzt ist Ihr Pferd wieder wohlauf – und steht angepflockt hinter meinem Wagen, wo Mateo es hingebracht hat.«
»Oh!« brachte er nur heraus.
»Sind Sie nun böse?« fragte sie und grinste ihn dabei unverschämt an.
»Nicht besonders, wenn das Pferd wohlauf ist. Ich bin sogar ziemlich erleichtert. Sehen Sie, das Pferd gehört mir nämlich gar nicht, und es wäre mir zuwider, wenn ich für sein Verschwinden Rede und Antwort stehen müßte.«
»Xenobia meinte, Sie würden vielleicht wütend.«
»Wie bitte, das ist ja wirklich ein ziemlich merkwürdiges Gespräch, finden Sie nicht auch?« erwiderte Colin.
Die Zigeunerin tat so, als ob sie seine letzte Bemerkung überhaupt nicht gehört hätte, und fing wieder an, ihre Röcke um die Beine zu wirbeln, was eine ihrer Lieblingsbeschäftigungen zu sein schien, und sagte dann: »Xenobia meinte, die Besucher würden wütend, wenn wir sie übers Ohr hauen.«
Kichernd antwortete Colin: »Ja, ich kann mir denken, auf welchen Menschentypus dies zutrifft.« Er wich zurück, schaute aber dieses Mal gelegentlich hinter sich, um sicher zu sein, daß er nicht zufällig gegen jemanden oder etwas stieß, was ihn aus dem Gleichgewicht bringen würde. Bevor er den Ort endgültig verließ, warf er noch einen schnellen Blick unter den Wagen, wo er auch wirklich die weißen Stiefel und die in aller Seelenruhe Gras kauende Schnauze seines Pferdes entdeckte.
»Hoppla!« sagte die Zigeunerin, als sie Colin auf ihrem Weg zum Lagerfeuer, wo sie offensichtlich noch lohnendere Geschäfte tätigen wollte, rücksichtslos anrempelte. Colin fand es schwierig, sie zu verstehen, sie schien der Ansicht, sein Geld sei kein adäquater Ersatz für den Streit, den sie erwartet hatte.
Trotzdem folgte Colin der Frau in dem volantbesetzten roten Rock, die durch die unsteten Schatten des Feuers in sehr aufrech-

ter Haltung vor ihm einherschritt. Die Nacht, eine Vollmondnacht, war ziemlich schnell hereingebrochen. Colin nahm den Platz ein, den ihm Davie mit einer schwungvollen Handbewegung zuwies, und hoffte, daß der Vollmond sie nicht mit seinen üblichen Tricks dazu verzaubern würde, sich grotesk aufzuführen und die Dinge zu komplizieren. Sogar Zauber, die Glück bringen sollten, versagten häufig in dieser Mondphase.

Gemessen an den Maßstäben der Spielleute und der gehobeneren städtischen Unterhaltung waren die Darbietungen im Zigeunerlager ziemlich ärmlich, aber die Anwesenheit der Leute aus dem Dorf bewies, daß die Unterhaltung in ihrem Dorf noch schlechter sein mußte oder es überhaupt keine gab. Als Auftakt zu den Glanznummern machte die Frau, die Colin angesprochen hatte und von Davie als »Runya, die Allessehende«, eingeführt wurde, bei den Bauern, Dienstboten, Händlern und Handwerkern die Runde und speiste sie mit Standardsätzen ab wie: »Aha, in Ihrem hübschen Gesicht sehe ich Glück, mein Herr« und »Sie werden noch lange daran denken, was Ihnen die Zigeunerin heute erzählt, alter Freund!« Der krönende Abschluß ihrer Darbietung war, als sie dem Bürgermeister und dem obersten Diener des Schlosses in aller Öffentlichkeit aus der Hand las. Was sie aus den aufgeschwemmten Handflächen ihrer beiden Opfer herauslas, war so grotesk schmeichelhaft und bis obenhin angefüllt mit Reichtümern, Liebe, Macht und Ruhm, daß die Gemeinten vor Freude förmlich rot wurden, während sich die übrigen Zuschauer vor Lachen bogen.

Die Bärenhetze ging weiter, nur wurde sie jetzt als Tanz ausgegeben. In diesem Abschnitt der Vorstellung konzentrierte sich Colin auf eine Folge von Akkorden, die sich nach seiner Ansicht gut mit der Zigeunermusik vereinbaren ließ.

Zorahs Kunstreiten hob die Qualität der Unterhaltung etwas. Ein Raunen ging durch die Menge: »Wo hatte sich das Mädchen nur solche Fertigkeiten erworben? Wem gehörte das prachtvolle Pferd oder vielmehr, wem hatte sie es wohl gestohlen? Und war das nicht ein ziemlicher Trick, daß sie keine langen Hosen anhatte und das

Röckchen ihr über den Kopf flog, wenn sie auf dem Pferd Purzelbäume schlug...?« Wie dem auch sei – die Entfaltung von soviel Geschick erntete bis zu diesem Zeitpunkt von allen Darbietungen den meisten Applaus.

Die Musikanten spielten dann abwechselnd Zigeunerweisen und Volkslieder, das Tempo wurde immer schneller, das Kreischen der Geigen und das synkopische Schlagen der Handtrommeln waren die Vorboten immer wilderer Bewegungen der Mädchen, die um das Lagerfeuer tanzten. Nicht alle Zigeunermädchen, und sogar die wenigsten, waren Schönheiten, aber alle ihre Mängel wurden von den Männern, die sie mit Münzen überhäuften, ganz einfach übersehen. Colin hielt sie nicht mal für sehr gute Tänzerinnen.

Soweit er sich an seinen Kursus in Zigeunerkultur erinnern konnte, den er zur Vervollständigung seiner musikalischen Erziehung besucht hatte, waren die Zigeuner durch das ständige Herumreisen dazu gezwungen, ihrem Leben wenigstens den Anschein einer Ordnung zu geben, was natürlich harte Arbeit erforderte und wenig Zeit übrigließ für das Tanzen, das man gemeinhin neben dem Stehlen als die Hauptbeschäftigung der Zigeuner ansieht. Viel getanzt wurde offensichtlich nur bei ihren Festveranstaltungen, auf Jahrmärkten und immer dann, wenn sie nahe genug an einen Ort herangelassen wurden, um mit den Bewohnern in Berührung zu kommen.

Was den Tänzerinnen an Schönheit und Können abging, machten sie durch anzügliche Gesten und Begeisterung wett. Colin merkte, daß seine Hände langsam wund wurden, mit den komplexen Rhythmen der Zigeunermusik im Takt zu klatschen. Als er seinen Geldbeutel aus der Tasche zog, um den Mädchen ebenfalls ein paar Münzen zuzuwerfen, mußte er feststellen, daß sich vor ihm bereits ein anderer daraus bedient hatte. Er hoffte, Gretchens Geld würde für den Rest der Reise ausreichen. Schließlich war Goldie ja ihre Schwester.

Als die Zigeuner zum letzten Tanz aufspielten, schnappten sich die Zigeunerinnen einige der Gäste, um mit ihnen zu tanzen. Diese versuchten, ziemlich ungeschickt, die Tanzschritte der Zigeunerinnen nachzuahmen. Als die letzten Töne verklungen waren, nahmen die Mädchen neben ihren Tanzpartnern Platz. Colin war überzeugt, daß sie ihnen nun noch ihr restliches Geld aus der Tasche ziehen würden.

Die Musikanten spielten nun wieder Volkslieder, und das eine oder andere Mal übernahm Colin ein Solo. Es war Davie, der schließlich das Lied von sich und Frau Eberesch ankündigte, da er sich durch die ganze Affäre offensichtlich sehr geschmeichelt fühlte.

Sie waren gerade bei der zweiten Strophe, als ein Betrunkener mitten in den Gesang hineinbrüllte: »He, Zigeuner! Wie war das doch gleich? Was ist denn aus Ihro Hochwohlgeboren, der guten Frau geworden?«

Davie brachte die Saiten seiner Gitarre mit der Hand zum Verstummen, und auch die anderen Musikanten hörten plötzlich auf zu spielen. Davie zögerte und rieb sich nachdenklich das Kinn, anscheinend wägte er die Frage sorgfältig ab, bevor er antwortete: »Also wißt ihr, Jungs, Frau Goldie war wirklich ein sehr hübsches Mädchen, aber eben nichts gegen unsere kleinen Verführerinnen hier. Das leuchtet euch wahrscheinlich ein, wie?« Als er dies sagte, nahm er zur Bekräftigung das Mädchen, das neben ihm saß, in den Arm. Es war dieselbe, die ihm am frühen Abend die Botschaft von seiner Mutter überbracht hatte. »Also wirklich, Freunde, sie war überaus charmant, aber wir konnten sie eben nicht ewig hierbehalten. Meine Mutter mußte sie schließlich hinauswerfen. Ihr wißt schon, sie hat auch gestohlen...« Mit dieser sarkastischen Bemerkung erntete Davie beim Publikum schallendes Gelächter. Colin fühlte sich angewidert, und nur der Umstand, daß ihm jemand im letzten Moment auf die Schulter klopfte und etwas ins Ohr zischte, konnte ihn davor zurückhalten, etwas sehr Ungehöriges zu sagen.

»Kannst du sie dazu bringen, daß sie mir aufspielen?« Es war Gretchen, die diese Frage stellte und sich – ohne daß es jemand bemerkt hätte – im Schutz der Dunkelheit hinter Colin niederkauerte.

»Klar«, sagte er, denn es war ihm so sehr daran gelegen, von Davies Prahlerei abzulenken, daß er ganz vergaß, Gretchen zu fragen, wie sie überhaupt hierhergekommen sei.
»Etwas Schnelles, das in der Mitte langsam und zum Schluß wieder schnell wird«, sagte Gretchen.
Colin nahm seinen Bogen, klemmte die Geige unters Kinn und zögerte dann nur noch einen Augenblick, ehe er mit der Einleitung zu einem der klassischen Zigeunertänze begann. Die anderen Musikanten schienen ebenfalls froh zu sein, daß sie weiterspielen konnten und nicht mehr über Davies Liebesleben diskutieren mußten, und fielen rasch ein. Die Handtrommel bildete den rhythmischen Kontrapunkt zu den klagenden und ineinander verwobenen Harmonien der beiden Geigen und Davies Gitarre.
Wie sich's Gretchen gewünscht hatte, spielten sie am Anfang schnell, und sie benutzte die Gelegenheit, um tanzend aus ihrem Versteck herauszukommen und vors Feuer hinzutreten – ein smaragdgrüner und goldener Derwisch, der unter einem blaßgelben Mond ständig neue, sich verselbständigende Schatten warf.
Es war das erste Mal, seit er Gretchen kannte, daß Colin so richtig von ihr beeindruckt war, und er begriff nun, daß sie wirklich eine Hexe war. So unbestreitbar wie er von Großmutter Grau in einen Vogel verwandelt worden war, hatte sich Gretchens äußere Erscheinung von der eines einfachen Küchenmädchens in die einer ernstzunehmenden Verführerin verwandelt.
Einen Augenblick lang versuchte sie, den gemessenen Rhythmus der Musik mit kessen Hüftbewegungen und Fingerschnalzen zu unterstreichen, offensichtlich machte es ihr nichts aus, daß sie nicht wie die übrigen Zigeunerinnen silberne Kastagnetten hatte, denn sie benutzte ja ihre Hände und ihren Körper als Instrument. Colin kam zu dem Schluß, daß sie eben doch eine musikalische Begabung hatte. Als sie im Kreis herumwirbelte, kamen die Blumen in ihrem durcheinandergeschüttelten Haar zum Vorschein und verschwanden wieder. Ihre schweißglänzende Haut erweckte nicht die Vorstellung von Satin, wie man sie gemeinhin von vornehmen Damen hatte, sondern von poliertem Metall. Gretchens

Busen hob und senkte sich im Takt der Trommelschläge, während sie mit dem Bauch Schlangenbewegungen vollführte. Ihre Beine wirbelten im Tanz und wirkten im Kreis um das Lagerfeuer ihr eigenes Muster.
Als die Musik langsamer wurde und einen fast düsteren Charakter annahm, ging Gretchen dazu über, mit ihren Armen die gleichen wellenförmigen Bewegungen zu vollziehen wie mit ihrem Körper. Colin fühlte sich an eine sich wohlig streckende Katze erinnert, oder er redete es sich möglicherweise ein, weil er gerne geglaubt hätte, daß es sich nur um die Darstellung einer Katze oder Schlange oder um die Nachahmung der Tanzschritte handelte, die die Zigeunerinnnen bei ihrem Volkstanz benutzt hatten. Colin hielt sich bei seinem Spiel an die Reihenfolge, die sie von ihm erbeten hatte, und führte die anderen mit seinem Instrument, aber es bereitete ihm Schwierigkeiten, seine Aufmerksamkeit von den beunruhigenden Aktionen seiner Freundin abzuwenden.
Was ihn am meisten ärgerte, waren nicht die Possen, die sie mit ihrem Körper vollführte, sondern wie sich ihr Blick mit dem Davies kreuzte und ihn festhielt, als sie eine Drehung ausführte. Dabei bog sie den Oberkörper zurück, um den Blickkontakt mit Davie zu halten, aber als sie die Drehung vollendet hatte, wandte sie die Augen schlauerweise von ihm ab. Die Andeutung eines Lächelns spielte um ihre Lippen, die voller und röter zu sein schienen, als Colin sie in Erinnerung hatte, aber vielleicht spielte ihm auch der Vollmond einen Streich.
Offensichtlich war Davie von Gretchens Auftritt ebenso fasziniert wie alle anderen. Der Zigeuner beobachtete sie mit einer besitzergreifenden Gier, dachte jedoch gar nicht daran, aufzuhören, das Mädchen neben sich zu streicheln.
Gretchen paßte sich dem schneller werdenden Rhythmus an und tanzte mit weitausholenden Schritten, mit wiegenden Hüften hielt sie den Takt, schnalzte nun wieder mit den Fingern und bewegte ihren Oberkörper mit kurzen, ruckartigen Bewegungen. Auch der Kontakt zu Davie hatte sich geändert – sie schenkte dem Zigeuner nur noch ein gelegentliches Lächeln, glitt dann weiter,

um einem anderen Zuschauer aus der Menge ein herzhaftes, stummes Lachen zu schenken. Es war schwer zu sagen, wer wen hypnotisierte, aber Colin begann es zu dämmern, als er sah, wie Davies raubvogelartige Aufmerksamkeit immer dann in Irritation umschlug, wenn Gretchen einem anderen ihre Gunst schenkte.

Mit einem Trommelwirbel endete die Musik, und Gretchen sank nach einer anmutigen Pirouette mit ausgebreiteten Armen und nach oben gewendeten Handflächen auf die Knie. Die Münzen, die den Zuschauern von den Taschendieben gelassen worden waren, prasselten auf Gretchen nieder. Die Gäste und die Zigeuner spendeten ihr stürmischen Applaus.

Colin mußte sich sehr anstrengen, um ein Gefühl des Verrats niederzukämpfen. Obwohl dies sicherlich eine interessante Seite von Gretchens Persönlichkeit war, hatte er doch mehr Vertrauen in die Seite, die er zu kennen glaubte. Wenn seine Mutmaßungen zutrafen, dann war ihr jetziger Plan noch verrückter als der, dessentwegen sie beinahe im Forellenfluß ertrunken wären. Er mußte so schnell wie möglich zu ihr, um ihr zu sagen, warum ihr vermutlicher Plan sinnlos war.

Sein Vorhaben wurde zunichte gemacht, als Davie das Mädchen, das sich während des Tanzes an ihn gelehnt hatte, zurückstieß, sich mit katzenhafter Behendigkeit erhob und Gretchen die Hände zum Aufstehen reichte.

Gretchen lächelte, nahm sein höfliches Angebot an und erhob sich mit seiner Hilfe.

Auf seine tolpatschige Art schritt Colin zur Tat und rannte zu dem Paar hinüber, das den Eindruck erweckte, als ob es gleich im Gebüsch verschwinden wollte. »Ach, Magdalena, meine Teure«, sagte Colin, »nun bist du also doch noch gekommen!« Er überlegte sich, ob er ihr auch noch freundschaftlich auf die Schulter klopfen sollte, aber entschied sich dann doch dagegen und fuhr fort: »Davie, dies ist meine Freundin Gretchen, von der ich dir schon erzählt habe.«

Davie wandte den Blick nicht von Gretchen, als er antwortete: »Ach ja, natürlich, das muß die Schüchterne sein!«

Colins Lachen war ziemlich unsicher, als er ein Ende des Gesprächs verhindern wollte.

»O ja, das ist sie im Grunde genommen auch, hab ich recht, Gretchen? – Aber andererseits ist sie eben auch eine vortreffliche Schauspielerin.«

»Ja, sieht ganz so aus«, sagte eine Frau, die aus der sich zerstreuenden Menge auftauchte. Es war Xenobia, die Frau, die sie in der Kristallkugel gesehen hatten, mit dem Unterschied, daß ihr Haar nun von einem grellroten Tuch ordentlich zusammengehalten wurde. Das Kopftuch war mit den gleichen Münzen besetzt, die auch ihren Hals und ihre Ohren schmückten. Die Münzen kamen aus so vielen verschiedenen Ländern und gehörten so vielen verschiedenen Währungen an, daß Colin dachte, man könnte sie auch für den Kronschatz eines Königreiches halten.

Mit einem sehr unguten Gefühl nahm Colin Gretchens Gesichtsausdruck wahr, als sie das grüne Seidenkleid ihrer Schwester erkannte, in das die Zigeunerin ihren unförmigen Körper gezwungen hatte. Da die grüne Seide ihren Körper jedoch nicht ganz bedeckte, hatte die Frau einen Rock mit orangegelben und violetten Volants darüber gezogen.

Obwohl bekannt ist, daß sich die Bosheit einer Person mit zunehmendem Alter in ihrem Gesicht niederschlägt, hatte Xenobia kaum Falten, und ihre gerade und hochmütige Nase war keineswegs besonders auffallend. Genaugenommen trug sie sogar noch Spuren vergangener Schönheit, deren Wirkung aber durch die geschmacklose Kleidung und ihren harten Gesichtsausdruck verdorben wurde.

»Mutter«, sagte Davie heiter, »dies ist mein Freund, Colin, von dem ich dir schon heute nachmittag erzählt habe, und dies...«

»Ja«, antwortete Xenobia kurz angebunden. »Mein Sohn, ich möchte mit dir reden. Komm zu meinem Wagen. Ich habe nämlich ein Problem, bei dem du mir helfen mußt.«

»Natürlich«, erwiderte Davie, der durch die Unterbrechung sichtlich verärgert war, »ich komme gleich.«

»Jetzt«, sagte Xenobia kurz.

Davie zuckte bedauernd mit der Achsel, lächelte Gretchen an und sagte: »Dann eben jetzt!« Er wiederholte den Befehl seiner Mutter mit einem Anflug von Resignation und fuhr dabei mit dem Finger über Gretchens Arm. »Du gehst aber nicht weg, he?« sagte er zu ihr und folgte seiner Mutter.

»Huh«, sagte Colin, »das war aber knapp!«

»Ja, ich hatte ihn schon beinahe soweit«, schnauzte Gretchen ihn an, »Colin, warum mußtest du dich einmischen?«

»Du hättest dich sehen sollen!« sagte er sehr viel heftiger, als er geplant hatte. Es ging ihm durch den Sinn, daß er vielleicht besserwisserisch erscheinen mochte. »Was ich damit meine – gut, du hast wunderschön ausgesehen, aber wo hast du so zu tanzen gelernt? Doch sicher nicht bei deiner Großmutter, oder?«

»Zufällig aber doch«, erwiderte sie aufgebracht, »es ist Teil der Zeremonie, mit der junge Hexen in den Kreis der Erwachsenen aufgenommen werden. Übrigens wiederholen wir den Tanz jedes Jahr bei unserem Hexensabbat. Merk dir das!«

»Wenn es die jungen Hexen genauso machen wie du, dann werden sie vermutlich sehr schnell erwachsen!«

»Es ist eine schöne und bedeutungsvolle Zeremonie. Du sollst ruhig wissen...« wollte die Hexe gerade fortfahren, als sie aber von Ching unterbrochen wurde, der sich zwischen ihren Beinen hindurchzwängte.

»Es kommt mir so vor, als sei dieser dumme Spielmann mehr um deine Tugend besorgt als ich, und ich bin dein Beschützer. Es wäre also besser, wenn du uns sagen würdest, was du eigentlich vorhast, kleine Hexe.«

»Also, gut«, sagte sie zu Ching und wandte sich mit übertriebener Geduld an Colin. »Ich wollte ihn in mich verliebt machen, dann könnte ich ihm nämlich eine Abfuhr erteilen und seinen anderen Eroberungen hier im Lager ein wenig von meinem Anti-Liebestrank kredenzen und ihn dann auf Gedeih und Verderb ihrer Gnade ausliefern. Gemessen an dem, was er Goldie angetan hat, ist das eine verhältnismäßig milde Rache.«

»Ich glaube, ihm wird's reichen«, gab Colin zu.

»Du glaubst also, daß er ...?« fragte Gretchen.

»Was?«

»Daß er sich in mich verliebt hat.«

»Nein, er ist höchstens scharf auf dich.«

Sie war zutiefst beleidigt. »Wie sollst du das auch beurteilen – ist es denn so unmöglich?«

»Jetzt schmolle nur nicht, Gretchen. Natürlich wäre es normalerweise möglich. Es würde mich zum Beispiel auch gar nicht wundern, wenn dir das ganze Publikum wie eine Schar junger Hunde nachliefe. Aber in Davies Fall ist es einfach unmöglich – der Kerl kann sein Herz nicht verlieren, weil er nämlich gar keins hat.«

»Entschuldige, aber könntest du das vielleicht nochmals wiederholen?«

»Ich habe gesagt, daß er gar kein Herz hat. Eine, die sich in ihn verliebt hat, als er noch ein Kind war, ist so sehr von dem jetzigen Davie enttäuscht worden, daß sie mich dazu überreden wollte, mit ihr etwas dagegen zu tun, so daß sie Davie zu seinem früheren und vollkommeneren Selbst zurückführen kann. Sie hat mir die ganze Geschichte erzählt.«

»Und wie lautet die?«

»Davies Mutter hat sein Herz entfernen lassen, als er in die Pubertät kam.« Colin wollte gerade weitererzählen, als Xenobia und Davie zurückkamen.

Xenobia lächelte und sagte in süßlichem Ton: »Hier wären wir wieder, es hat nicht lange gedauert, nicht wahr? Ich nehme an, ihr werdet bei uns übernachten?« Gretchen stellte nun fest, daß das Zischen in Xenobias Stimme, das sie so beeindruckt hatte, als sie sie in der Kristallkugel gesehen hatte, in Wirklichkeit nur ein Lispeln war. Aber irgendwie wirkte das Lispeln sogar noch unangenehmer als das Zischen.

Unbekümmert um das Auftreten der Zigeunerin, sagte nun Colin: »Eigentlich müssen wir weiter. In ein, zwei Tagen wird in Queenston ein Jahrmarkt abgehalten, bei dem wir auftreten müssen.«

»Seltsam«, sagte Xenobia, die immer noch lächelte, »aber ich habe gar nichts davon gehört. Jedenfalls können wir euch bei Nacht doch nicht weiterreisen lassen. Was meinst du dazu, Sohn?«

»Nein, wirklich nicht«, sagte Davie und umfaßte dabei Gretchens Taille – eine Umarmung, die nach außen hin zärtlich wirkte, die Gretchen aber als schmerzvoll empfand. »Ich mache die Choreographie bei unseren Tänzen und möchte dich bitten, mir ein paar deiner schönen Tanzschritte beizubringen, verstehst du, Liebes?«

Eigentlich war es doch gar nicht notwendig, dieses entsetzliche Katz-und-Maus-Spiel zu spielen, dachte Colin entrüstet. Schließlich erklärten die schattenhaften Gesichter, von denen sie umringt waren, und die gelegentlichen Reflexe des Mondlichts auf Metall, die schemenhaft hinter Xenobia und Davie sichtbar wurden, warum ihm Schauer über den Rücken liefen.

»Natürlich werde ich Ihnen die Schritte zeigen, großer Zigeunerfürst«, erwiderte Gretchen, und Colin drehte sich dabei beinahe der Magen um. »Aber, großer Fürst, wenn ich bitten darf, unter Ausschluß der Öffentlichkeit, Sie wissen doch, wie scheu ich bin.«

Er lachte – nach Colins Meinung ein ziemlich schmutziges Lachen – und führte Gretchen in den Wald.

»Hier!« rief ihm seine Mutter nach, die sich offensichtlich nicht damit zufriedengeben wollte, daß es sich nur um eine harmlose Verführungsszene handelte, und warf ihm einen Lederriemen nach, den sie in den Falten ihres grellfarbenen Rockes versteckt hatte. »Binde sie damit fest, wenn du mit ihr fertig bist, denn von alleine läßt sie dich nicht in Ruhe!«

»Wer sagt denn, daß ich meine Ruhe haben will«, sagte der Zigeuner grinsend und bleckte seine Zähne, die im Mondschein aufleuchteten. Der Schmuck klirrte auf seiner nackten Brust, als er einen Sprung machte, um den Riemen mit der einen Hand aufzufangen, mit der anderen hielt er Gretchen fest umschlungen. Der Lederriemen zerstörte alle Illusionen, die Gretchen bezüglich eines planmäßigen Ablaufs noch gehabt haben mochte, denn sie schrie entrüstet auf, als der Zigeuner wieder versuchte, sie gewaltsam in den Wald zu treiben. Colin wünschte sich sehn-

lichst Herrn Ebereschs zweitbestes Familienschwert, auch wenn er mit der Waffe nicht richtig umgehen konnte, denn damit sähe er doch wenigstens bedrohlich genug aus, um diesem weiblichen Ungeheuer Furcht einzujagen.
»Was dich anbetrifft, mein munterer Spielmann«, sagte Xenobia süßlich, »so werden wir mit dir wahrscheinlich nicht so leicht fertig wie mit dem Mädchen.«
»Was du nicht sagst!« murmelte Colin leise vor sich hin und sagte dann deutlicher: »Warum behandelt ihr uns eigentlich so? Ihr Sohn hat mit eurer berühmten Gastfreundschaft geprahlt. Behandelt man so seine entfernten Verwandten?«
»*Meine* Verwandten?« Xenobia zischte nun wirklich wieder. »Du willst *mein* Verwandter sein? Dann sag etwas zu mir in der geheimen Sprache meines Volkes, Verwandter!« Dabei faßte sie ihn so grob unters Kinn, daß ihm Tränen in die Augen schossen. »Dann sing mir doch eine Klage in der alten Sprache!« fuhr die alte Zigeunerin fort, »nein? – Das habe ich mir gedacht!« Dann wandte sie sich den schattenhaften Gestalten zu, die hinter ihr standen: »Mateo, mein Junge, zeige diesem falschen Zigeuner, was du auf seinem Pferd gefunden hast!«
Triumphierend schleppte der Zigeunerjunge das zweitbeste Schwert der Ebereschs mit dem Familienwappen herbei.
»Dieses Schwert ist, wie mir gesagt wurde, das Eigentum des Feindes eines mächtigen Zauberers, der ein Freund meines Volkes ist. Wie kommt es, daß ausgerechnet du es besitzt, der sich als edler Zigeuner ausgibt?«
»Ich habe es gestohlen.«
Sie schüttelte den Kopf. »Nein, das stimmt nicht, und außerdem gibt es nirgends auf der Welt Zigeuner, die aussehen wie du, wie auch mein Sohn sehr wohl weiß. Er mochte nur deinen Gesang und dein Violinspiel und dachte wahrscheinlich: ›Ach ja, der ist wohl ziemlich harmos‹ – und dann haben wir dies gefunden. Es gibt viel zuviele wie dich, die sich unter mein Volk mischen, das ist *meine* Meinung!« Sie fauchte dies förmlich und drehte sich dann um, um ihrer Leibwache einen Befehl zu geben. Colin ergriff die

Gelegenheit, um einen Arm um Xenobias Kehle zu schlingen und ihren Hals in seiner Armbeuge festzuhalten und war selbst überrascht über seine rücksichtslose Schlauheit. »Keine Bewegung«, befahl er, »oder ich erwürge die alte Hexe.« Er fauchte seine Worte mit der Stimme, die er für die Rolle des Bösewichts in einer Schauerballade benutzte, und war sehr zufrieden, als er sah, wie gut sie wirkte. Xenobia umklammerte seinen Arm, und er packte fester zu.

»Mateo, wenn dir die derzeitige Herrschaftsform deines Volks am Herzen liegt, würde es dir wohl anstehen, wenn du jetzt dieses Schwert wieder in die Scheide zurückstecken und es dorthin bringen würdest, wo du es gefunden hast. Anschließend wirst du dann mein Pferd hierherbringen.«

Colin war es ein Rätsel, wie er sie so lange an der Nase herumführen sollte, bis er Gretchen aus den Klauen des lüsternen Zigeuners befreit hätte und sie friedlich ihres Weges ziehen könnten, ohne daß sie befürchten mußten, wieder eingefangen zu werden. Aber es war immer noch besser, darüber nachzudenken, als sich Xenobias melodramatische Drohungen anzuhören.

Der Junge beeilte sich, seinem Befehl nachzukommen, wobei das Schwert beim Weglaufen hinter ihm auf dem Boden aufschlug.

Obwohl er sie nicht sah, hatte Colin das Gefühl, als ob die anderen Zigeuner wieder in den Schatten zurückwichen. Das Herz schlug ihm bis zum Hals und ihm war, als hätte er Schüttelfrost. Er hätte Xenobia nicht mehr sehr viel länger halten können, als zum Glück der Junge mit dem Pferd auf der Lichtung auftauchte.

Als Colin gerade erleichtert aufatmen wollte, streckte ihn ein Schlag von hinten zu Boden. Die Hexe fiel auf ihn, entwand sich seinem Griff und richtete sich triumphierend über ihm auf, wie ein Ritter, der einen Drachen besiegt hat. Ihm wurde schummrig vor Augen, als er mit aller Kraft versuchte, das Dröhnen in seinen Ohren abzustellen.

»Nein, ihr Idioten, nicht mit dem Dolch!« Sie stoppte ihre Drohungen mit einer einzigen Handbewegung und kratzte sich dann nachdenklich am Kinn. »Für diese Beleidigung meiner Person müssen wir uns etwas Grausameres ausdenken. Moment, vielleicht kann unser Freund, der Bär, die Singstimme dieses Kerls noch verbessern? Werft ihn in den Bärenkäfig!«

Bei dieser unerwarteten Wendung der Lage war es Colins einziger Vorteil, daß er ein Spielmann war und kein Held, er konnte also ohne allzu große Einbuße seiner Selbstachtung um sich schlagen und schreien, als sie ihn zum Käfig des Bären schleiften, einem vergitterten Wohnwagen. Bereits der Geruch brachte ihn beinahe um, bevor sie ihn hineinstießen.

»Zu schade, daß alles zu ist, ich würde es mir zu gerne mitansehen!« hörte er jemanden von draußen sagen, als er auf dem Boden des Käfigs landete.

»Wir werdens umso besser hören«, sagte ein anderer.

Ein ohrenbetäubendes Gebrüll war das erste Anzeichen dafür, daß sie recht hatten.

X

Der Zigeuner hatte bereits Vorkehrungen für ein Liebesnest getroffen. Da er den Wagen mit seiner Mutter teilte, war es für ihn praktisch, überall wo sie sich aufhielten, die geeigneten Orte für seine Rendezvous vorzubereiten. Für ihn war es ein interessanter Zeitvertreib, ein angemessenes Plätzchen ausfindig zu machen, an dem man um die Auserwählte werben und sie natürlich auch verführen konnte. Die Orte waren verschieden genug, um seinen Sinn für Abenteuer zu reizen: ein Heuhafen, ein abseits gelegenes Gebäude, ein offenes Feld, eine verlassene Holzfällerhütte – oder wie heute nacht – ein bequemes Lager aus wohlriechenden Fichtenzweigen und weichem Moos, das bereitstand, damit er die Angebetete unter den raschelnden Weiden darauf betten konnte.

Die Dame dachte allerdings gar nicht daran, sich niederzulegen und vom Geraschel der Blätter einlullen zu lassen, so daß Davie sie schließlich anschubsen mußte, was zwar sehr peinlich, aber auch sehr wirkungsvoll war.

»Du verlauster, stinkender Huren...«, legte Gretchen los, bevor er sie in seinen Armen auffangen und mit einem derben Kuß zum Schweigen bringen konnte. Seine Rohheit aber kam Gretchen schon sehr schnell angenehm weich, schmelzend und köstlich vor, so daß sie sich ihm soweit hingab, daß er zum nächsten Schritt ermutigt wurde und sich ein Körperteil aussuchte, das er abküssen konnte. Ihm am nächsten war ein Schenkel, der sich wie Samt anfühlte.

Wie gewöhnlich, murmelte er leise: »Ach, mein Liebling, deine Haut ist ja so wunderschön weich!«

Sie löste sich aus seiner Umarmung, sah ihn erstaunt an und brach dann in schallendes Gelächter aus, das in dieser Situation völlig unangebracht war und seiner männlichen Überzeugungskraft erheblichen Schaden zufügte.

»Was ist denn daran so lustig?«

»Ich – und meine weiche Haut. Was hast du denn erwartet?« Sie platzte beinahe vor Lachen, weil sie sich selbst so witzig fand, und es verging geraume Zeit, ehe sie weiterreden konnte: »Was ich damit sagen wollte – hast du gedacht, ich hätte Schuppen wie ein Reptil?«
Obwohl so verführerisch, verstand sie offenbar nicht einmal die Anfangsgründe des Verführtwerdens. Schließlich war dies doch ein klassisches Kompliment. Davie war beleidigt und entschied, daß sie vielleicht einen direkten Annäherungsversuch vorziehen würde, der ihm im Moment ebenfalls paßte.
Er packte also ihr Mieder am Brusteinsatz und zog. Der Riß, der entstand, war groß genug, um ihm einen Einblick in eine mondbeglänzte kupferfarbene Schwellung zu geben, dann schloß sich das Gewebe des Kleides wieder von selbst.
»Ching hatte doch recht«, murmelte das Mädchen leise vor sich hin, »ich habe das Kleid ein bißchen zu schnell zusammengenäht.«
Obwohl Gretchens Parfüm Davie fast verrückt machte, hielt er es doch für ratsam, bei einer jungen Dame, deren Kleider sich von selbst wieder in Ordnung brachten, eine vorsichtigere Taktik anzuwenden. »Ich weiß nicht, wie du das gemacht hast«, brummte er, »aber jetzt bist du jedenfalls erheblich bescheidener als noch vor kurzem!« Er hatte seine Umarmung gelockert, hielt sie aber immer noch an den Handgelenken.
Sie sah ihn wütend an.
»Aber dir, meine Liebste«, fügte er schnell hinzu, »steht natürlich Bescheidenheit genauso gut wie Schamlosigkeit!«
Als er merkte, daß er mit dieser Taktik nichts ausrichtete, verlegte er sich auf Überredung. »Aber mein Liebling«, sagte er beschwichtigend, »ich will dich doch nicht zu etwas zwingen, was du selbst nicht willst, nicht, solange du nicht bereit bist. Es tut mir leid, daß ich dein Kleid zerrissen habe, aber ich bin zu ungeduldig, weil ich deine Reize genießen möchte, das liegt eben in meiner Natur – du weißt ja, das leidenschaftliche Zigeunerblut und all das ...« Er zog sie wieder in seine Arme, wo sie einen Moment lang an ihn gelehnt

liegenblieb, während er ihren Nacken küßte und an ihren Ohrläppchen herumkaute. Er hatte festgestellt, daß die meisten seiner Opfer auf solche Umarmungen positiv reagierten.
Sie seufzte tief und hätte sich beinahe für einen Moment lang an ihn gekuschelt, sagte dann aber geistesgegenwärtig: »Ihr wollt uns dann also keinen Schaden zufügen?«
Davie blickte wütend auf sie herab. Das kleine Biest versuchte nun sogar, Vorteile aus der Situation zu ziehen. »Nun, *das* habe ich nicht gesagt. Schließlich seid ihr Spione. Nun, ich möchte dich wirklich nicht zwingen müssen, meine Liebe, denk doch nur, wie sich das anhören würde!« Er dachte einen Augenblick lang über das Gesagte nach, wobei er die Konturen ihres Busens mit Kennerblick abschätzte und neue Umarmungsmöglichkeiten an ihr ausprobierte.
Ein wölfisches Grinsen trat wieder an die Stelle seiner ungewohnt nachdenklichen Miene. »Aber wem solltest du schon etwas erzählen? Für dich, mein Liebling, werden die Zusammenkünfte mit deinen Artgenossinnen gezählt sein.«
Plötzlich wurde er durch die Wucht eines unerwarteten Zauberschlags nach rückwärts geschleudert, wo er ohnmächtig liegenblieb. Gretchen hatte sich damit geholfen, ihre Zauberkräfte anzuweisen, die Kuh doch zum Melken beiseite zu schieben, eine Kraft, die sie dann zu ihrer Verteidigung verwendete. Als erstes sagte sie: »Ich kann es einfach nicht glauben, daß Bernsteinwein einen so unglaublich schlechten Geschmack haben soll.« Sie sprach jedes einzelne Wort übertrieben präzise aus und schüttelte sich, als hätte sie Spinnen gegessen.
Nachdem Davie an sich keinen Schaden festgestellt hatte, machte er Anstalten, sich auf Gretchen zu stürzen und sie sich mit Gewalt zu unterwerfen. Er war sich sicher, daß sie dadurch wieder zur Vernunft kommen und einen Riesenspaß dabei haben würde. Ihre Worte ließen ihn allerdings stutzig werden.
»Bernsteinwein – meinst du Frau Eberesch?« fragte Davie.
»Jawohl, wen denn sonst, du Trottel!« Ihre Lippen, die vor kurzem noch sehr sinnlich gewesen waren, waren nur noch ein schmaler

Strich, und ihre funkelnden Augen erinnerten ihn unangenehmerweise an seine Mutter.

»Mußt du denn unbedingt wieder mit diesen alten Geschichten anfangen?« Während er bühnengerecht aufseufzte, tastete er sich mit den Fingern zu dem Lederriemen vor, der auf seiner linken Seite lag, und stützte sich zwanglos auf den rechten Ellbogen, den er so nahe an Gretchen herangerückt hatte, wie er es sich eben getraute.

»Natürlich muß ich das!« sagte Gretchen.

»Du scheinst ja nicht gerade viel Feingefühl zu haben, kleines Biest«, merkte Davie kritisch an.

»Vielleicht immer noch mehr als du. Stimmt es übrigens, daß du kein Herz hast?«

»Du bist doch wirklich eine gefühllose kleine Hexe«, zischte er.

»Ja, genau!« antwortete sie.

»Um die Wahrheit zu sagen, ich habe wirklich kein Herz mehr. Da ich ein Zigeunerfürst bin, mußte es in der Pubertät beim Initiationsritual entfernt werden.«

»Scheint ja ein seltsamer Brauch zu sein – ach, du grüne Neun!« fluchte sie, als sie den Riemen in seiner Hand sah. »Du wirst doch nicht dieses Ding benutzen wollen!« Sie versuchte fortzukrabbeln, aber er erwischte sie am Fuß und drückte sie gegen einen Baum, ehe sie wieder einen vernünftigen Gedanken fassen konnte.

»Ich wüßte nicht, warum ich es nicht benutzen sollte!« sagte Davie und zog die Schlinge fester. »Schließlich bist du ja ein Spion!«

»Ich bin *kein* Spion, aber du *bist* ein Ekel!«

»Das ist nicht ganz richtig, ich kann nämlich ganz unterhaltsam sein – aber du hast mir ja keine Chance dazu gelassen!« Sein Protest war etwas lahm, offenbar ließ ihn seine Eingebung im Augenblick im Stich.

»Stell dir nur vor, mir ist auch klar, daß es mit dir lustiger ist, als gehängt zu werden«, sagte sie bissig. »Aber wie ist es möglich, daß du ohne Herz herumlaufen kannst?«

»Es wurde auf magischem, nicht auf chirurgischem Wege entfernt, dummes Ding!«

»Ich verstehe, du hast jetzt nur noch eine Blutpumpe und keine Gefühle mehr.«

»So kann man es auch ausdrücken. Für einen Spion hast du ja einen ganz schön scharfen wissenschaftlichen Verstand!«

»Ich habe dir schon einmal gesagt, daß ich kein Spion bin. Ich wollte lediglich herausbringen, wie du es fertiggebracht hast, daß meine Schwester mit dir durchgebrannt ist und warum du es zugelassen hast, daß deine Mutter sie dann später weggejagt hat. Jetzt, da wir uns ja ein bißchen besser kennen, wundere ich mich allerdings, daß Goldie dich nicht verlassen hat, ohne vorher dazu aufgefordert zu werden.«

»Du magst mich offenbar nicht, wie?«

»Nein, du hast zwar einen gewissen oberflächlichen Charme...« weil er die Stirn runzelte, verbesserte sie sich: »... gut, dann eben einen abgründigen oberflächlichen Charme, aber obwohl Goldie hin und wieder etwas Verrücktes anstellt, ist sie den Leuten gegenüber doch sehr kritisch, besonders was Männer anbelangt.«

»Vielleicht solltest du ein wenig kritischer sein, meine Liebe«, riet er ihr, »vielleicht hat deine Schwester eben nur meine guten Eigenschaften gesehen, die du so hartnäckig übersiehst!«

Gretchen schnaubte höchst undamenhaft und sagte: »Ich bin mir ziemlich sicher, eine davon ist, daß du zumindest beim Pferdehandel unschlagbar bist!«

»Das stimmt allerdings, aber da wären auch noch andere...« Während er dies sagte, schaute er sie so sehnsüchtig an wie ein Stück Torte und als ob er gleichzeitig mit seinem Heißhunger und einer Verdauungsstörung fertigwerden müßte.

»Jetzt mal ganz unter uns, Fürst, du bist doch wirklich nicht mehr ernsthaft an meinem unscheinbaren, dunkelhäutigen Körper interessiert?«

»Die Nacht ist noch lang, vielleicht ein kleiner Ulk...«

»Jetzt sei kein Frosch, laß mich gehen. Ich bin wirklich keine Spionin, und meine Schwester hat dir auch nichts Schlimmes angetan, das weißt du ganz genau!«

»Doch – hat sie!«

»Nein, hat sie nicht, konnte und würde sie bestimmt nicht tun!«
»Doch – wenn ich's dir sage!«
»Wie denn? Wenn du kein Herz hast, kann man dich doch auch nicht verletzen!«
»Doch, ich habe immer noch meinen Stolz«, sagte er hartnäckig und fauchte sie dann so bösartig an, daß sie in ihrer hilflosen Lage doch ziemlich erschrak. »Mit den Frauen in deiner Familie stimmt etwas nicht. An deiner Verhaltensweise hätte ich merken sollen, daß ihr beide verwandt seid.«
»Was meinst du damit?«
»Ich will damit sagen, daß so, wie ihr beide, nämlich du und deine liliengleiche Schwester euch aufführt, euer Vater aller Voraussicht nach keine Enkel haben wird!«
»Unsinn, Goldie ist ja schon schwanger!«
»Das habe ich auch gemerkt, nachdem meine Mutter ihr Kleid beschlagnahmt hat. Aber es wird ein Wechselbalg!«
»Jetzt sei mal ganz vernünftig – das Baby müßte für die Feen geboren werden, um einen Wechselbalg zu ersetzen, und Goldie ist selber eine halbe Fee. Also kann nichts dergleichen der Fall sein.« Es kam ihr in den Sinn, ihren Streit solange zu unterbrechen, bis sie herausgefunden hätte, was er eigentlich meinte. »Willst du damit etwa sagen, daß sie keine Schande über Ebereschs gebracht hat?« Vornehmer konnte sie es nicht ausdrücken.
»Nun, als er hinter uns hergeritten kam, hat sie ihm gesagt, er solle sich um seinen eigenen Kram und vor allem um seine Türme und Befestigungen kümmern!« Er lachte hämisch. »Du hättest sein Gesicht sehen sollen, es war so rot wie seine Haare!«
»Ich finde das nicht besonders komisch«, sagte Gretchen ernst, »aber warum ist sie mit dir durchgebrannt und dann nicht – du weißt schon...«
»Ja, das ist eine gute Frage – im Unterschied zu dir ist sie nämlich nur eine Plage. Der Zauberer sagte mir selbst, sie sei schon seit meiner musikalischen Darbietung auf der Eisdrachenfeste vor zwei Jahren scharf auf mich, das war, bevor sie geheiratet hat, und er brachte mir sogar ein ganz bestimmtes Lied bei, von dem er

behauptete, es sei ihr Lieblingslied. Es hat übrigens dieselbe Melodie wie die Ballade über mich, die man nun allenthalben hört.«
Er zuckte mit der Achsel. »Zuerst hat es ausgezeichnet funktioniert, sie ist mir förmlich in die Arme gefallen und konnte ihre Stiefel und ihren Umhang gar nicht schnell genug anziehen. Ein ganzes Stück schneller, als ich sie ihr wieder ausziehen konnte. Als sie ihrem Mann gesagt hat, er solle verschwinden, habe ich bei mir gedacht: ›Davie‹, habe ich gedacht, ›da hast du nun an deiner Seite eine Frau, die dir als angenehmer Zeitvertreib für ein paar Stunden gerade gelegen kommt.‹ Und dann – gar nichts, denn sobald wir im Zigeunerlager waren, hat sie mir nur noch die kalte Schulter gezeigt. Ich durfte sie nicht einmal mehr anrühren!« Er funkelte Gretchen vorwurfsvoll an. »Noch nie in meinem Leben bin ich so gedemütigt worden! So ein Theater wegen nichts! Ich nehme an, der Zauberer war zufrieden, aber was hat die Sache mir gebracht? Die Dame wollte nicht mehr zu ihrem Mann zurück – und wir hätten ihr es auch nicht gestattet, bevor die Geschichte nicht soweit verbreitet war, daß sie allmählich für Herrn Eberesch äußerst peinlich wurde, aber sie wollte nicht mehr weg, als ich ihr die Gelegenheit dazu gab. Sie aß nicht, sie arbeitete nicht, sie wollte nicht mit mir schlafen. Sie hat nur vor sich hingedöst.«
Gretchen nickte traurig. Auch während ihrer Kindheit hatte Bernsteinwein unangenehme Zeiten schlafend verbracht. Als Gretchens Mutter gestorben war, die auch für Goldie die einzige Mutter gewesen war, die sie gekannt hatte, versank sie für ungefähr zwei Wochen in einen tiefen Schlaf.
»Schließlich hat Mutter sie dann rausgeworfen«, fuhr Davie fort, »wer findet schon gerne zusätzliche Hindernisse auf seinem Weg...«
»Aber warum wolltest du Goldie unbedingt haben, abgesehen von deinen primitiven, sexuellen Gelüsten. *Allein* dafür wäre doch schließlich der Aufwand viel zu groß gewesen.«
»Wie *bitte*? Schließlich war es eine rein praktische Vereinbarung. Ein Freund unseres Stammes – der Zauberer, den ich bereits erwähnte – hat politische Ambitionen und möchte Herrn Eberesch

auf möglichst raffinierte Art in Verruf bringen. Direkt kann er ihm nichts anhaben, weil der Herr durch die Ebereschen, die sein Schloß umgeben, vor Zauberern geschützt ist. Auf Hexen sollen sie tödlich wirken.«

»Ja, ich weiß!«

»Ich war natürlich froh, daß ich ihm in bescheidenem Umfang zu Diensten sein konnte«, fuhr Davie fort und zuckte so bescheiden wie möglich die Schulter. »Wir Zigeuner sind nämlich sehr verläßliche Freunde.«

»Vorausgesetzt, es gibt genügend Gold und Silber, um den Handel zu versüßen«, ergänzte Gretchen.

»Du beleidigst mich!« Mit einem Hechtsprung war er wieder auf den Beinen. »Ich versuche, dich anständig zu behandeln und mit dir zu schlafen und du beleidigst mich nur! Weißt du, was ich mit dir mache? Ich lasse dich hier zurück – an diesen Baum gebunden – damit du elendiglich zugrundegehst!« Davie machte Anstalten wegzugehen.

»Davie, geh nicht beleidigt weg!« Gretchen redete so schnell, daß sie beinahe über die einzelnen Worte stolperte. Es würde sie viel wertvolle Zeit kosten, herauszufinden, mit welchen Hauswirtschaftszaubern sie sich von einem Lederriemen befreien konnte. Einen Riemen aus Hanf hätte sie ganz einfach wieder entspinnen können, aber Leder war ein größeres Problem. »Ich wollte dich doch nicht beleidigen, ich dachte, das sei gar nicht möglich, da du doch kein Herz mehr hast.«

»Obwohl ich kein Herz mehr habe, bin ich doch immer noch ein ziemlich empfindsamer Mensch«, sagte der Zigeuner.

»Das ist mir nun klar geworden und ich hatte natürlich unrecht, entschuldige. Du hast vollkommen recht, du bist wirklich unwiderstehlich. Das Problem ist nur, daß die älteren Hexen von uns jüngeren so seltsame Dinge erwarten, und da ist dieses Einhorn zu Hause und – weißt du, im Moment kann ich mich mit *keinem* Mann einlassen.«

»Das ist ganz und gar Ihr Problem, gnädige Frau...« sagte Davie und wandte sich wieder zum Gehen.

»Hör mal, ich kann dir aber helfen!« rief ihm Gretchen nach.
Er blieb stehen und fragte: »Was hast du da gesagt?«
»Ich kann dir bei deinem Problem helfen.«
»Welches Problem meinst du eigentlich, das von dir verursachte oder deine Sorge für die mir fehlenden unnützen Gefühle?«
»Nein, nein – das sind nur geringfügige Schwierigkeiten. Komm zurück, Fürst, ich kann doch dein schwierigstes Problem nicht durch den ganzen Wald rufen, oder? Hab noch ein bißchen Geduld mit mir und komm zurück und setz dich.«
»Also gut«, sagte er, warf durch die Bäume einen Blick auf das Lager, wo die Asche des Lagerfeuers immer noch in der Dunkelheit glühte, und fuhr fort: »Es ist ja noch früh. Ich glaube, es würde nicht gut – also ich möchte lieber später zurückgehen.« Er setzte sich neben sie auf den Boden und sagte gnädig: »Nun, Frau, dann sag mir, wie du mir helfen willst?«
»Das Mädchen, mit dem du heute abend zusammen warst...«
»Lahara – was ist mit ihr?«
»Sie ist – deine Geliebte?«
»Natürlich.«
»Was passiert, wenn du sie satt hast?«
»Dann finde ich eine andere.«
»Und Lahara – macht sie dir keine Schwierigkeiten?«
»*Die* – nein wirklich!« Davie lachte verächtlich und fuhr fort: »Die würde es nicht wagen, was könnte sie auch schon tun?«
»Was ist mit den anderen?«
»Was soll schon sein? Zorah heult nur die ganze Zeit, Dalias Mann hat Angst vor mir und Runya...« Er brach mitten im Satz ab und wurde nachdenklich.
Aber Gretchen ließ nicht locker: »Meinst du Runya, die Allessehende?«
»Ja, Runya, glücklicherweise sieht sie nicht alles. Ich gebe zu, daß sie mir manchmal ziemliche Sorgen bereitet, weil sie sehr gut mit dem Messer umgehen kann. Außerdem ist sie meine Kusine mütterlicherseits.« Gretchen sah, wie er zusammenzuckte.

»Siehst du, du hast wirklich ein Problem«, sagte Gretchen.
Davie wich aus und sagte: »Aber meistens tun sie, was ich ihnen sage.«
»Aber eben nur meistens. Wie du schon selbst gesagt hast, fließt in euren Adern leidenschaftliches Zigeunerblut, und ab und zu muß ein bißchen davon vergossen werden. Was würdest du dazu sagen, wenn du eines Nachts mit einer neuen Freundin im Gebüsch liegst und es Runya plötzlich einfällt, sich mit dem Messer an dir zu vergehen?«
Davie schauderte.
»Für dich kann es ja eigentlich auch nicht so lustig sein«, fuhr Gretchen unbeirrt fort, »immer diese Frauen um dich zu haben, die sich deinetwegen die Augen ausweinen.«
»Nein, natürlich nicht, aber ich kann eben nicht alle gleichzeitig befriedigen. Das ist wahrscheinlich der Preis der Männlichkeit!«
»Findest du nicht, daß es Runya zuzutrauen ist, daß sie auch dieses Problem auf ihre Weise löst?« fragte Gretchen scheinheilig.
Davie schluckte und sagte dann: »Also, was hast du mir zu sagen, Hexe?«
»Nur das eine. Wie wäre es, wenn ich dir einen Zaubertrank gäbe, der die Damen, die nicht mehr in deiner Gunst stehen, ihre Leidenschaft für dich vergessen läßt, so eine Art Anti-Liebe-Serum also?«
»Du könntest mir so etwas geben?« Offensichtlich reizte ihn ihr Angebot, aber dann nahm sein Gesicht plötzlich einen sorgenvollen Ausdruck an, und er sagte: »Aber dann würden sie mich ja vergessen. Was wäre, wenn ich mich wieder mit einer einlassen möchte, der ich bereits den Zaubertrank gegeben habe?«
»Ach, Davie«, sagte Gretchen mit sittsam niedergeschlagenen Lidern und lächelte, »du glaubst doch nicht wirklich, daß es dir schwerfiele, das bißchen Zauberei außer Kraft zu setzen?«
»Nein, allerdings nicht!«
»Und es könnte für dich so nützlich sein, schon ein Tropfen im Essen oder in den Getränken genügt.«

»Und dafür verlangst du wirklich nur, daß ich dich freilasse?« fragte Davie.

»Erstens das und daß du auch meinen Freund laufen läßt und mir sagst, wie ich zu dem Zauberer gelange, der ein Komplott gegen meine Schwester geschmiedet hat.«

»Du verlangst eine ganze Menge, Hexe. Ich sehe eigentlich nicht ein, warum ich mir deinen Zaubertrank und alles, was ich sonst noch will, nicht einfach nehmen sollte?«

»Ehe du dich's versiehst, habe ich den Zaubertrank in die Drüsenflüssigkeit eines Stinktiers verwandelt!«

Widerstrebend machte er sich daran, Gretchen loszubinden.

XI

Colins entsetzliche Schreie und das wilde Gebrüll des Bären hinderten selbst die hartgesottensten Zigeuner am Einschlafen. Xenobia hatte damit gerechnet, daß die Hinrichtung des Spielmanns einen ziemlich geräuschvollen Verlauf nehmen würde, aber nun wünschte sie sich langsam selbst, der Bär würde bei seiner Mahlzeit bessere Manieren an den Tag legen. Zorah war unter ihre Bettdecke gekrochen und wimmerte sich in den Schlaf, denn ihre ganzen Hoffnungen wurden mit Colins Untergang zunichte. Und im Wald bemühte sich Gretchen verzweifelt, Davies weitschweifige Erklärungen, wie man am besten zu diesem Zauberer gelangte, abzukürzen. Ihr Mut schwand immer mehr, als sie Davie hastig den Zaubertrank hinschob und dann, so schnell sie konnte, durch den Wald rannte, um zu dem Punkt im Lager zu kommen, der dem Tumult am nächsten war.

Im Bärenkäfig zitterte Colin vor Angst und ließ seinem ersten, echten Schrei sein ganzes Repertoire von grauenhaften und herzerschütternden Schreien folgen. Der Kater Ching saß dabei und wedelte mit dem Schwanz. Er schien Colin damit zu drohen, ihn mit den Krallen zu packen, falls ihm sein Auftritt zu unspektakulär würde. Der Bär stand ebenfalls unter dem Einfluß des Katers und brüllte, brummte und knurrte so drohend er konnte, während er die Reste des Futters auffraß.

Colin schloß seine Vorstellung mit einem ganz besonders markerschütternden Gurgeln ab. Der Bär aß mit sehr viel weniger Geräusch, so daß der Kater es sich auf dem Boden des Käfigs schließlich bequem machte und seine Vorderpfoten und Ohren zu putzen begann. Colin wischte sich mit dem Arm den Schweiß von der Stirn und flüsterte Ching ins Ohr: »Das hätte ins Auge gehen können. Ich weiß zwar nicht, wie du's fertiggebracht hast, daß er mich verschont hat, aber jedenfalls vielen Dank dafür, Kater. Ich schwöre dir, daß keiner deiner Artgenossen jemals wieder schlecht behandelt werden oder Hunger leiden wird, solange ich lebe.«

Ching sah mit seinen grünen Augen, die in der Dunkelheit aufleuchteten, zu Colin auf. Das zufriedene Schnurren des Katers war beinahe so laut wie das verdrießliche Brummen des Bären. Colin kraulte den Kater hinter den Ohren und überlegte sich im Hinblick auf Ching: »Aber ich glaube nicht, daß deine magischen Fähigkeiten ausreichen, diesen Käfig zu öffnen, oder täusche ich mich da? Nein, natürlich nicht. Aber wenigstens hast du mir etwas Zeit erwirkt, in der ich nachdenken kann.« Ching hielt Colin seine Backe hin, damit er ihn an seinen Schnurrhaaren kraulte. Der Spielmann betrachtete ihn nachdenklich.

»Aber du verstehst mich doch, nicht wahr? Ich will damit nicht sagen, ich könne unterscheiden, ob du nur ganz einfach »Miau« sagst oder Gedichte aufsagst, wenn Gretchen und du miteinander reden, aber du bist ein schlauer Kerl. Du verstehst jeden, stimmt's?« Ching sagte auf eine äußerst zufriedene Weise »mrrp« und spornte Colin auch weiterhin zum Streicheln an, indem er sich auf dem Rücken wälzte und sich seinen schwarz-weiß gefleckten Bauch massieren ließ.

»Es gibt hier ein Mädchen, das mir vielleicht helfen könnte. Ich weiß zwar nicht so genau, ob sie mir wirklich wohlgesinnt ist, aber sie haßt Xenobia. Vielleicht könntest du Zorah holen, damit sie mich hier herausholt?« Colin redete und dachte immer schneller, weil er hoffte, so noch rechtzeitig Gretchen retten zu können.

Ching richtete sich auf, zuckte mit den Barthaaren, sah sich im Käfig um und peitschte so entschlossen mit dem Schwanz, daß er beinahe damit auf den Boden geschlagen hätte.

»Nein, ich glaube nicht, daß du sie kennst – Sie trägt ein blaues Kleid und ist ziemlich klein – ein ganzes Ende kleiner als Gretchen. Sie macht einen ziemlich traurigen Eindruck. Wenn sie schläft, wird sie allerdings weniger traurig aussehen, aber da sage ich dir ja wohl nichts Neues.« Der Kater sah ihn fragend an. »Hmmm – ich könnte mir denken, daß sie vielleicht in dem roten Wagen mit den häßlichen violetten Streifen wohnt...« Colin hielt inne, als er bemerkte, daß von Ching – der gerade hinuntersprang – nur noch das Schwanzende und die Hinterpfoten zu sehen waren. »Ich wollte dir nur noch sagen«, rief Colin dem Schwanzende nach, bevor es vollends in der Dunkelheit verschwand, »deine Hilfe versöhnt mich auch mit dem Umstand, daß du mich beinahe aufgefressen hättest.«

Der Kater suchte noch in zwei weiteren Wagen, ehe er den richtigen gefunden hatte. Im Mondlicht sehen sogar Menschen die Farben anders (Wie lautete doch Chings Lieblingsweisheit über die Tarnfarbe der Katzen, die er übrigens von Großmutter Grau übernommen hatte: »Bei Nacht sind alle Katzen grau.«) Chings magischer Sinn arbeitete ziemlich gut, aber sein Sehapparat war nun einmal so beschaffen, daß »Rot« und »Violett« keine Bedeutung hatten – Ching war, wie alle Katzen – ein Schwarz-Weiß-Seher.

Er schaute daher zuerst in einen grünen Wagen mit orangeroten Streifen, dann in einen blauen mit goldenen Streifen, wo er um ein Haar vom Dolch eines fetten Zigeuners durchbohrt worden wäre, der sich gerade in der Liebe versuchte. Offensichtlich fand der Mann, Chings fragendes Miauen trage nur wenig zu seinen Anstrengungen bei, und Ching hatte es nur seiner Behendigkeit zu verdanken, daß man keinen Fischköder aus ihm machte.

Schließlich fand er aber doch noch in einem gestreiften Wagen eine Frau, die sogar im Schlaf noch recht mitgenommen aussah. Es war ein Mädchen, ungefähr so alt und so groß wie Gretchen. Im Wagen waren außerdem noch ein Mädchen und ein Junge in dem Alter, in dem man Katzen noch am Schwanz zieht. Colin hatte nicht recht gehabt, denn das Mädchen sah sogar noch im Schlaf traurig aus.

Ching achtete darauf, daß er die anderen nicht weckte, die vielleicht nicht soviel Mitgefühl für Colins und Gretchens Schicksal aufbrachten wie die junge Frau, nach der Ching suchte. Der Kater sprang vorsichtig zu dem schlafenden Mädchen hinauf, setzte sich auf seine Brust und sang ihr ins Ohr, worauf sie sich bewegte. Dann sang er noch ein bißchen lauter, aber sie murmelte nur im Schlaf und strich mit den Armen über die Bettdecke, um ihn zu vertreiben.

Er berührte ihre halboffenen Lippen mit der Pfote, mit der

Schnauze streifte er beinahe ihre Zähne. Ihr Atem roch angenehm nach selbstgebrautem Bier und Ingwer. Er berührte sie noch einmal und sprang zur Seite, als sie sich aufrichtete, doch mit dem Ellbogen hätte sie ihm trotzdem beinahe einen Schlag versetzt, als sie die Hände hob, um sich den Schlaf aus den Augen zu reiben.

»Was ist los?« fragte sie.

Ching schnurrte, um sie zu beruhigen und starrte sie ruhig und gelassen an. Er hoffte, sie würde nicht zu diesen hysterischen Individuen gehören, die die Anwesenheit einer Katze nicht ertragen konnten. Aber Zorah mochte Katzen und empfand es als Balsam für ihre Wunden, daß sie Ching streicheln konnte, obwohl sie nur halb wach war und Angst hatte, ihre Familie könnte aufwachen. Sie konnte sich nicht vorstellen, wie Ching in den Wagen gekommen sein konnte, aber sie hieß seine Gesellschaft willkommen. Als Ching sich sicher war, daß er ihre Aufmerksamkeit gewonnen hatte, ging er rückwärts und stieß Lockrufe aus, daß sie folgen sollte, dann ging er wieder zu ihr zurück, rieb sich an ihr und entfernte sich wieder, als sie ihn streicheln wollte. Bald hatte sie begriffen, daß er ihr nur beibringen wollte, ihm zu folgen, als er auch schon vom Wagen hinuntersprang.

Ching führte sie zum Bärenkäfig, aber als sie sah, in welche Richtung er ging, wollte sie wieder umdrehen und sagte mit Tränen in den Augen: »Ach nein, Kätzchen, ich kann doch dort nicht hinein! Der arme Mann!« Ching saß aber nur ganz ruhig da, klopfte mit dem Schwanz auf den Boden und starrte sie solange an, bis sie begriff, daß das Tier sich nicht so benahm, wie es eigentlich seiner Natur entsprach, denn die meisten Katzen würden beim Geruch von Blut furchtbar aufgeregt sein. Da dies auf Ching überhaupt nicht zutraf, wurde Zorah neugierig.

Um sich selbst Mut zu machen, sagte sie, nachdem sie tief eingeatmet und ihren ausgefransten und schmuddeligen Umhang fester zugezogen hatte: »Also gut, dann schau ich's mir eben an. Schließlich bin ich eine Zigeunerin und darf nicht zimperlich sein.«

Als sich Zorah trotz innerer Widerstände zur Tapferkeit durchgerungen hatte, hörte sie in ihrer Nähe plötzlich eine gespenstische Stimme, die ihr beinahe wieder allen Mut genommen hätte. Sie fing an zu schreien und war drauf und dran, wieder zu ihrem Wagen zurückzulaufen.
Die Stimme flehte sie an: »Bitte, Zorah, sei jetzt still und hole uns aus dem Käfig heraus. Der Bär schläft nun und wird wahrscheinlich mit knurrendem Magen wieder aufwachen.«
Als Zorah für alle Fälle das Zeichen wider den bösen Blick gemacht hatte, das auch Geister und Hexen mit einschloß, gelang es ihr schließlich, durch die Gitterstäbe ins Innere des Wagens hineinzuschauen. Dort saß auch wirklich der Spielmann, aber er wies keinerlei Spuren von Mißhandlungen auf, sondern machte eher einen gelangweilten und besorgten Eindruck. Er saß in einer Ecke des Käfigs, und der Bär lag wie ein gebrauchter Bettvorleger in der anderen. »Würdest du mich bitte hier rausholen«, fragte Colin noch einmal.
»Wenn du mir versprichst, das zu tun, worum ich dich vorhin gebeten habe.« Nicht umsonst stammte sie aus einer alten Familie von Pferdehändlern.
Colin versprach zögernd, ihr zu helfen, Davies Herz zu finden, wie sie ihn gebeten hatte, worauf sie den Schlüsselbund unter dem Wagensitz hervorholte und den großen, hölzernen Schlüssel im Schloß umdrehte.
»Mach schnell!« sagte sie aufgeregt, als er vom Wagen herabsprang. »Ein paar von meinen Leuten sind wahrscheinlich noch wach. Wir müssen unsere Zelte hier bald abbrechen und vor Morgengrauen verschwunden sein, weil die Besucher aus dem Dorf wahrscheinlich wütend werden, wenn sie feststellen, wieviel unsere kleine Vorstellung sie wirklich gekostet hat.«
»Zuerst muß ich mein Pferd suchen und dann Gretchen holen. Wenn wir nur die Verfolgung ein bißchen hinauszögern könnten...«
»Ich werdeunsere Pferde auseinandertreiben, das wird euch einen großen Vorsprung geben. Bis wir sie alle wieder eingefangen ha-

ben, werden wir zwar nicht mehr viel Zeit haben, um den Dorfbewohnern zu entwischen, aber es wird schon nicht so lange dauern.«

»Das ist aber nett von dir!« sagte Colin.

Das Pferd mußte noch gesattelt werden, aber der Sattel und das Zaumzeug waren glücklicherweise in der Nähe des Tieres auf dem Boden liegengeblieben. In dem wilden Durcheinander, das mit seiner Verurteilung geendet hatte, hatte niemand daran gedacht, das Schwert und den Säbel von der Stelle wegzuräumen, wo sie hingeworfen worden waren, als Colin überwältigt wurde. Dieser bemerkte sofort, daß seine Instrumente fehlten.

Er ging dem leisen Wiehern der anderen Pferde nach, um zu Zorah zu gelangen. Sie war eifrig damit beschäftigt, die Pferde loszubinden und ihnen einen Klaps auf das Hinterteil zu geben, damit sie sich zu der saftigeren Weide am Abhang des Hügels begaben.

»Weißt du, was aus meiner Geige und meiner Gitarre geworden ist?« fragte er sie.

Sie machte sich gerade unter dem Bauch eines Pferdes zu schaffen und sah ihn von unten herauf an, wobei sie aufpassen mußte, daß ihr das Pferd keinen Tritt versetzte. »Ich weiß nicht«, sagte sie, »aber wahrscheinlich hat Xenobia sie an sich genommen, um sie Davie zu geben. Das macht sie immer so, daß sie anderen Leuten etwas wegnimmt, um es ihm zu geben, als ob ihn das länger an seine Mutter binden würde!«

Colin, der den letzten Teil ihrer Antwort völlig überhört hatte, schimpfte nun los: »Was? Er kann sie aber nicht haben!« Dann stieg er ab und band sein Pferd an einem Wagenrad fest. Er war so wütend, daß er geradewegs auf Xenobias Wagen lossteuerte und sich überhaupt nicht um die paar Zigeuner scherte, die immer noch in der Nähe des erlöschenden Lagerfeuers herumsaßen.

Als Zorah ihn überholte, raschelten ihre Röcke in der Dunkelheit wie Flügel. Sie legte ihm die Hand auf den Arm und hielt ihn auf diese Weise zurück.

»He, Blondie.« sagte sie.
Er drehte sich ungeduldig nach ihr um und sagte: »Was ist denn?«
»Jetzt lauf um Himmels willen nicht tollpatschig wie ein Bär dort hinein!« Sie zog ›Enthaupter‹ aus der Scheide und reichte es ihm. »Jetzt hör mal gut zu und laß dir von einem Zigeunermädchen dazu raten, ein bißchen vorsichtiger vorzugehen. Wenn du dir das zu Herzen nimmst und dies hier benutzt«, sagte sie und berührte dabei das Schwert, »dann wirst du das Lager vielleicht doch noch lebend verlassen.«
»Ist schon recht«, erwiderte er und schlich sich in geduckter Haltung von der Rückseite an Xenobias Wagen heran, das Schwert hielt er drohend in der Faust. »Vielen Dank auch«, sagte er zu Zorah gewandt.
Aber auch das heimliche Anschleichen brachte ihm nicht so viel, wie er sich erhofft hatte, da Xenobia die Instrumente mit in den Wagen genommen hatte und noch immer wach war. Colin hörte sie monoton vor sich hinsummen. Offensichtlich hatte Davie seine musikalische Begabung nicht von ihr geerbt. Als Colin um eine Ecke des buntbemalten Wagens herum durch die Tür hineinschaute, sah er sie vor seinen Instrumenten sitzen und die Beute abschätzen, die sie am Abend gemacht hatte.
Colin verzog das Gesicht, der Zufall würde ihm heute nacht offensichtlich nicht weiterhelfen. Er duckte sich wieder, und als er die Treppe, die in den Wagen führte, hochkletterte, hoffte er, daß ihr Gekrächze das Geräusch seiner Schritte wenigstens teilweise übertönt hatte. Um dem Umstand vorzubeugen, daß dies doch nicht der Fall gewesen wäre, stürzte er sich, kaum daß er drinnen war, wieder auf sie, um sie an der Kehle zu packen und verletzte sich dabei beinahe selbst mit dem zweitbesten Familienschwert der Ebereschs.
Die aufgetürmten Gold- und Silbermünzen stürzten zu einem unordentlichen Haufen zusammen, und Colin sagte: »Also wirklich, Xenobia, langsam wird es langweilig. Ich habe keine Lust, ständig irgendwelche Frauen zu belästigen!« Er schaute sich nach etwas

um, mit dem er sie knebeln konnte. Ihre Augen rollten nach hinten, und sie zuckte wütend mit dem Mund, da die Bewegungen, die er bei seiner Suche vollführte, den Druck auf ihre Luftröhre verstärkten. Er legte das Schwert beiseite, bis er seine Gitarre und seine Geige an sich gerissen hatte. Er hatte nicht genügend Hände dazu. Schließlich zog er Xenobia die Bettdecke weg, wobei er beinahe sie und sich selbst umgeworfen hätte, und wickelte Xenobia darin ein, während er sie mit dem anderen Arm festhielt.

In seiner Verzweiflung packte er dann wieder sein Schwert und drohte ihr, indem er ihr die Schwertspitze in den Rücken bohrte, gleichzeitig ließ er ihre Kehle frei und sagte: »Ein falsches Wort und du hast das Schwert im Rücken. Zieh jetzt sofort deine Strümpfe aus und gib sie mir!«

»Idiotisch! Zigeunerinnen tragen keine Strümpfe!«

»Hmmm, ich wette, daß Frau Bernsteinwein Strümpfe anhatte. Rück sie sofort heraus!« Colin kam sich phantastisch vor, weil er daran gedacht hatte. Er beglückwünschte sich zu seiner Geistesgegenwart, als sie ihm die Strümpfe reichte, die sie aus einer entlegenen Ecke des Wagens hervorgezogen hatte.

Leider war ihm das Schwert aus der Hand geglitten und aufs Bett gefallen, als sich Xenobia nach vorn beugte, um die Strümpfe zu holen. Colin packte es eiligst wieder.

»Bevor ich dich kneble, Gnädigste, kannst du mir auch noch sagen, wo du das Herz deines Sohnes versteckt hast. Du kannst es mir auch gleich geben, wenn es in der Nähe ist.«

»Wie hast du davon erfahren?« fragte sie, und trotz seines barschen Auftretens klang ihre Stimme immer noch ziemlich unverschämt.

»Das geht dich überhaupt nichts an«, brummte er.

»Hab doch Mitleid mit einer armen Frau, der das Herz ihres Kindes gestohlen wurde!«

»Klingt wahrscheinlich – wer hat es?«

»Der Zauberer hat's genommen und zurückbehalten, damit ich seine Pläne nicht durchkreuze«, erwiderte Xenobia.

»Das ist sehr vernünftig«, sagte Colin, »wo lebt er?«

»In der Drachenbucht, aber dorthin wirst du nie gelangen!«
Sie sprang nach vorn, außer Reichweite des Schwerts und schrie so laut sie konnte. Unvorsichtigerweise hatte ihr Colin beim Vorbeugen gezeigt, daß er mit beiden Händen mit dem Knebel beschäftigt war, und sie machte sich die Gelegenheit zunutze und rief nach Hilfe mit einer so durchdringenden Stimme, daß man sie bestimmt bis Queenston hörte.
Colin war schon mit Geige, Gitarre und Schwert durch den Hintereingang verschwunden und eilte mit den scheppernden Instrumenten zu seinem Pferd, bevor die Hilfe für Xenobia am vorderen Eingang eintraf. Colin hätte dabei beinahe Zorah über den Haufen gerannt, die gerade die letzten Pferde losband.
Als sie sich vom Boden aufrichtete, fing sie die Instrumente auf, die ihr Colin zuwarf und rannte damit auf das Pferd zu, bevor ihre Stammesbrüder brüllend und schreiend um die Ecke des Wagens gebogen kamen. Colin nahm an, daß das Gebrüll aus geringschätzigen und wenig schmeichelhaften Bemerkungen in der Stammessprache bestand. Sie fuchtelten mit Messern, Stöcken und einer Keule in der Luft herum, die sicherlich noch aus den Kreuzzügen übriggeblieben waren. Es waren noch weitere Schneidewerkzeuge darunter und außerdem eine ganze Menge stumpfer Gegenstände.
Colin trat der Horde, die auf sie eindrang, mit seinem ›Enthaupter‹ gegenüber und wagte wohl auch hier und da einen zaghaften Hieb. Als sie begriffen, daß er überhaupt nicht Herr seiner Waffe war, hätten sie sich beinahe gegenseitig umgestoßen, weil jeder derjenige sein wollte, der den ersten wirkungsvollen Schlag ausführte. Dabei drängten sie Colin zu einem der zahlreichen Wohnwagen zurück. Colin tat das einzige, was er in dieser Situation noch tun konnte und schlug mit dem Schwert so wild um sich, wie die schwerfällige Waffe es eben zuließ. Er hoffte, daß sich um ihn herum ein so ungeheuerlicher Wall von Zerstörung auftürmen würde, daß seine Gegner vielleicht schon aus purer Unentschiedenheit, wo sie angreifen sollten, seine Hinrichtung hinauszögerten.
Die Zigeuner wichen bei seinem Angriff tatsächlich zurück. Den ersten tapferen Kerl, der seine Feste zu stürmen versuchte, traf ein

fürchterlicher Schlag am Kopf, der ihn bestimmt halbiert hätte, wenn er ihm mit der Schneide und nicht mit dem flachen Schwert verabreicht worden wäre. Jedenfalls sank er bewußtlos zu Boden. Ein anderer streitlustiger Kerl hielt seinen Stock hoch, um ›Enthaupter‹ aufzuhalten, den dieser aber kurzerhand entzweischlug.
Nach einiger Zeit begann Colin es natürlich zu spüren, daß er mit einem Schwert kämpfte, das größer war als er selbst und zehnmal schwerer. Seine Arme, die es nicht müde wurden, die Geige oder die Gitarre zu spielen, ermüdeten von der Anstrengung des Schwertkampfes ziemlich schnell. Als seine Kräfte schwanden, fragte er sich, wer wohl der Urheber des Begriffs »Schwertspiel« gewesen sein mochte. Zweifellos einer von Ebereschs legendären Vorfahren, den Eisriesen. Einer der Zigeuner, der sich seine schwindende Kraft zunutze machen wollte, drängte sich nun dazwischen, und es betrübte Colin sehr, als er sah, daß es sich dabei um Käsenase, seinen Geigerkollegen handelte, der mit seinem Dolch in verwirrender Weise vor Colins Nase herumfuchtelte.
Colin war umso besorgter, da sich Käsenase mit Dolchen offenbar genauso gut auskannte wie mit seiner Geige. Während er herauszufinden versuchte, was der Kerl als nächstes tun würde, sah er an seiner anderen Seite auch schon einen Metallschimmer. Das Schlimme an diesem nächtlichen Kampf war, daß man trotz des Vollmonds in der Dunkelheit und dem Durcheinander nicht sehen konnte, was der andere eigentlich vorhatte.
Colin zog seine Aufmerksamkeit von Käsenase ab und wandte sie dem heimlichen Angreifer zu, indem er den Enthaupter in die Richtung schwang, wo er das blitzende Metall gesehen hatte und schlug dabei beinahe drei Leuten den Kopf ab.
Colin achtete nicht auf das Gebell und Gejaule, bis ihm Ching zwischen den Beinen durchsauste und der vorbeiflitzende Hund Käsenase zur Seite drängte. Colin gewann sein Gleichgewicht und führte einen Stoß aus, um den Angreifer zu seiner Rechten in die Flucht zu schlagen, während er Käsenase auswich, der sich zu seiner Linken befand und langsam wieder zu sich kam. Der Angreifer zur Rechten stolperte über den Hund und machte einen schweren

Schritt rückwärts. Dabei trat er mit dem Absatz auf Chings Schwanz. Die Schwerter waren plötzlich vergessen, als der Hund sie alle ankurrte und anfletschte, um zu Ching zu gelangen, der sich nun in ein Haarteil und Schalldämpfer für den Zigeuner verwandelt hatte, der Colin von rechts angreifen wollte. Colins Widersacher kämpfte jedoch nicht mehr, sondern schrie erbärmlich, weil sein neues Haarteil mit Krallen in seiner Kopfhaut verankert war.

Obwohl die Tiere soviel Ablenkung brachten, daß Colin Atem schöpfen konnte, wäre er in dem Moment niedergemetzelt worden, in dem der erste Zigeuner seine Aufmerksamkeit wieder dem Kampf zugewandt hätte. Doch der Bär, der geradewegs auf das Getümmel zutrottete, führte eine Wende dabei.

Colin wurde jedoch nicht mehr das Vergnügen zuteil, seine Feinde auseinanderstieben zu sehen, weil er zu sehr mit sich selbst und seiner Flucht beschäftigt war. Er rannte zu seinem Pferd und warf sich in den Sattel, als wären ihm plötzlich Flügel gewachsen. Ching sprang ebenfalls von seinem Hochsitz auf dem Kopf des Zigeuners herunter und nahm auf Colins Schulter Platz, und irgendwann war es dann soweit, daß sie beide sicher im Sattel saßen und über die Wiese davonritten. Colin zitterte noch so sehr, daß er beinahe sein Schwert fallengelassen hätte, bevor er es wieder in die Scheide zurückstieß.

Als er die Wiese zwischen dem Ring der Wagen und dem Wald überquerte, sah er Davie, dessen Muskeln im Licht des Vollmonds voll zur Geltung kamen und der sich mit größter Geschwindigkeit auf das Lager zu bewegte. Colin zügelte seinen ersten Impuls, ihn einfach mit dem Pferd niederzureiten, aber hielt ihn in Schach mit dem Pferd, das nervös tänzelte. »Wo ist Gretchen?« fragte er schließlich.

Der Zigeuner schaute völlig verblüfft und sagte: »Ach so, du hast sie gar nicht dabei?«

»Nein.«

»Dann hat sie wahrscheinlich gedacht, du seist in dem Getümmel umgekommen und ist davongerannt. Ich habe sie schon vor einer geraumen Weile gehen lassen.« Wie es schien, machten Colins drohende Gebärden keinen Eindruck auf Davie, der nur ungeduldig mit der Schulter zuckte und in einem weiten Bogen um das aufgeregte Pferd herumging. »Du mußt eben besser auf deine Frauen aufpassen. Ich habe genug mit meinen eigenen zu tun.« Als Colin dem Zigeuner nachschaute, der vergnügt seinen Weg zum Lager einschlug, sah er auch noch etwas anderes, das seine Gedanken beschäftigte, ehe er in den Wald floh: nämlich Zorah, die nur für ihn sichtbar war, jedoch vom Lager aus nicht gesehen werden konnte. Sie kroch unter einem der Wagen hervor und winkte ihm heftig zu, bevor sie wieder darunter verschwand.

XII

Colins entsetzlichen Schreie erreichten einen schrecklichen Höhepunkt, als Gretchen zu dem Teil des Waldes gelangte, von dem aus sie den Bärenkäfig erreichen konnte, ohne entdeckt zu werden. Noch lange danach starrte sie trockenen Auges auf den Wagenring, weil sie nicht glauben konnte, was sie mit eigenen Ohren hörte. Sie ging im Wald weiter flußabwärts zum Ende des Lagers. Auf dem Weg dorthin drehte sich ihr der Magen um, und ihr Körper zitterte vor Angst und Wut.

Sie mußte einen beinahe unerträglichen Drang niederkämpfen, ins Lager hinunterzujagen und dort alles niederzureißen und alle Zigeuner eigenhändig zu erdrosseln. Aber sie hatte mittlerweile nicht einmal mehr ihren Dolch, und wenn sie das gleiche Schicksal erlitte wie Colin, könnte keiner Bernsteinwein helfen. Statt dessen tröstete sie sich mit der Vorstellung von Seuchen, die sowohl magisch als auch irdisch waren und die sie über das Zigeunerlager hereinbrechen lassen wollte, selbst wenn sie sich zeitlebens damit beschäftigen mußte, als ihre Aufmerksamkeit plötzlich wieder auf das Lager gelenkt wurde, von dem Säbelgerassel, Kampfgeschrei und Pferdegewieher heraufdrangen.

Als sie einen geeigneten Aussichtspunkt gefunden hatte, von dem sie das Kampfgetümmel überblicken konnte, gesellten sich zu den anderen Geräuschen auch noch das schmerzerfüllte und entrüstete Geschrei Chings, das verzweifelte Kläffen eines Hundes, die derben Rufe der Zigeuner, Bärengebrüll und das Dröhnen unbeschlagener Pferdehufe, die über grasbewachsenes Gelände galoppierten.

Wirklich sehen konnte sie dort unten allerdings nur diffuse Gestalten, die im Mondlicht hin und her huschten, aber schließlich erkannte sie doch noch einen blonden Haarschopf, als Colin auf der gegenüberliegenden Seite aus dem Lager heraus und über die Wiese ritt, wo er nur noch einmal anhielt, um Davie zu bedrohen. Der Zigeuner schien sich aus der Sache herauszureden, und bevor

Gretchen die Wiese überqueren konnte, um zu Colin zu gelangen, war dieser auch schon im Wald verschwunden. Als sie ihm nachrief, er solle auf sie warten, wurde ihre Stimme vom Gebrüll der Zigeuner übertönt, die den Pferden nachjagten, die aus irgendeinem Grund über die ganze Wiese verteilt waren.

Sie floh wieder zurück in den Wald und rannte, bis sie zu dem Wiesenabschnitt kam, wo sie ihr Pferd und das Bündel mit ihren Habseligkeiten gelassen hatte. Allmählich wurde es zu einer Art Spiel, den Zigeunern zu entwischen. Durch Colins Entkommen fühlte sie sich so erleichtert, daß ihr ganz schwindlig wurde, und sie hüpfte förmlich vor Freude, als sie zum Fluß hinunterrannte. Wie sie erwartet hatte, waren Pferd und Bündel verschwunden und offensichtlich in den Besitz eines geschäftstüchtigen Pferdehändlers übergegangen. Es war natürlich auch sehr wohl möglich, daß ihr Pferd unter denen war, die die johlenden Zigeuner vor sich hertrieben, aber sie wollte sich nicht die Zeit nehmen, nach ihm Ausschau zu halten oder ein anderes Pferd einzufangen, dem sie womöglich noch gut hätte zureden müssen, ehe es sie überhaupt aufsteigen ließe.

Als sie ihre Kleider aus dem Versteck neben dem Bach holte, hörte sie, wie sich Rufe und Gewieher ziemlich schnell näherten. Schließlich war Gretchen von lärmenden und donnernden Schatten eingekreist. Sie mußte mehreren Pferden ausweichen, die an ihr vorbeigaloppierten, bevor sie sich unter den Weiden am Waldrand in Sicherheit bringen konnte.

Als sie das Gefühl hatte, ihr Versteck sei sicher, zog sie die bunten Kleider aus, die sie aus ihrer Unterwäsche gefertigt hatte, und zog wieder ihren braunen Rock und die braune Bluse an. Dann steckte sie den Medizinbeutel ein, nahm das Fläschen mit dem Liebestrank aus ihrem Haar und steckte es ebenfalls in die Tasche. Das bunte Kleid aber rollte sie so zusammen, daß nur noch das grüne Stück zu sehen war und sie nicht mehr durch seine Farbigkeit verraten werden konnte.

Von den Blumen, die sie sich ins Haar gesteckt hatte, war nach dem Kampf mit Davie nur noch eine übriggeblieben, die inzwischen ebenfalls verwelkt war. Auch konnte sie auf ihrer Haut keine Spuren des Parfums mehr entdecken, das die Männer so verrückt machte. Sie entfernte die Blume aus ihrem Haar und band das Haar unter ihr Kopftuch ein. Als sie damit fertig war, hörte sie in der Nähe ein Pferd durchs Gebüsch brechen und unmittelbar hinter ihm die Stimme seines Verfolgers. Dank ihrer dunklen Haut und Kleidung verschmolz Gretchen mit dem Wald, als wäre sie selbst eine Art sich fortbewegender Baumstamm.

Als sie keine Stimme mehr hörte, merkte sie auch, daß sie sich nicht mehr auf dem Weg befand. Die Sonne war bereits vor längerer Zeit aufgegangen, und als Gretchen danach suchte, stand sie schon an ihrem höchsten Punkt am Himmel. Die Blätter über Gretchen glitzerten unstet im Licht, ihre Oberflächen zeigten eine limonenfarbene Schattierung, und um sie herum war der Boden mit hohem Gras, Moos, Laub und den Stämmen abgestorbener Bäume bedeckt. Der Weg hatte sich aufgelöst. Gretchens Verschmelzen mit dem Wald war ein bißchen zu erfolgreich, so daß sie sich nun eingestehen mußte, daß sie sich verirrt hatte.

Sie wanderte aber weiter und kam schließlich zu einem anderen Bach. Obwohl dieser ziemlich dicht mit Weiden und anderen hohen Büschen bewachsen war, gab es doch eine Stelle, an der das Gestrüpp eine Lichtung freigab, auf der Beeren wuchsen.

Gretchen aß große Mengen davon, sie aß die Beeren vom Strauch, weil sie nichts dabeihatte, mit dem sie sie hätte vermischen können, und hatte auch keine Lust zum Kochen – weder auf magische Art noch sonst wie. Als sie satt war, pflückte sie weiter und band die Beeren in ihr Kopftuch.

Ihre Freude darüber, daß sie und Colin den Zigeunern entkommen waren, verblaßte allmählich, und sie ließ sich auf einem umgestürzten Baumstamm nieder, um über ihre Lage nachzudenken. Gretchen war müde, weil sie beinahe die ganze Nacht nicht geschlafen hatte. Nun, da sie wußte, daß Colin in Sicherheit war, ärgerte sie sich, daß er nicht hier war und sie auf ihrem weiteren Weg begleitete. Wahrscheinlich war auch Ching bei ihm, den sie ebenfalls sehr vermißte.

Sie hätte gerne mit Colin über das gesprochen, was Davie ihr gesagt hatte und mit ihm einen Plan ausgeheckt, um ihre Schwester von Hugo wegzulocken, denn Gretchen war sich ziemlich sicher, daß er Goldie zu dem Zauberer bringen würde, falls er sie nicht bereits umgebracht hatte. So sehr Gretchen sich wünschte, Colin wiederzusehen, hoffte sie auch, er würde seinen Weg fortsetzen, nachdem er herausgefunden hätte, daß sie sich nicht in dem Abschnitt des Waldes befand, auf den er sich zubewegt hatte.

Auch hätte Ching sie mit seinem Sarkasmus aufmuntern können, ganz zu schweigen von dem Wild, das er hätte fangen und mit ihr teilen können. Auch wäre es ganz schön gewesen, wenn sie ihn beim Nachdenken hätte streicheln können, statt ihre blauen, beerenverschmierten Hände anzustarren. Eine Träne des Selbstmitleids rollte ihr über die braune Wange.

Gerade als Gretchen die Träne wegwischen wollte, hörte sie es im Gebüsch rascheln. Das Geräusch wurde von einem eigentümlichen Schnüffeln und Schnauben begleitet. Gretchen sah, wie sich die Weidenblätter bewegten und eine braune Pelznase aus dem Gebüsch hervorschaute.

Gretchen war wie versteinert. Es war ein Bär, womöglich der Bär aus dem Zigeunerlager. Nun fehlte Ching ihr wirklich und sogar der Spielmann, der wenigstens hätte versuchen können, was ihr Vater ironischerweise vorgeschlagen hatte, nämlich den Bären in den Schlaf zu singen. Gretchen konnte ja immer noch *versuchen*, das Tier in einen Bettvorleger zu verwandeln. Das war immer noch besser, als aufgefressen zu werden.

Der Bär kam nun vollends aus dem Gebüsch hervor, richtete sich auf den Hintertatzen auf, blinzelte mit seinen kleinen Augen und sah sich um. Gretchen setzte sich so ruckartig auf, daß sie beinahe rückwärts in den Bach gefallen wäre. Bevor es ihr überhaupt in den Sinn kam, daß sie besser stillgehalten hätte, hatte sie bereits ein beträchtliches Maß an Unruhe gestiftet, indem sie wild mit den Armen in der Luft herumfuchtelte, um ihr Gleichgewicht zu halten.

Der Bär fing an zu knurren.

Gretchen richtete sich so plötzlich auf, daß ihr das Tuch mit den Beeren vom Schoß rutschte und neben ihr zu Boden fiel. Mit den Zehen stieß sie das Bündel in Richtung des Bären.
Zu ihrer Verwunderung nahm er das Bündel und knotete das Tuch auf, bevor er mit dem Inhalt zweimal seine riesige Tatze füllte und ihn dann hinunterschlang.
»Danke, meine Liebe, die sind ja ganz köstlich«, sagte er abschließend.
Gretchen schüttelte ungestüm den Kopf, klopfte sich mit dem Handrücken an die Stirn und sagte: »Entschuldigung, aber hast du gerade etwas gesagt?«
»Ja – die Beeren – wirklich ganz vorzüglich. Sag mal, hast du nicht vielleicht ein bißchen Honig dabei? Seitdem ich diese Gestalt habe, gelüstet es mich so sehr danach, aber natürlich hat Xenobia alle daran gehindert, mir Honig zu geben!«
»Nein, tut mir leid, aber vielleicht kann ich dir welchen suchen gehen –« Sie sah nun wirklich eine Gelegenheit, zu entkommen und konzentrierte sich zuerst ganz auf die Flucht, aber zögerte dann doch im letzten Moment. Offensichtlich hatte er überhaupt kein Interesse daran, sie aufzufressen, wenigstens solange es Beeren gab, also nahm sie all ihren Mut zusammen und sagte: »Sag mal, Bär, wie kommt es eigentlich, daß du – oder vielmehr ich – das heißt, daß wir uns gegenseitig verständigen können?«
»Ihr jungen Leute habt den Zauberbann schon zum Teil gebrochen, habt ihr das denn nicht gewußt?«
»Einen Zauber?«
»Ja, in der Tat. Xenobias Zauber beinhaltet nämlich, daß ich – wenn ich zum Beispiel durch eine Katze mit Zauberkräften und die Liebe meines Sohnes befreit würde – wieder wie ein Mensch sprechen und handeln könnte. Meine menschliche Gestalt werde ich allerdings erst dann zurückgewinnen, wenn ich wieder im Besitz von Davies Stein bin.« Als er dies gesagt hatte, warf er ihr einen schlauen Blick aus seinen winzigen Bärenäuglein zu und fuhr fort: »Ich glaube, du gehörst zu dieser Gruppe – mit dem bezaubernden Tier und dem ungeschickten jungen Kerl, der so wundervoll

schreien kann? Xenobias Leute kenne ich ja nun zur Genüge, und du siehst auch anders aus als die Leute aus der Stadt.«

»Ja, das stimmt. Colin und der Kater Chingachgook – der Hausgeist meiner Großmutter – sind meine Freunde. Aber wenn du kein Bär bist, was bist du dann?«

»Ich bin Prinz David Würdigmann, der früher, als ich noch zu Hause war, unter dem Titel Kronprinz Würdigmann, der Würdige von Ablemarle, bekannt war, und ich glaube, mein Bruder, der seinerzeit als Prinz Würdigmann, der Unwürdige, bekannt war, war so nett, die Lücke, die durch mein Bärendasein in der Thronfolge entstanden ist, in der Zwischenzeit auszufüllen.«

Gretchen nickte zustimmend und sagte: »Obwohl ja nicht gerade viel politische Neuigkeiten bis in meine Heimat durchdringen, erzählte mein Vater, daß sich seit dem Tod deines Vaters, König Würdigmanns, des Würdigen, die Zustände in eurem Land ziemlich verschlechtert haben.« Gretchen schwieg einen Moment lang, als seine Königliche Hoheit, nachdem er die Beeren im Tuch aufgegessen hatte, die Früchte mit seinen Vordertatzen von den Büschen ins Maul schaufelte.

»Aber entschuldigen Sie noch diese Frage, Prinz Würdigmann, vorausgesetzt, sie ist nicht zu persönlich... Meine Tante behauptet nämlich, Xenobia sei gar keine richtige Hexe, sondern eine Pfuscherin.«

»Deine Tante hat recht, Liebes. Xenobia ist natürlich keine richtige Hexe, wie gewöhnlich hat sie den Zauber bei ihrem Herrn, dem Zauberer, bestellt.«

Gretchen brauste auf: »Dieser Kerl hat schon eine Menge Unheil angerichtet!«

»Ja, das stimmt«, erwiderte der Bär und kehrte ihr dabei seine beerenverschmierte Schnauze zu und begab sich dann auf allen Vieren zum Fluß, um zu trinken. »Wenn du so gut wärst, Mädchen«, sagte er, als er fertig war und sich das Wasser aus dem Pelz schüttelte, »und mich hinter den Ohren und an der Schnauze kraulen würdest – ja, so ist's schön – dann erzähle ich dir alles.«

DER BERICHT SEINER KÖNIGLICHEN HOHEIT DES PRINZEN DAVID WÜRDIGMANN, AUCH »DER VERZAUBERTE BÄR« GENANNT

»Ich finde, du darfst für vieles, was Xenobia getan hat, nicht zu streng mit ihr ins Gericht gehen. Ich habe damals einfach nicht erkannt, was für ein zartfühlendes Mädchen sie war, sonst hätte ich sie nicht – äh – geliebt und verlassen, wie man so schön sagt. Aber ich war damals eben noch ein junger Hüpfer, und wenn ich bei den jungen Mädchen auch nicht so beliebt war wie der junge Davie, so mochten sie mich wenigstens so gern, daß ich ihrer und ihrer Schmeicheleien bald müde wurde und lieber zum Jagen ging.

Unser Schloß war ziemlich abgeschirmt gegen die Außenwelt, und so hatte ich noch nie zuvor eine Zigeunerin gesehen. Als ich Xenobia zum erstenmal sah, sah ich ziemlich viel von ihr, denn sie badete gerade im Fluß. Sie war damals ziemlich hübsch, mit goldfarbenem Teint und flinken schwarzen Augen – o ja, ich hab mich ziemlich in sie verknallt. Zu meiner Verteidigung muß ich allerdings auch sagen, daß ich nicht sehr lange brauchte, um sie zu überreden. Solange ihr Wohnwagen in der Gegend war, habe ich sie dann noch mehrmals besucht, aber da sie ja Zigeuner sind, zogen sie nach einiger Zeit wieder weiter.

Nach einiger Zeit hätte ich sie dann beinahe vergessen, denn es ist eine ziemlich anstrengende Aufgabe, Kronprinz zu sein, und mein Vater bestand darauf, daß ich eine der heimischen Prinzessinnen wählte und heiratete. Verglichen mit Xenobia kamen mir die Prinzessinnen damals ziemlich langweilig und albern vor, schließlich suchte ich mir noch die Netteste aus, nämlich Johanna von Brazoria, mit der ich dann getraut wurde. Nach der Hochzeit lernte ich meine Pflichten als zukünftiger König, und mit Hannchen versuchte ich natürlich, einen Stammhalter hervorzubringen.

Weil wir in dieser Beziehung weniger Erfolg hatten, war ich umso eher dazu bereit, Xenobia Glauben zu schenken, die mich benach-

richtigt hatte, daß der kleine Davie mein Sohn sei. Als mir gesagt wurde, der Junge sei wohlauf, war er gerade acht Jahre alt. Als ich ihn zum erstenmal sah, zweifelte ich keinen Moment mehr daran, daß er mein Sohn sei. Findest du nicht auch, daß er mir ähnlich sieht? Nein? Vielleicht nicht ganz so zottig – hah, hah, hah – ich vergesse es immer wieder – ich habe mich immer noch nicht daran gewöhnt, Mensch und Bär zu sein. Wie ungeschickt von mir!
Wie dem auch sei – Klein-Davie war nicht nur mein Sohn, sondern darüber hinaus auch noch ein ganz reizendes, fröhliches Kind. Schade, daß sich Xenobia so gut versteckt hat, nachdem mich deine Freunde befreit hatten, dann hätte ich ihr nämlich gezeigt, was ein Bär ist, weil sie unserem Jungen etwas ganz Entsetzliches angetan hat!«

»Hmmm«, sagte Gretchen, »soweit ich's beurteilen kann, schien's ihm ganz gut zu gehen.«
»Natürlich meinst du das«, erwiderte der Bär, »weil du noch nicht lange hier bist. Jedenfalls ist mein Sohn nicht mehr das warmherzige, fröhliche Kind, das er einmal war. Jetzt ist er nicht einmal mehr nett. Viele haben Angst vor ihm, viele beneiden ihn, aber wirklich lieben tun ihn nur seine Mutter und das Mädchen, das meinen Käfig aufgeschlossen hat – und sogar Xenobia und jenes Mädchen lieben im Grunde genommen nur den Davie, der er einmal war.«
»Aha, ich verstehe«, sagte Gretchen.
»Aber um auf meine Geschichte zurückzukommen – ich hoffe doch, daß ich dich nicht langweile!«
»O nein.«
»Nun denn. Davie war ein wunderhübsches Kind, und wir mochten uns vom ersten Augenblick an. Eine Woche lang blieb ich bei den Zigeunern und brachte Davie alles bei, was ich konnte.
Ich führte ihn in die Anfangsgründe des Jagdhandwerks und der Staatsgeschäfte ein. Ich brachte ihm auch ein paar Lieder bei, die ich von unseren Spielleuten am Hof kannte. Aber als es für mich

an der Zeit war, wieder zu gehen, trieb mich Xenobia in die Enge und wollte wissen, warum ich nicht bei ihr und dem Jungen bleiben könnte. Ich erklärte ihr, daß ich lernen müsse, wie man ein Königreich regiert und erzählte ihr von Johanna, so daß sie sich wahrscheinlich gedacht haben muß, ich wolle ihr auf die hochnäsige Tour kommen. Wegen Johanna konnte ich Xenobia und den Jungen ja nicht gut mit nach Hause nehmen, auch wenn sie sich an das Leben gewöhnt hätten. Es hätte überhaupt nicht funktioniert.

Obwohl sie mißbilligend die Stirn runzelte, dachte ich, sie hätte Verständnis für meine schwierige Situation und ging nach Hause.

Fünf Jahre später bekam ich wieder eine Nachricht, dieses Mal lud sie mich zu Davies Initiationsfeier ein. Jetzt weiß ich, daß ihr Stirnrunzeln ein Zeichen für ihren Beschluß gewesen war, anders vorzugehen, was dann schließlich zur Folge hatte, daß wir drei uns in Ungeheuer verwandelten.

Sie kam mir lachend und scherzend auf dem Weg entgegen, der zu ihrem Lager führte. Vor acht Jahren war Xenobia immer noch eine recht gutaussehende Frau, und ich beglückwünschte mich zu der Anziehungskraft, die ich offenbar immer noch auf sie ausübte. Natürlich hatte ich nicht die geringste Ahnung, daß es ihr dabei um eine ganz andere Art von Zauber ging. Sie führte mich nämlich nicht durchs Lager, sondern brachte mich direkt zu ihrem Wagen, wo sie mich bewirtete.

Ich wollte meinen Sohn sehen, aber sie sagte mir, er werde für das Ritual vorbereitet. Nachdem ich mein Weinglas geleert hatte, fühlte ich mich ein bißchen schläfrig und beschloß, ein Nickerchen zu halten.

Als ich wieder erwachte, fand ich mich im Bärenkäfig wieder und konnte weder meine Glieder bewegen noch sprechen. Wie ich später herausfinden sollte, verwandelte sich mein Körper gerade in den eines Bären, und das waren offenbar die Symptome dafür. Im Käfig war es dunkel, bis Xenobia mit einer Fackel in der Hand herankam. Der harte, gelbe Schein des Lichtes fiel auf ihr hartes, böses Gesicht. Ich fragte mich, was ich an ihr so anziehend gefun-

den hatte. Hinter ihr war dieser Kerl, der bis oben hin in einen Umgang gehüllt war und aussah wie ein Pilger.
›Das hier ist der Zauberer, David‹, sagte sie zu mir, ›der den weiten Weg von der Drachenbucht hierher zurückgelegt hat, um an der Feier für deinen Jungen teilzunehmen.› Sie fuhr fort, wobei sie mich verspottete: ›Wie Eure Königliche Hoheit vielleicht bemerkt haben, bin ich des Schreibens kaum mächtig, weil ich nicht so gebildet bin wie Eure Frau und die anderen Adligen. Nun hatte unser Stamm aber erst kürzlich den Verlust seines Bären zu beklagen, denn bei der Bärenhetze ging es ein bißchen gewalttätig zu, und der Bär wurde getötet.› Nun, ich hatte damals einfach das Gefühl, Xenobia sei übergeschnappt, weil sie mir etwas von einem Bären erzählte, obwohl ich selbst nicht einmal sprechen konnte.
Dann sagte sie plötzlich ganz zahm und vernünftig: ›So dachte ich eben, wir könnten uns gegenseitig aushelfen – du willst in der Nähe deines Sohnes sein, und ich brauche einen neuen Bären. Der Zauberer, der mich begleitet, hat sich netterweise dazu bereit erklärt, alles Nötige zu veranlassen und *dich* in einen Bären zu verwandeln. Und sollte es jemals passieren, daß du mit der Hilfe eines anderen Zaubertieres wieder aus dem Käfig herauskommst – wie sollte dir bei uns hier schon eine derartige Kreatur begegnen? – und was der Zauberer gerade unmöglich macht – du wirst schon selbst merken, was ich damit meine –, wenn die wirkliche Liebe deines Jungen das Zaubertier bei seinen Handlungen unterstützt, denn erst dann wirst du wieder wie ein Mensch denken und sprechen können, und wenn dir jemand anders helfen will, wirst du ihn wahrscheinlich auffressen, weil du, o mächtiger Prinz, in vielerlei Hinsicht eben ganz Bär sein wirst!‹ Als Xenobia dies gesagt hatte, lachte sie so höhnisch, daß es mir dabei eiskalt den Rücken hinunterlief.
›Nach dieser Zeremonie wird sich unser niedlicher, kleiner Junge nie Sorgen zu machen brauchen, daß er eine wahre Liebe findet, die er genauso verlassen kann wie sein Vater. Sein Herz wird ganz seiner Mutter gehören und niemandem sonst!‹
Zu diesem Zeitpunkt wußte ich natürlich noch nicht, was sie damit

meinte, aber ich fand es bald heraus, weil sie den Käfig so stehenließ, daß ich das Lagerfeuer der Zigeuner vor mir hatte.
Die Zeremonie wurde von den Fackeln erleuchtet, die die Freunde der Jünglinge trugen, die geweiht werden sollten – und ich konnte alles ziemlich deutlich sehen. Der junge Davie war ganz bei der Sache und furchtbar aufgeregt, als sie ihn und die anderen mit Farbe bemalten und irgendwelche Zeichen in der Luft beschrieben, die wahrscheinlich magisch sein sollten. Nach ein paar rituellen Tänzen hielten sie eine Rede auf ihn, der nun ihr Fürst war. Ha, wenn er nur damals schon gewußt hätte, daß er ein echter Prinz ist, auch ohne den ganzen Hokuspokus.
Aber ich will lieber fortfahren. Bald war die Zeremonie für die anderen Jünglinge zu Ende, und sie konnten zu ihren Eltern zurückkehren. Nur Xenobia sagte zu ihrem Jungen, daß er als Prinz noch ein ganz bestimmtes Ritual über sich ergehen lassen müsse.
Sie nahm vom Zauberer also diesen Gegenstand aus Kristall entgegen – wie nennt man es doch gleich, Mädel? Ach ja, Prisma, hielt es vor den Jungen und sagte ihm, er solle hineinschauen und die Farben des Feuers, die sich darin brachen, anschauen, und bald wurde er vom Schauen richtig blöde, ich glaube, er verfiel in eine Art Trance.
Dann trat der Zauberer nach vorn, nahm Xenobia das Prisma ab und drückte es dem Jungen an die Brust. Dann stimmte er ebenfalls einen Singsang an und beschrieb dabei magische Zeichen in der Luft. Kaum war dies getan, als das Prisma immer heller wurde, bis es nicht mehr heller werden konnte. Als Xenobia jedoch nach dem Kristall greifen wollte, verweigerte der Zauberer es ihr. Sie fügte sich jedoch ohne Murren, wahrscheinlich weil sie Angst hatte, den Zauber zu brechen.
Dann erwachte Davie wieder, und ein großes Festessen wurde abgehalten. Ich verspürte ebenfalls einen fürchterlichen Hunger, weil ich ja damals schon meine Bärengestalt hatte, und die Nahrung, die ich als Mensch noch zu mir genommen hatte, konnte eben keinen Bärenhunger stillen. Mit der Zeit wurde ich immer

abgestumpfter und übellauniger, und schließlich versuchte ich, meine Arme zu heben und an meinem Käfig zu rütteln. Dabei sah ich zum erstenmal meine Tatzen und Vorderbeine, und mir wurde bewußt, daß Xenobia die Wahrheit gesagt hatte, als sie mir angekündigt hatte, sie werde mich in einen Bären verwandeln. Als sie zum Käfig zurückkamen, spitzte ich die Ohren, um zu verstehen, was sie sagten, weil mir ihr Gespräch vielleicht Anhaltspunkte geben konnte, wie ich mich befreien könnte.

Xenobia hatte zu diesem Zeitpunkt bereits begriffen, daß der Zauberer sie hereingelegt hatte. Wütend beschimpfte sie ihn: ›Du hattest mir versprochen, ich bekäme das Herz‹, hörte ich sie sagen.

Der Zauberer antwortete ihr zuckersüß: ›Aber ich hatte doch nur versprochen, ihn davon zu befreien, meine Dame‹, sagte er, ›seien Sie doch vernünftig, warum sollte sich auch jemand, die so viel herumreist wie Sie, noch mit zusätzlichen Habseligkeiten belasten. Ich werde das Herz als Erinnerung an dieses entzückende Fest und euer reizendes Stammesritual für Sie aufbewahren. Wenn ich Ihrer Freundschaft dann ganz sicher bin, werde ich es Ihnen vielleicht eines Tages wieder zurückgeben.‹

Als von Xenobia keine Antwort mehr kam, pochte der Zauberer an meinen Käfig – und da wurde mir bewußt, daß ich nun mehr Bär als Mensch war, denn dieser Kerl roch für mich ganz köstlich. Er sagte zu mir: ›Euer Gnaden, die Dame hat übrigens kein ganz ehrliches Spiel mit Euch getrieben, denn sie hat Euch über das Gegenmittel nicht vollends aufgeklärt, was ich nun tun muß, da ich ja durch den Zauber an Euch gebunden bin. Wenn es Euch gelingt, alle Voraussetzungen, die sie erwähnt hat, zu Eurer Befreiung zu erfüllen, müßt Ihr nur noch dieses kleine Ding wiedererlangen‹, sagte er und zog das Prisma wieder hervor, um mich damit zu blenden und Xenobia zu verhöhnen, ›damit wird Euer Sohn wieder so langweilig wie alle anderen jungen Männer, und Ihr werdet Eure menschliche Gestalt wiedererlangen, wenn Ihr in Eurer Bärengestalt aus Altersschwäche bis dahin nicht schon das Zeitliche gesegnet habt.‹

Ich hätte schwören können, er sei auf einem großen, schwarzen Schwan davongeflogen, bevor Xenobia ihn wieder angreifen konnte.‹«

»Das war ja eine ganz erstaunliche Geschichte«, gab Gretchen zu, konnte ein Gähnen jedoch nicht unterdrücken. Ihre Augenlider waren zusehends schwerer geworden, als der Bär mit seiner tiefen Stimme immer weiterbrummte. Der Prinz in Bärengestalt erhob sein mächtiges, zottiges Haupt aus ihrem Schoß, und wenn die winzigen Augen eines Bären überhaupt besorgt dreinschauen konnten, dann war das jetzt der Fall.

»Ach, Mädchen, und du mußtest diese ganze Geschichte anhören, nachdem du die ganze Nacht aufgeblieben bist und dir der Schlaf abgeht, den ihr Menschen nun einmal braucht. Du könntest jetzt ganz gut einen Winterschlaf gebrauchen!« Als er dies gesagt hatte, richtete er sich wieder auf seine Hintertatzen auf, schaute sich um und ließ sich dann wieder auf alle viere fallen. »Du machst jetzt ein Nickerchen, und ich halte solange Wache. Obwohl ich nicht glaube, daß sich einer von Xenobias Stammesgenossen hier in der Gegend herumtreibt, brechen wir erst wieder auf, wenn es dunkel wird.«

»Du bist der Prinz, du hast das Sagen«, pflichtete ihm Gretchen bei, machte es sich an einem schönen grünen Plätzen bequem und schlief sofort ein.

XIV

Wegen der märchenhaften Natur dieser Geschichte gibt es kein 13. Kapitel

Als Colin in seinem gemütlichen Zimmer im Gasthof in Queenston erwachte und das vertraute Gewicht des schnurrenden Katers spürte, der es sich auf seinen Beinen bequem gemacht hatte, hätte er weinen mögen, denn sein ganzer Körper schmerzte noch von seinem Schwertkampf und dem anstrengenden Ritt vom Zigeunerlager nach Queenston, für den er statt anderthalb Tagen nur einen Tag gebraucht hatte. Er hatte sich so sehr vor seinen Verfolgern gefürchtet, daß er sogar Davies Erklärung, Gretchen sei in Sicherheit und wahrscheinlich schon vorausgegangen, Glauben geschenkt hatte. Schließlich hatte er sein Pferd schon halb zu Tode geritten, als er in der Hoffnung, Gretchen zu finden, den Waldweg entlanggeritten war.

Auf dem ersten Wegabschnitt hatte Colin jeden Augenblick damit gerechnet, anhalten zu müssen und eine buntgekleidete Person hinter sich aufs Pferd heben zu können. Doch auf dem Weg hatte er niemanden gefunden, und auch die Stadt war zu dem Zeitpunkt, als er hindurchritt, wie ausgestorben gewesen. Und die Landstraße nach Königinstadt, die hinter der Stadt anfing, war zwar nicht gerade ausgestorben, hatte ihn jedoch nicht zu Gretchen geführt.

Colin hatte auch nicht erwartet, daß Gretchen vor ihm die Hauptstraße erreichen würde, denn sie war ja zu Fuß, aber irgendwie erzeugte ihre Abwesenheit in ihm ein Gefühl der Leere. Als er es merkte, war es zu spät, umzukehren oder das Tempo zu verlangsamen, denn die Zigeuner hatten nun längst ihre Tiere wieder eingefangen und ihn bereits verfolgt, falls das ihre Absicht war. Er konnte nicht von der Möglichkeit ausgehen, dies sei nicht der Fall.

Heute war er nun nicht mehr so müde, aber dafür wund an Körper und Seele und fühlte sich einen Tag hintennach, weil er den ganzen Tag verschlafen hatte, wie er aus dem rötlichen Sonnenuntergang schließen konnte, der die Spitzenvorhänge an den Fenstern rosa färbte.

Außerdem hatte er Hunger. Er wurde sich schmerzlich bewußt, daß er außer einem Schwert, das zu groß für ihn war, seinen Musikinstrumenten, den Kleidern, die er auf dem Leib trug, und einem ausgeliehenen Kater nichts besaß. Auch fehlte es ihm an Ideen, wie er seine Versprechen gegenüber Gretchen und Zorah einhalten sollte.

Ching erhob sein schwarzmaskiertes Gesicht von den knetenden Pfoten, seine grünen Augenschlitze verrieten seine gute Laune.

Gedankenverloren kraulte Colin den Kater an den Schnurrhaaren und sagte: »Wenigstens bist du guter Stimmung. Wir machen uns aber besser an die Arbeit, bevor sie uns ins Gefängnis werfen!« Der Kater machte jedoch keinen besonders besorgten Eindruck, und da er kein Geld besaß, konnte man ihn auch schlecht zur Kasse bitten.

Colin trat ans Fenster, um sich besser zu orientieren. Die Gebäude der Regierung zogen sich bis zum glitzernden Wasser der Queenston-Bucht hin, wo die Masten sich bis in die kleinste Einzelheit vom dahinterliegenden Gebirge abhoben. Der Sonnenuntergang glitzerte auf den höheren Gipfeln und über dem Hafen. »Nun denn«, seufzte Colin, als er seine Stiefel anzog, »sie werden uns bestimmt ins Gefängnis werfen, wenn wir uns nicht vorher etwas einfallen lassen – das heißt, wenn sie uns schnappen. Ein feiner Ort – mit etlichen Gastwirtschaften, wie ich mir denken kann, in denen sie kurzen Prozeß machen und uns einfach die Kehle durchschneiden würden.«

Glücklicherweise hatte man ihn an der Gesangsschule gelehrt, daß gelegentliche Armut ein Übel war, mit dem er fertig werden mußte. Kurzentschlossen hängte Colin sich die Gitarre um, klemmte die Geige unter den Arm, und hielt dann die Tür auf, damit Ching hinausgehen konnte. »Nun, Kater, ich hab dir doch versprochen, daß du nie mehr Hunger leiden müßtest. Wie wär's denn jetzt mit einer gepflegten Fischmahlzeit?« Statt einer Antwort, starrte Ching ihn verzückt an.

Colin schlich sich vorsichtig die Treppe hinunter, weil er einer Begegnung mit dem Wirt aus dem Wege gehen wollte, und zur Abwechslung hatte er sogar einmal Glück. Er atmete sichtlich auf, als sie ein paar Straßen weiter waren. Der salzige Fischgeruch des Hafens stieg ihnen in die Nase, und Chings Gangart wurde ausgesprochen lebhaft.

Nach einer Weile hielt Colin es für vernünftiger, den Kater auf die Schulter zu nehmen, so daß er es sich zwischen der Gitarre und Colins Hals bequem machen konnte. Im Regierungssitz von Argonien war ein wesentlich geschäftigeres Treiben als vor Jahren – damals hatten die Drittkläßler der Gesangsakademie dort den Festsaal der Schule besichtigt.

Sogar jetzt, am frühen Abend, strömten noch Kaufleute und Matrosen, Dienstboten und Edelleute an Colin vorbei, die mitten auf der Straße Tauschgeschäfte machten und einkauften. Schwerbeladene Pferde- oder Ochsenkarren teilten den Strom der Passanten, wie ein Felsblock einen Fluß. Vergoldete Karossen, die offensichtlich vornehmen Hof- und Regierungsbeamten gehörten, klapperten vorüber, ohne daß sich die Kutscher um den Verkehr gekümmert hätten. Das muntere Treiben machte Colin nach der verhältnismäßig friedlichen Stimmung der Landstraße ganz nervös.

Aber Colin hätte mit dem Trubel rechnen müssen, denn er wußte, in drei Monaten würde das Tribunal stattfinden, und die Bediensteten würden vorher noch schnell die Stadthäuser ihrer Herrschaften herrichten, die Kaufleute ihre Vorräte aufstocken und natürlich auch mehr Schiffe in den Hafen einfahren, um die Ware herbeizuschaffen.

Die Landbevölkerung kam ebenfalls in die Stadt, weil sie sich dort einen lukrativeren Verdienst erhoffte als in der Landwirtschaft, um damit besser durch den Winter zu kommen. Und schließlich die Sensationslustigen: sie würden versuchen, einen möglichst guten Platz zu ergattern, bevor der Hauptandrang einsetzte. Alle wollten dabeisein, wenn die älteren Staatsmänner von Argonien den Nachfolger von Finnbar dem Feuerfesten ernannten.

Finnbar war einer der besten Könige gewesen, die jemals regiert hatten und eine schillernde Persönlichkeit obendrein. Die Gesangsschule war eine der vielen Initiativen des Königs gewesen. Sie war vor fünfzig Jahren gegründet worden, kurz nach Finnbars Amtsantritt. Steuerreformen, verbesserte Landwirtschaftsmethoden, die von erfahrenen Männern eingeführt wurden, die zur Schulung ins Ausland geschickt worden waren, die Aufhebung des Unterschieds zwischen Zauberwesen und gewöhnlichen Sterblichen bei der Rechtsprechung und eine allgemeine Toleranz und Vernunft waren die Ergebnisse seiner Regierung.

Aber Finnbar, einst der gelassenste und mutigste aller Fürsten, wurde allmählich alt. Einige meinten, vor seiner Zeit, eine unglückselige Folge seiner Familiengeschichte. Er stammte aus einer Familie von berufsmäßigen Zauberern, deren Talent nicht nur für Finnbars Neigung zum Verschlucken flammender Schwerter verantwortlich war (was ihn praktisch drachensicher machte), sondern auch für seine Vorliebe, sich auseinandersägen zu lassen, auf Betten mit Nägeln herumzuliegen, Kisten, in denen er sich selber zusammenkauerte, von Schwertern durchbohren zu lassen und andere Arten von unerquicklichem Zeitvertreib. Diejenigen, die nicht zugeben wollten, die vorzeitige Altersschwäche des Königs mit sechsundachtzig Jahren rühre von seiner Zauberei her, mußten jedoch zugeben, daß ihn die gefährliche Begabung seiner Vorfahren einen Thronerben gekostet hatte.

Denn seine Nachkommen waren wesentlich schwächer als er, was Gretchens Großmutter und Tante außerordentlich bedauerten. Übrigens galt dasselbe auch für Finnbar, der natürlich den Vergleich mit jenem mächtigen Vorfahr nicht aushielt, der an unsichtbaren Seilen bis in die Stratosphäre klettern konnte. Die beiden jungen Prinzen, die es ihrem Vater gleichtun wollten, verendeten auf ziemlich unspektakuläre Weise, als sie versuchten, sich eine der anspruchsvolleren Kunstfertigkeiten ihres Vaters anzueignen. Wie der Zufall es wollte, hatte auch die Prinzessin ein Talent zum Feuerschlucken, aber nach dem Ableben ihrer Brüder beschloß sie, sich ganz aus der Öffentlichkeit zurückzuziehen und sich der Aufschlüsselung alter Manuskripte zu widmen.

Einige waren sogar unbarmherzig genug, anzudeuten, ein Herrscher mit etwas weniger Zauberkraft und etwas mehr irdischer Stärke und gesundem Menschenverstand sei zu diesem Zeitpunkt eine vernünftigere Lösung.
Jedenfalls hatte Königinstadt in wirtschaftlicher Hinsicht einen Aufschwung zu verzeichnen, was man von dem Monarchen nicht behaupten konnte. Jedenfalls war es aber für einen jungen Mann mit einer Katze auf der Schulter und einer Geige unter dem Arm schwierig, sich einen Weg durch die Menge in den Straßen und am Hafen zu bahnen, wo es statt der Edelleute und reichen Kaufleute mehr Hafenarbeiter, Matrosen und Damen gab, die von ihnen profitierten.
Er fragte einen aus der Menge, wo er sein Abendessen einnehmen könne, aber der Geruch, der ihm nun in die Nase stieg, machte eine Antwort überflüssig. Der Geruch von ranzigem Fett, gebratenem Fisch, von Matrosen, die mit Wasser nur dann in Berührung kamen, wenn eine Welle übers Deck ihres Schiffes hinwegspülte, von frischem und abgestandenem Bier und ausländischem Tabak zeigte ihm an, daß er den Ort gefunden hatte, wo er sich sein Mahl verdienen und Geld ausleihen konnte, bereits bevor er die grölenden Stimmen und das Geklapper des Bestecks aus dem Innern der Schenke hörte.
Daß er kaum etwas sah, als er die Schenke betrat, hatte zweierlei Gründe. Der erste war, daß sich die Gäste auf eine gutmütige Weise vor dem Essen zu balgen schienen und deswegen eine größere Anzahl von ihnen die Wirtsstube auf den Knien oder dem Hosenboden verließ. Der zweite Grund war, daß der Rauch der Pfeifen und der verlotterten Öllampen den ganzen Raum mit bläulich-grünen Rauchschwaden füllte. Colin malte sich aus, daß die Matrosen vielleicht so froh waren, nach ihrem monatelangen Aufenthalt zur See endlich wieder hier zu sein, daß ihnen sogar der Rauch stimmungsvoll vorkam.
Indem er den Gästen, die durch die Luft flogen, so gut wie möglich auswich, ging er zielstrebig auf einen Stuhl in einer Ecke des Raums zu, wo er mit dem Rücken zur Wand sitzen und vermeiden konnte,

von hinten angerempelt zu werden. Ching sprang von Colins Schulter, um den Fischgerüchen nachzugehen, die hinter der Theke hervordrangen. Der Spielmann machte seinen Bogen bereit.

Eine Zeitlang klimperte er leise vor sich hin, nur um sich Mut zu machen, und keiner konnte ihn wegen des Handgemenges hören. Aber der erste der Kampfhähne, der beschlossen hatte, sich hinzusetzen, ließ sich ausgerechnet in seiner Nähe nieder, genehmigte sich eine weitere Flasche, hörte ihm zu und spendete ihm dann so lauten Beifall, daß jeder es trotz des Lärms hören konnte und äußerte schließlich einen besonderen Wunsch. Seine Kameraden griffen dieses neue Spiel sehr schnell auf, da auch sie sich lieber die Zeit auf schmerzlosere Weise vertrieben, die ihnen zudem noch mehr Zeit zum Trinken ließ.

Die musikalischen Wünsche wurden ziemlich lautstark geäußert und arteten in einen Wettbewerb aus, der beinahe wieder zu einer Rauferei ausartete, bis einer der Kerle versuchte, Colins Wahl mit einer Kupfermünze zu beeinflussen. Ein anderer dachte, daß mit zwei Münzen von Colin eine umso bessere Leistung zu erwarten sei, und so steigerte sich der Einsatz immer mehr. Als Colin genug hatte, um sich ein Essen davon kaufen zu können, amüsierte er sich köstlich.

Alle Matrosen hatten Stimmen zum Singen, alle laut und nur einige wohlklingend. Wie sich herausstellte, betrieben die Matrosen ihren Gesang mit dem gleichen Enthusiasmus wie ihre Rauferei. Ihre Lieblingslieder waren zotig und ziemlich lang, denn zur See war es ja Brauch, sich die Zeit mit Singen zu vertreiben und den alten Liedern neue Verse hinzuzufügen, die sich aus der jeweiligen Situation ergaben. Colin, der gerade das Lied vom Selkie begleitete, der die Seeschlange überlistet hatte und die Sirene verführte, war gerade bei der sechzehnten oder achtzehnten Strophe, er wußte schon selber nicht mehr bei welcher, als sein erster Zuhörer beim Wirt ein Bier für den Fiedler bestellte.

Als der Abend sich neigte und die rauchige Wirtsstube ins Schwarze wechselte, wurden die Rufe der Matrosen nach dem Wirt immer häufiger: »Wirt, der Junge sitzt wieder auf dem Trokkenen!« hallte es unter dem Singen und den Geräuschen der Flaschen, mit denen angestoßen wurde, durch den Raum. Dann hatte Colin wieder Lust zu weiteren vierzig Versen. Nach kurzer Zeit war er überrascht, wie harmonisch der Gesang der Matrosen geworden war.

Als er die ersten Liter hinuntergespült hatte, brachte ein Mann mit einer gestreiften Mütze und einer Augenbinde eine Ziehharmonika zum Vorschein, ein anderer zog eine Hornpfeife hervor, und dann spielte es wirklich keine Rolle mehr, ob Colin sang oder nicht, da ja alle anderen musizierten, auch wenn nicht jeder die gleiche Weise spielte.

Als die Nacht beinahe vorüber war und der Tag anbrach, sang Colin immer noch und spann mit seinen eifrigsten und betrunkensten Anhängern Seemannsgarn. Der Spielmann lauschte ihren Erzählungen und dachte, daß er noch nie in seinem Leben etwas so Wunderbares gehört und noch nie so angenehme, tapfere und intelligente Prachtskerle getroffen hätte.

Als alle einen Zug aus der Flasche taten und Colin seine eigenen Abenteuer erzählte, trat eine Gesprächspause ein. Als er nach dem Genuß von etlichen Flaschen Bier damit fertig war, war sein Gesicht tränenüberströmt. »... und so habe ich das liebe kleine Gretchen verloren...«, lallte er, wobei einige Tränen in seine Bierflasche tropften.

»Nun laß mal gut sein, Junge«, sagte der Ziehharmonikaspieler, »du verdünnst ja dein Bier.« Sorgfältig wischte er Colins Gesicht mit seiner gestreiften Mütze ab und schneuzte sich die Nase, bevor er die Mütze wieder aufsetzte.

»Ach, du hast das Mädel wohl geliebt, was Junge?« fragte ein weichherziger Alter, der auf dem Schiff, zu dessen Besatzung sie alle gehörten, Bootsmann war – ein ehemaliger Pirat »Sie kochte einen wundervollen Eintopf...« sagte Colin wehmütig, und immer noch strömten ihm die Tränen über die Wangen, »aber ich mußte sie im Wald zurücklassen, denn ich konnte sie nicht finden, und nun ist ihre Miezekatze alles, was mir von ihr geblieben ist...«

Der Kerl, der Colins Worte für eine schmutzige Bemerkung zum

Anlaß nahm, wurde von Ching mit einem verächtlichen Blick bedacht. Ching war in der Küche von der freundlichen Köchin mit Fisch gefüttert worden und saß nun wieder auf Colins Schulter.

Als das Gelächter verhallt war, sagte ein anderer zu Colin: »Warum läßt du dich eigentlich nicht mit uns anheuern?«

»Das kann ich nicht«, erwiderte Colin, »weil ich noch all diese Geschäfte zu erledigen habe. Zuerst muß ich für Gretchen Lady Goldie finden, dann muß ich für Zorah dem Zauberer das Herz des Zigeuners entreißen, wie ich es euch schon gesagt habe.« Als er dies gesagt hatte, heulte er wieder los, weil alles so aussichtslos schien, dann hellte sich seine Miene plötzlich auf, und er wandte sich an die Matrosen: »Sagt mal, ihr Jungs wißt nicht zufällig, wo ich böse Zau – Zau – Mann-Hexen ausfindig machen kann?«

Der alte Seeräuber mit der romantischen Ader meldete sich wieder zu Wort: »Nun, das ist ein guter Grund für dich, mit uns zu segeln, Junge. Wie ich gehört habe, soll nämlich der durchtriebenste Schurke unter den Zauberern auf einer Insel in der Drachenbucht leben. Wenn du einen bösartigen Zauberer suchst, dann bist du dort an der richtigen Adresse.«

Colin, der sich nicht vorstellen konnte, daß sich seine Wege auf ein und derselben Reise mit zwei Zauberern kreuzen sollten, war sich sicher, daß der Zauberer, den der Seeräuber erwähnt hatte, derselbe war, den er suchte. Er willigte ein, bis zur Drachenbucht als Matrose zu dienen und fragte, wann sie den Anker lichteten.

»Beim ersten Lichtstrahl, was soviel heißt, wie – sobald ich die Bagage hier raus habe«, sagte der zweite Bootsmann. »Wir wollen nämlich möglichst in die Bucht gelangen und vor Anker gehen, bevor die Drachentage beginnen, was wir natürlich nicht können, wenn die Kerle den lieben langen Tag hier herumhängen.«

»Was sind denn die Drachentage?« fragte Colin.

»Ach, nichts – nur daß die Drachenbucht jeden Monat ungefähr eine Woche lang von diesem großen Ungeheuer heimgesucht wird, das gefüttert werden muß, bevor es alles auffrißt, was ihm in die Quere kommt.«

»Wie kommt es, daß dort überhaupt Leute leben können?« fragte Colin.

»Verstehst du, es ist dieser Zauberer«, sagte der Ziehharmonikaspieler, der sich nun, da die Arbeit winkte, mehr und mehr für das Erzählen erwärmte, »der die Drachentage mit dem Drachen vereinbart hat. Wie es heißt, ein überzeugender Kerl, der Zauberer – nicht der Drache – Drachen sollen ja bekanntlich ihre eigene Überredungsgabe haben – wie dem auch sei, der Handel besteht darin, daß jeder Bewohner jeden Monat eine bestimmte Viehmenge abliefern muß, um den Drachen zu füttern. Einige behaupten sogar, daß sich unter den Tieren auch ab und zu ein vom Pech verfolgter Rivale des Zauberers befindet und vom Drachen aufgefressen würde, aber keiner kann's beschwören. Die Leute treiben dann ihr Vieh zur Bucht hinunter. Dort werden die Tiere auf ein großes Boot getrieben, das anschließend zu einem der Felsenriffe geschleppt wird, die die Insel des Bösen umgeben.«

»Die Insel des Bösen?«

Der Mann beugte sich nach vorn und flüsterte: »Das ist natürlich die Insel, auf der der Zauberer lebt. Einige sagen, es sei dort sehr schön, die anderen sagen, daß es dort entsetzlich sein soll, aber alle sind sich einig, es sei eine verdammt gute Sache, daß der Zauberer diese Vereinbarung mit dem Drachen getroffen hat, so daß sie nun dem Drachen eine Kuh opfern können, statt selbst vor die Hunde zu gehen. Ach ja, ein Drache ist eine furchtbare Plage!«

»Das kann ich nun nicht behaupten«, erwiderte Colin um der Gerechtigkeit willen, »ich bin einmal einer Drachendame begegnet, die gar nicht so übel war, als ich sie näher kennenlernte.«

Diese Bemerkung erntete schallendes Gelächter, das die Atmosphäre klärte, da die Lachsalven so stark waren, daß sie die Rauchschwaden zur Tür hinausbliesen. »Ha, ha, ha ... nicht so übel, als ich sie näher kennenlernte! Damit hat er den Vogel abgeschossen!«

Der alte Seeräuber klopfte ihm auf die Schulter. »Du mußt uns unbedingt begleiten, mein Junge. Du wirst sehen, was für einen guten Matrosen wir aus dir machen!«

»Aber ich bin noch nie zur See gefahren!« sagte Colin.

»Das macht gar nichts. Was die Handhabung des Schiffes betrifft, die bringen wir dir bei, aber die wirklich unerläßlichen Voraussetzungen sind Saufen, Singen und Lügen – und die beherrschst du ja wirklich meisterhaft!«

XV

Gretchen fand bald heraus, daß seine Königliche Hoheit, der Bär, ein idealer Weggefährte war. Obwohl er genauso ehrfurchtgebietend durch den Wald trottete wie ein richtiger Bär, so daß Gretchen keine Angst vor Greifen, Löwen oder anderen Wesen dieser Art haben mußte, war er doch ein kultivierter, belesener, witziger und aufmerksamer Begleiter. Er war immer höflich, dachte an ihr Wohlbefinden und hatte vor allem galante Umgangsformen, und war sich trotzdem nicht zu gut, seine Klauen zu gebrauchen, um nach eßbaren Wurzeln zu graben, die Gretchen zum Abendessen kochen konnte.

Die erste Nacht hatten sie gebraucht, aus dem Wald herauszukommen, und am nächsten Morgen hatten sie ihr Lager am Ufer eines Flusses aufgeschlagen, der ihnen beiden unbekannt war, Gretchen, weil sie noch nie so weit von zu Hause weggewesen war, und dem Bären, weil er aus einem ganz anderen Land kam. Er erzählte ihr, daß er mit den Zigeunern natürlich ziemlich viel herumgekommen war, aber sein Denken damals von seiner Bärennatur vollkommen beherrscht gewesen war und er die verschiedenen Orte nur mit dem Bewußtsein eines Bären wahrgenommen hatte.

Das Schlimmste an Xenobias Fluch war nämlich gewesen, daß er nicht nur äußerlich ein Bär wurde, sondern auch in seinen Gedanken und Taten. Sein Verstand wurde zu dem eines Bären, und er verfügte nur noch über die Kontrolle, die ein Bär von Natur aus über seine Handlungen hat. Er gab zu, daß es einige Male vorgekommen war, daß Feinde Xenobias mit ihm zusammen in den Käfig gesperrt worden wären, die keine mit Zauberkraft begabte Katze dabeigehabt hätten. Gretchen schauderte, als sie daran dachte, aber dem verzauberten Prinzen erging es ebenso.

Es mußte furchtbar für ihn gewesen sein, zuzusehen, wie der Körper, in dem er sich befand, hilflose Menschen tötete. Das war auf keinen Fall mit der Funktion zu vergleichen, die er innehatte, wenn er die Truppen in einem Grenzgefecht anführte, dabei die

Schädel der Feinde einschlug oder sich mit seinen Feinden auf aufrechte soldatische Art herumschlug. Das gehörte schließlich zu seinen Herrscherpflichten.

Spät am Nachmittag nahmen sie dann eine Mahlzeit aus Beeren und Vogeleiern zu sich. Der Bär aß sie roh, genauso, wie er sie gefunden hatte, und Gretchen machte sich ein Omelette aus ihrem Teil, nachdem sie zuerst die Aufteilung für den sofortigen Verzehr und die mehrtägigen Vorräte vorgenommen hatte. Es blieben genügend Eier übrig, die man dem Vogel im Nest liegenlassen konnte, wenn dieser sie überhaupt noch wollte, nachdem ein Bär damit herumjongliert hatte und sie irgendwelchen Zaubertricks unterworfen gewesen waren.

Nachdem sich Seine Königliche Hoheit den letzten Saftfleck vom Maul geschleckt hatte, griff Gretchen in ihre Tasche und zog den silbernen Spiegel heraus. »Ich meine«, sagte sie, »wir sollten jetzt zuerst einmal herausfinden, wohin wir überhaupt gehen müssen.«

»Gute Idee, Mädchen, aber wie?«

Gretchen zeigte ihm Tante Sibyls Spiegel und klärte ihn über seine Zauberkraft und deren Grenzen auf. »Leider ist dieses Zaubergeschenk nur auf drei Visionen beschränkt«, sagte sie, »dann wird es nutzlos, wenn es nicht neu aufgeladen wird.«

»Und was ist nun das Problem?« fragte der Bär.

»Ich glaube, wir haben bereits zwei Visionen verbraucht, falls die, die uns im Schloß meines Schwagers danebengegangen ist, auch mitzählt. Beim zweiten Mal sahen wir Bernsteinwein in Königinstadt, und ich dachte, wir sollten vielleicht versuchen, meinen Onkel für die Sache zu gewinnen, wenn wir es mit einem so mächtigen Zauberer aufnehmen müssen.«

Der Bär wartete höflich, bis sie fortfuhr: »Meine Tante hat mir gesagt, ihr Bruder wohne irgendwo in dieser Gegend, der in der Zwischenzeit wahrscheinlich genauso mächtig geworden ist wie meine Großmutter und Tante. Leider bin ich nicht mächtig – daß ich ein vorzügliches Soufflé zubereiten kann, befähigt mich eben noch lange nicht dazu, die armen Opfer aus den Klauen mächtiger

Zauberer zu befreien. Vielleicht kann er uns auch helfen, das Herz Ihres Sohnes zurückzugewinnen. »Nein«, sagte sie abschließend, »wir brauchen erstklassige Hilfe.«
»Statt Frau Eberesch willst du mit dem Spiegel also lieber deinen Onkel einfangen?« fragte der Bär.
»Ja, es war nur so eine Idee von mir. Wahrscheinlich kennt mein Onkel den Zauberer, vielleicht leben beide in der Bucht. Möglicherweise spielen sie sogar ab und zu Schach miteinander – auch wenn wir natürlich keinen Grund haben, ihn zu mögen, ist er vielleicht für Onkel Furchtbart kein ganz so unangenehmer Kerl.«
Seine Königliche Hoheit knurrte ungehalten und sagte dann aber nur: »Wenn aber deine Schwester nun mit dem Händler unterwegs ist und du der Meinung bist, er sei gefährlich, wäre es dann nicht besser, wenn wir sie so schnell wie möglich befreien würden? Wenn wir zögern, erleiden vielleicht Frau Eberesch und das Kind einen so empfindlichen Schaden, daß ihn kein noch so mächtiger Helfer wiedergutmachen kann.«
Gretchen, die ihren Standpunkt verteidigen wollte, öffnete den Mund, um etwas zu sagen, überlegte es sich dann aber doch noch einmal anders. Da sie Hugos Pläne nicht kannte, wußte sie auch nicht, wie groß die Gefahr war, in der Goldie schwebte. Hatte sie den Aufenthaltsort ihres Onkels nur herausfinden wollen, weil er es war, der ihrer Schwester am besten helfen konnte, oder vielmehr um ihr eigenes Selbstvertrauen zu stärken, das unter der Aussicht ziemlich gelitten hatte, daß sie es nun mit mächtigen Zauberern und nicht mehr nur mit ein paar lächerlichen Zigeunern und einem geschwätzigen Wanderhändler zu tun hatten.
»Natürlich hast du recht«, pflichtete sie ihm schließlich bei, und versuchte sich ganz auf Frau Bernsteinwein zu konzentrieren, als sie erwartungsvoll auf die regenbogenfarbenen Lichtreflexe schauten, die sich in dem silbernen Spiegel ansammelten. Gretchen hoffte, Goldie dieses Mal in einer besseren Verfassung anzutreffen.
Wieder einmal erschien ein doppeltes Bild im Spiegel. »Tut mir leid«, wandte sie sich an den Bären, »ich kann's nicht so gut wie Tante Sibyl, ich bringe immer die Bilder durcheinander.« Der Bär

schaute Gretchen über die Schulter, als das undeutliche Bild von Bernsteinweins Gesicht wieder verblaßte. »Wenigstens war ihr Haar dieses Mal ordentlich frisiert«, sagte Gretchen hoffnungsvoll.

»Vielleicht ist das der Ort, an dem sie sich befindet«, sagte der Bär und deutete auf das zweite Bild, das nun schärfere Konturen annahm, da Bernsteinweins Gesicht verschwunden war. Im Spiegel sah man das Innere einer Wirtschaft und einen Mann, den sowohl Gretchen als auch der Bär wiederzuerkennen glaubten, aber von dem sie auch sicher waren, ihn niemals zuvor gesehen zu haben. Seine Erscheinung war sehr ungewöhnlich und nicht von einer Art, die man leicht wieder vergessen würde, dachte Gretchen.

Er hatte eine bronzefarbene Haut mit tiefen Falten um die dunkelbraunen Augen und zwei tiefen Furchen, die sich von seiner Hakennase zu den Mundwinkeln hinzogen. Um den schmallippigen Mund spielte ein schwaches Lächeln. Der Mann hatte hohe Wangenknochen, und sein schönes Haar, das an den Schläfen ergraut war, fiel ihm in sanften Wellen aus der Stirn. In der Hand hielt er ein Weinglas. Neben ihm lehnte die Wirtsfrau am Tresen und schenkte ihm gerade noch ein Glas Wein ein.

»Es ist eine große Ehre für uns, daß sie hier beim Drachenwirt übernachten, Meister Grau«, sagte die dümmlich vor sich hinlächelnde Frau und setzte den Weinkrug wieder ab. »Werden Sie wohl lange bleiben?«

»Nur solange, bis die zweite Ladung fertig ist, gute Frau«, erwiderte der Mann.

»Das ist ja Onkel Furchtbart«, sagte Gretchen, die plötzlich begriffen hatte, warum er ihr so bekannt vorgekommen war.

»Na klar, deswegen dachte ich auch, ich hätte ihn schon einmal gesehen«, sagte der Bär, »der Kerl gleicht dir aufs Haar, Mädchen!«

Gretchen errötete schuldbewußt. »Leider scheint der Spiegel nicht zu zeigen, was ich unbedingt sehen muß. Ich wünschte, wir könnten Goldies Bild wieder zurückbekommen – vielleicht –, «sie wandte sich wieder dem Spiegel zu, aber das Zauberbild war be-

reits wieder verschwunden. Traurig schüttelte sie den Kopf: »Zu dumm, und dabei war das die letzte Gelegenheit!«
Der Bär setzte sich neben dem Feuer nieder und steckte den Spiegel wieder weg. »Ich schlage vor, wir machen uns zuerst einmal die Hinweise zunutze, die nichts mit Magie zu tun haben. Alle Wege scheinen zur Drachenbucht zu führen. Laß uns also dorthin gehen, damit ich das Herz meines Sohnes wiederbekomme und diesen grinsenden Zauberer dazu bringe, das Unrecht zu gestehen, das er deiner Schwester angetan hat!«
Zur Drachenbucht zu gelangen, war nicht so einfach, wie sie es sich vorgestellt hatten, denn der Weg führte sie zuerst ins Vorgebirge und dann über einen Höhenweg durch das Jammergebirge. Der Bär, der als Kronprinz von Ablemarle über alle Kriege, die sich im eigenen Land und außerhalb abgespielt hatten, Bescheid wissen mußte, sagte, das Gebirge sei nach einer Schlacht benannt, an der auch die Riesensoldaten teilgenommen hätten, die an Argoniens Gestaden gelandet seien, um die Küstensiedlungen zu zerstören. Unter großen Opfern wurden die Riesen daran gehindert, ins Landesinnere vorzudringen, als nämlich die loyale Bürgerwehr ihre Heimat von den steilen Felswänden aus gegen die Eindringlinge verteidigte. Es hieß, dort habe eine schreckliche Schlacht getobt, an der sogar die argonischen Drachen zur Verteidigung des Landes teilgenommen hätten. Gretchen sagte, daß sie auch schon davon gehört habe, allerdings hätte sie gehört, daß die Drachen nur deswegen mithalfen, weil ihnen die Feinde besser schmeckten und weil sie größer waren. Die Drachen kümmerten sich mehr um ihren Gaumen als um patriotische Gefühle.
Obgleich es einen Fußpfad gab, der wahrscheinlich noch aus der Zeit stammte, als die argonische Flotte noch nicht stark genug war, den Spähdienst zu Lande überflüssig zu machen, kamen Gretchen und der Bär nur schwer voran. Zwar waren Gretchens Füße an weite Fußmärsche gewöhnt, aber ihre Lungen vertrugen die dünne Bergluft nur mäßig, und der Bär mußte wiederholt anhalten, während Gretchen nach Luft schnappte.
Auch war es dort oben ziemlich kalt, und der Schnee war tiefer als

ihre Reitstiefel, die durch das häufige Flicken, das Gretchens Zauberkraft ermöglichte, immer dünner wurden. Trotz ihres wollenen Umhangs zitterte sie vor Kälte. Leider hatte sie ihren dicken Wintermantel nicht dabei. Wenn sie doch nur die Spindel aus ihrem Reisebündel mitgebracht hätte, dann hätte sie aus Bärenhaaren einen Mantel weben können, aber dazu war es nun zu spät.

Als sie schließlich wieder aus dem Gebirge herauskamen, waren sie seit ihrem Aufenthalt am Fluß schon eine ganze Woche unterwegs. In der Mittagszeit des siebten Tages standen sie auf einem Hügel, von dem aus sie auf die Drachenbucht und die kleine Siedlung herabblicken konnten.

Von dem Punkt aus, an dem sie standen, sah das Wasser der Bucht silbern und weiß aus. Die langgezogenen, flachen Wellen schienen glatt wie Glas zu sein und trugen als Kontrast glitzernde Schaumkronen. Hinter der Bucht begann das offene Meer, und dahinter erstreckte sich eine weitere Gebirgskette, die noch zerklüfteter und abschreckender aussah als das Gebirge, das sie gerade überquert hatten.

Über das Wasser verstreut war eine Anzahl kleiner Inseln, von denen einige nur aus Felsen bestanden, an denen sich die Wellen brachen, während andere relativ groß und wegen ihrer Vegetation auch ziemlich grün waren. Die größte der Inseln wurde von einem Schloß gekrönt, das sogar von ihrem erhöhten Standpunkt aus alt und rauh aussah. Es bestand aus zwei riesigen Gebäuden aus Stein, von denen das eine größer war als das andere, mit einem Turm an jeder Ecke. Die Gebäude waren von einer hohen Mauer umgeben.

Die Siedlung war an dem einzig dafür geeigneten Platz erbaut worden, und unmittelbar dahinter erhob sich der Berg, auf dem sie standen. Grimmige, zerklüftete Klippen ragten zu beiden Seiten der Stadt über das Wasser, ihre Unerbittlichkeit wurde von glitzernden Wasserfällen ein klein wenig gemildert, die nur im Frühling auf ihrer Vorderseite hinabstürzten, und auch die Blumen, die in den Ritzen blühten, gab es nur im Frühling.

»Ich möchte wetten«, sagte der Bär, »dies ist der Ort, wo die Drachen von der Drachenbucht lauern.« Gretchen schirmte die Augen mit der Hand ab und schaute angestrengt. »Dort drüben, Mädchen, in den Höhlen bei den Felsklippen«, rief der Bär ungeduldig. »Der ideale Ort für Drachen und natürlich auch für Bären.«

»Darüber wollte ich mich gerade mit Ihnen unterhalten, Königliche Hoheit, weil ich nämlich befürchte, Ihr Erscheinen würde in der Stadt unnötige Panik auslösen. Vielleicht sollte ich allein in die Stadt gehen und mich nach dem Aufenthaltsort des Zauberers erkundigen.«

»Nein, Mädchen«, erwiderte er. »Ich weiß, du bist ein gutes Kind, da du auf eigene Faust dein Glück für mich versuchen willst, aber ich weiß, daß Zauberer voll gemeiner Tücken sind. Vielleicht würdest du sogar in eine Falle geraten, aus der du nicht mehr die Möglichkeit hättest, nach mir zu rufen. Ich glaube, wenn du deinen Umhang so vergrößerst, daß er mir paßt und ihn mit einer Kapuze versiehst, könnte ich mich für einen auswärtigen Pilger ausgeben. Ich glaube, das ist das Klügste, was wir tun können.«

Gretchen hatte bereits befürchtet, er würde ihren Vorschlag ohne Widerrede akzeptieren, tatsächlich fühlte sie sich nämlich in seiner Begleitung sicher, wenn auch nicht gerade vor den durch eine Verwünschung verursachten, geheimen Gefahren, so doch vor den greifbareren Bedrohungen durch Ungeheuer oder Kobolde, mit denen ein starker Bär gerade noch fertigwerden konnte.

Als Gretchen den Umhang so geändert hatte, wie er es wollte, und er nun aufrecht vor ihr dastand – die Vorderpfoten hatte er in den Falten des Kleidungsstückes verborgen – betrachtete sie ihr Werk mit einem zufriedenen Lächeln, zog die Kapuze noch ein bißchen weiter über seine Schnauze herab und sagte: »Na also, Hoheit – wenn Ihr nun noch versucht, Eure Stimme ein bißchen zu dämpfen und Eure Klauen zu verbergen, dann haben wir's geschafft!«

»Dann solltest du mir vielleicht auch eine Fastenkur verordnen«, erwiderte Seine Königliche Hoheit, »denn ich habe zur Zeit nicht viel für Messer und Gabel übrig.«

Gretchen mutete es seltsam an, wieder in der Stadt zu sein, nachdem sie sich so lange in den Wäldern und Bergen herumgetrieben hatte. Es kam ihr nämlich vor, als gebe es dort zu viele Gebäude und Menschen, die sich zu hektisch bewegten. Der selbstsüchtige Ausdruck auf den Gesichtern der Menschen zwang Gretchen dazu, sich der Wichtigkeit der eigenen Aufgabe wieder bewußt zu werden, was natürlich auch hieß, daß sie sich von diesen Leuten nicht unterkriegen lassen durften. Obwohl die Drachenbucht sehr klein war, war sie doch größer als das Zigeunerlager, in dem der Bär die vergangenen Jahre zugebracht hatte, oder Gretchens Zuhause auf der Eisdrachenfeste. Von den Leuten, die es so furchtbar eilig hatten, trieben viele Gänse, Enten, Kühe und Schweine durch die Straßen, so daß sich die tierischen Geräusche mit den Rufen der Treiber und dem alltäglichen Geplauder der Händler vermischten.

Gretchen, die versuchte, den Bären von den größeren Tieren möglichst fernzuhalten, sah sich nach jemandem um, den sie fragen konnte. »Nun, da wir endlich hier sind, weiß ich nicht mehr, wie ich es am besten anpacken soll«, sagte sie ihrem Begleiter. »Ich würde mir einfach albern vorkommen, wenn ich zu jemandem hingehen und ihn fragen würde: »Entschuldigen Sie, könnten Sie mir vielleicht den nächsten Weg zu einem bösen Zauberer beschreiben? Was ich damit meine... wie könnten sie überhaupt zugeben, ein derartiges Geschöpf zu kennen? Dadurch würden sie ja nur zeigen, daß sie sich in schlechter Gesellschaft befinden.«

Der Bär nickte verständnisvoll, hatte ihr aber keine Alternative zu bieten.

Die meisten Gebäude entlang der Uferstraße waren Fischerhütten, an deren Vorderseite die Schiffe auf dem Trockenen lagen und die Netze zum Trocknen und Flicken ausgebreitet waren. An einer Anlegestelle, die man von Gretchens und des Bären Standpunkt aus gut überblicken konnte, wurden ein paar Tiere auf einen Schleppkahn verladen. Als sie gebannt auf das Treiben starrten, kam eine Kuh, die hinter ihnen die Straße hinuntergetrieben wurde, der Königlichen Hoheit mit ihrem Wildgeruch zu nahe und scheute, was einige der anderen Tiere in eine mittlere Panikstimmung versetzte und eine Massenflucht verursachte.

Der Prinz zog Gretchen weg, damit sie nicht von einer Herde wild blökender Schafe umgeworfen wurde, und die beiden flohen in eine enge Seitengasse, um nicht niedergetrampelt zu werden. Als sie eine weitere Straße zwischen sich und dem geschäftigen Hafen hatten, lehnte sich Gretchen an eine Hauswand, weil sie vollkommen außer Atem war.

Als sie sich wieder gefaßt hatte, öffnete sie langsam die Augen und stellte fest, daß sie auf der gegenüberliegenden Seite das Innere eines Gebäudes sah. Sie griff nach der Schulter des Bären und sagte: »Hoheit, ist das nicht der Gasthof, den wir im Spiegel gesehen haben?«

»Hmmm?« sagte Seine Königliche Hoheit nur und streckte seine Schnauze unmerklich nach vorn, als er eine aufrechtere Haltung annahm. »Ich weiß nicht so recht, aber um die Wahrheit zu sagen – ich bin in letzter Zeit nicht mehr viel in Kneipen rumgekommen, und außerdem sind wir Bären ein wenig kurzsichtig. Aber ich würde schon sagen, es ist die Wirtschaft, die wir gesehen haben.«

Gretchen holte tief Atem und machte eine ermutigende Geste zu dem Bären hin, bevor sie die Kneipe betraten.

»Guten Tag, Leute«, sagte dieselbe Frau, die zu Onkel Furchtbart so furchtbar höflich gewesen war, aber ihr Gruß klang bei den neuen Gästen nicht sehr überzeugend. Sie warf einen kritischen Blick auf das verwahrloste Mädchen und den großen, haarigen Pilger, dann schnaufte sie verächtlich und fuhr fort, den Tisch für die Gäste zu decken, die im Gasthof übernachteten. Als sie damit fertig war und die beiden immer noch herumstanden, sagte sie: »Wenn ihr nach einer Schlafgelegenheit sucht, dann glaube ich, ist die »Lorelei« mehr nach eurem Geschmack. Dort kostet es weniger, und außerdem sind wir ausgebucht.«

Das ist ja wirklich eine unerhörte Art, mit einem verzauberten Prinzen und einer nicht ganz machtlosen Hexe umzugehen, dachte Gretchen. Sie hoffte zu ihren Gunsten, daß sie zu anderen seltsam aussehenden Gästen freundlicher war, sonst würde sie es schon noch lernen. Wenigstens war sie ja zu Onkel Furchtbart höflich gewesen, was Gretchen wieder daran erinnerte, weshalb sie eigentlich hier waren. »Besten Dank für Ihren Rat, gnädige Frau, aber eigentlich suchen wir nach einem Verwandten von mir!«

»Oh«, sagte die Frau erstaunt, »hier gibt es aber kaum Fremde. Wer soll denn das sein?« Sie stellte den Eimer mit dem Wischlappen hin, mit dem sie den Tisch gesäubert hatte, stemmte die Arme in die weit ausladenden Hüften und richtete ihre ganze Aufmerksamkeit auf die störenden Eindringlinge.

»Mein Onkel – Furchtbart Grau. Mir wurde gesagt, er soll sich hier aufhalten.«

»Meister Furchtbart soll ein Verwandter von Ihnen sein?« Der Frau fiel förmlich der Unterkiefer herunter, denn die Familienähnlichkeit zwischen Onkel und Nichte war unverkennbar. »Oh, ich bitte vielmals um Entschuldigung«, sagte sie, »aber wie gesagt, bei uns kommen eben nur wenig Fremde vorbei.« Sie ging schnell um den Tisch herum, um Gretchen einen Sitzplatz anzubieten. »Bitte setzen Sie sich doch und ruhen Sie sich aus. Ich bringe Ihnen eine Tasse Tee und frisches Brot, das ich heute morgen gebacken habe, und mein Sohn soll in der Zwischenzeit Meister Grau holen gehen.«

Sie rief den Jungen herbei, der beim Laufen viel jugendliche Muskeln zeigte. Als sie ihm gesagt hatte, was er zu tun hatte, wandte sie sich wieder Gretchen und dem Bären zu. Dienstfertig sagte sie: »Es tut mir leid, daß es heute keine Butter gibt, aber wie alles in dieser Stadt verdirbt sie ziemlich schnell. Es ist wirklich schade um all die Nahrungsmittel, die wir wegwerfen müssen! Wir hatten dieses Jahr auch einen guten Fang, aber ich weiß wirklich noch nicht, wie wir durch den Winter kommen sollen. Ich bin sicher...«

»Können Sie sich denn nicht mit Salzen und Trocknen helfen?« fragte Gretchen, die nicht wirklich daran interessiert war, sondern nur die schwatzhafte Frau zum Schweigen bringen wollte.

»Salz?« fuhr die Wirtin sie an, und ihr Blick wurde wieder so durchdringend wie zuvor. »Meinen Sie denn, ich wolle damit meine Familie und meine Gäste vergiften? Wußten Sie denn nicht, daß es der Gesundheit schadet, und dann hat es auch noch diesen entsetzlichen Nachgeschmack.«

»Ach wirklich?« Gretchens Meinung, daß die Frau ziemlich seltsam, wankelmütig und ganz einfach nicht der Beachtung wert war, bestätigte sich nur. Sogar das Brot, das sie gebacken hatte, war absolut geschmacklos, zweifellos wegen des Vorurteils der Frau gegenüber Salz – und dann auch keine Butter, die man draufschmieren konnte. Gretchen dachte, stattdessen hätte sie ebensogut ein Stück Holz essen können. Schließlich sagte sie: »Sie könnten mir nicht zufällig sagen, wo es hier eine Waschgelegenheit gibt für mich und meinen Freund?«

An der Grimasse der Wirtin konnte sie ablesen, daß keine noch so große Zahl berühmter Verwandter die Unordnung wiedergutmachen könnte, die sie durch ihre Waschaktion verursachen würden. Gretchen dachte, die treffe in bezug auf ihre eigene Person vielleicht sogar zu, tue aber dem Bären, von dem wegen seiner Vermummung kaum etwas zu sehen war, gewiß Unrecht. »Dafür müßte ich etwas von Ihnen verlangen, Jungfer«, sagte die Frau schließlich, »denn das würde die Benutzung eines meiner Privatzimmer bedeuten.«

»Ich werde Sie mit einem Konservierungszauber bezahlen«, sagte Gretchen mit übertriebener Geduld, »der ihre entsetzlichen Fische frischhalten wird.«

Als die Frau sich versichert hatte, daß Gretchen ihre Vereinbarung auch zuerst erfüllen würde, gab sie ihr eine Schüssel, Kanne, Handtuch und ein Stück selbstgemachter Seife. Was sie ihr jedoch nicht anbot, war, Wasser warm zu machen, so daß sich Gretchen wieder kalt wusch, woran sie sich seit ihrem Aufenthalt auf Ebereschs Schloß ohnehin schon gewöhnt hatte.

Gretchen wurde bewußt, daß sie der Frau viel zu viel bezahlt hatte für ihre Leistungen, aber sie fühlte sich nun wohler, als sie die Treppe herunterkam und den Jungen sah, der einen Mann in die Wirtsstube führte. Schweigend gesellte sich am Fuß der

Treppe der Bär zu ihr, und schweigend gingen sie Furchtbart Grau entgegen, um ihn zu begrüßen.
Wie Großmutter Grau und Sibyl und natürlich auch Gretchen trug Furchtbart Grau braune Kleidung, allerdings mit einem Unterschied: Seine Hosen und die Jacke waren aus dem feinsten kakaofarbenen Samt, der mit gestreckten und ineinanderlaufenden goldenen Tieren, Goldspitzen und miteinander verwobenen Goldknoten reichlich bestickt war. Sein Hemd war aus glänzender, zimtfarbener Seide. Gretchen und die Frau des Wirts machten vor ihm einen Knicks. Die Frau machte Gretchen ein Zeichen mit dem Kopf. Furchtbart ging durch den Raum auf sie zu. Ein Lächeln erhellte sein Gesicht, als er Gretchens Hände in seine gepflegten, juwelengeschmückten Hände nahm. »Das kann man wohl sagen, daß sie mit mir verwandt ist! Du mußt das Baby sein, das Bronwyn erwartete, kurz bevor ich von euch wegging«, rief er. Gretchen hatte das Gefühl, die vorausgegangene Prüfung ihrer Person habe ihn mit Wohlgefallen erfüllt.
»Ja, Onkel, ich bin Gretchen.«
»Ich hab ihnen meinen besten Tee und von meinem besten Brot zu essen gegeben«, zwitscherte die Wirtin, »und sie sind nun frisch gewaschen und ausgeruht und fühlen sich wirklich ganz wohl.«
Furchtbart wandte sich mit eisiger Stimme an sie: »Sie lassen uns nun besser allein, aber eine Flasche Wein, mit der wir unser Wiedersehen feiern könnten, wäre wahrscheinlich nicht fehl am Platze!«
Sie setzten sich an den Tisch und tranken Wein, während sie sich miteinander unterhielten. Seine Hoheit trank nichts, aber leistete ihnen Gesellschaft. Er schlabberte ein bißchen, weil seine Bärenanatomie nicht für wohlerzogene Speisen geschaffen war. Als Furchtbart zu sprechen anfing, nahm Gretchen erstaunt wahr, daß die vermummte Gestalt leise zu knurren begann.
»Aber mein liebes Mädchen«, begann Furchtbart, »warum hast du denn den weiten Weg von der Eisdrachenfeste bis hierher zurückgelegt? Ich hoffe doch, daß es deiner Mutter und – äh – deinem Vater gut geht!«

»Meine Mutter ist tot, Onkel Furchtbart.«
»Oh, das tut mir furchtbar leid. Und deine Großmutter – wie geht es der lieben Maudie?«
»Es geht ihr gut, Onkel. Nun, weswegen wir eigentlich hier sind – ich meine, ich...« Sie vergaß ganz, was sie eigentlich sagen wollte, weil das Knurren des Bären so laut wurde, daß sogar Onkel Furchtbart neugierig wurde und zu ergründen versuchte, was sich hinter der Kapuze verbarg.
»Ich bitte vielmals um Entschuldigung, lieber Pilger, aber ich habe nicht ganz verstanden, was Sie sagten«, wandte er sich an den Bären.
Der Prinz nahm seine Kapuze ab, sprang auf die Bank und packte Furchtbart mit seinen großen Pfoten am Kragen. »Mach dich darauf gefaßt, daß du sterben wirst, Schurke, wenn du nicht das Herz meines Sohnes herausrückst! Seit acht Jahren klingt deine hassenswerte Stimme in meinen Ohren!«
Gretchen versuchte, den Bären von ihrem Onkel wegzuziehen, erwischte dabei aber nur den Umhang, der sich löste und sie zu Fall brachte.
Onkel Furchtbart war inzwischen wieder Herr der Lage, obwohl ihn der Bär immer noch in der Hand oder vielmehr in der Pfote hatte. »Ich bitte Euch um Entschuldigung, mein lieber Bär«, sagte er angesichts des fauchenden Rachens, mit dem ihn Seine Königliche Hoheit bedrohte, »aber seid Ihr vielleicht der Kronprinz von Ablemarle, der gekommen ist, um sich das Heilmittel gegen seine Verzauberung zu holen?«
Gretchen hatte das Gefühl, daß sogar Seine Hoheit die starke, mitfühlende Aufrichtigkeit in der Stimme ihres Onkels wahrnahm, denn er ließ ihn wieder auf seinen Platz zurücksinken, wobei er ihn jedoch wütend anknurrte: »Wenn du nicht sofort tust, was ich dich geheißen habe, dann werde ich Hackfleisch aus dir machen, du Abschaum aller Zauberer!«
Onkel Furchtbart, dessen Kleidung ein wenig Schaden gelitten hatte, der aber im übrigen unerschüttert war, strich seine Jacke glatt und entfernte das bißchen Weinstein, das sich an seinen

Rockschößen befand, die beim Hochziehen ins Glas zu hängen kamen. Sein Gesichtsausdruck war eine Mischung aus Märtyrertum und Mitleid.

»Mein lieber Bär, zwar stimmt es, daß ich dich verzaubert und Xenobia geholfen habe, das Herz des jungen Davie zu entfernen, aber ich bin der Meinung, daß wir die Sache wie zwei wirkliche Gentlemen bereinigen sollten. Sie müssen verstehen, daß selbst ein Zauberer von meinem Stand seinen Lebensunterhalt verdienen muß.« Das Knurren hatte sich wieder in ein leises Grollen verwandelt, trotzdem schien der Bär von Furchtbarts Worten nicht sonderlich beeindruckt. Der Zauberer fuhr fort: »Es war ja nur um deiner Charakterentwicklung willen, daß du verwandelt wurdest, sicherlich siehst du das jetzt ein. Als du das Vertrauen der armen Xenobia mißbrauchtest, hast du dich schuldig gemacht, denn du hast nicht nur die Frau verraten, die dich liebte, sondern auch deine eigenen moralischen Prinzipien. In dieser schwachen und haltlosen Verfassung wärst du kaum ein guter Herrscher deines Landes oder ein guter Vater für deinen Sohn gewesen. Ich habe Xenobia lediglich dabei unterstützt, dir eine notwendige Lektion zu erteilen. Ein Punkt dieses Plans war es aber, Davies Herz zu entfernen. Während der ganzen Prozedur dachten wir nur an das Heranreifen deiner Persönlichkeit, das damit verbunden sein würde. Wir wollten dir zeigen, wie Davie ohne Rücksicht auf die Emotionen der Leute, mit denen er verkehrt, handelt und dachten, du würdest erkennen, wie unverantwortlich und unwürdig ein solches Verhalten ist. Offensichtlich hatten wir uns nicht getäuscht, sonst wärst du jetzt nicht hier und würdest von mir erwarten, daß ich letzte Hand anlege, um dich wieder von diesem Zauber zu erlösen.«

Gretchen wunderte sich, daß der Bär mittlerweile nicht mehr knurrte. Nachdem der verwunschene Prinz eine Weile mucksmäuschenstill zugehört hatte, begann er ganz beglückt mit dem Kopf zu nicken und sagte: »Ja natürlich, das sehe ich alles ein. Wie dumm von mir zu glauben, an einer solch unschätzbaren Lektion könne etwas Schlechtes sein. Glauben Sie, daß ich es überhaupt verdient habe, meine menschliche Gestalt wiederzuerlangen?«

Furchtbart nickte ernst und sagte: »Ihnen kann geholfen werden – wenn Sie und meine Nichte die Güte hätten, mich zu begleiten...«

Der Bär berührte die Schnauze mit der Vorderpfote. Gretchen erkannte darin eine Verlegenheitsgeste. Schließlich fügte der verwunschene Prinz noch hinzu – was für einen Bären natürlich reichlich albern klang: »Aber natürlich, Herr, was immer Sie wollen. Ich hoffe nur, daß ich Ihnen nicht weh getan habe.

»Moment mal«, sagte Gretchen, die nach all den Enthüllungen und den ständig wechselnden Standpunkten völlig verwirrt war, »ihr beide mögt das ja verstehen, aber...« Furchtbart wandte sich Gretchen zu mit einem höchst besorgten und teilnahmsvollen Blick, der mit onkelhaftem Stolz gemischt war. Gretchen fuhr fort: »Wenn du also der Zauberer bist, der den Bären in diese Lage gebracht hat, dann bist du auch für meine verantwortlich. Du mußt also auch wissen, wo Goldie ist...«

Er streichelte ihre Hand und schaute ihr in die Augen, wobei er ihr besänftigend zulächelte: »Natürlich weiß ich, wo sie ist, mein gutes Kind. Sie ist bei mir zu Hause – ein geehrter Gast. Sie wird wahrscheinlich begeistert sein, wenn sie erfährt, daß du kommst. Als mein vertrauenswürdiger Diener, den du auch unter dem Namen Hugo, der Wanderhändler, kennst, sie fand, war sie in einem höchst beklagenswerten Zustand. Natürlich hat er sie gleich zu mir gebracht.

Obwohl Herr Eberesch und ich im Kampf um den Thron Konkurrenten sind – was du wahrscheinlich nicht gewußt hast – so bin ich mir doch bewußt, daß Frau Bernsteinwein trotz allem eine Verwandte ist. Ich wollte ihr weitere Qualen und Demütigungen ersparen und sie ihr Kind fern von denen zur Welt bringen lassen, die sie für ihre kindische Verfehlung nur bestrafen würden. Hugo befürchtete, daß sie ihm nicht folgen würde, wenn sie erführe, daß er mich vertrat, deshalb gab er vor, von deinem Vater geschickt worden zu sein. Ich hoffe, daß wir noch rechtzeitig gekommen sind, denn Frau Bernsteinwein ist ein so zartes Geschöpf, daß ich befürchte, die bitteren Erfahrungen der jüngsten Vergangenheit haben ihr bleibenden Schaden zugefügt.« Wie zur Bestärkung tippte er sich noch mit den Fingern an die Stirn.

Gretchen nickte ihm beistimmend zu und versprach zu helfen, wo sie nur konnte. Sie mußte einsehen, daß Furchtbart nur versucht hatte, ihre Schwester zu retten, und diese dabei noch einmal Glück gehabt hatte. »Das war sehr nett von dir, Onkel Furchtbart«, sagte Gretchen, »wann wird sie zu Herrn Eberesch zurückkehren?«

»Zu Eberesch?« erwiderte Furchtbart erstaunt, »aber Gretchen, du solltest doch inzwischen begriffen haben, daß – obwohl ich persönlich nichts gegen ihn habe – ich doch meine, daß Eberesch ein gefährlicher und unberechenbarer Mensch ist. Ich hatte gehofft, du würdest mir helfen, deine Schwester zu überreden, solange auf meiner Burg zu bleiben, bis das Kind geboren ist und die beiden dann in der Lage sind, zu deinem Vater zurückzukehren. Es würde mich freuen, wenn auch du meine Burg eine Zeitlang beehren würdest, und sei es auch nur, um Seiner Königlichen Hoheit Gesellschaft zu leisten.« Der Prinz verbeugte sich, und Gretchen nickte zustimmend.

Onkel Furchtbart hatte ihnen erzählt, die Überfahrt von der Drachenbucht zu seinem Herrschaftssitz auf der Insel des Bösen werde für sie eine ganz neue Erfahrung, was auch wirklich der Fall war. Das Boot wurde nicht vom Wind vorangetrieben, sondern sehr elegant von drei riesigen Schwänen gezogen, die so schwarz waren wie eine Augenpupille. Es waren dieselben, die Gretchen über den Nördlichen Wäldern gesehen hatte.

Hugo war am Dock zu ihnen gestoßen und hatte ihnen geholfen, an Bord zu gehen und es sich im Boot bequem zu machen. Obwohl Gretchen nun wußte, daß Hugo der Haushofmeister ihres Onkels war, mochte sie ihn immer noch nicht. Gretchen fielen die beiden Geschichten wieder ein, die ihrer Meinung nach noch nicht richtig geklärt waren: die Geschichte mit dem Kaninchen und die mit dem Pfeil, der auf ihren Vater gerichtet worden war. Angeblich hatte Hugo es mitangesehen... Vielleicht würde sie noch Gelegenheit haben, sich mit Onkel Furchtbart unter vier Augen darüber zu unterhalten. Zweimal berührte sie der Wanderhändler, das erste

Mal, als er ihr beim Einsteigen half und das zweite Mal, als er ihr einen weichen Samtmantel um die Schultern legte, damit sie auf dem Wasser nicht frieren sollte. Beide Male konnte sie ein unfreiwilliges Schaudern nicht unterdrücken.

Als die Schwäne sie geräuschlos über das Wasser zogen, lenkte Onkel Furchtbart ihre Aufmerksamkeit auf das mit Tieren beladene Boot, das die Bucht in einem schiefen Winkel zu ihnen überquerte. »Aha«, sagte Furchtbart, »dort drüben könnt ihr etwas sehen, was es nur in der Drachenbucht gibt. Unser Viehtransport auf dem Weg zu den Futtergründen.«

»Wie ist das zu verstehen?« fragte der Bär, »haben Sie es auf sich genommen, die Tiere zu füttern, weil die Viehzüchter kein Futter für sie haben?«

»Wohl kaum«, erwiderte Furchtbart lachend, »der Tiertransport ist ein Teil meines Drachentagprogramms.« Bescheiden wie er war, wartete er darauf, was sie dazu sagen würden, aber als nichts kam, fuhr er fort: »Die Drachentage sind eines meiner kleinen Projekte, um die Gegend von den Verheerungen des Ungeheuers zu befreien, und dazu bedurfte es wirklich nur eines intimen Gespräches mit dem Unhold.«

»Wie mir scheint, sind intime Gespräche mit Drachen ein bißchen riskant«, lautete der Kommentar Seiner Hoheit.

»Glücklicherweise bin ich außerordentlich tapfer«, gab Furchtbart zu, »und hatte zufälligerweise ein starkes Schlafpulver dabei, falls er mir gefährlich werden sollte.«

»Und wie funktioniert nun dieser Drachentag?« fragte Gretchen.

»Es ist eine ganz einfache Vereinbarung. Ich konnte den Drachen davon überzeugen, daß es ihn weniger Mühe kostet, wenn die Einwohner der Drachenbucht ihn mit einer Kost versorgten, die so reichlich und nahrhaft ist, daß sie die Bedürfnisse eines Drachen befriedigt und außerdem jeden Monat rechtzeitig zur Nahrungsaufnahme an einen bestimmten Ort geliefert wird. So kam es, daß er aufhörte, sich Kinder und wertvolle Rinder zu schnappen und wir nicht mehr länger Opfer seiner Raubzüge sind, und auf der

anderen Seite kommt er auch nicht mehr in die Lage, daß sich ein Ritter, der mit seiner Stärke protzt und außerdem natürlich unerhört dumm ist, in seine Höhle wagt.
»Phantastisch«, riefen Gretchen und der Bär im Chor, wobei sie ihre Aufmerksamkeit ganz auf Furchtbart und das verschwindende Boot konzentrierten und dabei gar nicht bemerkten, daß ihr eigenes Boot an Ort und Stelle angelangt war.

»Du hast ja ziemlich viel Bewegung, wenn du jedesmal diesen Weg auf und ab gehen mußt, um zu deiner Haustür zu gelangen«, bemerkte Gretchen. Obwohl sie an die Härten des Reisens gewöhnt war, was sie sich zumindest einredete, fand sie den Weg zur Burg, der beinahe senkrecht bergauf führte, besonders anstrengend.
»Wie ich mich erinnern kann«, sagte der Bär, der sein Pilgergewand abgelegt hatte und wieder auf allen vieren ging, um besser voranzukommen, »so ist das eben so mit Burgen. Du darfst nicht vergessen, daß man durch die Lage einer Burg meistens seine eigenen Leute, die dort wohnen, beschützen will, während man versucht, die Angreifer draußen zu halten. Es wäre nicht sehr sinnvoll, wenn man es denen leicht machen würde.«
»Ich benutze diesen Weg nur sehr selten«, sagte Furchtbart, »gewöhnlich fliegt mich einer meiner Hausgeister, wohin ich will.« Als er von den Hausgeistern sprach, deutete er auf die Schwäne, denen man das Geschirr abgenommen hatte und die nun über der Bucht kreisten. »Aber da die Drachentage ja ganz in der Nähe stattfinden, finde ich, daß ich es meiner Stellung als Schirmherr des Ereignisses schuldig bin, ebenso zu reisen wie die anderen Leute hier.«
Der Bär nickte gewichtig und sagte: »Ja, der Anschein des Gewöhnlichen – das ist sehr klug von Ihnen. Mein Vater hat mir beizubringen versucht, darin liege ein ganz großes Plus für einen König.«
Gretchen murmelte in den Pausen, in denen sie nicht nach Luft schnappen mußte, vor sich hin, daß es sehr schön sein mußte, so

durch die Luft getragen zu werden, obwohl sie sich daran erinnerte, daß der Flug mit Colin zusammen auf Griseldas Rücken nicht gerade ein reiner Genuß war.
An dieser Stelle ging der Weg sogar noch steiler nach oben, so daß sie ihren Atem fürs Klettern brauchten.
Das Frontportal war von behauenen Steinen eingerahmt, und das Holz der Türflügel war mit Schnitzereien verziert. Furchterregende Figuren sahen finster auf sie herab. Da waren koboldartige Hüter, die für immer zu Stein erstarrt waren, hoffte Gretchen, die überrascht war von der Häßlichkeit der Arbeit, aber der Bär schnüffelte anerkennend an der Tür, auf der die Großtaten einiger dieser schrecklichen Geschöpfe abgebildet waren.
»Hmmm, sehr interessant, Grau, ist ziemlich alt, nicht wahr«, sagte der Bär.
»Ich glaube, ja«, erwiderte Onkel Furchtbart mit einem aufgesetzten Seufzen. Hugo öffnete ihnen die Tür, und sie gingen eine steinerne Treppe hinauf, die sie durch unzählige gemeißelte Torbogen hindurchführte. Die Schatten in den Gewölben waren kalt und düster. »Es wurde, glaube ich, als Außenposten in der längstvergangenen Trommelklotz-Zeit erbaut, bevor Argonien richtig besiedelt war.
»Ist das alles, was du darüber weißt?« fragte Gretchen, die sich immer mehr über Umfang und Vielfalt der Zauberkraft Onkel Furchtbarts wunderte. »Soll das etwa heißen, daß du dich mit den Mauern unterhalten kannst?«
Er führte sie durch ein feuchtes, graues Gewölbe zu einer weiteren Tür. »Nein«, sagte er, »aber wie du siehst, gibt es hier auch Runen.« Er deutete auf die geschnitzten Zeichen. »Kurz nachdem ich hier einzog, habe ich sie entdeckt und machte mir sobald wie möglich Wachsabdrücke. Die Prinzessin konnte – äh – konnte mir über ihre Bedeutung Auskunft geben.« Auf dem nackten Steinboden der riesigen, hohen Eingangshalle konnte man ihre Schritte kaum hören.
Gretchen schaute nach oben und drehte sich um, um die letzten Sonnenstrahlen einzufangen, die die Mauern hoch über ihnen be-

schienen. Die schmalbrüstigen Fenster befanden sich ziemlich weit oben. Sie waren eine vorzügliche Lichtquelle für den Staub in der Luft und die möglicherweise vorhandenen Fledermäuse, obwohl sie den Bewohnern kaum etwas nützten. Allerdings konnte sie im Mauerverputz keine Fledermäuse entdecken.

»Du kennst also auch die Prinzessin?« fragte Gretchen, die sie einzuholen versuchte.

»Du meine Güte, ja«, erwiderte Furchtbart und führte seine Begleiter zuerst durch einen Saal, machte dann eine Wendung nach scharf links, um schließlich in ein Zimmer zu gelangen, das so groß war wie Gretchens Heimatdorf.

»Das ist mein Studierzimmer«, sagte Furchtbart, »hier zieht es manchmal ein bißchen, aber wenigstens habe ich genug Platz für meine diversen Projekte.« Die Projekte, die sie vor sich sahen, schlossen ein vollständiges Drachenskelett ein, Karten von allen erdenklichen Plätzen hingen in Form von Teppichen an der Wand, ein Modell des argonischen Regierungssitzes und Palastes mit abnehmbaren Wänden, um das Innere der Räume zu zeigen (»Im Falle eines Falles habe ich mich rechtzeitig darum gekümmert, wie sie aussehen sollten...«) und eine ganze Wand voller Löcher, die Schriftrollen und Pergamente enthielten – es waren Geschenke der Prinzessin, die natürlich alle »wunderschön illuminiert waren«. Hoch über den wissenschaftlichen Materialien waren Gehäuse aus Metall, die wie Menschen geformt waren und die Aufmerksamkeit des Bären auf sich zogen. Furchtbart erklärte: »Die Gehäuse sind von dem Zauberer, der schuld ist an dem Zauber, der Sie in einen Bären verhexte, Königliche Hoheit. Ich habe ihn bei der weltweiten Zaubererkonferenz kennengelernt, die stattgefunden hat, kurz nachdem ich in den Süden umgezogen bin. Wir haben uns auch danach noch geschrieben, und ich bin ein- oder zweimal per Schwan zu ihm gereist. Die Gehäuse benutzen die Soldaten seines Landes, um sich vor ihren Feinden zu schützen.«

»Eine geniale Idee«, rief der Bär, »was die sich nicht noch alles einfallen lassen!«

Gretchen rannte von einem Tisch zum anderen, nahm irgendwelche Gegenstände in die Hand, besah sie von allen Seiten und legte sie wieder an ihren Platz zurück. Es war der aufregendste Raum, in dem sie sich jemals aufgehalten hatte.

»Wir beide werden hier viel Zeit miteinander verbringen, meine Liebe«, sagte Furchtbart, »aber sieh dir jetzt meine restlichen Ausgrabungen an, und dann solltest du vor allem auch deine Schwester begrüßen.«

Durch eine zweite Tür gelangten sie zu einem Speisesaal, der gemütlicher war als das Studierzimmer, aber immer noch gewaltige Ausmaße hatte. »Das war früher ein Foyer, die Verbindung zwischen dem großen Saal und der Küche beziehungsweise dem Turm«, erklärte Furchtbart, »aber ich brauchte den Platz im großen Saal, um dort mein Studierzimmer einzurichten, außerdem bleibt das Essen hier viel wärmer, wenn kein zusätzlicher Weg damit zurückgelegt wird.« Foyer hin oder her, dachte Gretchen, es war ein eleganter Speisesaal. Der Tisch war aus einer riesigen Platte spiegelartigen, weinroten Holzes angefertigt worden, und die Füße bestanden aus dicken Balken desselben Holzes, waren sehr kunstvoll geschnitzt und auf Hochglanz poliert. Teppiche schmückten die Wände, und auch die Polster der Sessel waren aus dem gleichen Material. Mit ihren hohen Rücken- und Armlehnen sahen sie eher wie Thronsessel aus. Ein Ofen, der sehr verschwenderisch mit schwarzen und goldenen Kacheln verziert war, ging um eine Ecke des Raumes herum und sorgte an seinen Seiten für weitere Sitzgelegenheiten. Er war gekachelt, um dem Speisenden an kühlen Tagen eine behagliche, gleichmäßige Wärme zu verschaffen.

»Den Ofen habe ich hinzugefügt«, sagte Furchtbart. »Der Zauberer, von dem ich dir schon erzählt habe, hat mir den Tip gegeben. Nun, Königliche Hoheit, Hugo wird Ihnen dort oben, wo es wärmer ist, eine gemütliche Höhle neben meinem Zimmer einrichten.« Furchtbart zeigte auf eine Treppe, die zu einem langen, schmalen Treppenabsatz führte, der hoch über ihnen einen Balkon bildete. »Gretchen, mein Liebes, ich nehme an, daß du gerne mit Frau Bernsteinwein das Turmzimmer teilen würdest. Wir leben hier ziemlich einfach«, sagte er und beschrieb mit einer schwungvollen Armbewegung das verschwenderisch eingerichtete Zimmer, das nicht etwa mit Strohmatten, sondern mit den Fellen der verschiedensten Pelztiere ausgelegt war, »aber ich glaube, daß ihr euch hier wohl fühlen werdet.«

»Vielen Dank, Onkel«, sagte Gretchen und ging zur Treppe. Plötzlich hörten sie ein Klappern im Zimmer gegenüber, aus dem nun Hugo, der ein Tablett mit Kerzen trug, heraustrat und übereifrig sagte: »Ich hatte keine Zeit, diese auf die Zimmer zu bringen, Meister. Vielleicht würden der Prinz und Jungfer Gretchen so gut sein und die Kerzen selbst mitnehmen?«

Beim Hinaufgehen schaute sich Gretchen mitten auf der Stiege noch einmal um. Sie sah ihren Onkel, der ihr durch sein Winken bedeutete, weiterzugehen, und Hugo, der die erste der Schlangenöl-Lampen entzündete, die sich an dem riesigen Kronleuchter befanden, der von der hohen, gewölbten Decke über die Speisetafel herabhing. Sie stellte die Kerze für den Bären in seinem Zimmer auf, weil es für ihn umständlich gewesen wäre, wenn er sie hätte zwischen seinen Vordertatzen befördern müssen. Dann ging sie wieder zurück zum Treppenabsatz und zu der Tür, die in den aus Stein gemeißelten Torbogen eingelassen war. Es handelte sich dabei um den Eingang zu dem Turm am oberen Ende der Treppe. Im Turm war ebenfalls ein Treppenschacht. Beim Hinaufgehen zündete Gretchen die Kerzen an, die sich in regelmäßigen Abständen an der Wand befanden, um besser zu sehen, wohin sie ging.

Sie freute sich sehr darauf, Goldie wiederzusehen und traf sie in voller Bekleidung auf ihrem Bett liegend an. Die Bettvorhänge waren nicht zugezogen. Goldie hatte die Hände über der Wölbung ihres Bauches gefaltet.

Gretchen rief ihren Namen, als sie das Zimmer durchschritt. Goldie reagierte aber nicht, und deswegen setzte sich Gretchen zu ihr auf den Rand des Bettes und schüttelte sie. »Goldie, wach um Himmels willen auf, ich bin's, Gretchen. Ich bin den ganzen weiten Weg gegangen, um dich zu suchen, also kannst du doch wenigstens dein Nickerchen verschieben.«

Frau Bernsteinwein öffnete ihre wunderschönen, grünen Augen

mit den langen Wimpern, die im Ton genau zu ihrem tiefgrünen Gewand paßten. Ihre Verwirrung ging sehr schnell in Furcht über, und sie schrak vor der Berührung ihrer Schwester zurück. Inständig flehte sie Gretchen an: »O bitte, Gretchen, bring mich nicht gleich um, ich weiß, daß ich euch allen Schande bereitet habe, und natürlich hast du keinen Grund, mich oder dieses Zigeunerkind zu schonen, das ich trage, aber um der Gerechtigkeit willen...«

»Was redest du eigentlich?« fragte Gretchen sich aufrichtend, »dich umbringen? Dir sollte man höchstens ein paar Ohrfeigen geben für den Unsinn, den du da redest – hör endlich auf damit! Benimm dich nicht mehr wie ein Dummchen und komm endlich wieder auf den Boden der Tatsachen zurück. Natürlich werd ich dir keine Ohrfeigen geben und dich auch nicht umbringen. Warum sollte ich?«

»Ich – ich weiß auch nicht, aber deswegen bist du doch hier!« Goldie zupfte und zog an der Bettdecke, um so weit wie möglich von Gretchen wegzurücken.

»Goldie, ich bin's doch, deine Schwester, und ich habe deinetwegen einen sehr weiten Weg zu Pferd und zu Fuß zurückgelegt und habe große Unannehmlichkeiten und Gefahren auf mich genommen, nur um dich zur Eisdrachenfeste zurückzuholen, wenn du überhaupt wieder zu uns nach Hause willst. Wenn ich dich lossein wollte, hätte ich mir wohl kaum diese Mühe gemacht, nicht wahr?«

Goldie schaute sie mißtrauisch an, rückte aber wieder ein bißchen näher und sagte: »Nein, das ist wahr, doch...«

Gretchen streckte den Arm wieder aus, um sie zu berühren, aber Frau Bernsteinwein fuhr wie von der Tarantel gestochen zurück und wimmerte: »Nein«, als hätte Gretchen sie geschlagen.

Gretchen lehnte sich zurück und faltete ganz bewußt ihre Hände im Schoß, als sie im Gesicht ihrer Schwester nach einem Anhaltspunkt für deren merkwürdiges Verhalten suchte. Sie mußte an die Andeutungen ihres Onkels denken: Hatten die ganzen Schwierigkeiten, mit denen Goldie in letzter Zeit konfrontiert worden war, es fertiggebracht, ihre Schwester um den Verstand zu bringen?

Konnten Feen überhaupt verrückt werden? Gretchen betrachtete sich selbst in dem Spiegel, der ihr gegenüber auf der anderen Seite des Bettes stand: Nein, sie hatte sich nicht in ein Ungeheuer oder ein reißendes Raubtier verwandelt. Warum behandelte sie dann Goldie, deretwegen sie Einhörner und unerschrockene Drachen verlassen und Flutkatastrophen, Gewalt und Hunger durchgestanden hatte, wie die böse Stiefschwester aus dem Märchen? Aus jedem Auge drang ihr eine Träne und rann über die Wangen. Trotzdem hielt sie ihren Blick auf die zusammengekrümmte Goldie geheftet und wischte die Tränen mit einer ungeduldigen Geste ab. Schließlich flossen die Tränen aber so reichlich, daß sie nicht mehr mit einer gelegentlichen Handbewegung abgewischt werden konnten und Gretchen dazu überging, ihr Gesicht in den Händen zu verbergen, um den Tränenstrom einzudämmen.

Obwohl Goldie glaubte, sie hätte guten Grund, sich vor ihrer Schwester zu fürchten, liebte sie diese doch auch, und als sie sie weinen sah, wurden auch bei ihr Tränen gelöst. Jetzt, da sie schon glaubte, ihr Tränenvorrat sei erschöpft, überschwemmte das salzige Naß ihre Augen, die Nase und den Mund, und sie zog Gretchen zu sich heran. Die beiden Schwestern wiegten sich sanft und ließen die Tränen fließen, bis Goldie schließlich ihr Taschentuch hervorholte, denn immer war sie diejenige gewesen, die ein sauberes Taschentuch hatte, und nahm die eine Seite, um Gretchens Gesicht abzutrocknen und die andere für die eigenen Tränen. Dabei sagte sie: »Hör jetzt bitte auf zu weinen. Sieh doch, alles ist nun wieder in Ordnung. Hör bitte auf, denn ich kann es nicht mehr ertragen, wenn du jetzt nicht sofort aufhörst, schlaf ich gleich wieder ein.«

»Es ist... ist nur...«, fing Gretchen an, deren Tränenstrom allmählich versiegte, »es ist doch nur, daß ich es nicht ertragen könnte, wenn du mich hassen würdest. Du bist immer meine beste Freundin gewesen. Wie kommt es – es nur, daß du dich so verändert hast?«

»Dich hassen? Verändert? So ein Unsinn! Wovon redest du eigentlich?« Sie erinnerte sich aber daran, daß sie aus irgendeinem

Grund irritiert gewesen war, als sie beim Erwachen Gretchen erblickt hatte. Wahrscheinlich wurden ihre Nerven durch die Schwangerschaft zu sehr beansprucht. Aber sie konnte sich überhaupt nicht mehr daran erinnern, daß sie etwas Derartiges geäußert hatte. »Natürlich hasse ich dich nicht, Gretchen, du bist meine einzige, liebe, tapfere, große Schwester, die ich natürlich liebe, und ich bin ja so froh, daß du hergekommen bist, um mich von hier wegzuholen!«

»Wirklich?«

Goldie nickte und sprang vom Bett herunter, ging dann zu einem wunderschön bestickten Wandschirm in der Nähe der Tür, schob den Schirm zur Seite und zog ein Kleid hervor. »Wir müssen uns zum Abendessen umziehen.« Gretchen verstand nun, worauf Goldie, die Tränen noch nie hatte ertragen können, eigentlich hinauswollte, aber sie ließ sich durch Goldies Spiel nicht ablenken.

»Goldie, wenn du wirklich so froh bist, mich wiederzusehen, warum hast du dann gesagt, ich wollte dich erschlagen?«

»Mich erschlagen? Was meinst du damit? Ich muß wohl einen Alptraum gehabt haben. Ich habe überhaupt nicht mehr richtig geschlafen, seit ich von Ebereschs Schloß weggeritten bin. Es tat mir ja so leid, was ich zu ihm sagte, ich weiß auch nicht, warum ich das getan habe. Sicher ist Eberesch ziemlich verstimmt darüber, daß ich so frech war, als er mich darum gebeten hat, nicht mit diesem Zigeuner fortzureiten. Wie gewöhnlich hatte er recht. Davie ist eine entsetzliche Person und erst recht seine Mutter. Ich weiß schon gar nicht mehr, warum ich ihm gefolgt bin – ach ja, es hing mit diesem Lied zusammen – ach nun, ich glaube aber, Eberesch wird seinen Zorn vergessen; wenn das Kind erst einmal geboren ist, meinst du nicht auch?« sagte sie und zog dabei ein flammenfarbenes Kleid hinter dem Wandschirm hervor. »Also das würde dir sehr gut stehen. Probier es mal an. Wir müssen uns hier nämlich selbst fertigmachen. Hugo ist der einzige Diener, und ich glaube kaum, daß du möchtest, daß er dir hilft?« Sie kicherte wie ein junges Mädchen.

Gretchen schaute sie verärgert und erstaunt zugleich an, offensichtlich versuchte sie, sich einen Reim auf ihr oberflächliches Geplauder zu machen. Ihr jetziges Benehmen war so, wie Gretchen es erwartet hatte, aber ihr widersprüchliches Verhalten mutete sie doch sehr seltsam an. »Einen Moment mal, Goldie«, sagte Gretchen, »du sagtest, der *Grund*, weshalb ich dir etwas antun sollte, sei der, daß du uns allen Schande bereitet hättest und das Kind, das du zur Welt bringen wirst, wäre ein Zigeuner.«

Bernsteinwein hatte das flammenfarbene Gewand wieder zurückgehängt und zog nun ein blaßgoldenes vor. »Ich glaube nicht, daß dies deine Farbe ist, sie würde mir wahrscheinlich besser stehen.« Sie tätschelte ihren Bauch und sagte: »Glücklicherweise wurden diese Gewänder von einer Schneiderin aus der Familie Grau genäht, so daß sie sich von selbst ändern und sogar mir passen.«

»Doch – um darauf zurückzukommen, ich soll gesagt haben – was hast du gleich gesagt? Ach ja, jetzt weiß ich es wieder – das ist schon sehr merkwürdig. Ich kann's kaum selber glauben, daß ich dazu imstande sein soll, so etwas zu sagen, Gretchen! Mein Baby kann unmöglich ein Zigeunerkind sein, es sei denn, ich wurde heimtückisch im Schlaf überrascht. Ich kann mich noch ganz genau daran erinnern, daß ich schon vor meiner Flucht aus dem Schloß um die Mitte herum ziemlich rundlich geworden bin und mich morgens immer ziemlich undamenhaft benommen habe. Ich wollte gerade zur Köchin gehen, um sie darüber auszufragen, als ich ihn singen hörte. Eine hübsche Stimme für solch einen schmierigen Kerl! Ich weiß wirklich nicht, was mich daran so sehr fasziniert hat.«

»Weißt du eigentlich, daß du ziemlich inkonsequent bist«, sagte Gretchen, die sich allmählich ziemlich desorientiert fühlte.

»Wie ich gehört habe, soll das unter anderem den Reiz meiner Persönlichkeit ausmachen. Ach Gretchen, ich bin ja so froh, dich wiederzusehen. Bitte hör auf, dir wegen meiner dummen Alpträume trübe Gedanken zu machen und probier mal, ob dir dieses topasfarbene Kleid paßt. Ich stecke dir dann dein Haar auf, und du hilfst mir bei meiner Frisur – hier gibt es sogar den passenden Schmuck dazu – also Liebes, ich kann dir sagen, daß ich mich seit

Monaten nicht mehr so glücklich gefühlt habe, mir ist ganz schwindlig davon.«

»Das kann man wohl sagen!«

»Meister Grau ist ein ziemlich lustiger Geselle – eine Sirene kommt ihn sehr häufig besuchen – ich pflege nämlich auf den Zinnen spazierenzugehen und habe ihn von dort aus beobachtet, wie er mit ihr sprach. Auch hat mir Hugo bedeutet, wie glücklich wir uns eigentlich wähnen können, daß wir die Garderobe benützen dürfen, die dein Onkel für die Prinzessin Pegien bereitgestellt hat, wenn sie ihn besuchen kommt. Sie hat natürlich ihr eigenes Gefolge dabei, dem sie aber so viele Schriftrollen und Tintenfässer aufbürdet, daß im Gepäck kein Platz mehr für Kleidung bleibt. Was ihre äußere Erscheinung anbetrifft, so soll sie ziemlich nachlässig sein, aber natürlich ist sie furchtbar gescheit.«

»Ich vermute, daß sie es hier nicht so toll findet, im Vergleich zu ihrem Palast«, sagte Gretchen, die sich nun von Goldie ablenken ließ.

»Offenbar ist sie aber ganz glücklich, solange sie ihre Runen hat. Übrigens lebt sie gar nicht mehr im Palast. Sie hat meines Wissens die gepflegteste Einsiedelei in ganz Argonien. Möchtest du, daß ich dein Haar etwas strenger hochstecke oder so, daß es noch ein bißchen herabhängt? Das macht dein Gesicht etwas weicher, findest du nicht auch?«

»Es ist mir egal...«, sagte Gretchen, die das sichere Gefühl hatte, allmählich den Verstand zu verlieren. Sie konnte es selbst kaum fassen, daß sie ihrer Schwester erlaubte, sie fürs Abendessen schön zu machen.

XVI

Colin und der ehemalige Seeräuber und jetzige Bootsmann Neddy Taschenklau verbrachten ihre dienstfreie Zeit auf Deck, wo sie die anderen Besatzungsmitglieder, die in ihren Kojen schliefen, nicht störten. Die beiden lehnten sich an das Vorderdeck und waren damit beschäftigt, Lieder auszutauschen. Neddy brachte Colin seine persönlichen Variationen der Lieder bei, die er in der Schule gelernt hatte, und Colin lehrte Neddy ein paar neue Tanzmelodien für seine Hornpfeife.

Der Abend war mild und wohltuend, und das Schiff schwankte leicht im Rhythmus der sanften Wellen des silbrigen Golfwassers. Die fröhliche Musik, die durch die salzige Luft klang, ließ die diensthabenden Matrosen sehr viel vorsichtiger zu Werke gehen, weil sie sich nicht zu schnell bewegen oder zuviel Lärm machen wollten, um sich keines der Lieder entgehen zu lassen.

Colin bereitete diese Reise ungeheuren Spaß, der einzige Wermutstropfen war, daß er, an seinem Reiseziel angelangt, von seinen neugewonnenen Freunden und der neuen Arbeit, die ihm immer mehr ans Herz wuchs, schon so bald wieder Abschied nehmen mußte. Seit er das erste Mal mit hoher Knabenstimme ein Lied gesungen oder die Tontöpfe seiner Tante als Trommel benutzt hatte, gab es immer wieder einmal Tätigkeiten, für die er Talent bewies und die er sich auf eine ganz natürliche Weise aneignete. Er hatte nämlich wirklich damit gerechnet, die Matrosen, die er in der Schänke am Wasser kennengelernt hatte, ganz furchtbar zu enttäuschen, wenn sie erst einmal nüchtern wären und sahen, daß er zur Schiffahrt nicht taugte und diesbezüglich auch keinerlei Erfahrung hatte. Er war sich ziemlich sicher gewesen, daß er es nicht ordentlich machen würde, und auch wenn er ihnen gesagt hatte, daß er von der Schiffahrt nichts verstand, war er sicher, daß sie von ihm wenigstens Hilfsarbeiterdienste erwarteten, ohne daß er gleich über Bord ging oder krank wurde – und zu seiner großen Verwunderung entdeckte er, daß er für diese Arbeit geeignet war.

Und nicht nur das – er machte seine Arbeit sogar schnell und gut, und man mußte ihm nichts zweimal erklären. Wären nicht seine Versprechungen gegenüber Gretchen und Zorah gewesen, dann hätte ihn nichts mehr beglückt, als auf dem Schiff zu bleiben, zum Vollmatrosen ausgebildet zu werden und sich voll und ganz auf Matrosenlieder zu spezialisieren.

Stattdessen saß er nun hier mit Neddy zusammen und teilte, statt der Abenteuer an fremden Gestaden, seine Lieder mit ihm. Colin sollte sie am nächsten Morgen verlassen, wenn die Schlangenfluch – so der Name des Schiffes – in der Drachenbucht anlegte und sie die letzten Fässer mit Melasse und Bier, die letzten Ballen Leinen und die letzten metallenen Landwirtschaftsgeräte aus Übersee ausluden. Über eine Woche lang war die Schlangenfluch an ähnlichen Orten vor Anker gegangen, hatte all die kleinen Städte und Siedlungen angesteuert, die die Arme, Beine, Winkel und Spalten des Meerbusens der Kobolde wie die Saugnäpfe an den Fangarmen eines Tintenfisches besetzten.

»Land in Sicht!« rief der Wachtposten.

»Aha, laß uns mal sehen, das müssen die Dracheninseln sein«, sagte Neddy, stand auf und sah durch sein Fernglas, das er um den Hals hängen hatte. Colin hatte noch nie etwas so Schönes gesehen, mit Ausnahme von Tante Sibyls Zauberkristall. Neddy konnte beinahe so weit sehen wie der Wachtposten, der einen ähnlichen Gegenstand mit sich herumtrug. Wie er erfahren hatte, waren die Gläser von ausländischen Zauberern angefertigt worden und kosteten beinahe soviel wie die ganze Schiffsladung. Neddy hatte durchblicken lassen, er habe nicht den ganzen Preis bezahlt, den er für übertrieben hielt.

»Darf ich mal sehen?« fragte Colin. Taschenklau hielt ihm das Glas hin, und Colin kauerte sich ziemlich umständlich nieder, um über die Schulter des Bootsmannes durch das Fernglas zu schauen. Schließlich erspähte er dann auch wirklich den zerklüfteten Felsen, dessen Silhouette sich gegen das Wasser und den halbdunklen Himmel abzeichnete.

»Was hast du gesehen«, frotzelte einer der Matrosen, der auch in

der Hafenschänke in Queenston mit dabei gewesen war, »hat die Wache am Ende nicht richtig gesehen?«
»Doch, vollkommen richtig, Liam«, erwiderte Colin grinsend.
»Dann stechen wir ja bald wieder in die offene See, und dieses Herumgeplansche in der Badewanne hat ein Ende. Noch einmal müssen wir anlegen, und dann sind wir endlich wieder richtige Seeleute! Ich finde, das müßten wir feiern!«
»Ich und der reisende Minnesänger, angehende Seemann und Sangesschmied hier könnten euch vielleicht das eine oder andere Liedchen zum besten geben«, rief Neddy und blies eine Note auf seiner Hornpfeife.
Was ihnen an Frauen und Wein abging, ersetzten sie durch Gesang. Einige von denen, die unter Deck schliefen, kamen nun herauf und leisteten ihnen Gesellschaft. Sogar der Kapitän kam aus dem Navigationsraum, um ihnen zu zeigen, wie man nach Neddys Hornpfeife tanzte. Die Ablösung für den Beobachtungsposten mußte ein bißchen früher antreten, da jener ja schließlich die Insel als erster entdeckt hatte und außerdem die Ziehharmonika spielte. Ching sprang von der Kombüse herunter, wo er als Schiffskatze gedient hatte, und er peitschte zuerst mit dem Schwanz in der Luft herum, als ob er sich darüber geärgert hätte, daß man ihn aus seinem Katzenschlaf gerissen hatte, aber bald machte er es sich dann schnurrend zu Colins Füßen bequem, als der Spielmann die Schiffsbesatzung zu einem Lied nach dem anderen mitriß.
Colin, der während des Singens aufs Wasser hinaussah, beobachtete die Wellen und bemerkte, wie an der Oberfläche plötzlich ein paar feine Nebelstreifen dahintrieben und daß die Insel, die sie mit dem Fernglas gesehen hatten, jetzt auch mit bloßem Auge zu erkennen war.
Als er die zweite Strophe sang, hatte er das Gefühl, daß sie entweder durch eine tief über dem Wasser hängende Wolke trieben oder daß sich der Dunst auf sie zubewegte und sehr viel dichter war, als er anfangs gedacht hatte.
Bei der zwölften Strophe hatte sich der Dunst zu einer soliden Nebelbank entwickelt, die weiche Rauchfühler ausstreckte, die

sich um den Schiffsrumpf über das Deck vortasteten. Sie umschmeichelten Seeleute und Schiffsmasten, bis Colin Neddy kaum noch erkennen konnte, obwohl er direkt neben ihm saß. Auch hatte Neddy zu spielen und zu singen aufgehört, was auch für die anderen galt. Colin hatte die Strophe allein zu Ende gesungen. Es gab keinen, der ein anderes Lied vorgeschlagen hätte. Alle schwiegen und rührten sich nicht mehr in diesem Nebel.

Als er eine Weile in sich hineingehorcht und dem eigenen Atem gelauscht hatte, sagte Colin: »Ziemlich ungewöhnliches Wetter, das wir gerade haben, nicht wahr, Kameraden?«

»Still, Junge«, sagte Ned, »wir müssen lauschen.«

»Aber was denn?« fragte Colin, der nun auch seine vorzüglichen Ohren spitzte, vielleicht weil auch er hören wollte, was sie hörten, aber er dachte, er könne wenigstens etwas aufschnappen...

»Ihr lauschen, natürlich.«

»Wer und wo ist ›sie‹?« fragte Colin.

Neddy fuhr wütend herum: »Hältst du jetzt endlich die Klappe oder muß ich dir erst eine runterhauen?« Colin erinnerte sich plötzlich daran, daß der ältere Mann früher einmal Seeräuber gewesen war. Er schluckte also seine Erwiderung hinunter und lief rot an. Was auch immer sie hören mochten, er hörte es jedenfalls nicht...

Doch dann hörte auch er sie, zuerst sehr leise und dann, als ihre Stimme immer lauter wurde und er sie wiedererkannte, begann sein Puls zu rasen und er war voller Hoffnung. Gretchen! Die gleiche rauhe Altstimme, die so leise war, daß er ganz angestrengt horchen mußte, um die Worte zu verstehen.

Und alle waren ganz Ohr. Colin hatte ihre Stimme nicht mehr so fein in Erinnerung gehabt, aber als der Nebel herumwirbelte, sich teilte und zusammenschmolz, um sich dann gleich wieder in durchsichtige, flatternde Bänder zu zerteilen, konnte er die anderen Männer sehen, die absolut regungslos an der Stelle standen, wo sie doch arbeiten sollten: verzauberte, verschwommen-graue

Schattengestalten, die hingerissen lauschten, und sogar der Steuermann hatte seine Pflicht vergessen und lehnte angestrengt lauschend über seinem Steuerrad.

»Wie lieblich sie singt!« flüsterte Neddy.

»Ach, es gibt keine, die lieblicher singt«, seufzte der zweite Offizier.

»Ich hatte ja keine Ahnung, daß ihr sie alle kennt«, sagte Colin erstaunt, »ihr habt mir überhaupt nichts gesagt, als ich euch von ihr erzählt habe.«

»Pst! Hörst du denn nicht, wie mir die Mutter mein liebstes Wiegenlied vorsingt?«

Die Unterhaltung wurde von der übrigen Besatzung gewaltsam unterdrückt.

Colins Neugier brachte ihn schließlich dazu, auf den Gesang zu verzichten, mit dem Gretchen ihn rief. »Deine *Mutter?*« sagte er, »sie ist so alt, daß sie deine Enkeltochter sein könnte!« Die Männer hatten Colins Geschwätz satt und wollten ihn gerade über Bord werfen, als ihm die Worte aus Gretchens Gesang bewußt wurden. Es war ein zärtliches Liebeslied, das sich an ihn persönlich richtete.

»Hier passieren seltsame Dinge, Jungs«, sagte er und erkannte plötzlich, in welcher Gefahr sie eigentlich schwebten. Also packte er seine Fiedel, ging in geduckter Haltung um die verzückten Männer herum auf die Takelage zu und kletterte so hoch hinauf, daß sie nicht sofort eingreifen konnten. Gretchens schmeichelnde Stimme klang ihm immer noch im Ohr, und sie war viel verführerischer als Gretchens Tanz für den Zigeuner.

Plötzlich spürte Colin, daß noch etwas anderes am Takelwerk zog. Er schaute hinab und erblickte Chingachgook, der sich mit allen vier Pfoten in den Tauen verheddert hatte und nun verzweifelt versuchte, nach seiner Hinterpfote zu schnappen.

Aber Colin hatte weder Zeit, sich mit Ching abzugeben noch sein Instrument zu stimmen, bevor er auf seiner Geige herumzukratzen begann und dazu die lautesten, gröbsten, zotigsten und lustigsten Lieder brüllte, die ihm einfielen, konnte allerdings auch dann

Gretchens heimtückisch schmeichelnde Stimme immer noch nicht ganz übertönen. Wäre er nicht so gründlich ausgebildet worden im Kanonsingen und Singen unreiner Klänge, hätte er niemals durchgestanden, was er jetzt sang, wobei er sich ja auch bemühen mußte, die Frauenstimme zu überhören. Wie dem auch sei, er hielt durch und schaffte es auch, seine Kameraden, die furchtbar wütend waren, von der Stimme aus dem Nebel abzulenken. Mit wutentbrannten Gesichtern versuchten sie, ihn herunterzuschütteln und übertönten mit ihren feindseligen Drohungen nun auch seinen Gesang.

Taschenklau war der erste, der wieder zur Besinnung kam und die Verzauberung abschüttelte. Ohne kostbare Zeit zu verlieren, riß er dem gebannten Steuermann das Steuerrad aus der Hand. »Sirenenklänge, ihr Idioten, sofort auf eure Posten zurück«, brüllte er, und jeder Muskel war angespannt, als er nun das Steuer nach rechts riß, weg von dem Felsen, der plötzlich vor ihnen aus dem Wasser ragte.

Als sich die Schlangenfluch mit einem mächtigen Ruck von diesem Bann befreite, begann sie heftig zu schlingern. Taschenklau stemmte sich mit seinem ganzen Gewicht gegen das Steuerrad, damit es nicht zurückschnellte. Die beiden anderen Matrosen hielten sich an der Reling fest und wurden beinahe über Bord gespült. Die anderen klammerten sich an alles, was ihnen einigermaßen fest erschien. Colin, der Kater und die Geige purzelten, wobei sie sich mehrmals überschlugen, aus den Seilen über die Reling und direkt ins Wasser.

XVII

Mittlerweile war für Gretchen alles unsicher geworden. So wußte sie zum Beispiel auch nicht, warum sie mitten in der Nacht diese steile, steinerne Treppe hinunterkroch. Als sie am Nachmittag von ihrem Onkel weggegangen war, war ihr alles noch sehr überschaubar vorgekommen.

Onkel Furchtbart war ein großartiger Kerl, er war um ihr Wohlergehen wesentlich besorgter als etwa Goldie, der Bär, ihre Großmutter, Colin oder Tante Sibyl und wahrscheinlich sogar besorgter als sie selbst. Sie wollte ihm etwas ganz Liebes tun – etwas Großartiges und Besonderes, um ihm zu zeigen, wie sehr sie das Interesse zu schätzen wußte, das er an ihr nahm.

Erst als sie sich überlegte, was sie tun könnte, fiel ihr wieder ein, daß sie ja von ihrer eigenen Zauberkraft keinen Gebrauch mehr gemacht hatte, seit sie die Drachenbucht verlassen hatten. Nun, da sie darüber nachdachte, kam es ihr reichlich seltsam vor, daß ihr Onkel sie überhaupt nicht danach gefragt hatte, was für eine Art Hexe sie eigentlich war. Er hatte sich damit begnügt, ihr zu sagen, wie schön er sie fand und wieviel hübscher als Goldie. Auch hatte er ihr gesagt, sie habe etwas viel Besseres verdient als die Stellung einer Dorfhexe. Dann hatte er ihr all die wundervollen magischen Gaben gezeigt, mit denen ihn seine mächtigen Freunde ständig überhäuften, darunter Zauber, mit denen Menschen in Bären verhext wurden (was auf chemischem Weg geschah und nicht durch rein physikalische Kräfte wie bei Großmutter Grau), die schwarzen Riesenschwäne und vor allem diese Burg.

Gretchen straffte ihre Schultern, um die Kälte abzuschütteln, dann faßte sie wieder Mut und ging auf den Zehenspitzen drei Stufen weiter. Sie wußte ja, daß er ihres Talents eigentlich gar nicht bedurfte, weil Hugo für das Kochen zuständig war und seinen Herrn wahrscheinlich auch schon längst über die magischen Eigenheiten seiner Nichte von der Drachenfeste informiert hatte.

Sie fragte sich allerdings, warum er dann nicht auch erwähnt hatte, daß ihre Mutter nicht mehr lebte. Gretchen nahm es ihrem Onkel ziemlich übel, daß er sie nicht darum gebeten hatte, etwas zu zaubern, obwohl er von ihrem Talent gewußt hatte. Also hatte sie sich jetzt vorgenommen, sie alle mit einem wunderschönen Festschmaus zu überraschen, den sie aus dem Rohmaterial, das sie in der Küche fand, hervorzaubern würde. Ihr Vorhaben brachte sie soweit, daß sie am Fuß der Treppe verharrte und sich zu erinnern suchte, welchen Weg sie einschlagen mußte, um zur Küche zu gelangen. Am hellichten Tag hatte sie ja gewußt, wo die Küche sich befand, aber in der Dunkelheit ließ ihr Orientierungsvermögen sie im Stich.

Allmählich hatte sie das Gefühl, daß sich ihre Augen doch noch an die Dunkelheit gewöhnten, als sich das Dunkel zu ihrer Rechten dann plötzlich lichtete. Sie würde in einem Moment weitergehen können.

Es war auch seltsam, daß von dem Moment an, da sie sich entschlossen hatte, für Onkel Furchtbart ein Essen zuzubereiten und sich damit entschuldigt hatte, einen Spaziergang entlang der Mauerbrüstung zu machen, um das Menü zusammenzustellen, der Spiegel in ihrer Rocktasche unangenehm warm wurde, was Gretchen sogar durch ihren Rock hindurch spürte. Sie nahm ihn heraus und besah sich selber darin, dies war mehr oder weniger alles, wofür er gut zu sein schien, seit die Zaubervisionen aufgebraucht waren. »Wenn du doch nur noch funktionieren würdest«, murmelte sie, »dann würde ich versuchen, mit Tante Sibyl Verbindung aufzunehmen, um herauszufinden, welches seine Lieblingsgerichte sind. Hoffentlich etwas Schmackhafteres als das, was wir bisher hatten.« Zu ihrer Verwunderung war im Spiegel wieder das regenbogenfarbene Leuchten zu sehen, das dann vom Gesicht ihrer Tante abgelöst wurde.

»Gretchen, wie aufregend, ich hab's geschafft!« sagte ihre Tante.

»Tante Sibyl, ich dachte, deine Visionen könnten nicht mit dir kommunizieren – vielmehr, du könntest nicht mit ihnen kommunizieren – wie kommt es, daß du mit mir sprechen kannst, während du im Spiegel zu sehen bist?«

»Weil du ebenfalls im Spiegel bist – das ist Simultansehen! Meine Liebe, wir haben einen großen Durchbruch geschafft!«

»Aber wie kommt es, daß wir unsere Spiegel gleichzeitig benutzen und daß meiner immer noch funktioniert. War es denn nicht so, daß ich nur drei Zaubervisionen zur Verfügung hatte?«

»Aber Liebes, du hast doch noch nicht alle drei aufgebraucht, sonst hätte ich dich auf diesem Weg nie erreichen können. Weil du deine letzte Vision noch nicht vertan hast, habe ich versucht, mit dir Verbindung aufzunehmen, um dich zu fragen, wie es dir geht. Zwischen mir und Schloß Eberesch scheint eine Schranke zu bestehen, denn meine Versuche, dich dort ausfindig zu machen, sind kläglich gescheitert. Hast du Bernsteinwein schon gefunden?«

»O ja, das habe ich – und, Tantchen – ich habe auch Onkel Furchtbart kennengelernt, er ist ein wundervoller Mensch und...«

»Wirklich? Du meinst aber schon, daß du deinen *Onkel* Furchtbart kennengelernt hast, meinen Bruder?«

»Ja, Tantchen, wie schon gesagt, er ist ein wundervoller Mensch und...«

»So, so – nehmen denn die Wunder überhaupt kein Ende?« sagte Tante Sibyl leise.

Gretchen war ebenso verwirrt wie ihre Tante und fragte: »Von welchen Wundern sprichst du denn?«

»Scher dich nicht drum, Liebes. Ich bin ja so froh, daß du deine Schwester gefunden hast. Wie geht's Colin. Kommt ihr bald wieder nach Hause?«

»Ich habe Colin schon eine ganze Weile nicht mehr gesehen, aber er war wohlauf, als ich ihn zum letzten Mal gesehen habe – nur daß er es ein bißchen eilig hatte. Ich glaube, wir bleiben solange hier, bis Goldie ihr Kind zur Welt gebracht hat. Tante Sibyl?«

»Ja, Kind?«

»Ich wollte dich noch etwas fragen – welche Gerichte mag denn

Onkel Furchtbart besonders gern? Er hat nur einen Diener, der aber überhaupt nicht kochen kann. Alles schmeckt entsetzlich fade. Ich dachte, ich könnte vielleicht…«

Das sympathische, offene Gesicht ihrer Tante erstarrte plötzlich zu einer undurchdringlichen Maske, die nur noch Zurückhaltung ausdrückte. »Ich kann mich wirklich nicht mehr daran erinnern, was dein Onkel mochte«, sagte Tante Sibyl, »es pflegte nämlich so zu sein, daß er keinen von uns so gerne gemocht hätte, daß er seine Vorlieben uns gegenüber überhaupt erwähnt hätte.«

»Tut mir leid, daß ich gefragt habe, aber ich bin mir ziemlich sicher, daß er sich inzwischen völlig verändert hat. Wußtest du schon, daß er einer der Kandidaten ist für die Königswahl?«

Sibyl zeigte sich überrascht: »Nein, wer hat dir das erzählt?«

»Er selbst.«

Ihre Tante mußte so sehr lachen, daß sie beinahe von der Spiegelfläche verschwunden wäre und schließlich nur noch ihre leuchtenden braunen Augen zu sehen waren, die zwischen den regenbogenfarbenen Lichtreflexen zwinkerten. »Gretchen, Liebes«, sagte Sibyl, »aber wirklich, du mußt Furchtbart mit einem Körnchen Salz nehmen!«

Natürlich, Salz – das war der Grund, warum das Essen so schlecht war: das Fehlen von Salz. Wie die Frau im Wirtshaus schien dieser Hugo ein Vorurteil gegen Salz zu haben und es deswegen nicht zu verwenden. Seit ihrer Ankunft war für Gretchen alles so aufregend gewesen, daß sie nicht wirklich darauf geachtet hatte, was sie in den Mund schob, es hätte schon Sand sein müssen, damit sie es bemerkt hätte. Der arme Onkel Furchtbart, der nicht hier aufgewachsen war, hatte sich zweifellos an die Salzlosigkeit der Gegend gewöhnt.

Als Gretchen langsam auf den Lichtfleck zuging, den sie vor dem Gespräch mit ihrer Tante entdeckt hatte, schürfte sie sich ihr Schienbein an einem der niederen Ziertische auf, die ihr Onkel neben den prunkvollen Ofen hatte stellen lassen. Gretchen verging vor Schmerz Hören und Sehen. Hätte sie doch nur Goldie mitgebracht, dann hätte sie, wenn auch nicht gerade mehr Sicherheit, so doch wenigstens Gesellschaft gehabt. Aber Goldie verhielt sich Onkel Furchtbart gegenüber ziemlich seltsam, obgleich sie immer wieder betonte, er sei zu ihr sehr gut und sehr freundlich, wirkte sie zittrig und weinerlich, wenn er in der Nähe war, während sie beinahe wieder zu ihrer früheren Frohnatur zurückkehrte, wenn sie mit Gretchen allein war. Der erste Wortwechsel zwischen ihr und Gretchen im Turmzimmer wurde nicht wieder erwähnt. Gretchen ging es durch den Sinn, daß ihre Schwester Onkel Furchtbart vielleicht insgeheim ablehnte und sich nicht traute, es zu sagen nach allem, was er für sie getan hatte. Sie hätte Goldie eben doch bitten sollen, mitzukommen. Obwohl sie Furchtbart nicht mochte, hätte sie doch nichts dagegen gehabt, ihr zu helfen – dann hätte ihr auch die Dunkelheit weniger ausgemacht.

Als sich Gretchen noch überlegte, ob es viel Lärm verursachen würde, wenn sie wegen der Wärme und des Lichts im Kachelofen ein Feuer anzünden würde, wurde der Lichtfleck zu ihrer Rechten immer größer und heller. Zuerst waren die Beine da, dann der Rumpf und zuletzt die Arme – Gliedmaßen, die blaß und gespenstisch schimmerten, aber doch Beine, Rumpf und Arme eines Wesens darstellten, das einmal ein Mensch gewesen war. Gretchen wartete darauf, daß sich auch ein Kopf herausbildete, der aber einfach nicht erschien.

Nun gut, dann war es eben ein kopfloses Gespenst, was nicht gerade ungewöhnlich war in einem Land, wo die Prämie für den Tod eines Gegners dem Überbringer des Kopfes jenes Gegners von den Auftraggebern ausbezahlt wurde – oder so ähnlich...Kopfprämien waren zwar verboten worden, als Gretchen noch ein Kind war, aber sie war zufällig auf eine der Schriftrollen gestoßen, die die Regierungsbeamten früher laut vorzulesen pflegten. Damals war sie sehr enttäuscht gewesen, weil auf der Schriftrolle keine berühmten Gesetzlosen genannt wurden, aber ihr Vater hatte ihr erklärt, daß es Brauch war, den Namen erst dann mündlich hinzuzufügen, nachdem das Dokument öffentlich vorgelesen worden war, um auf diese Weise kostspieliges Pergament zu sparen.

Sie war sehr neugierig und wollte wissen, ob dieses kopflose Gespenst das eines berüchtigten Banditen war, aber es war kaum zu erwarten, daß es ohne Kopf sprechen konnte. Einen Armvoll gespenstisch rasselnder Ketten emporhaltend, schwebte das Gespenst schließlich auf Gretchen zu. Die Ketten, die so immateriell aussahen wie das ganze Wesen, machten einen Heidenlärm.
»Sei schon still«, flüsterte sie, »ich weiß das Licht zu schätzen, aber ich möchte nicht alle aufwecken. Es ist ein...« Sie brach fröstelnd ab, als das Gespenst ihr Gewand streifte. Es schwebte nun gegenüber der Stelle, an der es sich vorher befunden hatte und winkte ihr, zu folgen.
Gretchen folgte hoffnungsvoll. Da es ja für Gespenster leichter war, im Dunkeln den Weg zu finden, würde es sie vielleicht in die Küche führen, obgleich sie sich eigentlich nicht vorstellen konnte, was ein Gespenst in einer Küche zu suchen hatte, besonders ein geköpftes.
Als sich das Gespenst an den Möbeln vorbeibewegte, wurden sie von dem kalten Licht überflutet, das von diesem Wesen ohne Kopf ausging, so daß Gretchen, wenn sie dicht hinter ihm ging, die meisten Hindernisse auf ihrem Weg umgehen konnte. Unglücklicherweise gewahrte sie nicht den Umriß der Tür, als das Gespenst hindurchschlüpfte und empfing einen häßlichen Stoß, als sie nicht so behende hindurchschlüpfte. Als sie sich nach einer Weile wieder von dem Schlag erholt hatte, hörte sie hinter der Tür Stimmen, die so laut waren, daß man sie gerade noch durch das Kettengerassel hindurch verstehen konnte.
»Verdammt noch mal, Hugo, da ist es wieder«, sagte die Stimme ihres Onkels, »ich wünschte, du hättest meinen Worten mehr Beachtung geschenkt, als ich dir sagte, es würde unweigerlich zu einem unerträglichen, langwierigen Geisterspuk führen, wenn man einen Mann in seinem eigenen Haus ermordet – sch, du! Hau ab!« Wie sich Gretchen denken konnte, galten die letzten Worte nicht Hugo.
»Ich weiß, daß Sie mir das gesagt haben, aber Sie reden ja so viel, daß ich meinen Ohren ab und zu eine Pause gönnen muß. Übri-

gens dachte ich, der Körper hätte keinen Grund mehr, hierher zurückzukommen und diesen Saal heimzusuchen, nachdem der Drachen ihn gefressen hat.«

»Keinen Grund, also wahrhaftig! Wie steht es dann mit dem Kopf, den du am Eingang auf einen Pfahl aufgespießt hast – zur Begrüßung, als ich die Burg in Besitz nahm? Wahrlich, mein Freund, du hast eine schaurige Art von Humor!«

»Hängen Sie jetzt bloß nicht den großen Herrn heraus, Furchtbart! Würde Ihre Zauberkraft nicht so jämmerlich versagen, hätten Sie diesen ›Spuk‹ ohne weiteres dazu bringen können, in ein sonnigeres Klima umzuziehen, und ich hätte keine Arbeit damit gehabt.«

»Ich und versagen! Überleg dir, was du sagst, sonst werde ich dich davon überzeugen müssen, daß ein Spaziergang zu den Futtergründen das einzig Richtige für dich ist!«

»Wie Sie sehr wohl wissen, verfangen Ihre Zaubertricks bei mir nicht, Meister Grau!«

Gretchen glaubte ein Kichern gehört zu haben – stammte es von Furchtbart?

»Nein Hugo, du bist mir zu salzig – wie übrigens auch der arme Seagram hier – jetzt mach, daß du wegkommst! Ich hab dir doch gesagt, daß ich deinen verdammten Kopf nicht habe!«

Kettengerassel und ein aufgeregtes Klappern übertönten eine Weile das Streitgespräch. Gretchen war der Ansicht, dieses Gespenst sei nicht von der hinterhältigen Art, das einem körperlichen Schaden zufügt, aber einen Moment lang war sie sich nicht so sicher. Auch wenn ihr Onkel ein Mörder war, wollte sie nicht, daß er gerade dann von einem Gespenst erschlagen wurde, wenn sie miteinander vertraut wurden. Diese Denkweise überraschte sie selbst – sie verstand nicht, warum es sie nicht störte, daß Onkel Furchtbart einen Mann namens Seagram umgebracht hatte, es sie aber umgekehrt stören würde, wenn Seagrams Geist Furchtbart den Garaus machen würde.

»Wie gut für uns, daß wenigstens ein Teil der Stadtbevölkerung deine Salzbeschränkungen befolgt. Jungfer Gretchen kann manchmal ein richtiges Ekel sein. Ich wage gar nicht, daran zu denken, was passiert wäre, wenn Ihre Magie bei ihr und dem Bären nicht gewirkt hätte.«

»Hat sie aber, und meine hübsche Nichte, die alles andere ist als ein Ekel, ist so sanft wie eine Taube. Allerdings hat es mir zu denken gegeben, daß sie und ihre sogenannte Schwester schon knapp eine Stunde nach Gretchens Ankunft wieder die Köpfe zusammensteckten – wo ich doch mit so viel Mühe diese großartige Rede für die doofe Feen-Ziege verfaßt habe, daß das kleine Gretchen ihr nach dem Leben trachten würde. Hätten sie beim Abendessen nicht so fürchterlich geschnieft und so verheulte Augen gehabt, wäre ich nicht auf die Idee gekommen, daß sie mich durchschaut haben. Durch mein Zutun hat sich die Dame in eine so fürchterliche Angst vor Gretchen hineingesteigert, daß ich hätte schwören mögen, sie würde sich sofort aus dem Fenster stürzen, wenn sie Gretchen sieht.«

»Das Fenster ist nicht groß genug.«

»Leider, aber wie gesagt, bin ich mit meiner kleinen Nichte sehr zufrieden. Sie wird eine wunderschöne Königin abgeben. Findest du nicht auch?«

Gretchen kniff sich ins Ohrläppchen – sicher hatte sie sich gründlich verhört. Königin? Oder beabsichtigte ihr Großonkel am Ende wirklich, sie zu heiraten, wenn er den Streit um die Krone Argoniens gewonnen hatte?

»Verkaufen Sie nicht das Fell des Bären, bevor Sie ihn haben, Grau. Dieser Bär kann keine richtige Verantwortung übernehmen, bevor Sie nicht den Zigeuner hierher bringen und Seine Hoheit wieder in einen Menschen zurückverwandeln. Dann könnte es aber sein, daß Sie mit den beiden Ärger bekommen. Ferner werden Sie auch aus der Jungfer Grau alles andere als eine »kleine, süße Braut« machen. Wenn die erst einmal auf dem Thron von Ablemarle sitzt, wird sie viel majestätischer sein, als Sie oder Davie es verkraften können.«

»Unsinn. Sie vertraut mir. Wenn du erst einmal deine Arbeit erfolgreich beendet hast – ach übrigens, *hast* du Lorelei gesagt, was

sie mit dem Schiff machen soll, auf dem die Schwäne den Sänger gesichtet haben?«
»Lorelei hat zwar auch ihren Dickkopf, aber sie wird es tun. Übrigens hat sie mich auch gefragt, wann Sie ihr Versprechen einlösen werden, das Sie ihr gegeben haben, als sie das Lied erdachte, mit dem die Dame verzaubert wurde. Nächstens wirst du ihr das lebensnotwendige Salzwasser entziehen müssen, um sie davon zu überzeugen, daß sie sich doch lieber einen netten Wassermann als Gespons suchen sollte, sonst könnte es wohl sein, daß Sie in Ihrem Palast ein Bassin mit Salzwasser brauchen. Aber Prinzessin Pegien würde das wahrscheinlich nicht gefallen.«
»Lorelei und Prinzessin Pegien sind meine Angelegenheit, sie gehen dich nichts an! Du solltest lieber etwas unternehmen, um die Pfuscherei wiedergutzumachen, die du dir im Falle von Wilhelm Sturmhaub geleistet hast! Wenn du das fertiggebracht hast und auch den zerstörerischen Einfluß meiner Schwester ausgeschaltet hast...«
»Dafür will ich aber die Hälfte Ihres verfluchten Königreiches!«
»Und wenn meine Nichte erst einmal auf dem Königsthron sitzt und vom tragischen Tod ihrer geliebten Schwester und deren Kind erfährt, wird sie sich natürlich hilfesuchend an den letzten Blutsverwandten wenden, der ihr noch geblieben ist und ihn um Rat fragen.«
»Und der gute alte König Furchtbart mit den Schellen wird natürlich gleich zur Stelle sein, um der kleinen Hexe zu helfen, wie?«
»Ja, das werde ich. Ach, wie ich doch den jungen Davie um seine wunderschöne Braut beneide!«
»Sie finden sie ja nur deshalb schön, weil sie ebenso braun ist wie ein Bär oder wie Sie selbst«, bemerkte Hugo hämisch.
Nach einer langen Pause sagte Furchtbart: »Ach ja, Hugo, du bist so scharfsichtig, das ist es, was ich an dir so mag. Wird es nicht allmählich Zeit, ins Bett zu gehen?«
»O ja, ich bin todmüde von den Botengängen und der Herumschlepperei für Sie und die beiden Frauen und diesen verdammten Bären, und ich nehme an, Meister Grau, daß auch Sie sehr müde

sind, denn wenn man auf Anhieb König von zwei Reichen wird, muß einen das müde machen!«

Gretchen ging ein paar Schritte zurück, sie hoffte, sich in einem dunklen Winkel des Raums verstecken zu können, der möglichst weit von der Tür entfernt war und den das Licht ihrer Kerzen nicht erreichen würde. Sie ging immer weiter zurück, bis sie eigentlich schon längst an einer Wand hätte angelangt sein müssen. Die Tür sprang knarrend auf, und Kerzenlicht erhellte den Raum, das die Männer, die die Lampen trugen, von unten beschien und düstere Schatten warf. Dies verlieh dem vorangegangenen Gespräch noch einen besonders schaurigen Akzent.

Gretchen blieb unentdeckt, und als sie die Treppe hinaufstiegen, schwiegen sie beide. Als ihre Lichter vollständig verschwunden waren, seufzte Gretchen erleichtert auf, sank zu Boden und saß einen Moment lang zitternd da, eine verspätete Reaktion darauf, daß sie beinahe erwischt worden wäre, während sie so viel Schlechtes über ihren Onkel erlauschte, und sie war immer noch wie gelähmt von dem furchteinflößenden Inhalt des Gesprächs. Wenigstens konnte sie sich aus dem Gehörten nun zusammenreimen, warum in ihrem Essen das Salz fehlte. Salz schien eine Art Gegengift gegen Furchtbarts Magie zu sein, obwohl sie sich über deren Beschaffenheit immer noch nicht im klaren war. Doch sie konnte Reaktion auf die Verzauberung nun dadurch beenden, daß sie sie mit Salz unterband, da sie ja nun wußte, wie es sich damit verhielt. Sie befahl der nächstgelegenen Lampe aufzuleuchten. Einen Augenblick lang sah sie das Licht glühen, nicht aber die Lampe, zu der das Licht gehörte. Dann stellte sie fest, daß es über ihr und hinter ihr sein mußte. Sie drehte sich um, weil sie das Licht herunterholen und damit ihren Medizinbeutel erhellen wollte, um etwas zu suchen, als sie sich plötzlich zwei wild funkelnden Augen gegenübersah.

»Hallo, Mädchen!«

Gretchen hielt den Atem an, nahm die Kerze vom Tisch und stellte sie neben sich auf den Boden. Dann sagte sie, immer noch entsetzt: »Hoheit, Sie erschrecken mich noch zu Tode!«

»Das tut mir furchtbar leid«, erwiderte der Bär, trottete auf die andere Seite und ließ sich ihr gegenüber vor der Kerze nieder. »Ich möchte bei Tisch keinen gefräßigen Eindruck machen, aber ich muß gestehen, daß ich zwar wie ein Mensch spreche und handle, mein Hunger jedoch ein Bärenhunger geblieben ist.«

»Hier, nimm«, sagte sie und hielt ihm eine Handvoll Salz hin, das sie aus ihrem Medizinbeutel genommen hatte. Der Bär fuhr nur einmal mit der Zunge über ihre Handfläche, und schon war sie leer. Sie war froh, daß wenigstens er ihr Freund geblieben war. Dann aß auch sie etwas Salz und begann schon kurz darauf, sich besser zu fühlen. Auf seine letzte Bemerkung hin antwortete sie:

»Nun, ich hoffe, du fühlst dich auch noch so wild wie ein Bär, denn wir sitzen ganz schön in der Patsche.«

Als Gretchen dem Bären erzählt hatte, was sie gerade erfahren hatte, wäre Seine Hoheit am liebsten die Treppe hinaufgestürzt, um Furchtbart und Hugo in Stücke zu reißen. Nachdem nun Gretchen die Absichten ihres Onkels kannte, die darin bestanden, daß er alle, die ihr am Herzen lagen, umbringen wollte, war sie der Überzeugung, daß der Plan des Bären zwar sehr verdienstvoll wäre, nur schlug sie eine kleine Veränderung vor, daß er die beiden lieber festhalten sollte, während sie ihnen die Haut abzog oder die Kleidung anzündete. Sie wußte selbst noch nicht genau, wie sie sich an Furchtbart und Hugo rächen sollte, vielleicht würde sie auch beide Strafen miteinander verbinden.

»Das einzige Problem ist Colin«, sagte Gretchen.

»Aber warum denn, Mädchen?« fragte der Bär, »wir retten ihn, und ihm wird dabei kein Härchen gekrümmt!«

»Sie sprachen auch davon, ein Wesen namens Lorelei wüßte darüber Bescheid, wie mit Colin zu verfahren sei und daß er sich auf irgendeinem Schiff befinde, das war alles, was sie sagten.«

»Ziemlich unerfreulich«, sagte Seine Hoheit.

»Ja, ziemlich«, pflichtete ihm Gretchen bei und lehnte sich zurück und kaute an ihren Fingernägeln.

»Wir könnten sie ja eigentlich zu einem Geständnis zwingen und sie dann erst in Stücke reißen«, sagte der Bär.

»Ja, das könnten wir.«
»Weißt du, wie lange das Salz nachwirkt, wenn dein Onkel mit seinem Zirkus beginnt?« fragte der Bär.
»Ich weiß nicht«, erwiderte Gretchen, »vielleicht hilft es auch nur nachher. Und da wäre auch noch die Geschichte mit Davies Herz, Prinz. Onkel Furchtbart sagte, Davie würde Sie in einen Menschen zurückverwandeln, wenn er hierher kommt, damit Sie etwas unterzeichnen können.«
»Die Abdankungsurkunde«, sagte er kurz.
»Was?« fragte Gretchen.
»Ein Dokument, Mädchen, in dem es heißt, daß ich auf den Thron und alle Titel verzichte. Natürlich habe ich das ohnehin schon getan, weil ich ja bereits mehr als sieben Jahre weg bin. Aber da ja mein Bruder Unwürdig, wie du selbst gesagt hast, als König Schwierigkeiten hat, wird Furchtbart wahrscheinlich einige meiner alten Anhänger organisiert haben, die mich wieder zum König wollen – ferner wird dein Onkel mit seiner flinken Zunge wahrscheinlich keinerlei Schwierigkeiten haben, meinen Sohn an meine Stelle zu setzen und schon gar nicht, wenn er eine von mir unterzeichnete Abdankungserklärung in der Hand hat, in der Davie als mein Nachfolger genannt wird.«
»Und Xenobia und Davie hat er ohnehin in seiner Gewalt«, fügte Gretchen hinzu.
»Leider nur zu wahr – und dich will er auch noch in seine Gewalt bekommen. Aber ich finde doch, wir sollten sie in Stücke reißen – und ich verspreche dir, daß ich ihnen noch entlocken werde, was mit Colin geschehen ist – dann können wir nämlich in aller Ruhe das Schloß nach Davies Herz durchsuchen...«
»Was sollen wir aber tun, wenn wir es finden und es nicht funktioniert und mein Onkel dann tot ist?«
Die Augen des Bären waren nur noch Schlitze, als er sie jetzt ansah und sagte: »Sieht nicht so aus, Mädchen, als wolltest du sie überhaupt noch in Stücke reißen!«
»Wahrscheinlich nicht. Ich glaube eben, daß wir mehr herausfinden, wenn er glaubt, wir könnten das, was er uns sagt, nicht zu

unseren Gunsten verwenden. Ich werde uns alle drei mit Salz versorgen, bis wir wirklich wissen, wo das Herz ist, was aus Colin geworden ist und wie wir diese Insel ohne Boot wieder verlassen können, weil es sehr unwahrscheinlich ist, daß Onkel Furchtbarts Schwäne uns ziehen werden.«

»Du verstehst sicher mehr vom Zaubergeschäft, aber ich finde immer noch, wir sollten sie in Stücke reißen.«

»Später«, sagte Gretchen.

Der Bär fügte sich: »Gut, dann eben später.«

XVIII

Als Colin wieder auftauchte, stellte er erstaunt und erfreut fest, daß er noch am Leben war. Als erstes sah er seine Geige, die neben ihm auf dem Wasser trieb. Er griff danach und hielt sie in die Höhe, als er auf den Felsen zuschwamm, an dem die »Schlangenfluch« beinahe zerschellt wäre.

Als zweites sah er dann auch die »Schlangenfluch«, die ohne Schaden genommen zu haben, davonsegelte. In dem Durcheinander hatte die Besatzung wahrscheinlich überhaupt nicht bemerkt, daß er über Bord gegangen war.

Nachdem er sich am Rand eines Felsens hochgezogen hatte, sah er als drittes, wie ein grünhaariges Mädchen mit heftigen Bewegungen ihres schuppigen Schwanzes rückwärts rutschte. Sie wurde immer weiter landeinwärts gejagt von einer Katze, die ihr mit steifen Schritten nachging. Ching, der wegen des unfreiwilligen Bades immer noch wütend war, war fest entschlossen, sich diesen Fischschwanz für sein Abendessen zu sichern.

Mit ihren meergrünen Augen sah die Nixe Colin flehentlich an. Da dieser aber durchweicht und glitschig war, fühlte er sich kaum zur Ritterlichkeit motiviert, vielmehr ergriff er die Gelegenheit, der Gefangenen eine ernsthafte Lektion zu erteilen. »Gnädige Frau«, sagte er, »sind Sie sich eigentlich bewußt, daß sie beinahe den Untergang eines edlen Segelschiffes mit einer tapferen und starken Mannschaft verursacht hätten?« Sie war überhaupt nicht beeindruckt, denn schließlich beschäftigen sich Nixen hauptsächlich mit Schiffsuntergängen. »Und nicht nur das«, fuhr Colin fort, »sondern Sie haben auch bewirkt, daß mein Kater ein Bad nehmen mußte, was er nicht ausstehen kann, und Sie haben beinahe eine der besten Geigen in der Welt demoliert, wie ich meine. Wenn Sie noch irgend etwas zu Ihrer Verteidigung vorzubringen haben, so rate ich Ihnen, dies jetzt zu tun, bevor ich meiner Katze erlaube, Sie aufzufressen!«

Sie begann zu weinen, und wie sie es beabsichtigt hatte, erkannte

Colin, daß er sich ziemlich grausam benommen hatte, aber er war wirklich sehr aufgebracht wegen seiner Geige. Der Klang würde nie mehr derselbe sein. Da er sah, daß sie keine Anstalten machte nachzugeben, stand er auf und funkelte sie wütend an in der Hoffnung, daß er noch genügend Zeit haben würde, Ching zu fangen, bevor dieser sich entschloß, einen Bissen vom Fischschwanz der Nixe zu versuchen.

»Wie kannst du nur so grausam sein!« klagte die Nixe, »du könntest mein Urenkel sein, der an Land ging, als er erwachsen war und nun mit einer boshaften Katze zurückkommt, um mich zu quälen...«

»Ich bin keineswegs hierher zurückgekommen, um dich zu quälen. Ich bin ganz friedlich mit meinen Freunden hier vorbeigesegelt und habe mich um meine eigenen Angelegenheiten gekümmert, als du begonnen hast, uns mit deinen verschiedenen Stimmen etwas vorzusingen, und ehe ich mich's versah, bin ich dann im Wasser geschwommen und meine beste Geige war kaputt. Wer quält denn nun hier wen?«

»Du wirst unverschämt, junger Mann«, sagte sie so streng, wie die Umstände es erforderten. Es kam sogar ihr merkwürdig vor, daß sie ihn einen jungen Mann nannte, aber Colin wurde nun bewußt, daß derlei Wesen ein hohes Alter erreichten. Soweit Colin dies überhaupt beurteilen konnte, konnte sie jedes Alter haben, von den achtzehn Jahren, die sie ihrem Aussehen nach zählte, bis zu siebenhundertundsechzig Jahren. Für ein Wesen, das dank der Energie überlebte, die es aus seiner jugendlichen Schönheit schöpfte, war es typisch, auf die Vorrechte des Alters zu pochen, wenn es einmal in eine Zwickmühle geriet.

Sie mußte seine Gedanken erraten haben, denn sie schüttelte ihr schönes, grünes Haar zurück und sagte mit einem reizenden Schmollmündchen: »Du magst mich nicht!«

Colin konnte seine Augen kaum losreißen von ihrer verblüffenden oberen Körperhälfte, auf die das zurückgeschüttelte Haar den Blick freigab. Er lief feuerrot an und sagte stotternd: »Aber nein, ich mag dich schon, ich habe mich nur über dich geärgert.«

Sie befestigte die Kämme aus Muscheln in ihrem Haar und sagte spöttisch: »Geärgert?«
Darauf Colin: »Nur ein bißchen, und das ist eigentlich schon beinahe vorüber.«
»Das dachte ich mir doch. Du kannst jetzt auch dein kleines Ungeheuer wieder zurückpfeifen, weil ich dich ja ohnehin nicht ersäufen könnte, was immer Furchtbart sagen mag. Davon abgesehen würdest du auch gar nicht untergehen, da du zu uns gehörst.«
Colin wußte kaum, was er sie zuerst fragen sollte, aber der Mondschein war angenehm, die Sterne leuchteten hell und die Nacht war noch lang. Er nahm Ching auf den Schoß und heimste sich dafür einen Pfotenhieb ein, der für seine Hand ziemlich schmerzlich war, und richtete sich dann auf ein Gespräch ein.
Die Nixe sah so aus, als wollte sie jeden Moment wieder ins Wasser entwischen, aber nach einem warnenden Blick von Colin machte sie es sich auf dem Felsen bequem und ließ nur ab und zu ihren Schwanz ins Wasser schnellen, während sie mit ihm redete.
»Nun denn«, sagte der Spielmann und schaute ihr dabei fest in die Augen, »ich heiße Colin Liedschmied und bin ein fahrender Spielmann.«
»Natürlich bist du das, Furchtbart hat mich schon informiert«, erwiderte sie.
»Und wer bist dann du und wer ist Furchtbart?« fragte Colin, »ist er vielleicht zufällig mit einer Familie Grau verwandt? Und warum sagst du, daß ich zu eurer Sippe gehöre?«
»Ich bin Lorelei, Dummerchen. Furchtbart ist mein Freund auf der Insel des Bösen, und eines Tages wird er sich durch einen besonderen Zauber einen Fischschwanz zulegen und sich zu mir gesellen. Ja, ich glaube, ich habe gehört, daß dieser entsetzliche Mann, der für ihn arbeitet, ihn Grau genannt hat, aber ich bin mir nicht sicher. Ferner bleibe ich dabei, daß du zu uns gehörst, weil es wahr ist. Natürlich hat das nichts mit der jüngsten Vergangenheit oder mit direkter Abstammung zu tun – vielmehr gehörte eine deiner Ahnfrauen zu unserer Sippe, dafür sind deine Stimme und deine Befähigung zum Schwimmen Beweis.«

Colin weigerte sich, sich zu wundern, daß er, ein ganz normaler junger Mann mit zwei Beinen, blondem Haar und einer schuppenlosen Haut angeblich von einer Frau mit einem Fischschwanz, den dazugehörigen Schuppen und grünem Haar abstammen sollte. Das war nicht so wichtig, denn in Argonien passierten noch viel merkwürdigere Dinge. Zumindest würde es Aufschluß geben über sein musikalisches Talent, das selbst seine Musiklehrer als außergewöhnlich betrachtet hatten, auch wenn er das eigentlich gar nicht wissen sollte. Das würde aber auch erklären, wie er, der in Ost-Oberkopfingen aufgewachsen war, das von Flüssen umgeben war, nichts vom Wasser verstand und jetzt dennoch plötzlich schwimmen konnte. Vielleicht erklärte es auch, warum er, der so entsetzlich ungeschickt war, wenn er Boden unter den Füßen hatte, sich im Wasser wirklich wie in seinem Element fühlte, obwohl er keine Erfahrung damit hatte. Schließlich nickte er zustimmend, und als sie ihm daraufhin zulächelte, kamen ihre Grübchen sehr vorteilhaft zur Geltung.

»Du könntest ja hierbleiben und mit mir spielen, und ich würde dir die schönsten Lieder beibringen, die ich kenne. Ich fühle mich hier so einsam, denn soviel ich weiß, bin ich zur Zeit die einzige Nixe hier. Furchtbart wollte, daß ich hierherkomme, und weil er so gut aussieht und so gescheit ist, konnte ich es kaum erwarten, hierherzukommen. Aber er kommt mich nicht so oft besuchen, um mit mir zu plaudern, wie ich gerne möchte, und er kann nicht richtig schwimmen. Außerdem ist es nicht besonders lustig, bei ruhiger See Schiffe zu versenken, zumal hier Hilfe ganz in der Nähe ist. Für ein Mädchen gibt es hier überhaupt keine Zerstreuung. Furchtbart hat mir sogar eine Seeschlange versprochen, um mir ein bißchen Abwechslung zu verschaffen, aber bis jetzt ist sie noch nicht geliefert worden. Ach Colin, bleib doch bitte hier, wir könnten uns wunderbar amüsieren...« sagte sie und sah Ching mit einem ausgesprochen feindseligen Blick an, »aber das Geschöpf dort drüben müßten wir natürlich ersäufen.«

Das Wasser sah sehr einladend aus, und auf ihre grünhaarige Art war sie auch sehr anziehend, aber Colin erkannte sehr schnell, daß sie ihn zwar nicht ertränken würde, ihr jedoch dennoch zuzutrauen war, daß sie ihre sonstigen Verführungskünste an ihm ausprobieren würde, und er wollte sich nun einmal nicht verführen lassen. Schweren Herzens schüttelte er den Kopf und sagte: »Es ist zwar sehr lieb von dir, daß du mich einlädst, Lorelei, aber ich habe noch andere Verpflichtungen zu erfüllen, die wahrscheinlich sogar deinen Freund mit einschließen. Könntest du mir vielleicht sagen, wie ich zu ihm komme?«

Aufgeregt peitschte sie das Wasser mit dem Schwanz, so daß es auf sie beide niederprasselte, und rief: »Aber nein, Colin Sangesschmied, das darfst du nicht! Furchtbart kann Männer nicht ausstehen. Er wird dich deines Willens berauben und diesem entsetzlichen Hugo befehlen, dich umzubringen und dann könntest du ja auch nicht mehr zu mir zurückkehren, um mit mir zu spielen.«

Colin konnte sich eines Lächelns nicht erwehren. »Ich kann aber nicht ganz verstehen, warum dir das etwas ausmachen sollte«, sagte Colin, »schließlich wolltest du ja nicht nur mich, sondern auch alle meine Freunde versenken!«

Wieder verzog Lorelei ihren Mund zu einem anmutigen Schmollen und erwiderte: »Das war etwas ganz anderes und richtete sich nicht persönlich gegen dich, schließlich ist dies doch mein Beruf, und überlege dir mal, wie langweilig die Seefahrt ohne Gefahren wäre. Das macht sie doch für die Matrosen erst interessant und unterhaltsam. Stell dir die armen Burschen vor, die ziellos in der Weltgeschichte herumsegeln, ohne etwas Gefährlicheres oder Aufregenderes als ein wenig schlechtes Wetter, mit dem sie sich die Zeit vertreiben können!«

In seiner Eigenschaft als Dichter konnte Colin ihren Standpunkt verstehen und nickte deshalb zustimmend.

»Aber du gehörst doch zu uns und ich kann dich nicht einfach deinem sicheren Untergang entgegenschwimmen lassen, besonders jetzt nicht, da wir gerade dabei sind, uns näher kennenzulernen – auch wenn es mir recht wäre, wenn ich das gräßliche Geschöpf dort los wäre!« sagte die Nixe und ließ dabei ihren Schwanz in Chings Richtung klatschen.

»Ich muß ihn aber aufsuchen«, antwortete Colin. »Wenn du ihn so gut kennst, kannst du mir vielleicht sagen, wie ich mich vor ihm schützen muß. Gibt es nicht eine bestimmte Pflanze oder ein religiöses Symbol, das er besonders verabscheut?«
»Du meinst wahrscheinlich so etwas wie Eisenhut, Knoblauch oder dergleichen?« fragte sie, indem sie ihren Kopf schelmisch zur Seite neigte und mit ihrem schwimmhautbewachsenen Mittelfinger das Grübchen an ihrem Kinn berührte. »Nu-un, ja, wenn ich darüber nachdenke – wahrscheinlich bist du aber ohnehin einigermaßen immun dagegen. Ich bin es nämlich auch, oder glaubst du, daß ich die Geschichte mit dem Fischschwanz, den er sich zulegen will, glaube – abgesehen davon, daß ich ihn eben liebe und doch noch hoffe, daß es wahr ist.«
»Worin besteht dann seine Zauberkraft eigentlich noch, außer daß er Menschen in Bären verwandelt und Herzen stiehlt und dergleichen mehr?« fragte Colin.
»O je, hat er das wirklich getan?« fragte die Nixe und riß ihre meergrünen Augen auf. Dann schüttelte sie wie eine Rasende ihr Haupt und fuhr fort: »Das habe ich gar nicht gewußt! Er ist so mächtig, daß ich manchmal eine richtige Froschhaut bekomme!«
Colin nahm an, daß für im Wasser lebende Geschöpfe eine Froschhaut die Entsprechung war für eine Gänsehaut und fragte noch einmal: »Aber worauf hat er sich dann eigentlich spezialisiert bei seiner Zauberei? Siehst du, ich habe zum Beispiel diese Freundin, die – die, äh –« Er suchte nach Worten, um einer Nixe, die weder ein Feuer anmachen noch eine Türschwelle fegen mußte, Gretchens Herd- und Heimgewerbe zu erklären, da er die richtigen Worte nicht fand, gab er es auf und sagte statt dessen: »Ihre Großmutter kann zum Beispiel Menschen in Tiere verwandeln und sie hat eine Tante, die in die Gegenwart sehen kann und ...«
Die Nixe sah ihn prüfend an und sagte schließlich: »Du scheinst ja mit ziemlich merkwürdigen Geschöpfen Umgang zu pflegen, mein Lieber. Meinst du nicht doch, du tätest besser daran, hierzubleiben? Aber gut, wenn du darauf bestehst – die Quelle von Furchtbarts Zauber ist seine Überzeugungskraft.«

»Welche Art von magischer Kraft ist für dich überzeugend?« fragte Colin, der über die Information nachdachte und sich dabei grübelnd am Kopf kratzte.

»Eine ziemlich große«, erwiderte sie, »er könnte zum Beispiel einen Thunfisch dazu überreden, auf Bäume zu klettern, wenn der Thunfisch nicht im Meer leben würde.«

»Also kann er die Meereskreaturen mit seinem Zauber nicht verhexen?« fragte Colin.

»Nur mich«, gab die Nixe kleinlaut zu, »aber eigentlich stimmt das gar nicht. Es hat etwas damit zu tun, daß wir die ganze Zeit in salzigem Meerwasser herumschwimmen. Ja, ich glaube, es ist das Salz, das ihn wirklich verwirrt.«

»Ich danke dir, Lorelei«, sagte Colin langsam, »du warst mir eine große Hilfe. Aber könntest du mir nun den Weg zu Furchtbart zeigen?«

»Wir gelangen nur schwimmend dorthin«, antwortete sie.

Seltsamerweise fand Colin die Aussicht ganz verlockend, aber sah dann zu Ching hinüber: »Was soll ich denn nur mit meinem Kater machen?«

»Mit ihm?« äffte sie Colin nach, und mit einer Bewegung, die so schnell war, daß er ihr mit den Augen kaum folgen konnte, sprang sie hoch in die Luft und tauchte tief ins Wasser, kam dann wieder an die Oberfläche empor, wo sie sich auf dem Rücken treiben ließ und mit rhythmischen, ausgeglichenen Bewegungen mit ihrem Schwanz im mondhellen Wasser paddelte. »Komm jetzt, wenn du herausfinden willst, wo Furchtbart lebt«, sagte sie zu Colin.

Colin zuckte mit der Achsel, zog sein Hemd aus, entschuldigte sich bei Ching und sprang ins Wasser. Er hatte das Gefühl, der Kater sei auf dem Felsen so lange in Sicherheit, bis er ihn wieder abholen käme.

Ching hatte jedoch anderes vor. Colin war noch keine hundert Meter vom Felsen entfernt und schwamm mit leichten Bewegungen hinter Lorelei her, als ein Schwertwal, auf dessen Rücken ein Kater von der gleichen Farbe thronte, fröhlich an ihnen vorüberflitzte.

XIX

Gretchens Wangenmuskeln und Nacken waren ganz starr und steif, weil sie unnatürlich viel nickte und lächelte, als sie dem Geschwätz ihres Onkels zuhörte. Sie kam zu dem Schluß, ohne seine magische Glaubwürdigkeit sei er nur noch ein fader, aufgeblasener Wicht.

Bernsteinwein hatte schwangerschaftsbedingte Müdigkeit vorgetäuscht, um sich zu einem Mittagsschläfchen in ihr einigermaßen abgeschiedenes Turmgemach zurückziehen zu können. Sie war ziemlich entsetzt gewesen, als sie entdeckte, daß die alte Burg, die nur unter Furchtbarts Zauber den Anschein eines Zufluchtsorts erweckt hatte, in Wirklichkeit ein Gefängnis war, das auch ihr zukünftiges Grab werden sollte. Gretchen bedauerte, Bernsteinwein so lange vor ihrer Flucht mit der wahren, entsetzlichen Situation vertraut machen zu müssen. Aber Gretchen konnte es kaum riskieren, ihre Schwester nicht einzuweihen, da sie befürchtete, sie könnte ihren Plan vereiteln, wenn sie im unpassendsten Moment auf einer Erklärung für Gretchens seltsames Benehmen bestand. Zumindest hatte sie sehr blaß und fahl ausgesehen, als sie sich zu ihrer wohlverdienten Ruhe zurückzog.

Auch Seine Hoheit schonte seine Kräfte im Hinblick auf die bevorstehende Flucht, indem er den Forderungen seines Bärenkörpers nachgab und einen Großteil seiner Zeit schlafend verbrachte. Auf ihn konnte Gretchen sich wenigstens verlassen. Seit er darauf bestanden hatte, daß das Zimmer im Obergeschoß tagsüber für einen Pelzträger zu warm sei, durfte er sich auf dem kühlen, fliesenbedeckten Boden des Studierzimmers, direkt unter Furchtbarts Alchimistenbank zusammenrollen. Aus Sicherheitsgründen hatte der Zauberer diesen Teil seiner Studierstube nicht mit Teppichen ausgelegt, denn wenn zufälligerweise glühendes Metall damit in Berührung käme, wäre möglicherweise das Innere der ganzen Burg in Flammen aufgegangen.

Gretchens Onkel legte die Schriftrolle, die er ihr gezeigt hatte, auf den Tisch zurück und musterte sie mit einem kritischen Blick. Da ihr Mund vollkommen ausgetrocknet war, mußte sie ihre Lippen mit der Zunge befeuchten. Sie lächelte so gewinnend wie sie konnte, und versuchte, unschuldig und vertrauensvoll auszusehen. Sie fragte sich, ob er herausfinden konnte, wenn jemand Salz gegessen hatte.

»Gretchen, mein Liebes, du strahlst ja heute gar nicht so wie sonst. Ich hatte gehofft, du würdest diese alten Lumpen ablegen und dafür die hübschen Kleider anziehen, die ich für dich besorgen ließ und die für eine Dame deines Standes sehr viel angemessener sind«, sagte Onkel Furchtbart.

»Tut mir leid, Onkel«, sagte Gretchen unterwürfig. Im Hinblick auf Flucht hatte sie heute ihr wollenes Kleid angezogen. Es war strapazierfähiger und bequemer als die anderen Gewänder und hatte Taschen, in denen sie ihren Medizinbeutel, das Fläschchen mit dem restlichen Liebestrank und den Dolch, den ihr ihr Schwager geliehen hatte, verstecken konnte. »Ich wollte nicht, daß die hübschen Kleider schmutzig werden«, fuhr sie fort, »denn ich wollte heute nachmittag mit Goldie zusammen versuchen, dir im Hof ein Gärtchen anzulegen. Ich kann dir phantastische Riesenmelonen und Krautköpfe zaubern, die sehr viel schneller reifen als die normalen – dann hast du endlich einmal frisches Gemüse, von dem du einen Teil auch für den Winter trocknen lassen kannst.«

»Ist das deine Kunst? Ach ja, ich glaube, Hugo hat es erwähnt: Herd- und Heimwerkerin, nicht wahr? Das ist wirklich sehr aufmerksam von dir, daß du mir einen Garten anlegen willst, aber mir wäre es lieber, wenn du aufhören würdest, im Schmutz zu graben und andere niedere Dienste zu verrichten, die das Heimwerken mit sich bringt. Ich glaube kaum, daß das Heimwerken, abgesehen von einem bißchen Handarbeit, eine standesgemäße Beschäftigung ist für eine Königin.«

Jetzt kommt es, stöhnte Gretchen im stillen. Sie versuchte, ihre klugen braunen Augen möglichst weit aufzureißen und mit Tränen zu benetzen, als sie unschuldig fragte: »Königin, Onkel Furchtbart?«

»Ja, mein gutes Kind, ich wollte dich mit dieser Neuigkeit eigentlich erst bei der Ankunft deines Bräutigams überraschen, aber die Gelegenheit ist jetzt ebenso günstig wie später.«
»Wovon sprichst du eigentlich, Onkel Furchtbart? Wie kann eine einfache Dorfhexe wie ich plötzlich Königin werden?«
»Ja, wirklich! Und wie konnte aus einem einfachen Dorfzauberer – wie ich es war – ein so mächtiger und einflußreicher Mann werden, wie du ihn heute vor dir siehst?« erwiderte Furchtbart und beantwortete seine Frage gleich selbst: »Mit der Hilfe der Prinzessin. Wenn die Prinzessin in ein paar Monaten beim Tribunal die Nominierung vornimmt, werde ich König von Argonien. Du wirst mich fragen, wie das möglich sein soll? Weil ich so vorausschauend war, meine Möglichkeiten zu erkennen und mutig und entschlossen genug, sie auch zu ergreifen. Natürlich ist dies alles verbunden mit einer dauerhaften und aufrichtigen Liebe zu meinen Mitmenschen.
Als König werde ich das Gesicht dieses Landes verändern, wir werden uns dann keinen fremden Tyrannen mehr unterwerfen oder ihre Gesandten empfangen. Wir werden außerdem dieses lächerliche Gesetz abschaffen, nach dem Personen mit magischer Kraft wegen derselben langweiligen Vergehen verfolgt werden wie der gemeine, magisch unbegabte Pöbel. Wenn ich einmal König bin, dann wird das gemeine Volk nicht mehr wie mit seinesgleichen mit uns verkehren können und ganz bestimmt keinen der Unseren mehr heiraten können, weil auf diese Weise unser geweihtes Blut verunreinigt wird und die daraus entspringenden Nachkommen der vornehmen alten Familien schwach werden, wie dein Beispiel es beweist. Ich möchte dir ja nicht zu nahe treten, liebes Mädchen, aber es ist leider wahr.
Von denen wird dann auch keiner mehr einen Adelstitel führen dürfen oder eine einflußreiche Stellung innehaben, weil sie ihre Macht mißbrauchen, indem sie unsere Frauen für ihre Zwecke benutzen. Wie du weißt, war dies bei Wilhelm Sturmhaub der Fall, der die Liebe deiner Mutter verriet, um dieses fremde Feenflittchen zu heiraten.« Er mußte tief Luft schöpfen, weil er sich in

seinen Zorn hineingesteigert hatte und sein Gesicht unter der braunen Haut rot angelaufen war. Sein Blick war wilder als der des Bären, aber langsam beruhigte er sich wieder und sagte: »Weil du mit mir verwandt bist, bleibt dir wenigstens mein Schicksal erspart: herumzuirren und dich mit viel List durchzuschlagen. Um Königin zu werden, mußt du nur Davie heiraten – das ist alles, was ich von dir verlange!«

»Aber Onkel«, protestierte Gretchen gerade noch laut genug, um eine Wirkung damit zu erzielen, »ich glaube wirklich nicht, daß ich Königin der Zigeuner werden will. Außerdem ist Xenobia ziemlich grimmig!«

»Laß Xenobia meine Sorge sein. Natürlich sollst du nicht Königin der Zigeuner werden. Das entspricht auch nicht meiner Vorstellung von Reichtum und Würde. Du wirst Königin von Ablemarle.«

»Aber Ablemarle hat doch schon eine Königin«, versuchte Gretchen einzuwenden.

»Die einzige Königin, die Ablemarle aufzuweisen hat, ist die Frau von König Würdigmann, dem Unwürdigen. Du darfst mir glauben, sie werden froh sein, dafür die Nichte Furchtbarts I. zu bekommen.«

»Tut mir leid, aber das verstehe ich nicht!« sagte Gretchen.

»Das brauchst du auch gar nicht – laß nur den guten alten Onkel Furchtbart machen und zerbrich dir deswegen nicht dein hübsches kleines Köpfchen! Seine Königliche Hoheit, Prinz Würdigmann, der Bär, hat mir gegenüber vertraulich geäußert, er wolle sich für immer vom Leben am Hofe zurückziehen, weil er befürchtet, daß es ihm nach all der Landluft nicht mehr so gut bekommt, an der er in letzter Zeit immer größeren Gefallen gefunden hat.

Bei unserem letzten Zusammentreffen habe ich mit Prinzessin Pegien ganz zufällig in den Gesetzen von Ablemarle herumgestöbert, und wir sind dabei auf die passende Abdankungserklärung gestoßen, die er unterzeichnen kann, sobald er seine menschliche Gestalt wiedergewonnen hat. Damit würde er all seine Ansprüche auf den Thron an Davie abtreten.«

»Aber muß er nicht zuerst das Herz an Davie zurückgeben?« fragte Gretchen unschuldig.
»Genauso schreibt es der Zauberer vor.«
»Aber wie kann sich denn Seine Hoheit zurückverwandeln, um deine Urkunde zu unterzeichnen, wenn die Zigeuner doch so weit weg sind?«
Onkel Furchtbart lächelte ihr liebevoll zu und sagte: »Ach du meine Güte, so viele Fragen! Mein liebes Kind, habe ich dir nicht gesagt, du sollst mir vertrauen – die Schwäne wurden heute früh losgeschickt, um Davie und Xenobia hierherzubringen.«
So bald also. Gretchen mußte Davies Herz finden, damit sie ein Tauschobjekt hätten, wenn auch noch die Zigeuner hier wären und sie durch die bloße Überzahl ihrer Feinde überwältigt werden könnten. »Ich finde«, sagte Gretchen, »wenn ich diesen Zigeuner schon heiraten soll, möchte ich doch wenigstens sein Herz haben. Für meinen Geschmack ist er nämlich viel zu unstet, und wir waren wohl nicht besonders gut aufeinander zu sprechen, als wir uns trennten. Ich glaube, er mag mich wirklich nicht.«
»Das ist völlig unmöglich«, sagte Furchtbart nachsichtig, »welcher aufgeweckte junge Mann würde ein so hinreißendes Geschöpf verschmähen – nein, er wird ganz überwältigt sein von dir!«
Gretchen folgte ihm, als er zu der Leiter ging, die er in seinem Studierzimmer brauchte, um besser an die Schriftrollen in den oberen Fächern heranzukommen. »Trotzdem«, sagte sie, »würde ich mich sehr viel besser fühlen, wenn...«
Er sah sie scharf an und sagte: »Du bist heute sehr streitlustig, Gretchen. Habe ich dir nicht geraten, daß du mir vertrauen sollst?« Dann rückte er die Leiter an eines der hoch oben befindlichen, tief in die Wand eingelassenen Fenster heran, das sich über einem Wandteppich befand, auf dem in der Mitte einer Karte des Rauchmeeres die Jagd auf eine Seeschlange abgebildet war.
»Aber natürlich vertraue ich dir, Onkel«, sagte Gretchen, »aber wahrscheinlich benimmt sich jedes frischverlobte Mädchen ein wenig albern.« ›Uuuh‹, dachte sie im stillen, ›ich kann nur hoffen, daß er mir das abnimmt...‹

Furchtbart nahm ihr Kinn zwischen Daumen und Zeigefinger und sah ihr tief in die Augen. Wieder einmal fragte sie sich, ob ihm ihr Atem verriet, daß sie Salz gegessen hatte oder ob er gemerkt hatte, wie fadenscheinig ihre Entschuldigung war – aber er sagte nur: »Das ist ganz natürlich, mein Kind, und du weißt ja, daß ich dir nichts abschlagen kann.« Er kletterte die Leiter hinauf, und Gretchen wurde ganz schwindlig von der Anstrengung, ihrem Wunsch, die Leiter umzustoßen, nicht einfach nachzugeben.

Lichtreflexe tanzten über die Steinmauern und zauberten frische, helle Farben auf die ausgebleichten Wandteppiche und bestreuten Gretchens abgetragenes Wollkleid mit leuchtenden Juwelen. Die Lichter spielten auch um die geschlossenen Augen des schlafenden Bären, so daß er sich schließlich auf die andere Seite drehen mußte, um wieder in Ruhe weiterschlafen zu können.

Von der Hand des Zauberers baumelte ein Kristallprisma. »Wenn du tief hier hineinschaust, kannst du sein Herz sehen«, sagte er zu Gretchen. Sie untersuchte das Prisma, das aus massivem Licht zu bestehen schien, und entdeckte eine winzige, von tausend glitzernden Lichtfacetten eingerahmte Rose, die die Farbe von Herzblut hatte.

»Das soll von ihm sein?« fragte sie unwillkürlich. Ihr Onkel zog das Gebilde ruckartig zurück, und Gretchen versuchte angestrengt, sich wieder in die Rolle der fügsamen Nichte zu finden. Nein, es war nicht leicht, einen mit allen Wassern gewaschenen Betrüger vom Schlag ihres Onkels zu täuschen. »Ich wollte damit ja nur sagen«, fuhr sie fort, »daß ich nun, da ich sein Herz kenne, gar nicht mehr anders kann, als ihn zu lieben.«

Onkel Furchtbart, der sich wieder beruhigt hatte, verstaute das Herz in einer seiner Schreibtischschubladen und sagte abschließend: »Ja, in der Tat!« Dann wandte er sich zu der Tür, durch die in der Nacht zuvor der Geist gekommen war. »Aha, Frau Bernsteinwein, ich hoffe, Sie haben wohl geruht und ihr Schläfchen war erquickend?«

Goldie, die so blaß war wie eine Lilie, neigte nur den Kopf. Da sie nun über das schurkische Wesen des Zauberers Bescheid wußte,

war dies die einzige Verständigungsmöglichkeit, zu der sie noch fähig war.
»Da du nun schon einmal hier bist, sollst du es auch erfahren: Dein Freund Davie, der Zigeuner, und seine bezaubernde Mutter sind auf dem Weg hierher, denn Davie wird deine Schwester heiraten. Wir haben gerade die Heiratspläne besprochen. Vielleicht kannst du ihn dazu überreden, das Lied zu singen, das du so gern magst?« Furchtbart summte ein paar Takte der Melodie, für die Colin so oft Verse geschmiedet hatte, aber bei ihm klang es irgendwie seltsam, so daß Goldie vor Ekel erstarrte. Wenn sie vorher blaß gewesen war, dann war sie jetzt aschfahl, dachte Gretchen im stillen.
Dieses Mal konnte Gretchen den Zorn, der in ihrem Kopf dröhnte, nicht mehr länger bezähmen und sie griff bereits nach dem Dolch, als draußen auf dem Gang Schritte und die Stimme Hugos zu hören waren. »Grau«, rief er, »schauen Sie sich einmal an, wen ich Ihnen mitgebracht habe!«
Sie richteten ihre Blicke auf die Tür. Der fliegende Händler war ein stämmiger Kerl, wenn er sich nicht gerade duckte und den Hut in der Hand hielt, um eine demütige Haltung vorzutäuschen. Nun hielt er allerdings nicht seinen Hut, sondern Colin – genauer gesagt, einen völlig zerzausten Colin, ohne Hemd, der vor Schmerz das Gesicht verzog wegen des Griffs, mit dem Hugo ihm die Arme auf dem Rücken festhielt.
Onkel Furchtbart ging zu ihnen hinüber und sagte scheinheilig: »Hugo, mein alter Freund, du bist so entsetzlich grob! Wo hast du nur deine guten Manieren gelassen? Findest du, man sollte einen Freund meiner Nichte auf diese Art behandeln?« Er machte Anstalten, Colin mit eigener Hand wieder salonfähig zu machen, nachdem ihn Hugo losgelassen hatte, aber da es sehr schwer ist, den Hemdkragen eines halbnackten Mannes zurechtzubiegen, begnügte er sich damit, Colin sein überzeugendstes und aufrichtigstes Lächeln zu schenken und zu sagen: »Aber Spielmann Liedschmied, was ist denn das für ein Aufzug?«
»Nun, ich pflege eben ohne Hemd zu schwimmen«, erwiderte Colin unerschrocken.

Gretchen konnte es sich gerade noch verkneifen, einfach zu ihm zu laufen und ihn in die Arme zu schließen. Sie hatte nämlich schon befürchtet, das unselige Schicksal, das Furchtbart und Hugo für ihn vorgesehen hatten, sei schon über ihn hereingebrochen und sie könnte sich für Colins Tod höchstens noch auf eine ebenso grausame Weise rächen.

»Ich glaube aber, meine Schwester und ich sähen es gerne, wenn Colin bei meiner Hochzeit singen würde«, sagte Gretchen – und als sie sah, daß Hugo das Feuer schürte, das man in dem zugigen Vestibül brennen ließ, um die Kälte draußen zu halten, fuhr sie zu Colin gewandt fort: »Ach Colin, es ist einfach zu schön, um wahr zu sein«, sagte sie, wobei sie ihrem Gesprächspartner hinter dem Rücken ihres Onkels heimlich zuzwinkerte, »stell dir vor, mein Onkel Furchtbart hat für mich vereinbart, daß ich den Zigeuner Davie heiraten soll und auf diese Weise werde ich Königin mit allem Drum und Dran.«

»Oh – äh – wie nett von ihm«, sagte Colin, der nicht genau wußte, was das Zwinkern zu bedeuten hatte.

»Miau?« fragte Ching, der nun zur Tür hereinschlüpfte, die Hugo versehentlich offengelassen hatte, als er Colin ins Studierzimmer gezerrt hatte.

»Tiere im Haus, wie abscheulich!« sagte Onkel Furchtbart und ging auf den Kater zu, um ihn zu verscheuchen.

»Was haben Sie da eben gesagt?« fragte Seine Hoheit, der Bär, der gerade von seinem Nickerchen aufgewacht war.

»Äh – Anwesende natürlich ausgeschlossen«, verbesserte sich Furchtbart und ging zum Schreibtisch hinüber, wo er in seinen Papieren herumzuwühlen begann.

Triumphierend sprang Ching auf Gretchens Schulter und schnurrte.

»Nun, da wir alle hier versammelt sind, dachte ich, ich sollte euch vielleicht die Abdankungserklärung zeigen, mit deren Unterzeichnung Seine Hoheit alle Herrschaftsansprüche an Davie und Gretchen abtreten würde«, sagte Furchtbart feierlich.

»Soweit ich mich erinnern kann, ging es dabei aber auch noch um eine andere Sache, stimmt es nicht, Zauberer?« fragte der Bär und trottete schwerfällig zum Schreibtisch hinüber.

»Ach ja, natürlich, Davies Herz«, räumte Furchtbart hastig ein, nahm den Kristall in die Hand, schwenkte ihn ein paarmal hin und her und legte ihn dann so auf den Schreibtisch, daß er für den Bären unerreichbar war. »Wir legen ihn hierher«, sagte Furchtbart gnädig, »so daß Sie ihn dem Jungen, wenn er hier ist, nur auszuhändigen brauchen und – pffft – werden sie in all Ihrem königlichen Glanz wieder vor uns erstehen, ein ganz neuer Mensch!«

»Einen Moment mal«, sagte der Bär, legte die Vorderpfoten auf den Schreibtisch und streckte die Schnauze so weit vor, daß er an dem Kristall schnuppern konnte und sagte: »Ja, ich denke, das genügt. Dort ist das Herz, der Junge ist auf dem Weg hierher, wir sind alle vollzählig hier versammelt und dort ist nun auch der langvermißte Colin. Ich glaube, die Zeit ist gekommen...« Er richtete sich zu seiner vollen Größe auf, wobei er ein dumpfes Grollen von sich gab. »Nun macht schon, daß ihr fortkommt, Kinder, wenn ihr nicht mitansehen wollt, wie ich ihn in Stücke reiße«, sagte er zu Gretchen und Colin, »wartet auf mich beim Boot!«

»Seht euch vor, Prinz!« rief Gretchen, als ihr Onkel eine Phiole vom Tisch schnappte, deren Inhalt er dem Bären ins Gesicht schüttete. Gretchens Warnung kam zu spät, denn kaum war das weiße Pulver aus der Phiole dem Bären in die Nase gedrungen, als der riesige, drohende Prinz vor dem Zauberer zu einem harmlosen, schlafenden Pelzhaufen zusammensank.

»Gretchen, ich finde dein Benehmen wirklich unerhört«, sagte ihr Onkel, der sie mit Blicken beinahe durchbohrte, in denen sich aufrichtige Kränkung und Empörung ausdrückten.

»Ach, halt doch endlich mal den Mund, du eingebildeter Trottel!« schrie Gretchen, die sich nicht mehr beherrschen konnte und das Theaterspielen einfach satt hatte.

»Ist das die Art, wie man mit seinem einzigen Onkel spricht? Wenn du erst einmal Königin bist, wirst du dein böses Lästermaul bezähmen müssen, mein Kind!« sagte Furchtbart.

»Erstens werde ich das ganz bestimmt nicht und zweitens bin ich nicht dein Kind!« wies Gretchen ihn zurecht, während sie ihre angsterfüllten Blicke zu Goldie und Colin hinübergleiten ließ, die sich über den zu Boden gesunkenen Bär beugten.

»Ist er denn wirklich tot?« fragte Goldie niedergeschlagen.

»Noch nicht«, fuhr sie Furchtbart an, »zufällig habe ich das drachenstarke Schlafpulver dort hingestellt und den Drachen, von dem es stammt, werdet ihr in Kürze persönlich kennenlernen!«

Colin hatte sich aufgerichtet, war aber schlau genug, den behexten Gesichtsausdruck beizubehalten. Er sagte: »Aber Meister Furchtbart, finden Sie das nicht ein bißchen unvorsichtig? Wie ich gehört habe, sind Drachen manchmal gesundheitsschädlich.«

Gretchen wußte, daß sie explodieren würde, wenn sie noch mehr von den zuckersüßen Antworten des Hexenmeisters über sich ergehen lassen mußte, daher beschloß sie, ihn direkt anzugreifen und rief: »Los, sag ihm jetzt die Wahrheit. Sag uns allen die Wahrheit, wenn du überhaupt noch ein Gefühl dafür hast. Ich habe deinen verlogenen Hokuspokus satt!«

Als Gretchen dies gesagt hatte, packte ihr Onkel sie an den Handgelenken und funkelte sie wütend an. Hugo hatte Goldies Arme auf dem Rücken verschränkt und hielt sie fest, Colin bedrohte er mit einem Messer, das er ihm an die Kehle setzte, falls er nicht so behext sein sollte wie er tat. »Ich verbiete dir, meine magischen Kräfte als Hokuspokus zu bezeichnen, Nichte. In Zukunft wirst du etwas respektvoller sein und genau das tun, was man dir sagt.« Mit einem gemeinen Lächeln fuhr er fort: »Es ist doch wirklich zu schade, daß du nicht auf mich gehört und dich für deinen Bräutigam hübsch gemacht hast. So wie die Dinge jetzt liegen, bleibt dir nur noch genügend Zeit, uns zu den Futtergründen zu begleiten, wo wir dem Drachen sein Abendessen servieren werden. Wenn sich mein schuppiger Freund erst einmal am zarten Fleisch Frau Bernsteinweins und des Spielmanns gütlich tut, wird dir sehr schnell klar werden, daß ich ernst zu nehmen bin. Deine kleinen Betrügereien haben ihnen das Leben gekostet. Du mußt wissen, daß du für diese Wendung des Schicksals verantwortlich bist und nicht ich. Du hast mich dazu gezwungen, gewaltsam zu handeln. Spätestens wenn die Zigeuner eintreffen, wird die Wirkung des Salzes nachgelassen haben und du selbst wirst durch den Verlust deiner Freunde dann wieder gefügig, wenn auch unterwürfig sein. Zusammen mit dem Bär wirst du tun, was ich dir sage, und wenn dieser die Abdankungserklärung unterzeichnet hat, wird er bis zur nächsten Fütterung des Drachen in den Kerker wandern.«

»Und du meinst wirklich, daß ich mir das alles gefallen lasse?« fragte Gretchen entrüstet und griff dabei nervös nach dem Dolch in ihrer Rocktasche.

»Mein gutes Kind, ich fürchte, dir bleibt gar keine andere Wahl. In Wirklichkeit wirst du nie den Status einer Königin haben, wenn du Davie heiratest. Deine reizende Erscheinung wird die Ablemarlonier nur daran erinnern, wer der eigentliche Herrscher ist, aber dann wirst du keine Kapriolen mehr machen oder unkluge Entscheidungen treffen. Wie gesagt, du wirst ziemlich unterwürfig sein – und zwar für immer. Ich glaube, ich habe genau den richtigen Zauber für dich.«

Ching legte angewidert die Ohren an, als Furchtbarts Stimme immer schriller wurde und er sich mit seinem Gesicht immer weiter zu Gretchen vorbeugte, um das Gesagte noch zu unterstreichen. Dabei konzentrierte er sich so sehr darauf, Gretchen zu beeindrukken, daß er überhaupt nicht bemerkte, daß der Kater auf der Schulter seiner Nichte die Ohren angelegt hatte und wütend mit dem Schwanz die Luft peitschte. Was er allerdings nicht übersehen konnte, war der blitzschnelle Hieb mit den Klauen, die sein Gesicht aufschlitzten und sein Auge am Rand noch erwischten.

Der Zauberer schrie vor Schmerz auf und hielt die Hand vor's Auge, mit der anderen stieß er Gretchen zu Boden, als er – außer sich vor Wut – den Kater packte und ins Feuer warf.

Gretchen kam gerade noch rechtzeitig zu sich, um dem Feuer zu gebieten, von selbst auszugehen. Ching jaulte ganz jämmerlich, als er von dem Kohlehaufen heruntersprang und zur Tür hinausflitzte.

»Fang das Tier ein, Hugo!« befahl Furchtbart, aber Bernsteinwein nutzte den Augenblick und stellte Hugo ihr wohlgeformtes Bein, über das er auch wirklich stolperte. Bis er sich wieder gefaßt hatte, war der Kater über alle Berge.

Furchtbart, der immer noch mit der Hand sein verletztes Auge preßte, schritt auf Gretchen zu, die in der Nähe des Kamins lag und sein Kommen mit gemischten Gefühlen beobachtete. Mit seinem unverletzten Auge schien er das hilflos hingestreckte Mädchen durchbohren zu wollen.

Das Herz schlug Gretchen bis zum Hals, sie mußte ständig schlukken, und ihre Hände zitterten, als sie den Dolch aus der Rocktasche zog. Colin sprang auf sie zu, um ihr zu helfen, aber Hugos Messer hinderte ihn daran. Als sich Gretchen wieder aufgerichtet hatte, um dem Hexenmeister entgegenzutreten, verlor sie einmal das Gleichgewicht und mußte sich auf dem Kaminsims abstützen. Ihre Augen, die so trocken waren, daß sie beinahe schmerzten, waren mit einem Ausdruck von Furcht und angewidertem Respekt auf den Hexenmeister geheftet. Vor ihm hatte sie noch nie einen wirklich bösartigen Menschen kennengelernt, und sie fühlte sich von seiner Boshaftigkeit auf eine beschämende Art und Weise angezogen. Es ging ihr durch den Sinn, daß sie, falls sie das gute Verhältnis zu ihrem Onkel wieder herstellen wollte, nur zu lächeln und sich zu entschuldigen brauchte und zu versprechen, Buße zu tun, einen Mann zu heiraten, den sie haßte und ruhig zuzuschauen, wie ihre Freunde der Reihe nach ermordet wurden. Das waren keine reizvollen Aussichten. Immer wenn sie einen Schritt zurück machte, ging er einen Schritt vorwärts, er hetzte sie überhaupt nicht, aber gerade seine Ruhe machte sie nervös.

»Das war ziemlich unverschämt von dir, Ching so grausam zu behandeln«, sagte sie schließlich, »ich weiß nicht, in was Großmutter dich dafür verwandeln wird – vielleicht in ein Wiesel, aber ich glaube nicht, daß es ein Tier gibt, das für dich gemein genug ist. Du hast meinen Vater verwundet, meiner Schwester Schande gebracht, deine eigenen Geschwister und meine Freunde bedroht. Ich glaube, wir wollen dich nicht mehr in unserer Familie, Onkel Furchtbart!«

»Von deiner Familie habe ich mich schon vor langer Zeit getrennt«, fuhr er sie an, »aber ich hatte den Willen, dich in meiner aufzunehmen!«

»Aber erst, als du dachtest, ich könnte dir nützlich sein. Und du wolltest mich nicht einmal wegen meiner Zauberkraft benutzen, sondern nur, weil ich aussehe wie du. Aber meine Magie ist wenigstens meine eigene, ich habe sie nicht gestohlen wie du deine Burg oder erschwindelt, wie das bei dem Zauber für Davies Herz oder der Verwandlung von Seiner Hoheit in einen Bären der Fall war. Ich kann die gute und ehrliche Arbeit eines Monats in einer halben Stunde verrichten, wenn man es von mir fordert. Gemessen an deinen Wertmaßstäben ist das vielleicht nichts Besonderes, aber du scheinst die Leute ja nur von Maßnahmen überzeugen zu können, die sie lächerlich machen und ihre Nahrungsmittel verderben lassen. Dann kennst du wohl noch einige Zaubertricks, die du dir bei Zauberern zusammengestohlen oder erbettelt hast, die dir haushoch überlegen sind. Du bist ja nicht einmal ein mit einer anständigen magischen Kraft ausgestatteter Dorfzauberer, und ausgerechnet du maßt dir an, König werden zu wollen, der seine Machtansprüche aus einer pseudo-magischen Überlegenheit ableitet!«

Er verfolgte sie immer noch, aber ihre Worte gaben ihr neuen Mut. Mit gezücktem Dolch blieb sie in der Mitte des Arbeitszimmers stehen, um auf ihn loszugehen. Ihre Stimme zitterte und sie ärgerte sich, daß ihr Tränen in den Augen standen.

»Du hättest auf mich hören sollen, Gretchen«, sagte Furchtbart, »nun wird es für dich sehr schwer werden, da du ja gar nicht weißt, wie weit meine Macht reicht!« Das Lächeln, das er zur Schau trug, als er sich an sie heranpirschte, war ziemlich unangenehm. »Wenn ich will, kann ich dich vollkommen kontrollieren«, fuhr er fort, »so vollständig, daß du mich um Erlaubnis bitten mußt, dich morgens baden oder anziehen zu dürfen.«

»Das wird aber nicht der Fall sein, solange ich immer Salz auf der Zunge habe, und dafür werde ich sorgen. Ich nehme es lieber in Kauf, daß meine Zunge rissig und spröde wird, anstatt mich dir zu

unterwerfen.« Entschlossen und langsam bewegte sie den Kopf hin und her, wobei sie den Dolch ein wenig höher hob. »Nein, ich werde dir nicht hörig«, fuhr sie fort, »du kannst nicht einfach meiner Katze Schaden zufügen, meine Freunde ermorden und über meinen Körper verfügen, bevor ich seiner überdrüssig bin. Ich mag in deinen Augen eine miserable Hexe sein, aber ich bin immerhin mächtig genug, dich daran zu hindern, über mich zu verfügen. Daß du Gewalt über mich ausüben kannst, setzt aber voraus, daß ich dir die Verantwortung für mich abtrete. Du bist ein erbärmlicher Hexenmeister und ein Schurke obendrein und wahrscheinlich bist du auch noch ein Feigling!«
Furchtbart ließ die Hand sinken, mit der er sein geschwollenes, blutunterlaufenes Auge zugehalten hatte und ging so nahe an Gretchen heran, daß er gerade noch außer Reichweite des Dolches war und sagte: »Vielleicht – sollten wir das erst einmal abwarten...«
»Gretchen!« schrie Goldie entsetzt auf, »die Zigeunerin ist hinter dir!«
Gretchen fuhr herum und sah Xenobia auf sich zueilen, deren Röcke beim Gehen wie Fledermausflügel flatterten. Gretchen warf den Dolch nach ihr und traf daneben; schnell suchte sie in ihrer Tasche nach irgendeinem anderen schweren Gegenstand und fand schließlich die Flasche mit dem Liebestrank. Dieses Mal zielte sie besser, und die Flasche traf die Zigeunerin genau an der Stirn, wo sie zerbrach und ihr Inhalt sich mit dem Blut der Zigeunerin vermischte, als diese zu Boden sank.
Einen Augenblick lang waren Gretchen und die anderen wie gelähmt, bis sich dann der gutaussehende und kühl erscheinende Davie, dessen Brust von einem Bolero nur notdürftig bedeckt war und dem eine dunkle Locke in die Stirn fiel, an seine Mutter wandte und fragte: »Ist alles in Ordnung, Mutter?« Der Kopf der Frau fiel nach hinten, und Gretchen konnte von ihrem Standort aus das zerlumpte, sich wölbende Oberteil des grünen Seidengewandes sehen, das Goldies Aufstieg und Niedergang bedeutet hatte.

Gretchen wurde herumgeschleudert, so daß ihre Zähne aufeinanderschlugen, und als ihr Onkel ihr zwei Ohrfeigen gab, begann sie Sternchen zu sehen. Um es ihm heimzuzahlen, trat sie ihn so fest sie nur konnte mit ihren alten Stiefeln. Gretchen war noch ganz benommen von den Hieben, als er ihr mit der Faust einen Kinnhaken versetzte, der sie mit lautem Getöse in Dunkelheit versinken ließ.

XX

Frau Bernsteinwein wiegte Gretchens Kopf in ihrem Schoß, als das von den Schwänen gezogene Boot mit aller Kraft ihrem Untergang entgegeneilte. »Wann wirst du denn endlich lernen, deinen Mund zu halten?« sagte sie leise zu ihrer Schwester. »Wenn du geschwiegen hättest, hätten sie wenigstens dich verschont!« Gretchen sagte nichts; seit sie durch den Schlag ihres Onkels ohnmächtig geworden war, beschränkten sich ihre Lebensäußerungen auf das Atmen.

Colin blickte finster drein und kämpfte vergebens gegen die Fesseln, mit denen er festgebunden war. Der Bär, bei dem die Wirkung des Schlafpulvers allmählich nachzulassen begann, war ebenfalls gefesselt. Am anderen Ende des Boots saß der Hexenmeister, der sein Auge mit einer schwarzen Binde verbunden hatte und dementsprechend unheimlich aussah. Xenobias gewöhnlich mißmutiger Gesichtsausdruck war von etwas durchsetzt, das Bernsteinwein, hätte sie die Zigeunerkönigin nicht besser gekannt, als Gefühl bezeichnet hätte. Die Zigeunerin trug ihr Kopftuch als Binde über der Wunde, die Gretchens Geschoß ihr beigebracht hatte. Davie wirkte gepflegt und attraktiv und machte einen gelangweilten Eindruck und stieß nur ab und zu mit den Füßen unruhig gegen den Werkzeugkasten, auf dem er saß.

Das kleine Boot hielt an, und Hugo trat zur Seite, um das Boot anlegen zu lassen.

»Zuerst die Damen, Hugo. Führe Frau Bernsteinwein zum Ehren-Marterpfahl. Die anderen werden sich damit begnügen müssen, auf dem Felsen herumzuliegen, bis der Drache auf sie aufmerksam wird.«

»Gut«, sagte Hugo, nahm Gretchen aus Goldies Schoß und lud sie ziemlich unsanft am Ufer ab. Goldie, die Colin mit einem Seitenblick streifte, sah, daß er die Zähne zusammenbiß. Der Bär ließ ein schwaches, schläfriges Brummen hören. Hugo half Goldie aus dem Boot, aber der Geruch der Tiere und der Fleischreste, die dort

die ganze Woche herumgelegen hatten, damit der Drache sich sattfressen konnte, hätten sie beinahe in Ohnmacht versinken lassen.
»Nun kommen Sie schon, edle Frau«, höhnte der Wanderhändler, »es gibt hier einen wunderschönen Aussichtspunkt, eigens für Sie reserviert!« Er stieß sie vom Ufer weg unter die Schar der umherirrenden Tiere. Auf der Insel erhob sich ein Mitte Fels mit einem Metallpfahl in der Mitte. Hugo fesselte Frau Bernsteinwein mit den Handgelenken, den Knöcheln, dem Hals und der Taille an den Pfahl und sagte: »Dieser Platz ist Meister Graus ganz speziellen Gästen vorbehalten, edle Dame. Man könnte auch sagen, es handelt sich hier um den Bratspieß des Drachen.« Als er die Knoten anzog, fuhr er fort, ihr detailliert zu schildern, in welchem Zustand er die Überreste ihrer Vorläufer an diesem Pfahl vorgefunden hatte, falls es überhaupt Überreste gab. Aber Goldie hörte gar nicht mehr zu – wie es sich für eine vornehme Dame gehörte, war sie schon nach der anfänglichen Beschreibung des Pfahls in Ohnmacht gefallen.
Colin tobte, weil er Gretchen und Bernsteinwein nicht helfen konnte, aber er konnte nicht mehr tun als vom Boot herunter an Land zu tappen. Seine Hoheit wurde von Davie und dem Hexenmeister über eine Miniatur-Laufplanke gerollt, von der aus er an Land plumpste.
Hugo kam zurück, und der Hexenmeister zeigte auf den Bären: »Häute ihn hier draußen. Es wäre zu gefährlich, wenn er plötzlich anfinge, Amok zu laufen. Ich kann Ablemarle auch ohne ihn regieren, wenn es nötig ist, nehme ich eben seinen rückgratlosen Bruder zuhilfe. Der Drachen kann meinetwegen sein Fleisch haben, aber ich will dieses hübsche Fell für meinen Boden.« Bevor sich Colin entschieden hatte, ob er ihn mit dem Kopf stoßen oder ihn ins Bein beißen sollte, hatte Hugo Seine Hoheit an der pelzbedeckten Kehle gepackt. Ehe der Bär so wach war, daß er überhaupt zu handeln vermochte, stieß die herumtobende Xenobia den Wanderhändler von seinem Opfer weg. Mit ihren Fingernägeln zog sie ihm praktisch die Haut vom Leib, bevor ihr Sohn und der Zauberer

sie wegziehen konnten. »Nein«, schrie sie, als die beiden versuchten, ihren kräftigen, sich windenden Körper zu überwältigen. Der Zauberer, der langsam Gefallen daran fand, Frauen zu züchtigen, gab ihr eine schallende Ohrfeige.

»Was ist eigentlich plötzlich in dich gefahren?« schrie der Zauberer und schüttelte sie ziemlich unsanft, »der Drache kann jeden Moment kommen, um sich sein Fressen zu holen, und wenn er Hunger hat, legt er für ein Schwätzchen keine Pause ein, auch nicht für mich. Außerdem überlegt er sich nicht lange, wen er als nächsten frißt. Ich schlage vor, wir beenden unsere Arbeit hier möglichst schnell und verschwinden dann.«

Der Bär stöhnte und rollte sich auf die Seite.

»Sie können ihn nicht bei lebendigem Leib häuten und als Bodenbelag verwenden, Großer Zauberer«, jammerte Xenobia, »schließlich ist er der Vater meines Sohnes ...«

»Was?« fragte Davie und geruhte, von seinen Fingernägeln aufzuschauen, die er gerade einer gründlichen Prüfung unterzogen hatte.

»... und gerade sein Fell bedeutet mir ungeheuer viel ...«

»Vielleicht sollte ich mich jetzt hauptsächlich auf die Eroberung Argoniens konzentrieren und Ablemarle ganz zurückstellen, bis mit dem gegenwärtigen Herrscher eine annehmbare Vereinbarung getroffen werden kann. Sicher kann ich auch noch später verläßlichere Verbündete auftreiben, als diese hier es sind.« Als der Zauberer sein von Schwänen betriebenes Boot wieder betrat, war sein Rücken steif vor Verachtung. »Komm jetzt, Hugo, wenn wir uns beeilen, kann ich morgen früh im Palast der Prinzessin sein, das würde mir gerade noch genügend Zeit lassen, meine Aufnahmeerklärung auszuarbeiten. Meinetwegen könnt ihr alle hierbleiben und euch auffressen lassen, wenn ihr Lust dazu habt!« Hugo hatte jedoch keine Lust dazu und sprang ins Boot. Bevor die anderen sich äußern konnten, was ihnen lieber sei, glitt das Boot schon – ohne ein Kielwasser zu hinterlassen – durch die aufgewühlten Fluten. Xenobia keifte den Davonfahrenden nach, und auch Davie sah nicht mehr länger gelangweilt aus. Wenn er Xenobia nicht zurückgerissen hätte, wäre sie im Meer ertrunken, als sie versuchte, dem Boot nachzuwaten.

Als Colin dem Boot des Zauberers mit den Augen folgte, meinte er, ab und zu fließendes grünes Haar und einen aufblitzenden Fischschwanz an der Wasseroberfläche zu entdecken. Er schrie nach Lorelei, bekam jedoch keine Antwort.

Seine Hoheit riß das Maul weit auf, gähnte und versuchte, sich aufrecht hinzusetzen. Schließlich fragte er erstaunt: »Sagt mal, was hat denn das alles zu bedeuten?« Xenobia beugte sich mit einer besitzergreifenden Geste über ihn und warf dem teilnahmslosen, grauen Meer vorwurfsvolle Blicke zu.

»Wir sind auf dem besten Wege, von einem Drachen gefressen zu werden«, antwortete Davie.

»Warum schläft denn dann die kleine Grete?« fragte der Bär. Man setzte ihm die Situation auseinander, und da sie alle in der gleichen Situation waren und alle Kräfte benötigen würden, um sich den Drachen auf die Dauer erfolgreich vom Leib zu halten, wurden Xenobia und Davie überredet, Colins Fesseln und die des Bären zu lösen.

Colin, der keine Zeit verlieren wollte, bahnte sich seinen Weg durch die herumirrenden Tiere, paßte auf, daß er nicht auf den Felsen ausglitt, als er den Hügel erklomm, auf dem sich Frau Bernsteinwein befand. Sie war wunderschön, zerbrechlich, aber für Colin keine große Hilfe, als er versuchte, die Knoten ihrer Fesseln zu lösen, weil sie mit dem vollen Gewicht ihres ohnmächtigen Körpers dagegen drückte. »Ich wünschte, sie würde munter bleiben«, murmelte er vor sich hin, »schließlich soll ein Drache in der Nähe sein!« Als er den letzten Knoten gelöst hatte, konnte er Bernsteinwein, die am Pfahl herabsank, gerade noch unter die Arme greifen.

Da Colin die edle Dame weder dadurch aufwecken konnte, daß er ihr das Handgelenk rieb, noch dadurch, daß er sie kräftig durchschüttelte oder ihr ins Ohr schrie, versuchte er sie zuerst auf seinen Armen zu tragen, aber da sich ihre Taille wegen der Schwangerschaft nicht mehr richtig biegen ließ, rutschte er auf seinen kotverschmierten Stiefeln aus, als er den Berg hinunterkletterte. Dabei landete er ziemlich unsanft auf dem Hosenboden und schaffte es kaum, Goldie über dem Boden zu halten. Schließlich nahm er sie huckepack und ging an den Tieren vorbei wieder dorthin, wo die anderen sie erwarteten. Allerdings hatte er damit kaum die romantische Pose getroffen, wie er sie von Darstellungen auf Wandteppichen kannte, aber diese Beförderungsmethode für schwangere Damen erlaubte Colin, sich selber und Bernsteinwein wohlbehalten an der ziellos umherwandernden Herde vorbeizubringen.

Als sie beinahe ihre Kameraden erreicht hatten, hörte er den Flügelschlag, der sich anhörte wie das Trommeln eines Riesen; und plötzlich bedeckte der Schatten einer gewaltigen, flammenfarbenen Bestie, die direkt über ihnen flog, den Himmel. Der Wind, den der Flügelschlag verursachte, zerrte an Colins Haar. Colin ging weiter an den Tieren vorbei, die nun auf dem ohnehin knapp bemessenen Raum in Panik ausbrachen, ein paar stürzten dabei ins Meer. Der Drache röstete einige der Tiere mit seinem Feuer, bevor er aus der Luft herabstieß, um zuerst eine Kuh und dann ein Schwein in seinem gewaltigen Maul fortzutragen. Colin hatte die Hoffnung aufgegeben, er könne schwimmend entkommen. Seine Haare standen zu Berge, als der Drache ihn beinahe streifte, als er zu der Anhöhe zurückflog, um seine Beute zu fressen.

»Duck dich!« brüllte Seine Hoheit und richtete sich zu seiner vollen Größe auf. Colin duckte sich und beugte sich soweit er konnte nach vorne, ohne die Dame herunterzukippen. Dann legte er die verbleibende Wegstrecke zurück, wobei er sich bewegte wie ein wildgewordener Ziegenbock, und riß sich mit einem letzten Sprung von den Opfertieren los und purzelte beinahe mitsamt Goldie in Xenobias Schoß. Seine Hoheit fuchtelte mit den Krallen in der Luft, brüllte herausfordernd, um den Drachen abzulenken und Zeit zu gewinnen, damit Colin wieder heil zu ihnen zurückkehren konnte.

Als der Drache das gebratene Schwein verzehrt hatte, nahm er den Bären mit einem eher beiläufig zu nennenden Feuerausbruch zur

Kenntnis. Offensichtlich war er aber erstaunt über jede Art von Opposition seitens der Nahrungsmittel, die hier deponiert wurden und flog noch eine Runde, um sich ein blökendes Schaf zu schnappen, das er auffraß, während er über das ungewöhnliche Benehmen des Bären nachdachte.

»Setz dich, liebster Prinz«, zischte Xenobia. »Vielleicht hat er heute einen Tag, an dem ihn nur nach Lammfleisch gelüstet.«

Der Bär setzte sich, aber still zu sitzen, fiel ihm sehr schwer, weil das arme Schaf so jämmerlich blökte. Auch Colin war einer Ohnmacht nahe, als er sich überlegte, was aus Bernsteinwein geworden wäre, wenn er nicht gleich zu dem Felsen hochgeklettert wäre, um sie zu befreien.

»Kennt nicht Gretchen all diese kleinen Feuertricks?« fragte Seine Hoheit, dessen Gehirn jetzt, in der Stunde der Gefahr, am besten funktionierte. »Wenn wir sie aufwecken, könnte sie vielleicht das Feuer des Drachen löschen, und wir müßten uns dann nur noch um seine Klauen und Zähne kümmern.«

Sie versuchten beide, Gretchen wachzurütteln, aber es war nutzlos, obwohl sie sie schüttelten und kitzelten und bei ihrem Namen riefen. Goldie, die ihre Schwester wie eine Todesfee im Arm hielt, sie sanft hin und her wiegte und dazu eine Todesklage anstimmte, begann wieder zu weinen. »Aber, aber«, sagte Colin streng, »sie ist doch nicht tot – jedenfalls noch nicht. Wenn du singen willst, dann sing doch Wecklieder, wie zum Beispiel das hier«, fuhr er fort und pfiff den eigenwilligen Weckruf der argonischen Armee vor sich hin. Gretchen setzte sich aufrecht hin, rieb sich am Kinn und sagte: »Ich glaube, in dem Zweig der Familie, aus dem Onkel Furchtbart stammt, gibt es einige Maulesel«.

»Jetzt stell mal für einen Moment die Genealogie deiner Familie zurück und überlege dir, ob du das Feuer dieses Tierchens abstellen kannst, das dort drüben auf dem Felsen sitzt.«

»Solange er so weit weg ist, kann ich überhaupt nichts tun«, erwiderte Gretchen, nachdem sie sich die Sache einen Moment lang überlegt hatte. »Ich muß das Feuer gesehen haben, bevor ich ihm Befehle geben kann.«

»Großartig«, sagte Colin finster.
Der Bär erhob sich wieder auf seine Hinterbeine und nahm Kampfhaltung an. Colin klopfte Davie auf die Schulter und sagte: »He, du, wenn du schon deinen Vater für die ganze Verteidigung sorgen läßt, dann gib mir wenigstens deinen Dolch!« Er hielt ihm erwartungsvoll die Hand hin, aber der Zigeuner stand nur auf und schüttelte den Kopf. Das Schaf hatte aufgehört zu blöken.
Xenobia und Gretchen waren ebenfalls aufgestanden. Obwohl sich Colin entmutigt fühlte, stellte er sich neben sie. Er wußte wirklich nicht, wie sie gegen einen Drachen vorgehen sollten. Vom Kampf mit dem Drachen würde höchstens ihr Fleisch ein bißchen zarter, weil sie richtig durchgeklopft wurden. Die Kreatur, die sich mitten auf ihrem Inselgefängnis befand, breitete ihre sonnenuntergangsfarbenen Schwingen aus und sprang vom Felsen herab, um wieder über der kleinen Insel zu kreisen.
Noch einmal forderte der Bär mit seinem Gebrüll die über ihnen schwebende Bestie heraus. Davie und Xenobia standen mit gezücktem Dolch unter den gewaltigen Armen des Bärs. Gretchen kauerte vor ihnen auf dem Boden, so als hätte sie im Sinn, den Drachen anzuspringen. Sei's drum, dachte Colin im stillen, als er einen Stein vom Boden aufhob. Als der Drache so niedrig flog, daß er den Pelz Seiner Hoheit versengte, schleuderte Colin den Stein unter Aufbietung aller Kräfte der Bestie in das feurige Maul.
Daraufhin wich der Drachen wieder einige Flügelschläge zurück – außerhalb Gretchens Reichweite – und ließ sich mitten unter den hysterischen Tieren nieder. Weil ihn das seltsame Gewürz doch sehr verblüffte, das ihm seine ›Verpflegung‹ ins Maul geworfen hatte, kaute er gedankenvoll ein paar Hühner, die er mit seiner langen Zunge in der Luft fing, als sie aufgeregt gackernd um ihn herumflatterten.
»Tut mir leid«, sagte Gretchen, »aber offenbar hat dieser Kinnhaken meine Reaktionen verlangsamt. Vielleicht sollten wir es noch einmal versuchen.«
»Bleibt uns wohl nichts anderes übrig«, sagte Colin.

Bernsteinwein schüttelte sich entsetzt und sagte mit verzagter, leidender Stimme: »Er ist ja noch viel schrecklicher als ich dachte!«

Das war die letzte Bemerkung, bevor der Drache wieder Kurs auf ihre Gruppe nahm, dieses Mal hatte er es auf eine Mahlzeit aus Bärenbraten mit einer Beilage von Zigeunern »on the rocks« abgesehen. Aber diesmal war auch Gretchen bereit und hätte sich beinahe verbrannt, als sie hochsprang und dem Feuer des Drachens zurief, daß es ausgehen sollte.

Wie durch ein Wunder klappte es auch wirklich, und die Flamme, die aus dem Maul des Ungeheuers loderte, verpuffte zischend und mit einem schweflig stinkenden Rülpser.

Colin umarmte Gretchen, ein Privileg, um das er mit Goldie und dem Prinzen wetteiferte, der sie nach echter Bärenart umarmte.

Die Gefahr war jedoch noch nicht vorüber, denn der Drache hatte es nicht gern, daß man ihn seiner Kochapparatur beraubte und flog zu ihnen zurück und fächelte ihnen mit seinen großen, durchsichtigen, orangefarbenen Flügeln statt des Feuers seinen abgestandenen, übelriechenden Atem zu, der die Luft verpestete. Der Bär schlug mit seinen Krallen nach dem Drachen, die Zigeuner warfen mit ihren Dolchen, Colin und Gretchen mit Steinen.

Aber dieses Mal ließ sich der Drache durch die Steine, die ohne ihm zu schaden von seinen Schuppen abprallten, nicht abschrekken. Er streckte seine Krallen aus, um den Bär aufzuschlitzen, der einen Hieb mit seinen Krallen verfehlte, so daß er auf den Felsen niederstürzte und die Zigeuner, seine beiden Beschützer, mit sich riß.

Plötzlich ergriff ein Wirbelwind die Bestie an der Schnauze, dem Schwanz und den Flügelspitzen und wirbelte sie im Kreis herum. Als Colin den Trichter untersuchte, stellte er fest, daß sich Gretchens Finger im Zentrum des Wirbels befand. Seine Freundin war nun wirklich vom Scheitel bis zur Sohle eine mächtige und gebieterische Zauberin, die sogar die Elemente bezwang und mit ihrer rauhen Altstimme sang: »Ich möchte ein sehr *großes* Soufflé machen – schlag mir den Schnee von zwölf Dutzend Eiern – sofort –

dort!« Nun entdeckte Colin im Trichter des Wirbelwindes weiße Flecken, die von den zerbrochenen und nach Eigelb und Eiweiß getrennten Eiern der Hühner herrührten, die noch auf der Insel herumgackerten, wie auch derjenigen, die der schwindlige Drachen soeben verschlungen hatte.

»Wir sind gerettet!« schrie Bernsteinwein. Sie hatte sich von der Kampfszene abgewandt und schaute aufs Meer hinaus, sie war zu zartbesaitet, als daß sie den Anblick hätte ertragen können, wie ihre Schwester bei lebendigem Leib von einem Drachen aufgefressen wurde.

»Noch nicht, sie ist so etwas nicht gewohnt – ich weiß nicht, wie lange sie es aushält«, erwiderte Colin, da er das Boot noch nicht gesehen hatte, von dem Goldie sprach, das mit zügigen Ruderschlägen vorangetrieben wurde, um ihnen zu Hilfe zu kommen.

»Könnt ihr nicht einen Moment still sein!« sagte Gretchen mit zusammengebissenen Zähnen. Nach seiner anfänglichen Verwirrung begann der Drache inzwischen sogar Spaß an diesem Wirbelwind zu finden und tauchte mehrmals in den Wirbel hinein und wieder heraus, so daß er darüber sogar für eine Zeitlang seine Nahrungsaufnahme vergaß.

»Aber wir sind wirklich gerettet, Junge!« rief der Bär, der mittlerweile heftig dem Boot zuwinkte. »Wenn ich nicht ganz falsch rate, dann ist der rothaarige Kerl in diesem Boot ein Drachentöter und die junge Dame ist dazu bestimmt, mir wieder einmal das Leben zu retten. Ich weiß nicht, wer die anderen Kerle sind, aber sie sehen aus, als würden sie gerne Geschäfte machen.«

»Paßt auf!« rief Goldie, die sich gerade noch rechtzeitig nach ihren Kameraden umwandte, um zu sehen, wie sich der Drache wieder auf sie herabstürzte. Aber es war schon zu spät, denn der Drachenschwanz hatte den Bären an der Schläfe erwischt und ihn niedergeschlagen. »Ach Brüllo, ach Liebster!« rief Goldie zu dem Boot hinüber, »beeil dich, oder wir werden alle erschlagen!«

Eberesch wartete nicht, bis das Boot gelandet war, sondern sprang mit einem gewaltigen Satz zu ihnen hinüber, wobei er herausfordernd sein Schwert und den Schild schwang, und seine Waffen

unverzüglich und sehr geschickt in Drachenabwehrmanövern einzusetzen begann. Er beschützte Goldie, Gretchen und möglichst viele von den anderen mit seinem Schild, während er gleichzeitig das Schwert zu ihrer Verteidigung schwang.
Inzwischen war das Boot gelandet, und neben Eberesch tauchte plötzlich Neddy Taschenklau auf. Colin stellte fest, daß es sich bei dem Boot um das Beiboot der Schlangenfluch handelte. »Du bleibst unten im Boot, Mädchen«, befahl Neddy Zorah, die mit blitzenden Augen im Boot wartete. Dann machte er sich auf, mit seinem Entermesser Eberesch den Rücken zu decken. Der zweite Offizier der Schlangenfluch hatte sich vom rothaarigen Herrn Eberesch den Schild ausgeliehen, um Frau Bernsteinwein und die Zigeuner sicher zum Boot zu geleiten, wo sie sich zu der wartenden Zorah gesellen sollten.
Gretchen weigerte sich, die Insel zu verlassen, und als das Ungeheuer wieder über ihnen kreiste, warf ihr Eberesch einen Blick zu und sagte: »Komm jetzt, sei ein gutes Mädchen. Du hast deinen Beitrag geleistet, und ich kann die Sache nun allein zu Ende führen. Wir Ebereschs sind nämlich schon mit manchen Drachen fertig geworden.«
Gretchen ließ es sich jedoch nicht nehmen, die Kreatur weiter zu beobachten, die auf der gegenüberliegenden Seite der Insel kreiste und dabei Achten beschrieb. Sie wandte sich Colin zu und sagte ganz unvermittelt: »Wo hast du schon einmal von einem Drachen gehört, dessen Aussehen so beschrieben wurde?«
»Ich – äh –« sagte er, denn er war es müde, Namen oder Spitzfindigkeiten zu erraten.
»Ja, genau: Griselda. Das dort oben muß Grimmut sein.« Sie wandte sich wieder ungeduldig an Eberesch, der sie von dem Arm abzuschütteln versuchte, mit dem er das Schwert hielt. Doch sie blieb hartnäckig und flehte ihn an: »Herr Eberesch, Sie dürfen den Drachen dort oben nicht töten!«
»Was? Nicht töten? Nachdem er euch beinahe umgebracht hätte? Was für einen Unsinn redest du da, Mädchen? Der Schrecken hat dich um den Verstand gebracht!«

Einige Minuten lang konnte er nichts mehr sagen, weil er, Neddy Taschenklau und Colin, der sich den Säbel des zweiten Bootsmannes genommen hatte, auf den Drachen losgingen. Der Bär hatte sich von seinem Sturz wieder erholt und verteidigte sie mit den Klauen.

»Seht doch nur, er wird schon müde«, sagte Gretchen beharrlich, als der Drache wegen lumpiger zwei Gänse von ihnen abließ. »Allmählich müßte er auch satt sein«, fuhr sie fort, »könnt ihr euch nicht einfach damit begnügen, unseren Rückzug zu dekken?«

»Mädchen«, brummte der Bär, »der Drache ist eine Gefahr für die Allgemeinheit. Willst du denn wirklich, daß er uns und die Stadtbewohner verschlingt? Er hat schon viel zu lange getan, was der Zauberer wollte.«

»Wenn wir ihn umbringen, müssen wir auch Griselda töten« gab sie zu bedenken, »noch ist sie zwar unsere Freundin, aber wenn wir Grimmut töten, wird sie eine noch viel unerbittlichere Feindin sein, als er es jemals gewesen ist. Sie war schon von Anfang an gegen seine Vereinbarung.«

»Paßt auf!« schrie Taschenklau, aber es war zu spät, denn dieses Mal fegte der Drachenschwanz ihn nieder. Die Bestie machte sich offensichtlich einen Spaß daraus, mit ihnen zu spielen, und sie schlugen verzweifelt auf die Luft ein, bis ihre Arme lahm wurden. Bei seinem letzten spielerischen Herabstoßen packte der Drache Gretchen von hinten. Brüllo Eberesch machte einen großen Sprung nach vorn, um ihn zu durchbohren, aber Gretchen hielt ihn schreiend davon ab, trotz des rasenden Schmerzes, den ihr die Klauen des Drachen an den Schultern bereiteten.

Colin erwischte Gretchen am Knöchel, und Herr Brüllo packte sie am Knie, als die Bestie plötzlich wieder ihre Krallen einzog, so daß Gretchen auf den Felsen herabgestürzt wäre, wenn ihre Freunde sie nicht aufgefangen hätten.

Plötzlich schrie Bernsteinwein herzzerreißend auf, und auch Xenobia brach in Wehklagen aus und jammerte: »Wir sind verloren!«

»Noch nicht ganz!« erwiderte Ebersch und warf sich dabei gegen einen weiteren Ansturm des Feindes nach vorn.
»Aber es ist wahr«, jammerte nun auch Davie, »da ist noch einer!«
Der rotgoldene Drachen hatte schon wieder Kurs auf sie genommen, setzte aber plötzlich wieder zurück, indem er seinen Schwanz als Ruder benutzte und flog so schnell er konnte auf den blaugrünen Drachen zu, dessen Flügelschlag sich nun deutlich von dem Grimmuts abhob. Plötzlich schrie Colin auf: »Das ist Griselda!«
Gretchen hob den Kopf von dem Felsen, auf dem sie lag, grinste über das ganze Gesicht und sagte ironisch: »Gott sei dank, Grimmut ist gerettet! Ich hoffe nur, daß seine Klauen durch meine Schultern nicht stumpf geworden sind, sonst bekommen wir ja noch Ärger!«
»Ich hoffe nur, daß sie sich an uns erinnert!« meinte Colin.
Aber die Drachendame ignorierte sie vollkommen, und sie sahen mit einer Mischung aus Furcht und Erstaunen, wie sich beide Drachen auf dem Hügel in der Mitte der Insel niederließen. Plötzlich sahen sie am Hals des aquamarinfarbenen Drachens einen schwarzweißen Farbfleck herabflitzen, gerade in dem Moment, als sich die beiden Drachen zu umhalsen begannen, und Grimmut der Dame seines Herzens schüchtern eine Kuh als Willkommensgeschenk anbot.
»Ching!« rief Gretchen zur Begrüßung, als der Kater leichtfüßig über das vor Schreck wie gelähmt am Boden liegende Tier hinwegsetzte. Als er bei ihr angelangt war, sprang er ihr sofort auf den Arm. Sie drückte ihn an ihre Schulter, wiegte ihn sanft und streichelte dabei sein Fell, das auch nach seiner Flucht noch so makellos schwarz und weiß war wie eh und je. »Wie in aller Welt...« entfuhr es Gretchen.
Selbst Colin konnte die Selbstgefälligkeit aus dem Schnurren heraushören, als der Kater zu Gretchen sagte: »Meine Sender arbeiten wirklich sehr gut, wenn ich richtig wütend bin. Als diese widerliche Person mich umbringen wollte und du mir zur Flucht verholfen hast, bin ich durch die Nebentür ins Freie gelangt und schnurstracks

zu dem verlassensten Ort gelaufen, den ich finden konnte und habe wie verrückt gejault vor lauter Rachegelüsten. Griselda, die sich ebenfalls gerne rächt und sich gerade auf ihrem Weg zurück zu Grimmut befand, war nur ein paar Meilen weit weg von mir und...«

»Nur ein paar Meilen?« fragte Gretchen sehr beeindruckt.

Die anderen waren von der offensichtlich sehr einseitigen Unterhaltung des Mädchens mit der Katze etwas peinlich berührt. Colin grinste entschuldigend und sagte abschließend: »Das geht immer so, wenn die beiden zusammen sind.«

»Und hier wären wir nun«, sagte Ching.

Als sie dann alle ins Boot kletterten, fragte Davie: »Kann mir vielleicht einer erklären, warum wir in Todesgefahr sind, wenn wir es nur mit einem Drachen zu tun haben und angeblich außer Gefahr, wenn wir es mit zweien zu tun haben?«

XXI

Als die Wirtsfrau, die hellauf entzückt war, daß ein so edler Herr wie Brüllo Eberesch in ihrer Wirtschaft einkehrte, Gretchens Schultern und diverse andere erstaunlich geringfügige Wunden verbunden hatte, servierte sie der Reisegesellschaft ein gutes Abendessen. Gretchen zog ihren Medizinbeutel heraus, grinste die Wirtin boshaft an und würzte die Speisen mit reichlich Salz.

Erst als sie ihre Mahlzeit beendet hatten, kam die Mannschaft der Schlangenfluch – angeführt von Bootsmann Taschenklau – in der Wirtschaft an. Ned tippte Colin auf die Schulter, als er sich neben ihn auf die Bank setzte und sagte: »Tut mir leid, alter Junge, wir wollten den Kerl mit der Schlangenfluch verfolgen, aber er war schon über alle Berge. Irgendein Fischer hat sogar behauptet, er hätte den Dreckskerl gesehen, wie er vor seiner Insel anlegen wollte, aber eine Nixe hätte ihn ganz fürchterlich angeschrien und ihn seine Schwäne nicht ausspannen lassen, so daß er auf ihnen wegfliegen konnte. Das wenigstens hat der Fischer gesagt. Wahrscheinlich hat er zu tief ins Glas geguckt!«

»Du wirst es kaum glauben, Ned, aber wahrscheinlich war der Mann stocknüchtern«, erwiderte Colin, der nicht mehr ganz so nüchtern und vor allem sehr müde war.

»Wie dem auch sei«, fuhr Ned fort, »der Fischer meint, der Zauberer habe Kurs auf die offene See genommen, als er ihn zuletzt gesehen hat.«

»Er sagte, er wolle zu der Prinzessin«, gab Gretchen zu bedenken.

»Ja, gnädige Frau, da hat er sich allerdings einiges vorgenommen mit so einem kleinen Boot. Die riesigen Schwäne, von denen Colin gesprochen hat, erzeugen wohl ihren eigenen Fahrtwind, aber für den Schlangenfluch war die See zu ruhig, so daß er uns, wie gesagt, entwischt ist.«

»Das macht gar nichts«, erwiderte Brüllo Eberesch, »da wir ja nun wissen, wie man seine Zauber löst, können wir alle Betroffenen einschließlich der Prinzessin Pegien mit einer tüchtigen Portion Salz versorgen. Ich glaube nicht, daß er große Aussichten hat, seiner persönlichen Integrität wegen ernannt zu werden, zumal ich dem Kronrat meine Beschwerde vorlegen werde.«

»Weißt du«, sagte Gretchen, »eigentlich bin ich mir jetzt auch gar nicht mehr so sicher, ob dieses Land und unser Zaubervölkchen wirklich immer mehr entartet, wie du behauptet hast, denn deine Vorfahren, wie zum Beispiel Eberesch, der Wüterich, oder Eberesch, der Rücksichtslose, hätten im Leben nicht daran gedacht, dem Kronrat wegen eines Mißverständnisses, das von einem Zauberer ausgelöst wurde, eine Beschwerde vorzulegen.«

Brüllo Eberesch mußte lachen. »Nein, weiß Gott«, erwiderte er, »sie hätten wahrscheinlich jedem verfügbaren Zauberer oder Zigeuner im Land den Garaus gemacht.« Er umarmte Bernsteinwein, die neben ihm saß und eine Tasse Tee schlürfte und fügte hinzu: »Ganz zu schweigen von der Dame!«

»Wir können von Glück reden, daß Sie gekommen sind«, meinte Colin.

»Nun – ja, aber es wäre noch besser gewesen, wenn ich euch gleich begleitet hätte, aber ich bin eben immer noch so sehr ein Eberesch, daß ich zunächst einmal eine ganze Weile mit meinem Stolz kämpfen mußte, bevor ich mich aufmachte, um euch zu suchen. Als ich dann Zorah begegnete, habe ich eingesehen, daß ich weder ein tauglicher König noch ein Held wäre, wenn ich meiner Schwägerin alle Rettungsaktionen in der Familie überließe. Und als mir Zorah schließlich erzählte, in welche Schwierigkeiten ihr geraten seid...« sagte Seine Hoheit und sah wütend zu Xenobia und Davie hinüber.

»Aber wie hast du eigentlich erfahren, wo wir waren«, fragte Gretchen.

»Zorah sagte mir, ihr seid ausgezogen, um den Zauberer der Drachenbucht zu suchen, da sie Colin das Versprechen abgerungen hat, ihr das Herz dieses Spitzbuben zu bringen«, antwortete Brüllo und deutete dabei auf Davie, der voll und ganz mit seinem Essen beschäftigt war und jeden Bissen bedächtig zwanzigmal kaute.

»Und am letzten Tag«, fuhr Eberesch fort, »kam der Wellensittich deiner Tante Sibyl angeflogen, der uns die Nachricht überbrachte, ihr befändet euch auf der Burg des Zauberers und hättet etwas mit ihm vor, aber daß irgend etwas nicht in Ordnung sei.«

Neddy wandte sich an Colin: »Wir waren gerade im Begriff, aus dem Hafen auszulaufen, als Seine Hoheit vorbeikam und nach dir fragte. Wir haben dich nicht gern dort zurückgelassen, nachdem du unser Schiff gerettet hattest, aber als wir wieder zum Felsen zurückkamen, warst du weg. Also, wie schon gesagt, es war ein Glück, daß er vorbeikam.«

»Puh«, sagte Gretchen, »was ihr nicht alles sagt, für *euch* war es ein Glück!«

»Da wäre dann noch eine andere Sache, die ich erledigen müßte«, sagte Brüllo Eberesch und stand auf. »Es berührt mich schmerzlich«, sagte er zu Davie, »denn Seine Königliche Hoheit von Ablemarle ist ein sehr edelmütiger Mensch, beziehungsweise Bär, wie man's nun nimmt, und er erklärte mir, Sie seien sein Sohn und hätten sich in der Drachenaffäre vortrefflich gehalten. Aber Sie haben die Ehre meiner Dame verletzt und dafür werden Sie mir Satisfaktion geben müssen!«

»Nein!« schrie Zorah und sprang ebenfalls auf. »Meinen Sie, ich hätte Sie hierher gebracht, damit Sie ihn umbringen?«

Eberesch war verwirrt. Er hatte Zorah sein Ehrenwort gegeben, aber mußte sich doch auch für die Kränkung seiner Ehre rächen. Während er sich noch überlegte, ob es wichtiger sei, seinen guten Ruf wiederherzustellen oder die versprochene Belohnung für die Rettung einer geliebten Person zu gewähren, zupfte Bernsteinwein ihn so lange am Ärmel, bis er sich wieder setzte.

»Ich bedaure nur, daß uns der Bösewicht entwischen konnte, bevor wir uns dieses Herz verschafft haben, das einst Davie gehörte«, sagte Seine Hoheit, »er war früher einmal ein so lieber Junge.«

»Ist es das?« fragte Bernsteinwein, als sie es aus der Tasche zog. Sein juwelenartiges Licht tanzte vor ihren Augen.

»Goldie«, sagte Gretchen, »wie in aller Welt...?«

»Als dein Onkel den Bär eingeschläfert hat, sah ich es herumliegen und ließ es in meiner Tasche verschwinden, als sie sich alle auf dich konzentrierten. Ich wußte ja nicht so richtig, was es war, aber für Seine Königliche Hoheit schien es sehr wichtig zu sein.« Letzteres sagte sie zu dem Bären, als sie ihm mit einer sanften Geste den Kristall in die Tatzen legte.

Seine Hoheit erhob sich, verbeugte sich tief und sagte: »Gnädige Frau, wenn ich Sie damit nicht bis zum Ellbogen naßmachte, würde ich Ihnen jetzt die Hand küssen.« Schwerfällig stieg er über die Bank und tapste auf seinen Hinterbeinen zu Davie und Xenobia hinüber. Das zynische Lächeln auf Davies Lippen verschwand, als der Bär den Kristall an dessen leere Brust drückte. »Werde ein Mann, mein Sohn!« sagte der Bär, als das Licht allmählich von Davie absorbiert wurde. Während sie alle mit ihrer Rührung beschäftigt waren, nahm der Bär wieder menschliche Gestalt an und umarmte seinen Sohn.

Die Wirtsfrau, die sich überhaupt nicht gerührt hatte, als ein Bär an ihrer Tafel Platz nahm, schrie beim Anblick des nackten Mannes laut auf. Hastig reichte Brüllo Eberesch dem Prinzen einen Umhang. Manchmal kamen die Details bei Verzauberungen zu kurz.

»Ach ja«, seufzte Xenobia, »ich denke auch, daß du mir in dieser Gestalt besser gefällst!«

»Könnt Ihr mir meine Gleichgültigkeit verzeihen, verehrte gnädige Frau?« fragte der Prinz, der, wenn auch nicht gerade jung und schön, so doch tapfer, gutherzig und intelligent war – wie sie alle wußten – was auf das gleiche herauskam, sogar noch sehr viel besser war. Gretchen dachte, daß er eigentlich immer noch einem Bären ähnlich sah. Sein Haar und sein Bart waren lockig und von dunkler Farbe, und seine Körperhaare, die sie betrachten konnte, bevor Brüllo Eberesch den Umhang hervorgezaubert hatte, schienen genauso üppig zu sein. Der Prinz war ein kleiner, stämmiger, untersetzter Mann, der mit seinen schokoladefarbenen, trüben Äuglein die Zigeunerin freundlich ansah und dazu sagte: »Wenn du nicht gewesen wärest, würde ich in Form eines Bärenfells das Kaminzimmer dieses mörderischen Zauberers schmücken!«

»Wenn ich nicht gewesen wäre, dann wärst du überhaupt nicht in eine solche Zwickmühle geraten. Natürlich vergebe ich dir, Würdigmann...« Xenobia und der Prinz setzten ihre Selbstbezichtigungen eine Zeitlang fort, aber auch sie hielten schließlich inne, um ihre Blicke Zorah und Davie zuzuwenden, die in einer ebenso langandauernden wie leidenschaftlichen Umarmung schwelgten, sehr zur Erbauung der Matrosen der Schlangenfluch die die Gaststube nun bis zum letzten Platz ausfüllten, und lachten und Beifall klatschten und Wetten abschlossen, wie lange das Paar durchhalten würde, ohne nach Luft zu schnappen.

Schließlich mußte es dann aber doch sein, und bei dieser Gelegenheit gab auch Davie Zorah das leere Prisma, in dem sein Bestes gefangen gewesen war und sagte seufzend: »Ach, Zorah, mein Liebling, zu denken, daß ich nicht wußte, wie sehr ich dich liebte!«

Alles in allem war es eine ziemlich lange Nacht. Wenn es nach den Hauptakteuren gegangen wäre, dann wäre man wahrscheinlich ziemlich früh schlafen gegangen. Aber die Besatzung der Schlangenfluch ließ sich die günstige Gelegenheit zum Feiern nicht entgehen, und sie tranken, sangen zotige Lieder und spannen ihr Seemannsgarn.

Im Verlauf des Festes kehrte Colin zum Boot zurück, um sein Gepäck, die Gitarre, den ›Enthaupter‹ und die durchweichten Überbleibsel seiner über alles geliebten Geige zu holen, die Neddy auf dem Felsen aufgelesen hatte. Das Schwert gab er Eberesch zurück.

»Ich danke Ihnen, daß Sie es mir ausgeliehen haben, Sir, als Instrument war es für mich allerdings nicht so geeignet wie meine Geige, die nun kaputtgegangen ist, aber ich kann ja noch ganz gut auf meiner Gitarre aufspielen, wenn mich Neddy mit seiner Hornpfeife und Tom auf der Ziehharmonika begleiten.«

»Tu, was dir beliebt, mein Junge«, sagte Herr Eberesch, »aber ich möchte, daß du den ›Enthaupter‹ noch ein bißchen länger behältst, ich hatte nämlich das unangenehme Gefühl, daß uns etwas durch den Wald beinahe nachgeschlichen ist, bis wir zur Bucht gelangten.«

Colin stöhnte auf, denn die Abenteuer der letzten Zeit hatten seinen Bedarf an denselben für den Rest seines Lebens vollständig gedeckt. »Natürlich brauchst du nicht mehr mit uns zurückzugehen«, fügte Eberesch schnell hinzu, »der Kapitän hat mir gesagt, daß er dich sehr gerne wieder an Bord der Schlangenfluch aufnehmen würde. Du brauchst es nur zu sagen, und ich würde ihn bitten, dich als Schiffsoffizier auszubilden, so daß du ein Admiralsamt übernehmen kannst, das ich dir später in der Königlichen Flotte anweisen würde – aber natürlich nur, wenn ich auch wirklich zum König ernannt werde.«

Colin nickte, aber antwortete dann: »Das ist sehr freundlich von Euch, Hoheit, aber ich glaube, meine neuen Freunde wären ein bißchen befremdet angesichts einer so großartigen Beförderung, die ja in ihrem – äh – Berufszweig nicht möglich ist. Ich werde Ihnen sicheres Geleit bis zum Schloß geben, und vielleicht kann ich Ihnen dort nützlich sein, bis Sie wegen der Wahl wieder nach Queenston zurückmüssen. Ich war nur einmal als Student bei Hofe, vielleicht könnte ich dann dort warten, bis die Schlangenfluch zurückkehrt und mich anheuern lassen, wenn sie wieder ausläuft.«

Kaum war die Schlangenfluch in See gestochen, als die ganze Zigeunerschar in der Stadt erschien.. Herr Eberesch sattelte gerade sein Pferd, als Prinz Würdigmann und Davie auf ihn zukamen, um ihm zu sagen, daß sie doch nicht mitkämen. »Ich habe beschlossen, jetzt noch nicht nach Ablemarle zurückzukehren«, erklärte der Prinz, »weil ich vorher noch einige Zeit in der Gesellschaft von Xenobia und meinem Sohn verbringen möchte, und überhaupt macht mir jetzt, da ich nicht mehr eingesperrt bin, das Zigeunerleben erst richtig Spaß.«

»Wollen Sie, daß Ihr Bruder erfährt, daß Sie noch am Leben sind, Hoheit?« fragte Brüllo Eberesch.

»Nur, falls er Ihnen Ärger bereiten sollte, wenn Sie in Argonien die Herrschaft antreten. Ihre Geheiminformation könnte bei Regierungsgeschäften der ausschlaggebende Faktor sein...«

»Sie sprechen wie ein geborener Staatsmann, Prinz«, sagte Eberesch, der beim Abschied Würdigmanns Hände mit seinen riesigen Pranken umschloß. »Ich hoffe, daß Sie mir nach meiner Wahl mit Ihrem Rat zur Seite stehen werden.«

Die Ankunft der Zigeuner in der Drachenbucht sollte nicht das letzte Ereignis sein, das die Stadtbewohner an diesem Morgen aus dem Gleichgewicht brachte. Die Leute rannten wie Wahnsinnige davon, als Griselda und Grimmut in geringer Höhe über die Straßen flogen, als ob sie jemanden suchten.

»Iiiiiiiiiii!« kreischte die Wirtin. »Das ist die Rache des Zauberers! Sie sind zurückgekehrt, um uns alle in unseren Betten zu ermorden!«

»Sie befinden sich ja gar nicht in Ihrem Bett«, konnte Seine Hoheit sich nicht verkneifen zu bemerken, »aber auf Jungfer Gretchen und ihren Kater Ching trifft dies schon eher zu. Vielleicht sollten Sie sie hierherholen...«

Bald darauf kam ein völlig zerzaustes Gretchen, das sich den Schlaf aus den Augen rieb, die Treppe herab. Ching mußte sich setzen, um eine Pfote zu lecken, denn er hatte seine Morgentoilette noch nicht beendet.

Nachdem sich alle gegenseitig einen guten Morgen gewünscht und sich bei den anderen erkundigt hatten, ob sie auch gut geschlafen hätten, teilte Brüllo Eberesch Gretchen mit, was er zu tun gedachte. »Du kannst dich doch ganz gut mit dem Kater unterhalten, stimmt's«, fragte er.

Sie gähnte und nickte zustimmend.

»Glaubst du, er könnte für mich einen Augenblick lang den Verbindungsmann machen?« fragte Eberesch weiter.

Kaum hatte sich Gretchen Chings Zustimmung eingeholt, als der Kater auch schon weiterging. Er ließ nur ein- oder zweimal den Schwanz hochschnellen, und schon hatten sich die beiden Drachen zu ihm gesellt und konferierten nun mit dem Kater an der Kreuzung der Uferpromenade mit der Zweiten Avenue.

Nach kurzer Zeit kam Ching wieder in aller Gemütsruhe zu Gretchen und Eberesch zurückspaziert... »Du kannst ihm berichten«, sagte Ching, »daß sich die Drachen gerne zu der Burg hinausbegeben im Austausch für ihre Schaf- und Rinderherden und sämtliche feindlichen Banditen, die sie fressen können. Ich glaube, fürs Fressen und Herumfliegen könnten die sich jederzeit erwärmen, aber Griselda sagt, sie hätten vor, in eine bessere Gegend zu ziehen, wo sie mehr Platz hätten, weil in ein oder zwei Jahren wahrscheinlich auch schon kleine Drachen unterwegs wären.«

Gretchen erzählte Eberesch, wer den Drachen das universelle Siegeszeichen gegeben hätte.

Ching fuhr fort: »Und wenn es dir nichts ausmacht, kleine Hexe, dann hätte Grimmut gerne gewußt, ob die allmächtige Zauberin – ich nehme ja schon stark an, daß du damit gemeint bist, denn eine solche Beschreibung trifft wirklich nur auf dich zu – sehr abgeneigt wäre, ihm sein Feuer wieder zurückzugeben. Zwar würde Griselda natürlich sehr gerne für ihn kochen, aber er meint eben, daß ihm das warme Gefühl in der Magengrube doch sehr fehle.«

XXII

Es war immer noch ziemlich früh am Morgen und ziemlich kalt, als Goldie Gretchen zum letzten Mal umarmte. Sie tat es vorsichtig und benutzte nur einen Arm dazu, weil sie auf dem anderen die kleine Bronwyn wiegte. Sie hatten in der Küche gefrühstückt, um Zeit zu sparen, und Herr und Frau Eberesch waren sehr früh aufgestanden, um Abschied zu nehmen.

»Ich wünschte, du könntest länger hierbleiben«, sagte Goldie, »mit dir ist alles sehr viel heller.«

»Das kann man wohl sagen«, stimmte ihr die Köchin zu, die gerade dem Herrn einen Korb mit einem Deckel gab, »nachdem Gretchen die ganzen Messinggeräte poliert, das Silber geputzt, den Kamin gekehrt und überhaupt das ganze Anwesen von oben bis unten reingefegt hat. Um ja auch nichts zu vergessen: Sie hat die Böden gebohnert, die Wände und Fenster abgewaschen, ganz zu schweigen von den Teppichen und Vorhängen. Sie hat es fertiggebracht, daß hier alles blitzt und glänzt. Sag mal, Gretchen, ist deine Hexenart eigentlich weit verbreitet? Ich hoffe nicht, sonst müßten sämtliche Dienstboten betteln gehen...«

»Wenigstens hat sie sich den Flug über den Ebereschenwald ehrlich verdient«, sagte Seine Hoheit, »weil sie die Diamanten in Griseldas neuem Nest auf Hochglanz poliert hat«, fügte er lachend hinzu.

»Ching hat mir erzählt, Griselda sei von meinem kleinen Einstandsgeschenk wirklich entzückt«, gab Gretchen zu.

»Mir wäre es ja wirklich lieber, wenn du dich von ihr nach Hause bringen oder dir wenigstens einen Begleitschutz mitgeben ließest, wenn du schon nicht die Krönung abwarten willst, nach der wir dann alle zur Taufe nach Norden kommen«, sagte Brüllo Eberesch, der nun auch formell als der zukünftige König bestätigt worden war. Um Goldie zur Seite zu stehen, war Gretchen noch während der Zeit auf Schloß Eberesch geblieben, in der sich Brüllo Eberesch wegen des Tribunals und der vielen anderen Regierungssitzungen, die schließlich zu seiner Ernennung geführt hatten, in der Hauptstadt aufhielt. In den letzten sechs Wochen hatte sie Goldie dabei geholfen, das zusammenzupacken, was sie nach Königinstadt mitnehmen wollte, und außerdem die Verwaltung des Landsitzes während ihrer Abwesenheit zu regeln.

In ein oder zwei Tagen würde die künftige königliche Familie in die Hauptstadt reisen, um in der Residenz Einzug zu halten. Gretchen wollte nun auch unbedingt wieder nach Hause auf die Eisdrachenfeste, denn Tante Sibyls Wellensittich, der hoch über den Ebereschen hinweggeflogen war, hatte ihr die Botschaft überbracht, zwar hätte sich Herrn Wilhelms Gesundheitszustand sehr gebessert, nicht aber seine Stimmung. Außerdem verfügte Großmutter Grau nicht über Gretchens taktische Fähigkeiten – sie hatte bereits Herrn Wilhelms Anwalt in ein Wiesel und einen der ortsansässigen Händler in ein Stinktier verwandelt, so daß es für Gretchen höchste Zeit wurde, nach Hause zurückzukehren, auch wenn sie lieber noch geblieben wäre. »Ich werde schon noch früh genug Geleitschutz bekommen«, sagte sie zu Brüllo Eberesch. »Ich werde anfangs beinahe zwei Tage lang durch dein Gebiet reisen, bis ich zu Xenobia und ihrer Gruppe stoße, und auf diesem Wegstück werde ich für Griselda und Grimmut immer gut sichtbar sein, wenn sie ihre Kontrollflüge unternehmen.«

»Also gut, Mädchen. Ich weiß, daß du einen starken Willen hast, der mir ja auch ziemlich viel geholfen hat, aber gibt es nicht vielleicht eine Gefälligkeit, die ich dir in meiner Eigenschaft als König zum Abschied erweisen könnte?« Aber Gretchen schüttelte nur den Kopf und schnürte ihr Bündel noch einmal auf, um nachzusehen, ob sie nichts vergessen hatte.

»Nie in meinem Leben werde ich mich daran gewöhnen können«, sagte die Königin, die ihre Arme kampflustig in die Seiten gestemmt hatte, »daß in *meinem* Hof Drachen landen!«

Gretchens Augen suchten die Küche ab und sie fragte: »Wo ist denn Ching?«

»Dort kommt er gerade über den Hof«, antwortete Goldie, »er hat sich wohl von den Katzen in der Scheune verabschiedet.«

»Also dann auf Wiedersehn«, sagte Gretchen, »bis zu unserem nächsten Zusammentreffen – wahrscheinlich nach der Krönung...« Dann schulterte sie ihr Bündel, das den Zauberspiegel enthielt, den ihr Tante Sibyl gegeben hatte, eine neue Handspindel, die ihr Colin geschnitzt hatte, ein Kleid, das einmal ein Unterrock gewesen war und das sie während ihres Aufenthaltes bei den Zigeunern tragen wollte, ihren Medizinbeutel, ein paar Rohstoffe, die sie in Mahlzeiten verwandeln konnte, und einen kleinen goldgefüllten Beutel, den ihr Schwager ihr gegeben hatte – sie hatte ihn wirklich dazu überreden müssen, ihr keinen größeren zu geben, denn die Menge, die er ihr ursprünglich zugedacht hatte, hätte sie gar nicht schleppen können. In ihrem Gepäck befand sich außerdem noch ein Miniaturporträt der Prinzessin Bronwyn, ein Geschenk des neuen Königspaars für den Großvater mütterlicherseits, einige getrocknete Heilkräuter und Blumen, die für den Landstrich, in dem sich Schloß Eberesch befand, charakteristisch waren. Goldie hatte sie im letzten Abschnitt ihrer Schwangerschaft für Großmutter Grau gepflückt, da Gretchen vollauf damit beschäftigt gewesen war, den Familienwandteppich der Ebereschs auszubessern, auf dem Eberesch, der Wüterich, abgebildet war, wie er eigenhändig das gesamte brazorianische Heer besiegte.

Eberesch und Bernsteinwein begleiteten Gretchen bis zu der Stelle im Hof, wo Griselda bereits wartete. Sie wußten, daß sie schnell auseinandergehen mußten, denn obwohl die Ebereschen im Hof umgepflanzt worden waren, damit Gretchen nicht gleich wieder unter ihrer Hexenallergie zu leiden hatte, so wurde doch ihr Duft von dem Ebereschenhain heraufgeweht, der das Schloß umgab.

Noch einmal umarmte Gretchen ihre Schwester und küßte die kleine Bronwyn. Dann trat auch Brüllo Eberesch vor, um sie in die Arme zu nehmen. »Beschützt unsere Lieben, Herr«, sagte Gretchen an seiner breiten Brust – »Gesegnet sei Eure Zeit als König«, fügte sie noch hinzu.

Mit einer tiefen Verbeugung trat er von ihr zurück, und bevor sie Griselda besteigen konnte, nahm er ihre Hand, bedachte sie mit

einem kräftigen Kuß und sagte scherzend: »Wie könnte ich auch versagen – mit solch einer mächtigen Zauberin als Schwägerin!«
»Sollten wir es nicht endlich hinter uns bringen?« sagte Ching ungeduldig. »Ich möchte nämlich nicht, daß mir der Spielmann während der ersten fünf Meilen unserer Reise die Ohren volljammert, daß er mit den Pferden eine Ewigkeit auf uns warten mußte.«
Gretchen stieg schnell auf, und Ching sprang ihr auf die Schulter. Daraufhin breitete Griselda ihre Schwingen aus und schnaubte zum Abflug.
Lange Zeit sah Gretchen stur geradeaus. Zärtlich rieb Ching den Kopf an ihrer Wange und sagte: »Ich weiß, wie du dich fühlst, Hexlein. Du kannst dir gar nicht vorstellen, wie ich mich darauf freue, wieder nach Hause zu kommen und auf nichts Lebendigerem mehr zu reiten als dem Kaminvorleger. An und für sich ist ja gegen Drachen, Wale und Pferde nichts einzuwenden, aber sie sind für eine Katze kaum die richtigen Beförderungsmittel.«
»Pst – du kränkst Griselda mit deinem Geschwätz«, tadelte ihn Gretchen, die für einen kurzen Moment den Blick senkte und gleich darauf wieder hob. Unter ihnen zogen in einem verwirrenden Rausch von Grüntönen die Wälder vorbei, und der Weg schlängelte sich dazwischen wie eine staubige braune Schlange. Vielleicht hätte sie es mit den Bäumen doch riskieren sollen.
»Sie versteht uns nicht, wenn ich's nicht will«, sagte Ching, »da ich zur Zeit dein Schutzgeist bin, haben wir beide unser ureigenes Mitteilungssystem.«
»Das finde ich prima«, sagte Gretchen, »aber wirst du dich auch noch manchmal mit mir unterhalten, wenn wir wieder auf der Eisdrachenfeste sind?« Als der Kater nichts sagte, wiederholte sie: »Nun, wirst du?«
»Das wird dann gar nicht mehr nötig sein, nicht wahr?« fragte er sie in einem Ton, der durchaus nicht so scherzhaft war wie gewöhnlich. »Weißt du, und außerdem muß sich Großmutter Grau momentan sehr einsam fühlen, weil sie soviel Unheil anrichtet.

Sie braucht wieder meine Hilfe – ich glaube, ich werde mit *einer* Hexe schon sehr beschäftigt sein. Tut mir leid, das soll aber natürlich nicht heißen, daß ich mich dir gegenüber nicht ab und zu zu Katzenbemerkungen hinreißen lasse oder dich umschmeichle, wenn ich gestreichelt werden will und dir zuhöre, wenn ich Zeit habe. Aber unser Verhältnis wird wieder ziemlich so sein wie vor unserer Reise.«

Gretchen sagte nichts mehr, da Griselda gerade zur Landung ansetzte und deswegen im Kreis flog. Die Hexe hatte genug damit zu tun, ihren rebellierenden Magen zu bremsen.

Colin ritt einen Apfelschimmel und hielt einen hübschen Braunen am Zügel, der für Gretchen bestimmt war. Er war schon am Nachmittag zuvor vom Schloß weggeritten, um sich auf dem Wege jenseits der Ebereschen in Bereitschaft zu halten, wenn Griselda Gretchen und Ching brachte.

Als sie gesehen hatte, daß alles in Ordnung war, flog Griselda wieder weiter, um mit Grimmut die neue Brandmauer auf der Rückseite ihres Nests zu besprechen.

»Das ist ja ein Prachtexemplar von einem Drachen«, sagte Colin, der seine Gitarre nicht umhängen hatte und nach Gretchens Meinung deshalb ganz nackt aussah.

»Ja, das stimmt«, erwiderte sie.

»Ich nehme an, daß alles gut ging bei ihrer Versöhnung mit Grimmut? In der ganzen Aufregung wegen des Tribunals und der Krönungsvorbereitungen hast du mir noch gar nicht mitgeteilt, was dir der Kater darüber erzählt hat und wonach ich dich schon die ganze Zeit fragen wollte. Er hat's ihr doch hoffentlich nicht übelgenommen, daß sie so mir nichts, dir nichts weggegangen ist?«

Gretchen wußte, daß sie beide ja nur Konversation machten, um der Tatsache nicht ins Auge sehen zu müssen, daß sie jetzt dann voneinander scheiden mußten, und sie bemühte sich, ihrer Antwort eine Spur von Leichtigkeit beizugeben: »Ach, überhaupt nicht, Ching hat gesagt, Grimmut würde sogar ihr Temperament bewundern und sie seinen »kleinen Hitzkopf« nennen.«

»Ach, wirklich?«

»So hat Ching mir jedenfalls erzählt. Stimmt es, daß du in Königinstadt auf der Schlangenfluch anheuern wirst?« Übertrieben korrekt lehnte sie sich mit dem Rücken an ihr Sattelhorn, setzte den Fuß in den Steigbügel und nahm ihn dann wieder heraus. Dann blieb sie stehen, um seine Antwort abzuwarten.

Colin hatte sich hingehockt und rupfte verlegen einige Grasbüschel aus. »Nein«, erwiderte er, »wenigstens nicht sofort. Eigentlich hat mich sogar der König darum gebeten, die Sache eine Zeitlang zurückzustellen. Sobald er sein Amt angetreten hat und die Krönungsfeierlichkeiten vorüber sind, will er eine kleine Reise nach Ablemarle machen.«

»Um das Horn herum?« fragte Gretchen.

»Ja«, antwortete Colin, und er will, daß ich das Ereignis festhalte und es zu einem Lied verarbeite, damit die Steuerzahler auch erfahren, wozu er ihre Gelder verwendet.«

»Dann kommst du also auch zur Taufe?«

»Ich glaube, ja. Wenn du mir versprichst, daß ich meine menschliche Gestalt beibehalten werde.«

Gretchen grinste und sagte: »Ich glaube, das kann ich dir versprechen!«

»Also gut. Sag mal, dein Korb gibt aber seltsame Geräusche von sich!« Was auch wirklich der Fall war – aus der Richtung des Korbes drang ein seltsames Fiepen herüber. Gretchen hob den Deckel, und ein winziges Kätzchen, das Ching wie aus dem Gesicht geschnitten war, legte seine weiße Pfote auf den Korbrand und versuchte herauszuklettern.

»Ich kann zwar bald nicht mehr mit dir sprechen«, sagte Ching, »aber dafür wirst du mit diesem Goldjungen alle Hände voll zu tun haben, wenn er erst einmal sprechen lernt.« Chings Pelz auf seiner schneeweißen Brust sträubte sich vor Vaterstolz und er fuhr fort: »Eberesch meinte nämlich, so eine mächtige Hexe wie du sollte ihren eigenen Hausgeist haben. Er hat mich angewiesen, dir das zu sagen, und du kannst dir ja gar nicht vorstellen, welche Anstrengung ihn das gekostet hat. Du hättest ihn in der Scheune sehen sollen – als er auf mich und diese liebreizende scheckige Mutter des

Kleinen einredete, und wir so unschuldig wie möglich zurückmiauten.«

»Nun, seine Arbeit als mein Hausgeist wird zwar nicht so interessant sein wie deine«, sagte Gretchen und faßte Ching dabei zärtlich unterm Kinn, während sie das kleine Kätzchen zwischen den Ohren streichelte. »Keine Drachen und Zauberer mehr für uns, Kätzchen«, sagte sie abschließend, »wir werden uns damit begnügen müssen, die schmutzigen Töpfe auszuputzen, die von Großmutter während meiner einjährigen Abwesenheit nicht mehr gereinigt wurden, und uns den Kopf darüber zerbrechen, wie man Wildbret möglichst abwechslungsreich zubereitet.«

»Ich wünschte, du würdest nicht so abfällig über deine Zauberkunst sprechen«, sagte Colin, »*ich* finde, daß es wirklich großartig ist, wie du das Feuer beherrschst und für Nahrungsnachschub sorgst.«

Sie sah ihn fragend an: »Ist das wirklich wahr?«

Colin nickte zustimmend. »Er hat dich als unsere ›Geheimwaffe‹ bezeichnet, und wenn man von ihm eine Waffe genannt wird, so ist das bestimmt ein Kompliment. Er sagte sogar, eine Burg, in der du dich befindest, sei für den Feind uneinnehmbar. Denk doch nur daran, wie du unterwegs in all dem schlechten Wetter für unser leibliches Wohl und unsere Bequemlichkeit gesorgt hast, ganz zu schweigen davon, daß du sogar Grimmut abgewehrt hast, bis Eberesch und Neddy kamen.«

»Dabei hatte ich allerdings eine gewisse Unterstützung«, gab sie bescheiden zu bedenken.

»Das spielt keine Rolle«, erwiderte Colin.

»Ach Colin, es ist so entsetzlich langweilig dort oben und die Winter sind so furchtbar lang und alle kommen zu mir, damit ich dieses oder jenes für sie tue.«

»Nun«, sagte Colin listig, »jetzt hast du wenigstens eine Hilfe.«

»Er ist noch ein bißchen zu klein dazu, wir können uns ja noch nicht einmal unterhalten«, sagte Gretchen traurig.

»Aber wir können uns miteinander unterhalten«, erklang eine vertraute Stimme in Gretchen.

»*Mondschein?*« fragte sie ungläubig.
Colin lächelte und sagte: »Ja, er ist uns von der Drachenbucht hierher gefolgt und hat vor dem Ebereschenwald sechs Monate lang auf dich gewartet. Er hat dich überallhin begleitet, er hat sich nur immer im Wald aufgehalten. Weil er ein Zauberwesen ist, kann auch er die Ebereschen nicht vertragen, aber die Schäferinnen haben ihn gesehen und...«
Colin hielt in seiner Rede inne, weil Gretchen ihm gar nicht mehr zuhörte. Er sah, wie sie zum Waldrand hinüberrannte. Die Bäume schienen sich zu teilen, um ein Stück perlmutterfarbenen Himmels durchscheinen zu lassen.
Colin dachte im stillen, daß für keinen von ihnen jemals wieder etwas ganz alltäglich sein würde.

Bitte umblättern:

Bibliothek der phantastischen Abenteuer

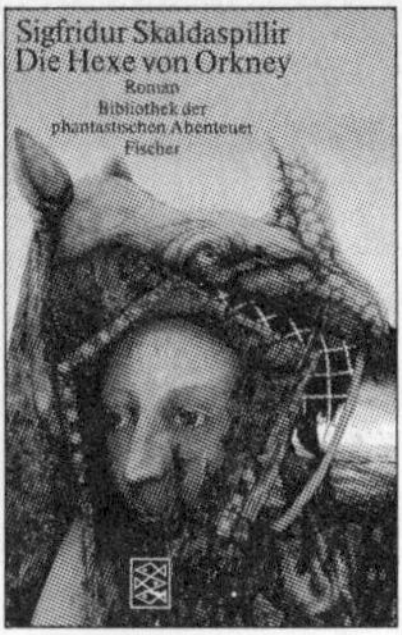

Marion Zimmer Bradley (Hg.)
Schwertschwester
Magische Geschichten I
Band 2701
Wolfsschwester
Magische Geschichten II
Band 2718

T.H. White
Schloß Malplaquet oder Lilliput im Exil
Roman. Band 2702

Abraham Merritt
Das Volk der Fata Morgana
Roman. Band 2703

Henry Rider Haggard
Erik Hellauge
Roman. Band 2704

Thea von Harbou
Das indische Grabmal
Roman. Band 2705

Elizabeth Scarborough
Aman Akbars Harem
Roman. Band 2706
Zauberlied
Roman. Band 2721

Marcel Brion
Die Stadt im Sand
Roman. Band 2707

Sigfridur Skaldaspillir
Die Hexe von Orkney
Roman. Band 2708

Maribelle Cormack
Stern unter Segeln
Roman. Band 2709

Thorne Smith
Das Nachtleben der Götter
Roman. Band 2710
Topper
Roman. Band 2714
Topper geht auf Reisen
Roman. Band 2715

Peter Haining (Hg.)
Die Damen des Bösen
Viktorianische Geschichten
Band 2711

Mary Stewart
Wolfswald
Roman. Band 2712

Elizabeth Goudge
Das kleine weiße Pferd
Roman. Band 2713

Patricia C. Wrede
Schattenzauber
Roman. Band 2716

Kingsley Amis
Der grüne Mann
Roman. Band 2717

Mary Mackey
Kornmond und Dattelwein
Roman. Band 2719

Pierre Benoit
Die Königin von Atlantis
Roman. Band 2720

Arthur Lee Gould
Skandal in Bagdad
Roman. Band 2723

Steven Bauer
Satyrtag
Roman. Band 2722

Rudyard Kipling
Puck vom Buchsberg
Roman. Band 2724

Fischer Taschenbuch Verlag

fi 517/4

CUM GRANO SALIS